Das Buch

Hamburg im Rausch der wilden Zwanziger: Die Wirtschaft brummt, die Hanseaten fahren wieder große Gewinne ein, und auf St. Pauli wird rund um die Uhr gefeiert, während Prostitution, Zuhälterei und Rauschgifthandel florieren. Doch eine Mordserie erschüttert die Unterwelt des Rotlichtviertels. Zuhälter, Betrüger und Einbrecher, die scheinbar nichts miteinander zu tun haben, sind die Opfer. Sie werden spektakulär zur Schau gestellt, aber niemand versteht die Absicht hinter diesen grausigen Inszenierungen. Ist hier ein Wahnsinniger am Werk? Geht ein besonders phantasievoller Auftragskiller seiner Arbeit nach? Oder findet »nur« ein Bandenkrieg statt?

Zeitgleich ermittelt Kriminalkommissar Alfred Weber in den bürgerlichen Elbvororten, wo die heile Welt der Hanseaten durch einen bizarren Raubmord erschüttert wurde. Weber sieht als Einziger einen Zusammenhang zwischen diesem Einbruch und den Morden im Milieu der Gangster und Ganoven. Doch was die Rosenblätter im Mund eines toten Justiziars aus Winterhude mit den immer höher hängenden Leichen auf St. Pauli zu tun haben, bleibt auch ihm leider viel zu lange verborgen ...

Der Autor

Robert Brack, geboren 1959, lebt seit 1981 in Hamburg. Er arbeitet als Übersetzer und freier Schriftsteller. Für seine Kriminalromane wurde er mit dem »Marlowe« der Raymond-Chandler-Gesellschaft und dem Deutschen Krimipreis ausgezeichnet. Mehr unter: www.gangsterbuero.de

Von Robert Brack sind in unserem Hause bereits erschienen:

Die Toten von St. Pauli
Der Kommissar von St. Pauli

ROBERT BRACK

DIE MORDE VON ST. PAULI

KRIMINALROMAN

Ullstein

Besuchen Sie uns im Internet:
www.ullstein-buchverlage.de

MIX
Papier aus verantwortungsvollen Quellen
FSC® C083411

Originalausgabe im Ullstein Taschenbuch
1. Auflage April 2017
2. Auflage 2019

Umschlaggestaltung: zero-media.net, München
Titelabbildung: Getty Images/© FPG; gettyimages/© Sheri Blaney (Auto)
Satz: LVD GmbH, Berlin
Gesetzt aus der Quadrat
Druck und Bindearbeiten: CPI books GmbH, Leck
ISBN 978-3-548-28873-4

Könige sind sie der mondlosen Nacht,
die Dunkelheit ist ihr Reich.
Den Tod haben sie mitgebracht,
Entsetzen säen sie gleich.

Louis Feuillade, Les Vampires

Im nächsten Augenblick erzitterte die Stahlkammer leise
und versank gespensterhaft in der Tiefe.

Adolf Sommerfeld, Der Tresor unter Wasser

Erstes Kapitel:

DIE MACHT DER FINSTERNIS

Der Tod kam mit dem Ruderboot, nicht auf einer Viermastbark, wie der alte Reeder es sich vielleicht gewünscht hätte. Das Boot glitt in dieser lauen Sommernacht des Jahres 1927 fast lautlos über den Kanal, denn der Eindringling verwendete einen Peekhaken statt eines Paddels, um keine Geräusche zu verursachen. Aufrecht stehend stach er mit der Stange in den Grund und trieb das Boot voran.

Er trug einen eng anliegenden, schwarzen Anzug und eine Maske, die den gesamten Kopf bedeckte und nur Öffnungen für Augen, Nase und Mund hatte.

Auch das Wasser war schwarz, wie der Himmel, denn es war eine Neumondnacht. Das Boot glitt den Leinpfadkanal entlang, bog nach rechts ab, fuhr unter einer kleinen Brücke hindurch und erreichte die Alster. Unter der Brücke hockte die dunkle Gestalt sich hin, um sich nicht den Kopf zu stoßen. Nun ging es nach links, quer über die Alster, dorthin, wo der Fluss zum See wurde.

Vom Wasser aus waren die Schattenrisse herrschaftlicher Villen zu sehen, deren Grundstücke bis ans Wasser reichten. Das größte Haus mit dem weitläufigsten Grundstück hob sich trotz der schwarzen Nacht hell schimmernd vom tiefdunklen Hintergrund ab. Es stand weiter oben auf einem Hügel, um den sich eine Rasenfläche bis zum Ufer ausdehnte. Der Eindringling steuerte zielstrebig die Anlegestelle am

Ende des Grundstücks an, die aus unverwüstlichem Tropenholz gezimmert war, aber so gut wie nie benutzt wurde.

Dort band er das Boot mit einem leicht zu lösenden Seemannsknoten fest und stieg mit einem großen Schritt auf den Anleger. Außer einem fingerdicken, langen Hanfseil, das er um den Körper geknotet hatte, trug er noch einige Einbrecherwerkzeuge und eine Taschenlampe bei sich, die mit Karabinerhaken am Gürtel befestigt waren, ebenso wie das Ledertäschchen, dessen Inhalt bald zum Einsatz kommen sollte. Die dunkle Gestalt lief über den Rasen auf das weiße Haus auf dem Hügel zu.

Auf der Rückseite der dreistöckigen Villa, die von einem achteckigen Turm gekrönt wurde, befand sich eine runde, von ionischen Säulen begrenzte Terrasse. Darüber dehnte sich ein großer Balkon mit barocker Brüstung aus.

Hinter den hohen Fenstern im Erdgeschoss war kein Licht zu sehen, sie waren von innen mit schweren Läden aus Holz verbarrikadiert, die Fenster in der ersten Etage lagen im Dunkeln. Die Fenster des darüber liegenden Geschosses waren nicht mehr zu sehen, wenn man dicht vor dem Haus stand, da ein umlaufender zweiter Balkon sie verdeckte.

Der Einbrecher blieb kurz vor der Hauswand stehen, fasste dann mit der Hand in eine Mauerspalte, setzte einen Fuß in eine andere, zog sich hoch und kletterte, Fugen und Vorsprünge nutzend, die Fassade hinauf.

Ein kurzer Blick auf den Balkon, der ebenso kahl war wie die Veranda, und weiter ging's über Fensterbänke und Simse zur nächsten Etage und vom zweiten Balkon auf den Turm hinauf. Konzentriert und zügig und ohne das geringste Zögern.

Die Falltür im Boden oben auf dem Turm war weder verschlossen noch von innen gesichert. Sie hochzuziehen erforderte nicht viel Kraft, aber sie knarrte leise. Ein Metallstab hielt sie offen. Unter der Tür befand sich eine steile Holztreppe.

Der Eindringling löste die Taschenlampe vom Gürtel, schaltete sie ein und leuchtete kurz nach unten. Er knipste sie wieder aus und ging mit flinken Schritten die Treppe hinunter. Das obere Turmzimmer wirkte wie die Brücke eines Schiffs: Ferngläser, Teleskope, Kladden und Bücher, eine Sternkarte und ein Stadtplan lagen herum, einige Stifte und nicht näher zu identifizierende Geräte. In das untere Turmzimmer gelangte man über eine schmale Steintreppe.

Eine Spindeltreppe führte von dort weiter hinab, und es gab eine Tür zur zweiten Etage. Sie ließ sich mit einem leise schabenden Geräusch öffnen. Dahinter ein Flur mit Teppich, zwei Lüstern unter der Decke, Bildern und Leuchtern an den Wänden. Die erste Tür führte zum Studierzimmer des alten Brunswiek, die zweite in sein Schlafzimmer.

In dieser Nacht war nur der alte Reeder im Haus. Der Gärtner, der auch als Chauffeur diente, wohnte über der separat gebauten Garage. Die Haushälterin kam erst um sieben Uhr, um das Frühstück vorzubereiten. Die dunkle Gestalt tastete nach der Ledertasche links am Gürtel, öffnete sie und zog ein Tuch und ein Fläschchen hervor.

Ein lautes Schnarchen war zu hören, aber der Einbrecher war wegen der Maske leicht schwerhörig. Er schätzte die Herkunft des Geräuschs falsch ein und schob die Tür zum Schlafzimmer auf. Das breite Bett unter dem riesigen Gemälde, das einen Brunswiek'schen Viermaster zeigte, war zerwühlt, aber keiner lag darin.

Der Eindringling warf einen kurzen Blick in alle Ecken und verließ rückwärts das Schlafzimmer. Er trat vor die andere Tür und drückte vorsichtig die Klinke herunter. Schweres Eichenholz. Die Scharniere quietschten leise, als die Tür einen Spaltbreit aufging. Er vernahm ein ungleichmäßiges Schnarchen. Die Tür wurde von etwas blockiert. Durch den Spalt war der Schreibtisch des Reeders zu sehen und er selbst auch. Mit seinem Gesicht mit dem weißen Backenbart à la Bismarck und der breiten, schweren Brust lag er auf dem Pult und machte ein Geräusch, als wollte er die dicke Tischplatte zersägen.

Die dunkle Gestalt drückte fester gegen die Tür. Sie nahm den rechten Fuß zu Hilfe, lehnte sich schließlich auch mit der Schulter dagegen. Und da ging es ... und es schepperte und klapperte und klöterte ... eine ganze Seehandelsflotte fiel um wie bei einem Dominoeffekt. Dreimaster, Viermaster, schnittige Klipper, breite Ewer und sogar zwei fette Dampfer kippten übereinander.

Der alte Reeder schreckte hoch, seine Augenlider flatterten. Kündigte sich da schon wieder eine Handelskrise an, wollten die Alliierten sich ein weiteres Mal die Brunswiek-Flotte unter den Nagel reißen? Den Stolz der Reederei versenken? Waren es Kanonenboote? Piraten?

Er stemmte sich hoch und sah, wie ein Schatten sich näherte, dessen Umrisse ihn seltsamerweise an einen griechischen Adonis erinnerten. Der alte Reeder sprang auf, ballte die Fäuste, hob sie an, doch auf halbem Weg erwischte ihn etwas im Gesicht. Erst dachte er, ein Putzlumpen, dann spürte er einen eisigen Hauch, dann fühlte es sich an, als würde eine eklige Qualle an seinem Gesicht kleben. Er bekam keine Luft mehr. Etwas anderes strömte in seine Lunge, aber Luft war es nicht. Die Kräfte verließen ihn. Er kippte nach vorn, tastete instinktiv nach dem Messer, mit dem er eben noch ein nautisches Fachbuch aufgeschnitten hatte, verfehlte es aber. Dann wich alle Kraft aus ihm, und sein

Kopf fiel auf die Tischplatte. Die scharfe Schneide des Messers ritzte seine Wange auf. Blut tropfte aus der Wunde.

Der Einbrecher hatte, als er nach vorne gesprungen war, die Miniaturflotte zertrampelt, die eben noch stolz den hölzernen Ozean des Studierzimmerfußbodens beherrscht hatte. Segelschiffe und Dampfer hatten Masten und Schornsteine verloren. Ein kleiner Ewer zerknackte jetzt unter den Fußsohlen des Eindringlings. Die Bastelarbeit vieler Jahre war zerstört.

Er achtete nicht weiter auf die zerbrochenen Schiffsmodelle. Er holte eine Rolle Leukoplast aus der Tasche, fesselte dem mit Chloroform betäubten Reeder die Hände auf dem Rücken und klebte ihm den Mund zu. Nach kurzem Zögern fixierte er auch noch die Fußgelenke des Alten an den Stuhlbeinen.

Anschließend wandte sich der Eindringling dem Tresor zu, der unter einem Gemälde mit vergoldetem Rahmen stand. Das Gemälde zeigte einen Brunswiek-Dampfer mit drei Schornsteinen im Hamburger Hafen vor der Silhouette des Kaispeichers A mit dem Zeitball auf dem Dach.

Der Einbrecher kniete sich vor den Panzerschrank und drehte an dem Kombinationsschloss, stellte eine bestimmte Zahlenfolge ein. Aber das Schloss spielte nicht mit. Er packte den Griff, zog, zerrte und rüttelte, aber die Stahltür blieb verschlossen. Weitere Versuche waren ebenfalls erfolglos.

Leise fluchend stand er auf und trat hinter den Schreibtisch. Er packte den alten Reeder und setzte ihn aufrecht in seinen Lehnstuhl. Der Kopf des Alten fiel zur Seite. Das Blut hatte den Backenbart an der rechten Wange rot verfärbt. Es tropfte auf seinen Hausmantel.

Die schwarze Gestalt holte eine Flasche Riechsalz aus ihrem Täschchen, schraubte sie auf und hielt sie dem Alten unter die Nase. Der riss die Augen auf und schaute den Eindringling störrisch an.

»Der Tresor, die Kombination!« Der Eindringling zog dem alten Brunswiek das Pflaster vom Mund, aber der weigerte sich zu sprechen.

»Du willst also leiden?«, schrie er ihn an und gab dem Alten eine Ohrfeige.

Brunswiek blieb verstockt.

Noch eine Ohrfeige. Drohen mit dem Messer. »Ich schneide dir die Finger ab.«

Brunswiek schien das egal zu sein. Er war völlig apathisch, als hätte er mit dem Leben abgeschlossen.

Da griff der Einbrecher zum letzten Mittel. Er zog eine Bleistiftzeichnung aus der Ledertasche und hielt sie ins Licht der Tischlampe.

Auf dem detaillierten, realistischen Bild war eine Frau zu sehen, mit genau gezeichneten Gesichtszügen. Nackt, an einen Pfahl gekettet, stand sie auf einem Scheiterhaufen. Jemand hielt eine brennende Fackel an das Reisig.

Brunswieks Augen weiteten sich.

»Das werden wir mit ihr tun«, blaffte ihn die schwarze Gestalt an. »Es sei denn, du sagst mir die Zahlen.«

Brunswiek flüsterte die Kombination. Der Einbrecher drehte erneut am Schloss und zog die Stahltür des Tresors auf. Darin stapelten sich Papiere und Geldscheine, auch einige Goldbarren waren vorhanden.

Der Einbrecher zog einen Leinensack vom Gürtel. Papiere, Geldscheine und Barren verschwanden darin.

Der Tresor war nun leer.

Der Einbrecher drehte sich um und schaute nach dem Reeder. Der Kopf des Alten war zurückgefallen, sein Mund stand weit offen, die Augen starrten zur Decke.

Der Eindringling beugte sich über den Alten, horchte, ob er noch atmete. Fühlt den Puls am Hals. Nichts.

Er wandte sich ab, griff nach dem Sack mit der Beute und warf ihn über die Schulter. Er drehte sich wieder um und starrte den Toten nachdenklich an.

Das Blut tropfte noch aus dem Backenbart. »Gut, sehr gut«, sagte der Einbrecher schließlich, hob das rechte Bein und versetzte dem Stuhl einen so starken Tritt, dass er umkippte.

Jetzt lag der tote Reeder auf dem Boden vor seiner havarierten Flotte.

Die schwarze Gestalt verließ das Studierzimmer, öffnete ein Fenster am Ende des Flurs, stieg auf den Sims und kletterte flink am Regenrohr nach unten. Die Strecke bis zum Ufer legte sie im Laufschritt zurück. Dort angekommen, warf sie den Sack ins Boot und griff nach dem Peekhaken.

Das Boot glitt über das schwarze Wasser davon. Die Umrisse der Gestalt verloren sich in der Neumondnacht.

Zweites Kapitel:

JENSEITS DER STRASSE

Weber saß im Laubfrosch und hatte Grün. Dieser verflixte Verkehr! Automobile, wohin man schaute. Dabei hätte alles so schön sein können. Der Himmel war strahlend blau, die Binnenalster glitzerte silbrig, über dem Hotel Vierjahreszeiten wehten die bunten Fahnen. Ein Alsterdampfer glitt übers Wasser, ein Zug der Verbindungsbahn schob sich kreischend über die Lombardsbrücke. Eine Straßenbahn wartete geduldig neben Webers Opel. Eine junge Frau in hellem Kleid mit Hütchen und Schirm stand lässig auf der Plattform und warf ihm einen Blick zu. Interessiert, wie er fand. Der Schirmrand hatte Rüschen.

»Na los doch, Mann!«, schrie sein Beifahrer ihm ins Ohr. »Grün!«

Die Aufgabe war, die Kupplung mit dem Fuß zu drücken, den Gang einzulegen, die Handbremse zu lösen, den Gashebel am Lenkrad zu betätigen. Dann anrollen, Fahrt aufnehmen, in den zweiten Gang schalten und außerdem noch lenken, damit der Zweisitzer mit dem offenen Verdeck und dem charakteristischen Bootsheck nach links in die Straße Neuer Jungfernstieg fuhr. Möglichst in einem eleganten Bogen – wegen der Rüschen am Schirmrand und des hübschen Gesichts darunter.

Andere Automobilisten kamen ihm aus der Esplanade entgegen und wollten ebenfalls links abbiegen, Richtung Alsterglacis. Schön und gut, aber wie viele Fahrzeuge passten auf so eine Kreuzung? Wie lange blieb die Ampel grün? Außerdem hatte Weber immer noch nicht verstanden, was sein Beifahrer meinte, wenn er befahl, er solle um den entgegenkommenden Linksabbieger herumfahren. Wie ging das, ohne ihn zu schneiden? Und vor allem: Wusste der Entgegenkommende darüber Bescheid?

Der Motor stotterte, der Wagen ruckte. Webers Hände verloren die Orientierung zwischen Lenkrad, Gas- und Schalthebel. Seine Füße wussten nicht mehr, wo die Kupplung und wo die Bremse war. Weber trat auf die Kupplung. Der Motor heulte auf. Erschrocken hob er den Fuß an, und der Opel 4/12 PS machte einen Satz auf den entgegenkommenden Ford zu. Der wich schlingernd aus, und der Fahrer drohte mit der Faust. Weber wurde samt Beifahrer nach vorn geschleudert, als er in unnötiger Panik die Bremse betätigte. Der Motor erstarb, und der Laubfrosch kam schlagartig zum Stehen.

»Rechts vorbei!«, schrie der Beifahrer, als es längst zu spät war.

Die Tram klingelte hämisch und setzte sich in Bewegung. Eine schmale Hand unter dem Rüschenschirm winkte ihm zu, aber vielleicht bildete er sich das auch nur ein. Die Straßenbahn verschwand, und jetzt wurde der Laubfrosch vom Gegenverkehr belagert. Quäkendes Hupen, Geschimpfe, anfeuernde Rufe. Aber der Motor wollte nicht.

Weber fing an zu schwitzen, als er unter dem Armaturenbrett den Schalter der Zündung umlegte und den Anlasser betätigte. Nur zündete nichts. War die Batterie leer?

»Na hören Sie mal, Weber, muss ich jetzt etwa kurbeln?«

Weber zuckte schuldbewusst mit den Schultern. Wieso war Autofahren nur so schwierig, warum konnten die Dinger nicht von allein fahren?

»Soll ich …?«, fragte er.

»Ach was.« Der Beifahrer bückte sich, um die Kurbel zu suchen. Die anderen Verkehrsteilnehmer fanden Wege um den Laubfrosch herum. Trotzdem, der Verkehr stockte, und das konnte der Beamte der Verkehrspolizei nicht zulassen, der von einem kleinen Podest aus die Kreuzung mit der ersten Ampelanlage Hamburgs überwachte. Er hob seinen Polizeistab und deutete damit in den Himmel, als gäbe es ein höheres Gesetz, das ihn ermächtigte, in das Verkehrschaos einzuschreiten. Der Verkehr kam zum Stillstand. Während der Wachtmeister in die Mitte der Kreuzung marschierte, schob Webers Beifahrer mit der Kurbel in der Hand die Tür auf.

Der Polizeibeamte lehnte sich mit seinem ganzen, nicht unerheblichen Gewicht auf die Fahrertür und stellte fest: »Abgewürgt, was?«

Weber nickte schwach. Hilfesuchend schaute er zu seinem Beifahrer, der sich aber gerade vor der Motorhaube verbeugte.

»Dann darf ich mal Ihren Führerschein sehen, bitte!«

Weber fiel wieder ein, was er vor unendlich langer Zeit einmal auswendig gelernt hatte: »Führer von Kraftfahrzeugen müssen ihre Zuverlässigkeit nachweisen. Sie dürfen namentlich nicht dem Trunke ergeben sein oder zu Ausschweifungen, insbesondere zu Rohheitsvergehen, neigen. Sie müssen durch amtsärztliches Zeugnis nachweisen, dass sie keine körperlichen Mängel haben, die ihre Fähigkeit, ein Kraftfahrzeug sicher zu führen, beeinträchtigen. Nach Darlegung ihrer technischen Befähigung werden sie durch einen Führerschein zur Führung von Kraftfahrzeugen befugt.« So stand es seit dem ersten April 1910 in den reichsrechtlichen Vorschriften. Seit dem ersten April?

»Aber ich habe doch keinen Führerschein.«

»Wie bitte?« Die Augen des Verkehrspolizisten blitzten auf, und er umfasste mit beiden Händen den Stab.

»Sehen Sie, ich bin noch nicht daran gewöhnt, das heißt, genauer gesagt, ist es so, dass ...«

»Gang rausnehmen!«, schrie der Beifahrer, dessen Kopf noch immer nicht sichtbar war. Weber trat auf den Pedalen herum und rüttelte an der Schaltung.

Der Beifahrer drehte die Kurbel, sein Rücken erschien in regelmäßigen Abständen oberhalb der Kühlerhaube und verschwand wieder. Der Motor seufzte nur.

»Stopp!«, rief der Beamte. »So geht das nicht!« Seine buschigen Augenbrauen schoben sich zusammen, der Mund hinter dem Vollbart verzog sich missbilligend. Er streckte Weber eine Hand entgegen: »Papiere zur Legitimation!«

»Was?«

»Können Sie sich ausweisen?«, fragte der Polizist und betonte jedes Wort.

Der Motor des Wagens sprang keuchend an und drehte sich dann stotternd im Leerlauf. Weber griff in die Innentasche seines Jacketts und zog seine Brieftasche hervor. Die Polizeimarke fiel ihm in den Schoß.

»Oh«, sagte der Wachtmeister bei ihrem Anblick.

Der Beifahrer stieg wieder in den Wagen. »Na, was gibt's denn?«, fragte er leutselig.

»Ich soll mich legitimieren«, erklärte Weber, während ihm sein Dienstausweis herunterfiel. Um sie herum quäkten Hupen, Fahrradklingeln rasselten schrill, und eine weitere Tram bimmelte hysterisch.

Der Beifahrer brach in fröhliches Lachen aus. »Mensch«, sagte er zu dem Polizisten, »haben Sie denn das Schild da nicht gesehen?« Er deutete zum Heck des Wagens. Dort war ein Schild angebracht: »Fahrschule Pinkus – Vorsicht!« Allerdings nur auf der dem Bürgersteig abgewandten Seite. Weber hatte sich die ganze Zeit schon gefragt, ob das so korrekt war.

Offenbar nicht, denn der Verkehrspolizist zückte nun den Block mit den Strafzetteln und ging zum Heck des Opels. Er notierte das Kennzeichen und schrieb sich den Namen der Fahrschule auf, den er laut vor sich hin murmelte.

»Na, da haben Sie mir ja was Schönes eingebrockt«, schimpfte der Fahrlehrer.

Weber klaubte seine Papiere auf und drehte sich nach hinten. »Aber hat der denn noch immer nicht verstanden, dass ich ...«

»Vorschrift ist Vorschrift, das muss wohl ...«, sagte der Fahrlehrer bissig.

Der Verkehrspolizist trat wieder an die Fahrertür und ließ sich von Weber die Papiere geben. Er studierte den Dienstausweis mit gefurchter Stirn und sagte jede Silbe laut vor sich hin. Dann knallte er die Hacken zusammen und salutierte.

»Jawohl, Herr Kriminalkommissar!«

»Herrje, stehen Sie doch bequem ...«

»Herr Kriminalkommissar lernen also das Chauffieren.«

»Autofahren, ja. Man muss mit der Zeit gehen«, versuchte Weber die Situation aufzulockern.

Der Verkehrspolizist warf einen kurzen Blick auf die Kreuzung, um die Lage einzuschätzen. Kraftwagen, Pferdedroschken und eine Bierkutsche rollten vorbei. Kein Chaos, keine Gefahr – die Ampel machte es möglich. Der Wachtmeister kniff die Augen zusammen, so fest, dass es aussah, als wollte er sie absichtlich vor etwas verschließen, und sagte: »Könnte es sein, dass dieser Fahrunterricht im Rahmen dienstlicher Belange erfolgt?«

Weber schaute ihn verwirrt an.

Der Fahrlehrer kapierte schneller. »Er soll zukünftig automobilisierte Verbrecher jagen.«

»Verstehe. Offizielle Lehrstunde also. Gut. Sie können weiterfahren, Herr Kommissar.«

»Danke.«

»Keine Ursache.« Der Verkehrsbeamte streckte die Hand aus und hielt dem Beifahrer einen Strafzettel unter die Nase. Der Fahrlehrer sah ihn fragend an.

»Vorschrift ist Vorschrift«, sagte der Beamte.

»Aber das ist doch ...«, begann Pinkus zu protestieren.

Der Wachtmeister trat zurück und legte die Hand an die Mütze. Weber kuppelte in den ersten Gang, gab Gas und lenkte den Wagen über die Kreuzung nach links in den Neuen Jungfernstieg. Sie schnurrten am Hotel Vierjahreszeiten vorbei, bogen wieder links ab auf den Jungfernstieg, passierten den Alsterpavillon, wo auf der Terrasse im ersten Stock zwischen den Topfpalmen zahlreiche gerüschte Sommerschirmchen aufgespannt waren, mit hübschen Köpfen darunter.

»Achten Sie auf den Verkehr, Weber!«

Droschkenstau. Weber musste fleißig lenken, bog in den Neuen Wall ein und hielt schließlich am Ende der Straße vor der Polizeizentrale im Stadthaus. Die Fahrstunde war zu Ende.

»Abgesehen vom Linksabbiegen ganz passabel, Herr Weber«, sagte Pinkus. »Prüfung in zwei Wochen. Prägen Sie sich die Verkehrsregeln ein! Und vor allem eins: Konzentration!«

»Jawohl.« Weber stieg aus und verabschiedete sich.

Als er kurz darauf durch den schier endlosen, arg verwinkelten Flur zu seinem Dienstzimmer ging, musste er an den gestrigen Abend denken. Er war mal wieder im *Goldenen Anker* auf St. Pauli versackt, bei Lore. Und über Nacht geblieben. Was er nicht vorgehabt hatte. Aber der verflixte Alkohol! Und dann ihre Hände, mit denen sie ihn auch ohne Seile fesseln konnte. Er hatte sich mal wieder im Netz dieser Spinne mit den leuchtend blauen Augen und den sinnlichen Rundungen verfangen. Immerhin hatte sie ihn bislang jedes Mal wieder freigelassen. Und er stolperte am nächsten Morgen benommen und verkatert zum Dienst. Heute war er direkt zum Fahrunterricht gegangen, mit peinlichem Ergebnis.

»Das geht so nicht mehr weiter«, murmelte er vor sich hin.

Vor der zweiflügeligen Schwenktür zur Kriminalinspektion 1 hielt er kurz inne und holte tief Luft. Hauptsache, es passiert heute nichts mehr, sagte er sich, dann kann ich die längst fälligen Berichte zu Ende schreiben. Er hatte richtig Lust darauf. Sich einen Bohnenkaffee aus der »Dienstkanne« einschenken, eine neue Feder in den Federhalter stecken, das Tintenfass aufdrehen, die Federspitze eintunken und sorgfältig alles notieren. Später dann Rollmops mit Bratkartoffeln in der Speise-Centrale am Großneumarkt. Obwohl, den sauren Hering hätte er auch jetzt schon gebrauchen können.

Sei's drum, dachte er und stieß die Tür mit der Aufschrift »Verbrechen gegen das Leben« auf.

Die alten, verwitterten Grabsteine lagen wie immer ordentlich nebeneinander im Gras. Leicht bemoost, angeschlagen und von Rissen durchzogen, schimmerten sie grünlich im Licht der Morgensonne, deren Strahlen auf den St.-Pauli-Kirchhof fielen. Die Umrisse der wenigen aufrecht stehenden Grabmale zeichneten sich scharf ab, das Schattenspiel der Blätter auf dem Gras wurde von einer angenehmen Brise aus Südwest belebt. Heute roch es mal nicht nach Fisch und Kohlenrauch, sondern nach Meer.

Der Kirchhof, der an Werktagen normalerweise still und verlassen dalag, war heute ungewöhnlich stark bevölkert.

Vor der Backsteinwand der Kirche, unter der großen, weißen Giebel-Rosette, standen drei Schutzmänner und passten auf fünf Männer auf, die ihrerseits über ihre Schultern hinweg eine dritte Personengruppe beaufsichtigten. Diese war gerade damit beschäftigt, in einem Grab zu buddeln. Das war ungewöhnlich, denn zum einen wurden Leichen auf Friedhöfen ja ein- und nicht ausgegraben, und zum anderen wurde der St.-Pauli-Kirchhof schon lange nicht mehr als Beerdigungsplatz genutzt. Um eine archäologische Ausgrabung handelte es sich ebenfalls nicht.

Das Holzkreuz hatte den Pastor stutzig gemacht. Das frische Grab davor hatte ihn dazu bewogen, den Küster zur Davidwache zu schicken. Die Polizisten auf der Wache hatten nach kurzer Inspektion der Lage mit dem Stadthaus telefoniert, und nun standen die Herren von der Abteilung »Verbrechen gegen das Leben« auf dem Friedhof und warteten.

Der Küster, der mit seinem Rauschebart aussah wie ein Jünger Jesu, musste das Grab aufschaufeln. Er schwitzte und nörgelte vor sich hin, er sei doch nicht im Schaugeschäft, aber der Pastor mit seiner riesigen Halskrause hätte die Arbeit schlecht verrichten können. Und die Polizei war ja bekanntlich ein faules Pack. Von den anwesenden Pressevertretern gar nicht zu reden.

Bald kam ein Bein zum Vorschein, dann ein Arm, dann Hände und Füße und ein schmächtiger Rumpf in Kleidern, die so oft gewaschen worden waren, dass sie eine undefinierbare Farbe angenommen hatten. Nun waren sie zum letzten Mal schmutzig geworden.

Das hagere Gesicht eines Mannes Ende vierzig mit Stoppelbart und schütterem, graublondem Haar und einer Hakennase wurde freigelegt.

»Vorsicht mit der Schaufel, nun nehmen Sie doch die

Hände, Mann!«, stieß der Wachtmeister der Davidwache hervor, als die scharfe Kante des Schaufelblatts den hohlen Wangen des Toten zu nahe kam.

»Mach doch selber«, brummte der Küster in seinen Bart.

»Ich denke, ab hier ist es Polizeiarbeit«, meldete sich Kommissar Weber zu Wort.

Erleichtert warf der Küster die Schaufel hin und sah seinen Pastor an. Der nickte, und der Küster schlurfte davon.

»Ich komme noch zu spät zu meiner Beerdigung.« Der Pastor schaute zur Kirchturmuhr und bemerkte gar nicht die Ironie dieser Formulierung. Er wandte sich ab und stapfte davon. »Auf Wiedersehen, meine Herren.«

Gustav Hilbrecht, der Polizeifotograf, der sein Jackett bereits ausgezogen und die Hemdsärmel hochgekrempelt hatte, stellte ein zweites Mal die Kamera mit dem Stativ auf, um nach dem geschlossenen nun auch das geöffnete Grab abzulichten. Der grelle Blitz passte nicht zur sommerlichen Stimmung und würde dem Bild jede Romantik rauben. Aber was war schon romantisch an einer Leiche?

»Das ist Schrammel-Ede«, stellte der Wachtmeister fest, »Eduard Geyer – mit Ypsilon. Erstaunlich, dass den jemand umgebracht hat. Der stand doch sowieso schon mit einem Fuß im Jenseits.«

»Ziemlich mager, der Mann«, bemerkte Weber.

»Hat sich nur noch von Schnaps ernährt«, sagte der Leutnant.

»Und sonst?«

»Kleinere Diebstähle, manchmal auch Erpressung, wenn es ihm gelang, eine abgehalfterte Hure davon zu überzeugen. Alles kaum der Rede wert.«

»Warum macht sich dann jemand die Mühe, ihn zu töten und auch noch zu beerdigen?«, fragte Weber.

»Tja.« Der Wachtmeister blickte sinnierend auf das im Sonnenlicht funkelnde grüne Blattwerk.

Weber schwitzte, aber er wollte das Jackett nicht ablegen, weil er unter den Anwesenden der ranghöchste Beamte war. Auf meine Eitelkeit lass ich nichts kommen, dachte er ironisch. Der Bauch, den seine Geliebte neuerdings »bemerkenswert« fand, spielte bei der Entscheidung allerdings auch eine gewisse Rolle. Rein äußerlich betrachtet ging es dem Kommissar zurzeit bestens. Innerlich neigte er zu grüblerischen Betrachtungen.

Zum Beispiel fragte er sich gerade, was einen Menschen ausmachte, wenn ein bloßer Herzstillstand ihn in ein wertloses Ding verwandelte. Schlimmer noch: Eine Leiche war nicht bloß ohne jeden Nutzen, sie war Abfall, sie verfaulte, in ihr entwickelten sich Gase und giftige Substanzen. Sie musste begraben werden, damit sie keinen Schaden anrichten konnte. Im Krieg hatte Weber erlebt, wie aufgedunsene Leichen in der Sommerhitze regelrecht explodiert waren. Er schüttelte sich. Die Augen des Toten starrten ins Nichts. In ein Nichts, das jenseits aller Ordnung war, eine undurchdringliche, schwarze Leere, in die kein Polizist der Welt Licht bringen konnte. Und der Pastor hatte sich schon davongemacht.

Eine Hand legte sich auf Webers Schulter. »Nun, Alfred, was sagt dir dein Instinkt?«, fragte Hilbrecht, der Fotograf.

»Ein Ritualmord vielleicht oder die Tat eines Irren.«

»Jemand hat sich die Mühe gemacht, ein Holzkreuz in den Boden zu stecken«, sagte Hilbrecht.

»Das ist geklaut«, meldete sich der Wachtmeister zu Wort. Er deutete zur Kirche, wo an der Wand neben den Herren von der Presse weitere Holzkreuze standen. »Die wurden von den

Konfirmanden anlässlich einer Theateraufführung in der Karwoche zusammengenagelt. Dreizehn Stück.«

Na, hoffentlich kommen die nicht alle zum Einsatz, dachte Weber.

Ein Mann im weißen Kittel mit einer Arzttasche in der Hand kam um die Kirche herum. Wie immer trug Lindgard, der Polizeiarzt, in der einen Tasche seines Kittels überflüssigerweise ein Stethoskop.

Trotz des Sommers war er recht bleich im Gesicht. Das Weiß seines Kittels und seiner etwas zu kleinen Schirmmütze war nur unwesentlich heller als seine Haut. Er trat ans Grab, grüßte in die Runde und rückte seine eckige Nickelbrille zurecht.

»Na, was sagen Sie, Herr Doktor?«, fragte Hilbrecht scherzhaft.

Lindgard blickte verkniffen um sich. »Ihre Anwesenheit lässt darauf schließen, dass der Mann da tot ist.«

»Gut erkannt«, entgegnete Hilbrecht.

»Er muss noch weiter ausgegraben werden«, sagte der Mediziner.

Alle schauten sich an. Schließlich zuckte der Wachtmeister von der Davidwache mit den Schultern, stieß einen Pfiff aus und winkte einen schlaksigen jungen Beamten heran. Der musste nun die Erde um die Leiche herum mit der Hand wegkratzen.

Als er fertig war, stellte er sich mit schmutzigen Ärmeln und dreckiger Hose neben einen Grabstein und begann, die klebrige Erde von seinen Händen daran abzuwischen.

»He!«, rief sein Vorgesetzter von der Davidwache. »Respekt vor den Toten, junger Mann.«

Der Angesprochene zuckte zusammen.

»Tja«, versuchte es der Wachtmeister versöhnlicher, »da

hat deine Mutter gleich am ersten Tag schon 'ne Menge Wäsche. Er hat nämlich gerade angefangen, der Polizeianwärter Schubert.«

Der junge Schubert errötete, ob aus Scham oder Wut war nicht genau zu beurteilen. Erster Tag und schon eine Leiche ausbuddeln, dachte Weber, der arme Kerl. Hilbrecht schoss noch ein paar Fotos von der freigelegten Leiche.

Weber kam der Gesichtsausdruck von Schrammel-Ede jetzt ziemlich verbissen vor. Vielleicht wäre er vor seinem Tod gerne noch was losgeworden, überlegte er. Vielleicht hat er seinen Mörder verflucht, sein Schicksal oder den Teufel oder den lieben Gott. Der hat ihm die ewige Ruhe im Übrigen nur kurz gegönnt. Denn nun sind wir da. Und wir werden uns mit dir beschäftigen, werden herumfragen und Informationen über dich sammeln. Dir wird nun eine Aufmerksamkeit zuteil, die du schon lange nicht mehr bekommen hast, so wie du aussiehst.

»Was wissen Sie noch über ihn?«, fragte Weber den Wachtmeister.

»Dass er sich früher als Kneipenmusikant durchschlug. Als es ihm noch besserging. Soll sogar mal Einbrecher gewesen sein, aber das war vor meiner Zeit.«

»Letzter Wohnsitz?«

Der Wachtmeister lachte. »Der hat schon lange keinen Meldezettel mehr ausgefüllt.«

»Bekanntschaften?«

»Unter den Huren, die im Schatten stehen. Vielleicht auch ein, zwei Kumpane, die gar nicht erst planen, wenn sie auf die Idee kommen, ein Ding zu drehen. Das letzte Mal hatten wir ihn auf der Wache, weil er sich sonntagmorgens in betrunkenem Zustand den Klingelbeutel von St. Joseph unter den Nagel gerissen hatte. Behauptete, als bedürftiger Katholik hätte er einen Anspruch darauf. Ist aber auch schon eine Weile her, über ein Jahr.«

»Suchen Sie mal alles zusammen, was Sie über ihn haben, und schicken Sie es mir ins Stadthaus.«

»Geht in Ordnung, Herr Kommissar.«

Hilbrecht hatte inzwischen Kamera und Stativ abgebaut und richtete sich auf. Sein fleischiges Gesicht glänzte vor Schweiß, sein Hemd klebte feucht an seinem massigen Oberkörper. Als er merkte, dass die Sonne auf seine Glatze knallte, zog er eine Schirmmütze aus der Gesäßtasche und setzte sie auf.

Eine Weile schauten sie zu, wie Lindgard die Leiche untersuchte. Hilbrecht zündete sich einen Stumpen an und setzte sich auf eine der alten Grabplatten. Weber hockte sich auf der Luv-Seite neben ihn, um den Tabakschwaden zu entgehen.

»Ich soll dich schön grüßen«, sagte Hilbrecht nach kurzem Schweigen.

»Von wem?«

»Mathilde, deiner Frau.«

»Ist sie nicht mehr, wir sind geschieden. Jetzt endlich. War nicht einfach. Das Recht ist dagegen.«

»Wie hast du das bloß geschafft?«, fragte Hilbrecht sarkastisch.

»Mehrfacher Ehebruch.«

»Beneidenswert.«

»Sag das nicht.«

»Mathilde meint, du sollst am Wochenende mal was mit deiner Tochter unternehmen. Damit sie dich nicht vergisst.«

»Ja, klar, mach ich.«

»Wie alt ist Erika jetzt?«

»Sechs.«

»Kommt bald in die Schule.«

»Ja.«

»Geh mal mit ihr zu Hagenbeck.«

»Waren wir schon zwei Mal. Sie will immer zu den Affen. Ich mag keine Affen.«

»Na, jetzt im Sommer wirst du schon was finden.«

»Würgemale am Hals!«, rief Lindgard, der noch immer im Grab kniete. »Schätze mal, dass es eher acht als vier Stunden her ist, die Nacht war ja relativ frisch.«

Also hatte jemand zwischen ein und zwei Uhr morgens den ehemaligen Einbrecher und jetzigen Kleinganoven und Alkoholiker Eduard Geyer erwürgt und anschließend hier verscharrt. Wir müssen den ganzen Kirchhof nach Spuren absuchen, dachte Weber müde.

»Erwürgt mit einem Seil«, ergänzte Lindgard. »Ungefähr einen Zentimeter dick. Hanfstrick, würde ich sagen.«

In diesem Moment klappte der Mund des Toten auf, und eine blauschwarze Zunge quoll hervor.

»Gib mir mal deine Pistole«, verlangte Erika.

»Nein.«

»Doch.« Das Mädchen streckte die Hand aus.

»Das darf ich nicht.«

»Ich will ja bloß mal anfassen.«

Weber hielt das Jackett zu, als sie anfing, daran zu zupfen.

»Zu gefährlich.«

»Du kannst ja die Kugeln rausnehmen.«

»Sind gar keine drin.«

Das Mädchen schaute ihn ungläubig an. »Du hast gar keine Kugeln drin? Wie willst du denn dann Verbrecher erschießen?«

»Will ich doch gar nicht.«

Sie legte den Kopf schief und runzelte die Stirn. Dann

lachte sie. Und schlug mit ihren Fäusten auf seinen Oberschenkel. »Du willst mich verkohlen.«

»Aber nein«, sagte Weber. »Wir von der Polizei sollen die Verbrecher fangen, damit sie bestraft werden können. Wir bestrafen doch nicht selbst.«

»Nee?«

»Nee, das macht der Richter.«

»Der schießt dann?«

»Nein, der bringt sie ins Gefängnis.«

»Und da wird ihnen der Kopf abgehauen.«

»Um Himmels willen, nein! Dort müssen sie bleiben und ...« Ja, was machen sie eigentlich dort, fragte sich Weber. Mit dem Alltag im Gefängnis hatte er ja glücklicherweise nichts zu tun. Menschen hinter Gittern zu sehen, war ihm trotz seines Berufs immer unangenehm gewesen.

»... schmachten«, ergänzte das Mädchen.

»So was in der Art, ja.«

»Und wenn sie genug geschmachtet haben, dürfen sie wieder raus?«

»Ja.«

»Und dann fängst du sie wieder ein.«

»Aber nur, wenn sie wieder was Böses getan haben.«

»Das müssen sie doch, wenn sie Verbrecher sind. Das ist doch ihr Beruf.«

»Sie können sich bessern und einen anderen Beruf wählen.« Weber schaute verstohlen auf seine Armbanduhr. Wo blieb Mathilde denn nur? Jedes Mal kam sie zu spät. Er saß mit seiner Tochter Erika im Park an der Beneckestraße am Grindel, gegenüber der Synagoge. Die Sonne schien, ein laues Lüftchen wehte. Spaziergänger waren unterwegs oder saßen auf Bänken, darunter einige Männer mit Kippa auf dem Kopf. Kinder tollten über den Rasen.

»Ich weiß schon, welchen Beruf ich wähle«, sagte Erika nach kurzem Nachdenken.

»Tatsächlich?«

»Klar, ich werde Polizist.«

Weber schüttelte den Kopf. »Das geht nicht.«

»Wieso denn?«

»Mädchen dürfen keine Polizisten werden.«

»Aber ich meine doch später, wenn ich erwachsen bin.«

»Frauen gehen nicht zur Polizei.«

»Warum?«

»Weil es da keine Arbeit für sie gibt.«

»Nicht?«

»Nein, das ist nicht vorgesehen.«

»Das ist aber komisch.«

»Wieso?«

»Weil es doch auch Frauen gibt, die böse sind und ins Gefängnis kommen sollen.« Erika rückte näher an ihn heran und senkte die Stimme. »Ich hab gehört, dass eine Frau eine andere abgemurkst hat, hier in unserer Straße.«

»Abgemurkst?«

»Ja, und da braucht man doch Frauenpolizisten, um sie zu verhaften. Ich sag dir auch, wieso.« Erika schaute ihn wissend an.

»Wieso?«

»Weil Männer Frauen nicht verstehen. Das sagt Mama. Und weil das so ist, können Männer Frauen auch nicht fangen. Das sage ich. Weil sie die Männer an der Nase herumführen.«

»Wo hast du denn diesen Unsinn her?«

»Mama hat mir eine Geschichte aus dieser Zeitschrift vorgelesen, von einem Mädchen, das viel schlauer war als die Jungen, weil es anders denken konnte.«

»Aha.« Das war bestimmt ein Artikel aus der »Frau« gewesen, dieser Zeitschrift der Frauenrechtlerinnen. So etwas einem kleinen Mädchen vorzulesen, war wirklich Unfug.

»Und weil das so ist, muss es auch Frauenpolizisten geben, verstehst du. Sonst kriegt ihr die Frauenverbrecher nämlich nicht, verstanden?« Erika hob triumphierend den Zeigefinger, wie Mathilde es auch manchmal tat. Eine rechthaberische Geste, die Weber seinerzeit auf die Nerven gegangen war.

Er schüttelte den Kopf. »Ich habe aber schon viele Frauenverbrecher gefangen«, sagte er.

Erika war enttäuscht und schmollte.

»Warum dürfen eigentlich nur Jungs Cowboy spielen?«, fragte sie unvermittelt.

»Wie bitte?«

»Da.« Sie zeigte auf zwei etwa Achtjährige, die sich gerade ein Duell lieferten und »Peng, peng!« riefen. Einer der Jungen grinste zu ihnen herüber, offenbar kannte er Erika.

»›Boy‹ ist Englisch und heißt ›Junge‹«, versuchte Weber zu erklären. Seine Gedanken gingen etwas durcheinander, als er an seine Jugendlektüre dachte, an Old Shatterhand und Winnetou und dessen Schwester Nscho-tschi, und ohne weiter nachzudenken, sagte er: »Du könntest Indianerin sein und die Cowboys überfallen, ihnen die Sachen wegnehmen und dich dann als Cowboy verkleiden. Dann hättest du sogar eine Pistole zum Schießen.«

Erika sah ihn verblüfft an. »Aber Papa!«, stieß sie dann halb enttäuscht, halb zornig hervor. »Du denkst ja wie ein Mädchen!« Und schon rannte sie los, hinter den beiden Jungs her, johlte wie ein Indianer auf dem Kriegspfad und versuchte sie zu fangen.

Wenige Sekunden später tauchte Mathilde endlich auf. In

einem hellgrauen Kleid, mit Hut, ohne Schirmchen. Rüschen schon gar nicht.

Er stand von der Bank auf. Sie gaben sich die Hand und schauten hinter dem Mädchen her. Weber deutete auf die Bank, aber sie blieben beide stehen.

»Erika will eine Pistole erbeuten«, sagte Weber, weil ihm sonst nichts einfiel.

Mathilde schaute ihn missbilligend an. »Sie ist besessen von Pistolen. Weil sie gesehen hat, dass du eine trägst. Sogar, als du uns neulich zu Hause aufgesucht hast.«

»Da kam ich vom Dienst, deswegen.«

»Ich kann das nicht billigen. Die eigene Tochter mit einer Waffe unterm Arm zu besuchen!«

Weber stöhnte. »Ist gut, ich merk's mir ja.«

Erika hatte jetzt einen der Cowboys zu Fall gebracht und stürzte sich auf ihn.

»Was tut sie denn da, um Himmels willen.«

»Sie ist Indianerin«, erklärte Weber. »Später, sagt sie, will sie Frauenpolizistin werden. Hast du ihr das in den Kopf gesetzt?«

»Polizistin? Von mir hat sie das nicht. Das würde ich nicht zulassen. Obwohl ...«

»Sie scheint ja schon eine richtige kleine Frauenrechtlerin zu sein. Setzt du ihr neuerdings solche Flausen in den Kopf?«

»Unsinn, was redest du denn da. Und selbst wenn.«

»Sie sagt, Mädchen sind schlauer als Jungen, und sie will später mal Verbrecherinnen jagen.«

»Das Weibliche ist nichts für die Jagd, Alfred. Das Weibliche ist Fürsorge und Mütterlichkeit. Diese Prinzipien sollten Frauen in die Gesellschaft tragen, um sie zu verbessern. Wenn wir die Männer imitieren, wird alles nur noch schlimmer.«

»Und so was erzählst du ihr?«

»Natürlich nicht. Sie ist doch erst sechs Jahre alt.«

»Aber du liest ihr Geschichten aus diesem Blatt für Frauenrechtlerinnen vor.«

»Das war eine Kindergeschichte.«

»Trotzdem.«

»Was, trotzdem?«

»Tendenziös.«

Mathilde stemmte die Hände in die Hüften. »Tendenziös? Willst du mir vorwerfen, ich erziehe meine Tochter nicht gut? Ausgerechnet du, der du dich davongestohlen hast! Der keine Verantwortung kennt, sondern sich ganz tendenziös nach jedem Rockzipfel umdreht.«

»Jetzt hör mal, das ist doch ...«

Hinter ihnen ertönte ein Schmerzensschrei, dann Erikas lautes Schluchzen. Sie lag auf dem Boden, und einer der Cowboys hielt ihr die Mündung seines Revolvers unter die Nase. Gleichzeitig blickte er verwirrt, ängstlich und hilfesuchend um sich. Mit einer weinenden Indianerin wusste er nicht umzugehen.

»Da hast du es!«, schnauzte Mathilde Weber an. »Das kommt dabei heraus, wenn Mädchen und Jungen zusammen spielen. Pistole erbeuten, so ein Unfug ...«

Sie eilte über den Rasen. Der Junge sprang auf und suchte das Weite.

»Ich muss zum Dienst«, rief Weber seiner Ex-Frau hinterher, winkte unschlüssig seiner Tochter zu, die ihm einen jammervollen Blick zuwarf, drehte sich um und verließ den Park.

Eigentlich verstehe ich mich doch ganz gut mit Erika, überlegte er. Stell dir mal vor, sie wäre ein Junge. Erik. Hätte ich ihm meine Pistole gegeben? Nur mal so, damit er weiß, wie sich das anfühlt? Nein, entschied er, die Colt M 1911, die er sowieso nur bei sich trug, wenn es sein musste, war eine Mörderwaffe. Er hatte damit einen Menschen getötet. Im Krieg. Die Pistole war mit Schuld beladen. Deshalb hatte er sie als Dienstpistole eintragen lassen. Damit er es sich zweimal überlegte, wenn es nötig erschien, sie einzusetzen. Es war doch besser, eine Tochter zu haben, dachte er weiter, Mädchen schicken sie nicht in den Krieg. Immerhin.

Der schmale Gang zwischen Erichstraße und Friedrichstraße war mit zwei- und dreistöckigen Häusern bebaut, die sich teilweise bedenklich neigten. Das unebene Pflaster war dick bemoost, und an der einzigen Stelle, wo die Sonne hinkam, hatte sich ein Baum durch den steinigen Boden gekämpft und trotzte dem Elend mit sattem Grün. Die Kneipe dahinter, in der es nur einen Tresen und zwei Tische gab, hieß dementsprechend *Lindengrün*, öffnete aber erst nach Sonnenuntergang. Daneben befand sich ein kleines, zweistöckiges Haus, eher eine Bude, mit einem Verkaufsfenster. »Kurzwaren – Zigaretten – Praktisches« stand auf einem Schild, das, wie Weber wusste, nachts ein klein wenig Licht von der Straßenlaterne schräg gegenüber abbekam. Praktisches waren zum Beispiel Kondome, die zu später Stunde in manchen Nischen der Gasse ganz plötzlich gebraucht wurden. An Festtagen gab es tagsüber sogar selbstgebackenen Kuchen.

Die kleine Frau im Verkaufsfenster der Bude wirkte ein bisschen verloren. Sie trug ein schwarzes Kleid und hatte die langen grauen Haare auf altmodische Art hochgesteckt. Das Kleid hatte kurze Ärmel, und die Frau hatte sich lange schwarze Handschuhe angezogen. Um die Ellbogen, zwischen dem Ende des Handschuhs und dem Ärmel des Kleides, war ihre schlaffe weiße Haut zu sehen. Ihre Augen waren gerötet, als hätte sie geweint. Sie blickte Weber gefasst entgegen und ließ ihn nicht aus den Augen, während er vorsichtig über den rutschigen Boden auf sie zuging.

Weber blieb vor ihr stehen, nahm die Mütze ab, grüßte und sagte: »Es tut mir sehr leid.«

Sie nickte. »Kommen Sie rein, Herr Kommissar.«

Ein abgewetztes Sofa, ein roher Tisch mit zwei verschiedenartigen Stühlen, ein Ausguss, eine Anrichte und ein Regal mit Geschirr. Weiter hinten eine Treppe, die eher wie eine Leiter wirkte und nach oben führte, wo es einen zweiten Raum gab, das Schlafzimmer wahrscheinlich. Hier hatte Schrammel-Ede zuletzt gewohnt, bei seiner Bekannten Elsa Möller, die früher mal auf den Strich gegangen war. Vor zehn Jahren hatte sie es endgültig aufgegeben.

Sie setzten sich nebeneinander auf das Sofa. Weber war unbehaglich zumute, aber nicht, weil er hier gelegentlich mal eine Packung Fromms gekauft hatte.

»Vielleicht möchten Sie mir ja was sagen«, begann Weber das Gespräch.

Die Frau nickte und dachte eine Weile nach. Weber wartete geduldig.

»War das gut gemeint mit dem Grab?«, fragte sie schließlich.

»Wie bitte?«

»Dass er begraben wurde. Oder war das boshaft gemeint?«

»Das wissen wir nicht. Eigenartig ist es schon. Auf dem Kirchhof wird doch niemand mehr begraben. Es war sehr auffällig.«

»Also sollte er gefunden werden«, sagte Frau Möller und verschränkte die behandschuhten Hände.

»Ja.«

»Also war es boshaft. Ihn da zu vergraben, meine ich.«

»Vor allem wurde er umgebracht, nicht wahr?«

»Das ist offensichtlich, Herr Kommissar«, sagte sie harsch. »Aber umgebracht ist einer schnell, nur eingebuddelt nicht, das braucht Zeit.«

»Es hat sich also jemand viel Mühe gegeben.«

Sie lachte freudlos, beinahe hämisch. Ihre verschränkten Hände verkrampften sich.

»Warum nur?«, fragte Weber.

Elsa Möller sah ihn stirnrunzelnd an. Dann glättete sich ihre Stirn, und sie schüttelte andeutungsweise den Kopf. Ihre Mundwinkel sackten herab. »Ja, wirklich«, sagte sie abfällig, als wollte sie den Mörder mit Verachtung strafen. »Der einzige Mensch, den das überhaupt etwas angeht, der es zur Kenntnis nimmt, der betroffen ist von seinem Tod, das bin doch ich. Da war sonst niemand. Er ging nur noch selten aus der Gasse raus, nur zum Einholen. Wenn er trinken wollte, ging er in die Linde.« Sie deutete vage nach nebenan. »Wir haben hier in unserem Winkel gelebt und waren froh, dass man uns diesen winzigen Flecken überlassen hat. Es war ausgemacht, dass wir uns nicht mehr mit anderen einlassen wollen.«

»Nicht mehr einlassen?«

»Das hat zu viel Unheil gebracht.«

»Unheil?«

»Sie haben recht, Herr Kommissar, das ist das falsche Wort. Aber wie soll ich das sagen? Dass die anderen uns lange genug das Leben schwergemacht haben? Dass wir uns mit knapper Not hierher retten konnten.« Sie hob die Hände und deutete auf ihre Umgebung. »Sie sehen ja, was man sich als Hure von seinen Ersparnissen leisten kann.«

»Immerhin.«

»Ja, immerhin. Es war eine glückliche Fügung. So was gibt's dann doch. Und kaum hatte ich die Bude übernommen, passierte mir noch so ein Glück. Gut zwei Jahre ist das jetzt her. Da steht er vor dem Fenster und will Zigaretten. Hat das Geld umständlich aus der Hosentasche gekramt. Das Komische daran war, dass die Art, wie er es machte, mich angerührt hat. Wie soll ich das sagen ... Man ist ja kein Backfisch mehr. Und er, na ja ... Wir haben ein bisschen geschäkert.« Sie lachte kurz und leise. »Er kam dann jeden Tag zur gleichen Zeit. Eher am frühen Morgen. Wenn er fertig war.«

»Mit was?«

»Musizieren. Da spielte er noch in verschiedenen Lokalen. Auf dem Klavier, wenn eins reinpasste, oder auf der Geige, wenn es eng wurde. Aber dann wurde die Gicht immer schlimmer, und es war aus mit der Musik. Da hab ich dann gesagt: Wenn du sowieso jeden Tag hier rumlungerst, kannst du auch einziehen. Wissen Sie, was Glück ist, Herr Kommissar?«

»Hm ...«

»Wenn man nicht allein ist. Da muss einer sein, der für einen da ist. Einsamkeit ist Verzweiflung, und Verzweiflung zerstört den Menschen. Und da kann mir der Pastor noch so viel von seinem Jesus erzählen und dem lieben Gott, das nützt mir gar nichts, weil ein Gott nämlich keinen Menschen ersetzen kann.«

»Sie waren also glücklich mit ihm?«

»Ja, und wenn seine Sauferei nicht gewesen wäre, dann hätte es sogar schön sein können. War's ja auch manchmal. Wenn die Sonne an Pfingsten auf unser Schaufenster geschienen hat, und wir standen nebeneinander und haben rausgeguckt. Und wenn's an so einem Feiertag auch nur Pellkartoffeln gab, war's doch schön.«

»Woher hatte er denn das Geld zum Saufen, wenn er doch gar nicht mehr gearbeitet hat?«

Sie blitzte ihn an. »Von mir nicht!«

»Woher sonst?«

»Das habe ich mich auch gefragt.«

»Er ging so gut wie nie aus der Gasse und hat trotzdem Geld verdient?«

Sie schaute ihn unbehaglich an.

»Jetzt ist es doch sowieso egal«, sagte Weber.

»Ja ... aber ich will nicht schlecht über ihn sprechen. Es waren auch nur Lappalien.«

»Er hat organisiert.«

»Bloß mal ein Kleidungsstück, das jemand an einer Garderobe vergessen hat, oder einen Hut, Sachen zum Verhökern ...«

»Und wenn mal eine Brieftasche mit dabei war, hat es auch nicht geschadet.«

Sie rückte ein Stück von ihm weg und sagte böse: »Er war kein Dieb! Er hat nur Sachen gesammelt, die übrig waren. Geld zum Leben haben wir hier genug verdient!«

»Also?«

Sie senkte den Kopf. »Das mit dem Trinken war halt teuer, deshalb.«

»Ich verstehe. Im Nachhinein müssen wir ihn ja nicht mehr richten«, beschwichtigte Weber sie.

»Das habe ich nie getan, ihn gerichtet«, sagte sie resolut. Dann lächelte sie verschämt. »Es war ja auch in Ordnung. Dann bekam er dieses Leuchten in den Augen. Und wurde sanft. Der Alkohol ist nämlich nicht unbedingt ein Teufelszeug, Herr Kommissar. Er kann auch Gutes bewirken.« Sie stand ruckartig auf, verschränkte die Arme vor der Brust, dachte kurz nach und hob dann eine Hand, um ihre Aussage zu unterstreichen. »Aber denken Sie bloß nicht, einer, den er behumst hat, hätte ihn auf den Kirchhof gebracht.«

»Nein, bestimmt nicht.«

»Wahrscheinlich ist es besser, ich erfahre es nie.«

»Ich muss es herausfinden.«

»Lassen Sie mich damit in Ruhe, ja?«

»Wenn es möglich ist …«

»Hier!«, rief sie aus und zerrte an den Handschuhen, zog sie aus und ließ sie zu Boden fallen. »Sehen Sie das? Da!« Sie hielt ihm ihre Hände vors Gesicht. »Das war's nämlich, um was es ging!«

Weber schaute ihre Unterarme und Hände an. Sie waren aufgerissen, wund und entzündet oder verschorft und verschuppt, sahen schlimm aus.

»Das hat er gelindert!« Sie schrie es beinahe, als wollte sie damit etwas entschuldigen. »Er hat seine gichtigen Hände daraufgelegt, und es ist verschwunden. Und dann kam es wieder. Weil er drei Tage weg war. Da ging es wieder los. Und da wusste ich, dass er nicht mehr zurückkommt. Haben Sie das verstanden, Herr Kommissar?« Sie hielt ihm demonstrativ die Arme hin. »Das kriecht die Arme hoch und will vom ganzen Körper Besitz ergreifen. Das passiert jetzt wieder. Und da nützt es mir gar nichts, dass Sie ihn wieder ausgebuddelt haben. Und auch nichts, wenn Sie seinen Mörder finden. Das ist mir egal, verdammt noch mal. Das ist mir doch ganz egal!«

Sie fing an zu schluchzen.

Mein Beruf ist manchmal wirklich zum Kotzen, dachte Weber, als er das winzige Häuschen verließ.

Ein ehemaliger Ganove und Schrammelmusiker, der sich zuletzt als Gelegenheitsdieb über Wasser gehalten hatte, war ermordet und auffällig verscharrt worden. Was ergibt das für einen Sinn, fragte er sich, als er den Wilhelmsplatz überquerte.

Auf der Reeperbahn herrschte reger Verkehr. Wie immer.

Weber mochte den Paternoster-Fahrstuhl im Stadthaus nicht gern benutzen. Redete sich ein, er sei abergläubisch, obwohl er bloß Angst hatte, er könnte sich beim Ein- oder Aussteigen einklemmen. Treppensteigen war ohnehin gesünder, der Mensch brauchte Bewegung! Im Frühtau zu Berge, dachte er, als er die breiten Steinstufen im Stadthaus in den ersten Stock hinaufstieg. Ja, genau, einen Urlaub sollte man sich auch mal wieder gönnen. Immenstadt im Allgäu, wie lange war das inzwischen her?

Ein Stück weiter oben, im zweiten Stockwerk, traten zwei bestrumpfte Waden in sein Sichtfeld. Schnürstiefel umfassten schlanke Fesseln. Die Stiefel drehten eine Pirouette, gingen zwei Schritte nach rechts, dann vier nach links, blieben stehen, drehten sich im Halbkreis.

Weber erreichte den Treppenabsatz und blieb stehen, weil die zu den Stiefeln gehörende Person ihm den Weg in den dritten Stock versperrte.

Im Augenblick wandte sie ihm den Rücken zu. Sie war etwas kleiner als er, trug eine Art Jackett, darunter ein langes, gerade geschnittenes Kleid, das die bestrumpften Waden zum größten Teil bedeckte. Außerdem eine dunkelblaue Bluse und einen großen, runden Hut, mit dem sie wirkte, als käme sie aus einem anderen Jahrhundert. Nur der blonde Haarschnitt, der den Blick auf einen schlanken Hals freigab, war von heute. Ansonsten unterschied sich diese Person deutlich von den modebewussten Hamburgerinnen, die im Sommer durch die Innenstadt flanierten. Dunkelblaue

Strümpfe! In diesem Aufzug musste sie zwischen den luftig gekleideten Bürgerstöchtern am Jungfernstieg aber gewaltig auffallen. In der einen Hand hielt sie eine ziemlich große Handtasche aus schwarzem Leder. Vielleicht eine Krankenschwester oder Hebamme, die die Geburt eines Kindes im Meldeamt bekanntgeben wollte.

Sie drehte sich zu ihm um, und es traf ihn wie ein Blitz. Sie offenbar auch, denn sie stieß einen Schrei aus und hielt sich die freie Hand erschrocken vor die Brust.

»Gott! Haben Sie mich erschreckt.«

»Gummisohlen«, sagte Weber mit schuldbewusster Miene. Was für eine großartige Erklärung. Lächerlich. Fehlte nur noch, dass er ihr versicherte: *Keine Angst, Sie sind hier bei der Polizei.*

»Suchen Sie etwas, Fräulein?«

Sie lächelte verlegen. Kein Rot auf den Lippen, kein Rouge auf den Wangen, keine auffällig gezupften Augenbrauen und nicht mal ein Hauch von Puder. Und trotzdem, irgendwie beeindruckend. Die kleine Schwester der Garbo, kam es ihm in den Sinn. Er hatte kürzlich erst »Dämon Weib« und »Fluten der Leidenschaft« in *Knopf's Lichtspielhaus* am Spielbudenplatz gesehen.

»Oh, Entschuldigung, ich stehe Ihnen wohl im Weg«, sagte sie hastig und lachte. »Es ist jedes Mal das Gleiche, ich komme mit den Stockwerken durcheinander.«

»Na, so viele sind's doch gar nicht«, sagte er jovial. Fünf, wenn man das Erdgeschoss mitrechnete, und oben unterm Dach die »Photographische Anstalt« und die Archivräume.

»Tja«, sagte sie, »aber bin ich jetzt im zweiten oder dritten Obergeschoss?«

»Wenn Sie zum Meldeamt wollen ...«

»Nein, nein. Also, ich arbeite doch hier ... Eben das ist es ja … das ist peinlich, wirklich … Dabei bin ich schon seit letzter Woche angestellt.«

»Ah, als Schreibkraft. In welcher Abteilung denn?«

Sie schüttelte den Kopf und errötete leicht. »Nein, nein, Kriminalpolizei … aber …« Sie hob ruckartig die freie Hand und schaute auf eine schmale Armbanduhr. »Ach herrje, meine Chefin wird mir den Kopf abreißen, wenn ich schon wieder zu spät bin.«

»Kriminalpolizei?«, sagte Weber verblüfft. »Dann müssen Sie noch weiter hinaufsteigen. Ich bin selbst …«

Aber die junge Frau streckte nun den Zeigefinger in die Höhe, als wäre ihr gerade etwas Wichtiges eingefallen, und sagte: »Zweiter Stock natürlich, und da bin ich, richtig? Prima, vielen Dank, Herr Kollege!«

Sie wirbelte herum, betrat mit weit ausholenden Schritten den breiten Korridor, der nach links um die Ecke führte, und verschwand im Labyrinth der Polizeibehörde.

Ein bisschen verwirrt, dachte Weber, hoffentlich richtet sie kein Unheil an. Dass Männer sich als Polizeibeamte ausgaben und sich in der Behörde wichtigtuerisch aufführten, kam manchmal vor. Einen »Fall von Köpenick« nannte man das dann. Aber eine Frau, die eine Amtsperson mimte, war ihm bislang noch nicht untergekommen. Auch keine mit hellgrünen Augen. Na, so was.

Er drehte sich um und stieg weiter nach oben.

Nach einigen Windungen des Korridors erreichte er das Dienstzimmer, das er sich mit drei Kollegen, einem Wachtmeister, einem Oberwachtmeister und einem Anwärter, teilte. Jeder hatte einen Schreibplatz. Die erhöhten Pulte, an denen man auf einem Hocker wie am Tresen einer Gaststätte Platz nahm, standen paarweise zusammen, und zwar so, dass die Beamten sich gegenübersaßen. Weber mochte es nicht, von einem Kollegen gemustert zu werden, während er über seinen Berichten brütete, und hatte sich für ein kleineres, niedriges Pult vor dem Fenster entschieden. Von seinem Platz aus konnte er in den Innenhof schauen. Oben war ein Fleckchen Himmel zu sehen, und manchmal sah er, wie Hilbrecht, der Fotograf, oben unterm Dach die Lichtblende aus- oder einfuhr. Oder, nach Einbruch der Dunkelheit, wie es oben blitzte, wenn ein Foto von einem Beweisstück oder einer verhafteten Person geschossen wurde.

Vor seinem Tisch angekommen, holte Weber das sorgfältig in Papier eingewickelte Wurstbrot aus der Jackentasche, zog die Schublade auf und legte es hinein. Er bemerkte ein zweites, ähnliches Paket – es war ihm wohl entgangen, dass er noch eine Stulle da liegen hatte. Recht trocken war sie mittlerweile geworden.

Bevor er seinen Bericht schreiben würde, entschied Weber, wollte er erst mal einige Informationen über den Toten zusammentragen. Vielleicht half das ja dabei, Motive für den rätselhaften Mord und das Verscharren auf dem St.-Pauli-Kirchhof zu finden. Also marschierte er ins Erkennungsamt, um sich bei den Kollegen mit dem vorhandenen Material zu versorgen: Personenangaben aus dem Generalkartenregister, Einträge in der Verbrecherliste, Fahndungskarten vergangener Jahre, die Erkennungstafel des Ermordeten sowie Angaben zu seiner Person im Verbrecheralbum. Viel war es nicht, was die akribischen Kollegen aus der Registratur ihm hinlegten, alles doppelt und dreifach vorhanden, und vor allem veraltet.

Weber packte die Zettel und Karteikarten in einen Klappordner, quittierte den Erhalt und ging dann zur anthropometrischen Registratur, um sich die dortige Karte von Eduard Geyer alias Schrammel-Ede vorlegen zu lassen. Abgesehen von den Vermessungsdaten sämtlicher körperlicher Merkmale inklusive Armspanne, Sitzhöhe, Kopfbreite und Ohrlänge, Augenklasse und Gesichtsfülle, war bei den Personalien vermerkt: »Beruf: ehemals Musikant; Verbrecherklasse: Einbrecher; Bemerkungen: Berufsverbrecher, Bandenmitglied«. Auch Schrammel-Edes Fingerabdrücke waren dokumentiert. Aber was sollte Weber das jetzt bringen, wo der Mann tot war? Eine Narbe am Unterarm war vermerkt mit dem Hinweis: »Biss-Spur vermutl. menschl. Ursprungs«. Außerdem: »Gefängnis: 2-mal, Zuchthaus: 1-mal«. Die letzte Verhaftung lag eineinhalb Jahre zurück: »wg. Diebstahl, mangels Beweisen keine Verurteilung«.

Eduard Geyer hatte also in der kriminalistischen Bürokratie Spuren hinterlassen, aber die vorliegenden Informationen enthielten keine Hinweise, dass jemand aktuell einen Vorteil von seiner Ermordung haben könnte. Es sei denn, ein Teil von Schrammel-Edes Wirken lag noch im Dunkeln.

Weber saß eine Weile an seinem Pult und schaute in den Himmel. Zweifellos waren einige Tage Außendienst vonnöten. Er würde zahlreiche Kneipen und Kaschemmen auf St. Pauli abklappern müssen, vielleicht auch Bars und Nachtklubs. Großartig. Er freute sich darauf wie ein kleiner Junge.

Gut gelaunt zog er die Schublade auf, holte die Wurststulle heraus, wickelte sie aus und biss hinein. Zu spät merkte er, dass er das falsche Brot erwischt hatte, das alte, trockene. Das mit dem durchdringenden Schimmelgeschmack.

Weber spuckte aus, gerade in dem Moment, als Kriminalanwärter Kruse eintrat. Der schlaksige junge Mann schaute ihn erschrocken an und fragte: »Ist Ihnen nicht gut, Herr Kommissar?«

»Wasser!«, stieß Weber hervor.

»Um Himmels willen!« Kruse stürzte nach draußen. Ein

Stück weiter hinten im Flur, gleich um die nächste Ecke, gab es ein Waschbecken.

Mit einem verbeulten Zinnbecher in der Hand kam Kruse zurück. Weber hatte inzwischen einen Hustenanfall bekommen.

Dankbar nahm er das Wasser entgegen.

»Oje«, sagte Kruse und deutete auf Webers Schreibtisch. Auf der Karte mit den anthropometrischen Daten von Eduard Geyer lag eine dicke Fleischwurstscheibe, die sich unnatürlich grün verfärbt hatte.

»Soll ich das entfernen?«, fragte Kruse.

»Bitte.« Weber nickte. »Danke.«

Er entschloss sich, so bald wie möglich aufzubrechen. Das Gute an Ermittlungen auf St. Pauli war, dass man zwischenzeitlich aufkommenden Ärger und sonstigen üblen Geschmack mit einem Bier herunterspülen konnte.

Wenig später verließ er das Stadthaus. Das frische Wurstbrot vergaß er in der Schublade.

Drittes Kapitel:

MÄDCHEN IN UNIFORM

Das »Verkehrslokal der Diebe und Taschenkrebse«, wie manche bei der Kripo die *Gaststätte Goldeisen* in der Querstraße zwischen Silbersackstraße und Wilhelmsplatz nannten, lag im Hochparterre. Die Kneipe hatte einen Eingang und drei Ausgänge, darunter einen im Keller, in den man durch eine Falltür hinter dem Tresen gelangte. Der zweite Ausgang war eine schmale Tür in einer brüchigen Mauer hinter der Latrine im Hinterhof, der dritte eine Tapetentür, durch die man in das Treppenhaus des Nebenhauses gelangte. Dort ging ein Fenster nach hinten raus, eine Tür nach vorn, und eine Nebentür führte in eine Cocktailbar, die einem erfolgreichen Ex-Ganoven gehörte.

Die Bar hieß *Oho Soho!* und war eine beliebte Adresse bei englischen Seeleuten, die spätnachts gerne ein Lied mit dem Namen der Bar improvisierten. Ab 22 Uhr waren vier Animierdamen anwesend, darunter eine Dunkelhäutige und eine aus Asien, die Melone und Schirm trugen und gegen genügend Bezahlung Jacketts und Nadelstreifenhosen ablegten, um in Boxershorts, Herrenunterhemden, Schnürstiefeln und Sockenhaltern dicke Zigarren zu rauchen, die die Gäste ebenfalls teuer bezahlen mussten. Die Melonen nahmen sie nur vom Kopf, wenn ein Gast sie zu einem privaten Glas Champagner in das kleine Zimmerchen im ersten Stock einlud.

Nebenan, bei den Dieben, ging es schlichter zu. Hier wurde Bier getrunken, und man tauschte Erfahrungen und Tipps aus: wo gerade besonders naive Touristen unterwegs waren, die man ausnehmen konnte, oder welche Vergnügungstempel zurzeit unter besonderer Polizeibeobachtung standen. Nach gemeinsamen Überfällen und kleineren Einbrüchen – die Gäste hier waren allesamt eher bescheiden oder vorsichtig veranlagt – wurde im Keller die Beute aufgeteilt.

Weber schob die schwere Tür auf und nickte dem kleinen mageren Wirt mit dem Charlie-Chaplin-Bärtchen zu, der hinter dem Tresen stand.

»Moin, Kommissar«, sagte der und schaute nach unten. »Durstig oder neugierig?«

»Beides.« Weber schob die Schirmmütze in den Nacken und ging zu seinem Stammplatz in der Nische am Fenster. Bänke oder Stühle gab es sonst nur ganz hinten, wo ein großer Tisch stand, an dem gespielt wurde, wenn genug Geld im Umlauf war. Ein Wimpel des *Geselligkeitsvereins Goldenes Eisen* stand in der Mitte. Das Wappen darauf sah auf den ersten Blick aus wie das Symbol der Raiffeisenbanken, beim zweiten Hinschauen wurde den meisten klar, dass es zwei gekreuzte Brecheisen zeigte.

»Darf's ein Bier sein?«, fragte der Wirt.

»Gern.«

»Um was geht's denn heute?« Der Wirt griff nach einem Glas und ließ ein Bill-Bräu einlaufen.

»Der Tote auf dem Kirchhof. Schrammel-Ede«, sagte Weber.

»Traurige Geschichte.« Der Wirt, der das Bier auf die englische Art in einem Zug ins Glas gefüllt hatte, brachte es herüber.

»Vor allem sehr eigenartig, nicht?«

»Eigenartig?« Das Bier tropfte. Der Wirt benutzte seine Schürze, um die Tischplatte trockenzuwischen.

»Man gräbt ihn ein ...«

»Auch Mörder können mitfühlend sein, Kommissar.«

»... und will, dass er gefunden wird.«

»Schuldgefühle vielleicht? Ich kannte mal einen Einbrecher, der einen Teil der Beute mit der Post wieder zurückschickte.«

Weber schlug mit der Faust auf den Tisch. »Ein Mord ist doch kein Witz!«

»Ich kenne keine Mörder«, sagte der Wirt und blickte beleidigt drein. »Hier verkehren nur ehrbare Ganoven.«

»Ja, ja.« Weber wunderte sich selbst über seine plötzliche schlechte Laune. Vielleicht liegt's ja an meiner Ahnung, dass wir es hier mit einer richtig üblen Sache zu tun haben, überlegte er.

»Sieh mal«, sagte er in vertraulichem Tonfall, »Eduard Geyer war aus allem raus, hatte sich praktisch zur Ruhe gesetzt, bis auf kleine Sachen, nur so für den täglichen Bedarf. Der war krank, der war am Ende. Und einer macht sich die Mühe, ihn zu töten?«

»Vielleicht ein Versehen. Oder ein Unfall. Deshalb auch das Verscharren. Dem Täter war's peinlich.«

»Peinlich? Ein Mord?« Weber schaute den Wirt entgeistert an.

»Er wollte es vertuschen ... vielleicht«, meinte der Wirt. »Oder Schuld ... deshalb der Kirchhof, weil die eigene Tat ihm Angst gemacht hat.«

»Kein schlechter Gedanke«, gab Weber zu. Er nahm einen großen Schluck Bier und deutete mit dem Kopf zum Tresen. »Kann ich jetzt mal da runter?«

»Ich denke doch.« Der Wirt ging hinter seine Theke, beugte sich über die Falltür und rief: »Der Kommissar will mal runterkommen.«

»Jo«, kam es von unten.

Weber stieg die Treppe hinunter in den Keller, wo es ganz gemütlich aussah. Ein langer Tisch in der Mitte, Bänke vor den Wänden, Regale mit Schnapsflaschen, vor allem Rum, die mit den Namen der Eigentümer beschriftet waren. Ein richtiges Sofa, auf dem sogar ein paar Kissen lagen, ein großer Eichenschrank, hinter dem, wie er wusste, ein Durchgang in den nächsten Kellerraum war. Er hatte sich mal die Mühe gemacht, das riesige Ding beiseitezuschieben, nur um festzustellen, dass er auch hätte hindurchgehen können, denn der Schrank hatte keine Rückwand.

Das war lange her. Inzwischen wusste er auch, dass hinter den Gemälden mit billigen Stillleben lockeres Mauerwerk war und dahinter Nischen zum Ablegen von Diebesgut. Aber das alles interessierte ihn heute nicht. Er brauchte die Hilfe dieser »ehrbaren Ganoven«, die von der Gesellschaft abfällig »Berufsverbrecher« genannt wurden, was sie wiederum als Auszeichnung verstanden: Man hatte einen Beruf!

Drei Personen waren da. So scheel, wie sie ihn anschauten, hatten sie womöglich gerade Diebesgut beiseitegeräumt. Auf den zweiten Blick aber erschien ihm das eher unwahrscheinlich, denn zwei der Anwesenden gehörten eigentlich nicht hierher. Neben »Schlüssel-Ernst«, einem Fachmann für das Nachmachen von Schlüsseln, standen »Kekse-Gustav« und »Schnallen-Otto«. Ernst Hinrichs in seiner Manchesterhose und dem karierten Hemd sah eher aus wie ein Schlossermeister und wirkte neben Gustav Brinkmann in seinem eleganten braunen Zweireiher mit Kreidestreifen und den kastanienfarbenen Budapestern und Otto

Schlünder in dem schwarzen Anzug mit Fliege und Bowler-Hut etwas unpassend. Nun war aber Schlüssel-Ernst der Stammgast hier, nicht die anderen beiden. Was hatte sie hierher geführt?

»Tach auch, Herr Kommissar«, sagte Schnallen-Otto betont lässig.

»Sie sind ja schon passend angezogen für die Beerdigung«, sagte Weber, dem weder Brinkmann noch Schlünder sonderlich sympathisch waren.

»Wie bitte?« Schnallen-Otto verzog das Gesicht.

»Ich spreche von Schrammel-Ede.«

»Diese Beerdigung war ja wohl schon«, stellte Kekse-Gustav fest.

»Sind Sie dabei gewesen?«

Kekse-Gustav hob abwehrend die Hände. »Gott bewahre.«

»Wir kannten den Mann gar nicht«, sagte Schnallen-Otto.

»Ja, genau, völlig unbekannt war der uns«, sagte Kekse-Gustav. »Nur ein kleines Licht, wie man so hört. Komisch, dass den jemand umbringt.«

»Sinnlos«, stieß Schnallen-Otto hervor. »Völlig sinnlos.«

»Soso«, sagte Weber und wandte sich an Schlüssel-Ernst. »Siehst du das auch so?«

»Ganz recht«, sagte der. »Der Tod ist eine sinnlose Angelegenheit und ein Mord dementsprechend noch viel mehr.«

»Und was gibt es, abgesehen von diesen philosophischen Erkenntnissen, noch dazu zu sagen?«

Kekse-Gustav griff sich mit beiden Händen an das Revers seines Zweireihers. »Nichts.« Er schüttelte den Kopf.

Schnallen-Otto klopfte seine Taschen ab und zog schließlich ein silbernes Zigaretten-Etui hervor. Er steckte sich eine in den Mund und gab sich Feuer. Dann blies er den Rauch aus und sagte: »Absolut nichts.«

»Tja, wir müssen dann wohl«, sagte Kekse-Gustav und warf Schnallen-Otto einen auffordernden Blick zu. Der schaute gerade leicht abwesend drein. Vielleicht lag das an den Rauchschwaden, die er erzeugt hatte. Jetzt riss er sich zusammen und murmelte: »Ja, genau. Wenn Sie keine weiteren Fragen mehr haben, Herr Kommissar. Sie wissen ja, die Geschäfte rufen.«

»Es ist doch noch heller Tag.«

Kekse-Gustav grinste verkniffen. »Na?«, sagte er zu Schnallen-Otto und deutete zur Leiter, die nach oben führte.

»Jaja, also dann ...«

Sie kletterten in den Gastraum hinauf.

Weber sah ihnen kopfschüttelnd nach. »Kommt ja selten vor, dass man diese Halunken in Verlegenheit bringt.«

Schlüssel-Ernst vergrub die Hände tief in den Hosentaschen. »Jo.« Er sah aus, als würde er hoffen, dass auch Weber jetzt möglichst schnell verschwand. Der aber wollte ihm den Gefallen noch nicht tun.

»Ist doch eigenartig«, sagte er, »dass diese beiden Herren hier in den Keller steigen. Was hast du denn mit denen am Hut?«

»Tatsächlich nichts, Herr Kommissar.«

»Umso verwunderlicher, nicht?«

Schlüssel-Ernst zuckte mit den Schultern.

»Sieh mal, Ernst«, sagte Weber. »Es hätte mich nicht im Geringsten gewundert, wenn du hier mit einem Hehler verhandelt hättest. Aber diese beiden hab ich im Keller noch nie gesehen, auch nicht oben in der Kneipe.«

»Sind eben neu hier«, sagte Schlüssel-Ernst störrisch.

»Verkohl mich nicht. Was wollten die von dir?«

Schlüssel-Ernst zog träge die Hände aus den Taschen und deutete vage in den Raum. »Das ist ein hübscher Keller für eine Feier, gerade wenn's mal ein bisschen lauter werden könnte.«

»Unsinn. Die beiden feinen Pinkel suchen sich doch ganz andere Lokalitäten. So was kannst du deiner Großmutter erzählen.«

Schlüssel-Ernst grinste schwach. »Aber die würde mir das bestimmt nicht glauben, Herr Kommissar.«

Und das war's dann. Mehr war nicht aus ihm herauszukriegen. Weber stieg missgelaunt die Leiter hoch, trank sein Bier, bezahlte es und verließ die Kneipe.

An der Ecke zur Silbersackstraße stand Hannchen, die dralle Prostituierte, die Weber schon gekannt hatte, als sie eindeutig zu jung für ihren Beruf gewesen war. Sie lächelte ihm freundlich zu, als er sich näherte. Sie trug ein enges, recht kurzes Kleid und eine Bluse mit einem Ausschnitt, der außerhalb von St. Pauli für einen Menschenauflauf gesorgt hätte.

»Na, so was, Hannchen«, sagte er. »Was bist du groß geworden!«

Sie hob ihren üppigen Busen. »Wenn Sie es sagen, Herr Oberwachtmeister.«

»Kommissar, Hannchen.«

»Ach ja«, sagte sie und schlug sich mit der Hand gegen die Stirn, »stimmt, Sie sind ja auch gewachsen, und nicht nur um die Schultern.« Sie warf ihm einen bewundernden Blick zu.

So verliefen ihre kurzen Begegnungen jedes Mal. Webers Laune besserte sich schlagartig.

Alle starrten ihn an, als er einige Tage später den *Goldenen Anker* betrat. Lorenza, die Wirtin, stand hinter ihrem blankpolierten Tresen und blickte erstaunt auf. Dann nahm sie ihre zierliche kleine Tabakspfeife aus dem Mund und legte sie auf den Aschenbecher mit der Aufschrift »Germania-Bräu Wandsbek«. Ein betrunkener Tallymann mit Schirmmütze taumelte bei seinem Anblick drei Schritte zurück, stieß gegen den Kachelofen und verschüttete sein Bier. Ein leicht verwahrloster Stammgast mit Bartstoppeln, der gerade mit brüchiger Stimme, aber voller Inbrunst sein selbst erfundenes Lied »Lore, liebe Lore, was wackelt im Stroh ...« angestimmt hatte, verstummte. Zwei kartenspielende Matrosen und drei diskutierende Hafenarbeiter schauten auf, die Matrosen verzogen abfällig das Gesicht, die Arbeiter grinsten ratlos. Der Inhaber des Feinkostladens in der Taubenstraße, der noch immer seine weiße Schürze anhatte, zog an seinem Stumpen und blies die Backen auf. Nur die Schiffsmodelle unter der Decke hingen regungslos im Tabakdunst.

Lorenza ließ den nassen Wischlappen auf den Tresen fallen, trocknete die Hände an der Schürze ab und kam hinter dem Tresen hervor. Mit einer energischen Armbewegung schob sie den Tallymann aus dem Weg, der noch mehr Bier verschüttete. Während sie auf Weber zuging, öffnete sie mit der linken Hand den obersten Knopf ihres eng geschnittenen, dunkelblauen Kleids, dessen Stoff sich vorteilhaft an ihren Körper schmiegte.

»Hallo Ledermann«, sagte sie halb spöttisch, halb lasziv, als sie vor ihm stand.

Weber trug eine Lederjacke, eine Ledermütze, Lederhandschuhe und hohe Schnürstiefel, dazu eine in Leder eingefasste Brille. Kein Wunder, dass sie ihn »Ledermann« nannte. Erstaunlich allerdings war, dass sie ihn in diesem Aufzug erkannt hatte.

Sie gab ihm einen Kuss auf die Wange und hauchte: »Ist das ein Versprechen, Alfred?«

Der Kuss brachte Weber kurz aus dem Gleichgewicht.

»Ich habe meine Prüfung bestanden«, sagte er mit leichten Schwierigkeiten bei der Aussprache.

Ihre blauen Augen leuchteten spöttisch auf. »Das Abitur? Doch noch geschafft? Na endlich.«

»Den Führerschein«, sagte Weber, nicht ohne Stolz.

»Donnerwetter«, gab Lorenza zurück, »und das in betrunkenem Zustand.«

»Getrunken wurde erst danach. Kleine Feier mit dem Fahrlehrer. Nicht zuletzt, um die Gebühr ein wenig zu reduzieren.«

»Du hast woanders gefeiert? Nicht bei mir?« Lorenza stemmte die Hände in die Hüften. »Ich muss schon sagen!«

Ein Mann mit Melone auf dem Kopf, der zeitunglesend an dem kleinen runden Tisch neben der Garderobe gesessen hatte, beugte sich neugierig vor. Irgendwie kam er Weber bekannt vor, aber er wusste nicht, woher.

»Wir feiern doch weiter«, versicherte Weber, merkte dann aber, dass noch mehr Schnaps im Augenblick über seine Kräfte gegangen wäre, und fügte hinzu: »Später, wenn ich mich ausgeruht habe.«

»Na fein«, sagte Lorenza tadelnd und strich sich eine Strähne ihres leicht ergrauten schwarzen Haars aus dem Gesicht. »Dass du in letzter Zeit immer schon betrunken hier auftauchst, gefällt mir aber gar nicht.«

»Lore, liebe Lore, was ...«, tönte es hinter ihr wieder.

Sie drehte sich wütend um und rief: »Ruhe, das dulde ich nicht in meinem Lokal!«

Der Stammgast, der das Lied schon öfter angestimmt hatte, ohne getadelt zu werden, brach ab und blickte schuldbewusst zu Boden.

Lorenza packte Weber am Arm und zog ihn zu der Tür hinter dem Tresen, durch die sie ihn ins Treppenhaus und dann nach oben in ihre Wohnung bugsierte.

»Ich habe jetzt die Erlaubnis, ein Kraftfahrzeug zu führen«, sagte Weber stolz, als sie oben in Lorenzas Wohnzimmer traten. »Und weißt du, was das Tollste ist? Ich habe darauf gespart!«

»Auf die Erlaubnis?«

»Das Kraft... Kraftfahrzeug.«

»Spar dir deine Kraft mal lieber auf.« Sie zog ihm die Brille ab und klopfte mit der Faust spöttisch gegen seine Lederkappe. »Was soll überhaupt dieser Aufzug?«

»Prüfung im offenen Fahrzeug, Stadtverkehr und eine kurze Tour über Land. Daher ... zumal ich ja beabsichtige, ein Kabriolett zu erwerben.« Weber hob bedeutungsvoll die Lederhand und streckte den Zeigefinger aus. »Weil ... ich mir dachte, wie schön es ... wäre, wenn ... dein offenes Haar im Fahrwind weht, verstehst du.«

»Charmant, mein Lieber. Aber muss ich dann nicht auch so eine schreckliche Kappe tragen?« Sie versuchte, ihm das Ding vom Kopf zu ziehen.

»Oh, daran hab ich gar nicht gedacht«, sagte Weber, den Zeigefinger noch immer erhoben. Er stutzte. Etwas Eigenartiges passierte. Die graumelierten schwarzen Haare von Lorenza, die gerade vor seinem geistigen Auge im Fahrwind geflattert hatten, verwandelten sich in einen blonden Haarschopf, und sein Zeigefinger erinnerte ihn an einen anderen, der zu einer schmalen, zarten Hand gehörte. Seine Tochter? Mathilde? Nein, diese Unbekannte, die er auf der Treppe im Stadthaus getroffen hatte. Die mit dem Hut und den blauen Strümpfen, die kleine Garbo. Oh, dachte Weber, wie komme ich denn jetzt auf die?

»Ist was mit deiner Hand?«, fragte Lorenza.

»Ach ...« Weber knöpfte den Riemen auf, der den Handschuh am Handgelenk festhielt. Lorenza zog ihn ab. Dann kam der andere dran. Weber entledigte sich seiner Jacke und zerrte sich mühsam die Lederkappe vom Kopf. Ihm schwindelte.

»Ich bin müde.«

»Leg dich da aufs Sofa. Ich muss schnell wieder nach unten. Es wird bestimmt bald voll sein.«

»Gut.«

Kurz darauf lag er auf dem Sofa unter einer Wolldecke und döste. Er träumte von seiner kleinen Tochter, die ihm Vorhaltungen machte, weil er seine Pistole verloren hatte. Dann kroch Mathilde, seine Ex-Frau, aus einem Grab auf dem St.-Pauli-Kirchhof und forderte ihn zu einem Walzertanz auf. Aber irgendwie verwandelte sie sich in einen Mann in Lederkluft, der neben ihm auf dem Beifahrersitz saß, mit Zügeln in der Hand, und mit der Zunge schnalzte, um die Pferde anzutreiben. »Zwölf PS, das ist eine Leistung!«, rief der Mann und wiederholte es immer wieder, bis Weber genug davon hatte und ihm einen Schlag ins Gesicht verpasste. Da erhob sich der Mann, ragte riesengroß und drohend neben ihm auf und verwandelte sich in Lorenza, die sich seine Automobilisten-Kleidung ausgeliehen hatte und jetzt am frühen Morgen nach Tabakrauch und Bierdunst riechend zu ihm kam.

Lieber wäre er ins Kino gegangen ... »Dämon Weib«, ja, mit der Garbo in der Hauptrolle.

Er schnappte nach Luft, während die Gestalt mit der Lederkappe und den riesigen Handschuhen ihn an der Schulter packte und wachzurütteln versuchte.

Aber vielleicht war das ja auch nur ein Traum? Denn später, als das Sonnenlicht des frühen Sommermorgens durch den Spalt zwischen den Vorhängen hereinschien, lag sie friedlich neben ihm im Bett. Sie trug ein Nachthemd, er einen der beiden Pyjamas, die sie ihm geschenkt hatte. Alles war normal.

Er schlug vorsichtig die Decke zur Seite, stieg aus dem Bett und verließ auf Zehenspitzen die Schlafkammer. In Lorenzas Wohnzimmer setzte er sich an den Tisch mit der biederen Spitzendecke, nachdem er einen Briefblock und einen Bleistift aus einer Schublade in der Kommode geholt hatte, und schrieb seinen Traum auf. Denn Träume, das wusste er, waren die Pforten zum Unbewussten. Und das Unbewusste regierte den Menschen wesentlich mehr als das Bewusste.

Weber war einer der Menschen, die herausfinden wollten, von wem oder was sie regiert wurden und warum. Und wenn er ehrlich war, machte ihm der Gedanke Angst, er könnte gar nicht Herr über sich selbst sein, sondern ein Sklave dunkler, unberechenbarer Mächte in seinem Innern.

Diese Angst verspürte er, seit er einige Bücher von Dr. Sigmund Freud gelesen hatte. Seitdem wusste er: Niemand war, was er zu sein glaubte. Was man von sich kannte, war nur die Spitze des Eisbergs. Ein Eisberg hatte die Titanic untergehen lassen, und es war nicht die Spitze gewesen, die den stählernen Rumpf des unsinkbaren Schiffs aufgeschlitzt hatte. Die unsichtbaren, womöglich zerstörerischen Mächte unter der Oberfläche gaben dem Menschen in seinen Träumen Zeichen und Hinweise. Man musste sie nur wahrnehmen und zu lesen wissen. Zu Hause hatte er schon drei Kladden mit Träumen vollgeschrieben. Das Problem war, dass er nicht wusste, wie er sie interpretieren sollte. Ihm fehlte der Schlüssel oder der Geheimcode. Den hatte Dr. Freud ihm noch nicht geliefert, nur vage Hinweise auf symbolische Bedeutungen einzelner Teile.

Für Weber klang das nach Detektivarbeit. Kriminalistik des Unbewussten! Wenn man die Spuren richtig las, konnte man die Wahrheit finden, die sich im Lügengespinst der Traumbilder verbarg. Dass ein Traum so etwas wie ein Verbrechen darstellte, fand Weber ebenso faszinierend wie erschreckend.

Das Gute am Aufschreiben war, dass man damit die verbrecherischen Elemente des Unbewussten dingfest machen konnte. Oder waren es nur die Spuren, die zu ihnen führten? Verwirrend. Trotzdem, was blieb ihm übrig? Weber notierte.

Am frühen Nachmittag gingen ihm schon wieder ganz andere Gedanken durch den Kopf: Blechliesel oder Laubfrosch, das war die Frage. Vor dem heutigen Dienstbeginn hatte er zwei Ausstellungsräume von Automobilhändlern aufgesucht, am Pferdemarkt und in der Dammtorstraße. Zuvor hatte er sich zum dritten Mal von seinem Berater bei der Hamburger Bank von 1861 versichern lassen, dass seine finanzielle Situation als Beamter »absolut solide« sei und ein Teilkredit für den Erwerb eines Kraftfahrzeugs kein Problem darstelle.

Aber sollte er sich nun das T-Modell oder den Opel 4 anschaffen? Seit der Ford in Berlin produziert wurde, war er nicht länger teurer als der Opel. Er wurde inzwischen auch in anderen Farben als Schwarz ausgeliefert, zum Beispiel in Gelb. Weber konnte sich nicht entscheiden. Das Hin und Her seiner Gedanken machte ihn nervös und unkonzentriert.

Und so betrat er das falsche Stockwerk, lief den Flur entlang und überlegte weiter. Offenes Verdeck oder geschlossener Wagen? Vier Sitze oder zwei? Coupé, Cabriolet oder Limousine? Handgashebel oder Fußgaspedal? »Übrigens hat dieser Ford nur zwei Gänge«, hatte der Händler am Pferdemarkt ihm erklärt, »das erleichtert die Bedienung.« Weber kam die peinliche Situation während der Fahrstunde an der Verkehrsampel beim Neuen Jungfernstieg wieder in den

Sinn. Eine erleichterte Bedienung war doch in allen Lebenslagen zu bevorzugen, oder?

Helles Lachen ertönte. Fröhliches Stimmengemurmel. Weber bemerkte einige farbenfrohe Gemälde an den Wänden des Korridors. Wo war er denn jetzt gelandet? Er blieb stehen und schaute sich um. Dies war eindeutig der falsche Flur. Links von ihm stand eine Tür offen. Durch den Spalt konnte er in einen großen Raum sehen. Ein Dienstzimmer mit Schreibpulten und Aktenschränken. Alles ganz normal, aber, wie er beim zweiten Blick erkannte, alles nagelneu. Er trat näher und spähte hinein. Gegenüber der Tür war ein hohes Fenster, durch das man in den Innenhof schauen konnte. Es hatte rechts und links bunte Vorhänge, und die Scheibe war mit Gardinen verhängt. Was für ein Gegensatz zu dem kahlen Fensterkreuz in seinem Dienstzimmer!

Aber das Verwunderlichste war der lange Tisch, der in der Mitte des Raums stand. Mit einer Tischdecke und kleinen Blumensträußchen darauf, Teller und Tassen, zwei Kaffeekannen und – Kuchen! Um den Tisch herum saßen lauter Frauen. Weber glaubte zu träumen. Sie unterhielten sich, lachten, tranken Kaffee, aßen Kuchen. Nur die Dame am Kopfende, eine Frau um die vierzig in altmodischem Kleid, mit schlichter Bluse, strenger Duttfrisur und einer prägnanten runden Nase, schaute ernst drein. Die anderen, die alle auch nicht gerade modisch gekleidet waren, scherzten und lachten. »Sollten wir Herrn Dr. Schlanbusch nicht ein Stück Kuchen aufheben?«, sagte eine der Frauen. »Er wollte doch noch vorbeikommen.«

Dr. Schlanbusch war der stellvertretende Polizeipräsident. Ein ziemlich steifer Herr mit konservativen Ansichten. Was hatte der denn mit diesen Frauen zu tun? Die einzige Erklärung, die Weber einfiel, war, dass es sich hier um eine Versammlung liberaler Damen aus dem Bürgertum handelte, die ihre Reformideen für den Fürsorgedienst und – Gott bewahre – die Sittenpolizei darlegen wollten. Aber eigentlich sahen die Frauen nicht wie einflussreiche Bürgerinnen aus. Viele von ihnen waren viel zu jung, um eine gesellschaftliche Machtposition innezuhaben. Und die Kleidung war auch sehr pragmatisch. Also Blaustrümpfe, die die Welt verbessern wollten, aber das wäre doch eher ein Fall für Schönfelder gewesen, den sozialdemokratischen Polizeisenator. Wenn der jetzt auch noch hier aufkreuzte ... Weber liebte Begegnungen mit Vorgesetzten überhaupt nicht, egal, ob es sich um einen autoritären Staatsdiener wie Schlanbusch oder einen jovialen »Mann aus dem Volk« wie Schönfelder handelte.

Er trat den Rückzug an, drehte sich um und prallte gegen eine Frau, die direkt hinter ihm stand.

»Hoppla!«

»Entschuldigung!«

»Ach du Schreck!«

»Tut mir sehr leid, ich ...«

Sie hielt eine Kaffeekanne in der Hand. Beim Aufprall war die dampfend heiße Flüssigkeit aus der Kanne gespritzt und hatte sich über Webers Hand und den Ärmel seines Jacketts ergossen. Weber verzog das Gesicht vor Schmerz.

»Um Himmels willen!«, sagte die Person und wusste nicht, wohin mit der Kanne. »Ich hole sofort einen Lappen. Das ist aber peinlich.«

Diesmal trug sie keinen Hut, und er konnte ihr blond schimmerndes, welliges Haar bewundern. Die kleine Garbo hatte ihn verbrüht. Er schüttelte den Kopf.

»Lassen Sie doch«, sagte er unwirsch.

»Nein, nein, ich stelle nur die Kanne ab. Wenn Sie kurz

warten ...« Sie wollte an ihm vorbei ins Zimmer eilen, aber beim Versuch, ihr auszuweichen, trat Weber ihr in den Weg, und sie prallten erneut zusammen. Ein zweiter Kaffeeschwall landete auf seiner Brust. Jetzt fing sie an zu lachen. Weber fand es überhaupt nicht komisch. Als sie sein ernstes Gesicht sah, riss sie sich zusammen und sagte mit versteinerter Miene: »Einen Augenblick bitte, mein Herr. Ich bringe das sofort in Ordnung.« Sie huschte an ihm vorbei, stellte die Kanne auf den Tisch, kam wieder zurück und rannte um die nächste Ecke, dorthin, wo sich vermutlich ein Waschbecken befand. In jedem Hausflur gab es mindestens eins.

Weber, dem die Hand schmerzte, wurde mit einem Mal unglaublich wütend. Das Jackett war ruiniert. Er musste sich ein neues kaufen, praktisch einen ganzen neuen Anzug, und das konnte teuer werden. Wo er doch gerade auf ein Automobil sparte. Kreuzdonnerwetter!

Hinter ihm wieder dieses Frauenlachen.

Der Wasserhahn im Seitenflur fing an zu plätschern. Etwas wurde darunter gehalten, der Wasserstrahl verstummte, und er hörte, wie ein Lappen ausgewrungen wurde.

Dann kam die kleine Garbo wieder um die Ecke. Mit ernster, dienstbeflissener Miene. Einen Lappen in der nassen Hand, ein Handtuch über dem Arm. Der Gedanke, dass diese Person ihn jetzt mit einem Spültuch abreiben wollte, war Weber augenblicklich zuwider. Ohne ein Wort zu sagen, drehte er sich um und ging davon.

Während er die Treppe hinauf in den dritten Stock stieg, pustete er auf die Brandwunde an seiner linken Hand, um den Schmerz zu lindern. Oben angekommen, lief er schnell zum Waschbecken und hielt den Handrücken unter den kalten Wasserstrahl.

Im Dienstzimmer teilte ihm Kriminalanwärter Kruse mit,

dass Inspektor Recknagel ihn erwarte. Also ging's gleich weiter. Vorsichtshalber zog Weber sich das schmutzige Jackett aus und legte es sich über den Arm. Auf dem Weg durch den verwinkelten Korridor fragte er sich, wieso er eigentlich kein eigenes Dienstzimmer hatte. Recknagel hatte doch schon einen Raum ganz für sich bezogen, als er noch Kommissar gewesen war. Stünde Weber dann nicht auch wenigstens ein Kabuff zu? Die Räumlichkeiten ließen das nicht zu, hieß es immer, der Platz sei zu knapp, man müsse sich mit den vorhandenen Möglichkeiten arrangieren.

Dabei war der mächtige, dreiflügelige Bau vor ein paar Jahren erst erweitert worden, so dass sich jetzt ein zusätzlicher Flügel über das Bleichenfleet spannte. Aber wie sein Freund Hilbrecht einmal gesagt hatte: Wo die Wirtschaft floriert, floriert auch das Verbrechen, und wo das Verbrechen floriert, da wird es eng für die Polizei. Das war ja nicht nur im Stadthaus so, sondern auch in den Revierposten. Da traten sich die Beamten auf die Füße, und in den Verhörzimmern ging es chaotisch zu, wenn drei bis vier Fälle gleichzeitig bearbeitet wurden. Weber, der als Angehöriger der Kripo in der ganzen Stadt herumkam, hatte oft genug miterlebt, wie Verhöre parallel und wie am Fließband in Zimmern von zwölf Quadratmetern durchexerziert wurden. Da war die Lage im Stadthaus vergleichsweise komfortabel.

Nur Vorgesetzte, die waren keine komfortable Angelegenheit. Weber war nach vielen Jahren Beamtentätigkeit zu dem Schluss gekommen, dass man ohne Hierarchie effektiver hätte arbeiten können. Vorgesetzter wurde man ja im Allgemeinen nicht wegen besonderer Fähigkeiten, sondern weil man genügend Dienstjahre auf dem Buckel hatte. Und selbigen immer schön krumm gehalten hatte. Da hast du die Antwort auf die Frage, warum dir noch immer kein eigenes

Zimmer zugestanden wurde, dachte er, als er vor Recknagels Büro ankam.

Er drückte das Kreuz durch und klopfte an. Drinnen wurde gelacht, dann rief jemand: »Herein!«

Weber musste sich beherrschen, um nicht das Gesicht zu verziehen, als er bemerkte, dass auf dem Stuhl vor Recknagels Schreibtisch auch noch Oberinspektor Kunath saß. Seit seiner Beförderung war der stämmige Mann mit dem Knebelbart noch kahler auf dem Kopf und noch fülliger am Bauch geworden. Recknagel, von dem Weber wusste, dass er regelmäßig Leibesübungen machte, wirkte im Vergleich geradezu jugendlich und gab sich modern: Haare zurückgekämmt, Gesicht glatt rasiert, modisch geschnittene Anzüge mit akkuraten Bügelfalten.

Trotz ihrer gegensätzlichen Art verstanden die Herren sich prächtig.

»Entschuldigen Sie bitte«, zwang Weber sich zu sagen, »störe ich gerade?«

»Ah, Weber«, sagte Recknagel. »Nein, nein. Bleiben Sie nur.« Er wandte sich wieder an Kunath: »Blaue Strümpfe! Nicht zu fassen! Und Blumen und Deckchen in der Dienststelle. Man stelle sich nur vor, wie die männlichen Kollegen sich fühlen müssen, die sie abkommandiert haben, den Frauenzimmern unter die Arme zu greifen.«

»Unter die Arme!« Kunath lachte. »Das muss ja eine fidele Abteilung sein. Man hat sogar Kinderspielzeug bereitgelegt, damit die Blagen die Verhöre nicht stören.« Er tat empört: »Wo sind wir denn? Man sieht, wohin es führt, wenn Politiker sich beschwatzen lassen. Die Behörde macht sich doch lächerlich!«

»Ganz Ihrer Meinung, Herr Oberinspektor. Hier wird die Autorität des Staates untergraben.«

»Und dann auch noch das: Sie verlangen Uniformen. Sie wollen Streifendienste organisieren. Ja, wo leben wir denn! Soll etwa eine Frau hinter einem Gewaltverbrecher herrennen? Es kommt noch so weit, dass sie verlangen, eine Waffe zu tragen.«

»Im Übrigen ist schon alles gesagt. Kriminalpolizei in Uniform, was für ein abwegiger Gedanke!« Recknagel schüttelte den Kopf. »Das zeugt davon, dass die Leiterin dieser Dienststelle rein gar nichts von Polizeiarbeit versteht. Es ist jämmerlich.«

Kunath stemmte sich aus seinem Drehstuhl. Als er es geschafft hatte, starrte er Weber intensiv an. »Oder?«, stieß er unvermittelt hervor. »Was meinen Sie, Weber? Was halten Sie von unserer neuen Abteilung Weibliche Kriminalpolizei?«

Ach, dachte Weber, jetzt verstehe ich … na, so was.

»Also, Weber? Läuten auch für Sie die Glocken des sogenannten gesellschaftlichen Fortschritts?«

»Wie bitte?«

»Hat unser Polizeisenator doch in seiner Festrede erklärt.«

»Entschuldigen Sie, ich war nicht dabei.«

»An uns ist dieser Kelch leider nicht vorbeigegangen, was, Recknagel? Also, Weber, halten Sie es auch für gesellschaftlichen Fortschritt, wenn die Staatsmacht Röcke trägt?«

Weber stellte fest, dass er zunächst einmal gar keine Meinung hatte. Also dachte er laut nach: »Wenn die Frauen das Wahlrecht und die Gleichberechtigung haben, dann erscheint es logisch, dass sie in allen Bereichen ein Mitspracherecht bekommen. Das liegt doch nahe, wenngleich …« Er brach ab, weil es ihm nun doch Schwierigkeiten bereitete, sich Frauen vorzustellen, die flüchtigen Verbrechern hinterherliefen. Wie sollte das denn gehen?

»Das mit dem Wahlrecht war schon der entscheidende

Fehler«, brummte Kunath missmutig. »Und diese Frauenrechtlerinnen aus dem Bürgertum werden auch bald merken, welche Laus sie sich da in den Pelz gesetzt haben. Sehen Sie sich doch an, wer im Reichstag am lautesten krakeelt – so eine wie die Zetkin, eine Kommunistin! Dahin führt das. Was für ein Irrweg!«

»Unsere Abteilung bleibt ja glücklicherweise davon verschont«, sagte Recknagel versöhnlich. »Die Damen sollen sich ja vor allem um gefallene Mädchen kümmern und Verbrechensopfern beistehen, so wie ich das verstehe.«

»Dumm Tüch«, sagte Kunath und verließ schwerfällig das Zimmer.

»Na, so hemdsärmelig heute, Weber«, sagte Recknagel und blickte ihn trotz der lockeren Bemerkung griesgrämig an.

»Ist ja ziemlich heiß.« Weber warf einen kurzen Blick auf sein Jackett und bemerkte den Kaffeefleck. Der war offenbar auch ein Ergebnis des gesellschaftlichen Fortschritts.

»Nehmen Sie mal Platz, Kommissar.«

Weber setzte sich und wunderte sich, wie viel Luft noch in dem Drehstuhl war, wenn er statt Kunath darin saß.

»Hemdsärmeligkeit«, sagte Recknagel unzufrieden, »damit hat es auch zu tun.«

»Bitte?«

»*Ihre* Hemdsärmeligkeit«, präzisierte Recknagel. »Und das ist vornehm formuliert.«

»Herr Inspektor?«

Recknagel wurde lauter: »Hab ich mich noch nicht deutlich ausgedrückt? Hier im Büro Ihres Vorgesetzten haben Sie bitte sehr die Form zu wahren. Also ziehen Sie das Jackett an, Kommissar Weber!«

Mors, dachte Weber, du kannst mich mal. Aber er quälte

sich in die Jacke und merkte, wie Recknagel eingehend die noch feuchten Kaffeeflecken anstarrte und dabei seine wulstigen Lippen abfällig verzog.

»Womit wir also beim Thema wären, Kommissar Weber. Erscheinungsbild. Es ist Ihnen natürlich bekannt, dass Sie als Amtsperson den Staat repräsentieren ...«

Lod mi an Land, dachte Weber, was für ein Getue, bloß wegen eines Kaffeeflecks.

»... und als Staatsbeamter müssen Sie dies auf würdevolle Weise tun, Weber! Sich der Ehre des deutschen Beamten würdig erweisen. Das ist Ihnen selbstredend auch bekannt.«

»Jawohl, Herr Inspektor.«

»Na sehen Sie. Und so verwundert es mich, wie Sie sich mitunter aufführen.«

»Aber das war ein Unfall ...«

Recknagel kniff die Augen zusammen. »Ein Unfall? Wovon reden Sie denn?«

»Der Kaffeefleck, im Grunde kann ich nichts dafür ...«

»Es geht hier nicht um Kaffeeflecken, Weber, sondern um Ihre eigenartige Kluft, die Sie angelegt hatten, als Sie neulich am späten Abend in der Gaststätte *Zum Goldenen Anker* eingekehrt sind!«

»Was?« Weber war völlig perplex.

Recknagel griff nach einem Blatt Papier und las vor, was draufstand: »... angetan mit einer Lederjacke und Handschuhen sowie einer Lederkappe und Schutzbrille ... keine Anzeichen von Trunkenheit, jedoch ... eindeutig vertrauliche Gesten und Handreichungen der Wirtin gegenüber ... Was sagen Sie dazu?«

Weber fehlten die Worte. Das war ja ungeheuerlich!

»Es wird hier beschrieben, dass Sie eine Art Pantomime aufführten und um die Dame des Hauses herumscharwenzelten. Also doch betrunken, nicht wahr? Das würde zumindest Ihr Benehmen erklären, wenn auch nicht Ihre Kleidung. Beides steht in deutlichem Widerspruch zu ihrer Funktion als Vertreter der Staatsgewalt. Wie kann so etwas passieren?« Recknagel sah Weber auffordernd an.

»Äh ... ganz einfach ... zu erklären«, stotterte Weber, der zum zweiten Mal an diesem Tag wütend wurde, diesmal aber richtig. Er hatte große Mühe, sich zu beherrschen. Ihm fiel der Mann in Lores Gaststätte ein, der ihm irgendwie bekannt vorgekommen war. Der Mann mit der Melone auf dem Kopf, der Zeitung gelesen hatte. Das war ein Informant der Polizei. Einer, der regelmäßig Berichte abgab. Und sich nicht nur über Kriminelle verbreitete, wie es schien, sondern auch über Polizisten. Mistkerl!

»Nur zu!« Recknagel sah ihn auffordernd an wie ein Schulmeister einen geständigen Missetäter.

»Ich war an diesem Tag mit einem Automobil unterwegs gewesen.«

»Ach?« Recknagel war erstaunt.

»Ganz recht, und deshalb auch keineswegs betrunken«, flunkerte Weber, »denn ich hatte an diesem Tag meine Kraftfahrzeugführerscheinprüfung abgelegt.«

»Sieh mal an.« Recknagel war so beeindruckt, dass er es kaum verbergen konnte.

»Ich bin nun berechtigt, ein Automobil zu chauffieren«, sagte Weber. »Die Prüfung fand im Wagen mit offenem Verdeck statt, eine Fahrt über Land ... daher die Lederkleidung.«

»Aha.«

»Ich habe die Absicht, mir ein Automobil anzuschaffen. Stelle mir vor, dass dies auch der Polizei gewisse Vorteile verschafft, wenn Beamte motorisiert sind. Das trifft ja mitunter auch auf Verbrecher zu, der Fortschritt ...« Weber brach ab.

Recknagel war nicht überzeugt. »Ob es sich mit den Vorschriften vereinbaren lässt, wenn Beamte ein eigenes Automobil chauffieren ...«

»Ich werde mich erkundigen, Herr Inspektor. Wäre das dann alles?« Weber machte Anstalten, aufzustehen.

Recknagel hob die Hand. »Moment noch! Das erklärt nicht, wie es sein kann, dass Sie ...« Er las vor: »... poussierend und die Wirtin auf mehr als freundschaftliche Art berührend den Abend im *Goldenen Anker* beziehungsweise den dazugehörenden Privaträumen verbrachten.«

»Meine Glaubwürdigkeit im Milieu ...«, versuchte Weber eine Entschuldigung.

»Nein.« Recknagel schüttelte den Kopf. »Nein, Sie werden so etwas in Zukunft unterlassen! Sie haben Glück, dass dieser Bericht noch nicht bis zu Oberinspektor Kunath vorgedrungen ist«, fügte er drohend hinzu.

»Jawohl«, sagte Weber niedergeschlagen.

»Also, Schwamm drüber«, wechselte Recknagel plötzlich das Thema. »Sprechen wir über Ihren Fall, Weber. Der Tote vom Kirchhof. Wie weit sind Sie gekommen?«

Weber referierte, was er über die Identität des Toten und dessen Lebensumstände herausgefunden hatte.

»Haben Sie einen Verdacht?«

»Nein.«

»Zweifellos eine Rachetat, das scheint mir sicher.«

»Nun ja, wir wissen so gut wie nichts.«

»Sie erwähnten die Frau. Also Eifersucht?«

»Unwahrscheinlich.«

»Ein Ganove. Vielleicht Streit um Beute?«

»Keine Hinweise.«

»Abrechnung unter Verbrechern.«

»Schwer zu sagen.«

»Aber möglich wäre es doch, Weber.«

»Auffällig ist in meinen Augen der Aufwand, der betrieben wurde, um die Leiche deutlich sichtbar einzubuddeln.«

»Na, sehen Sie, das klingt doch gut. Das werden Sie den Herren von der Presse erzählen.«

»Wie bitte?«

Recknagel zog seine Taschenuhr hervor. »Es geht auch gleich los. Ich lasse Sie reden. Benutzen Sie Ihre Fantasie, Weber. Spekulieren Sie!«

Der Inspektor war schon an der Tür und zog sie auf. Weber erhob sich und folgte ihm durch den Korridor.

»Nur eins noch«, flüsterte Recknagel ihm vertraulich ins Ohr, als sie vor dem Zimmer standen, in dem fünf Polizeireporter geduldig auf sie warteten. »Kein Wort über den Mord in Harvestehude! Die Sache kann uns den Kopf kosten.«

Jaja, dachte Weber, die Sache in Harvestehude sorgt die ganze Zeit schon für mächtig viel Aufregung. Ein Mord auf St. Pauli hingegen wiegt nicht mal ein Zehntel so schwer.

Nach der Konferenz, bei der Weber wild herumspekuliert, aber nichts Neues von sich gegeben hatte, hatte er das Gefühl, es sich nun auch mit der Presse verscherzt zu haben.

Zum Dank bekam er von Recknagel einen Klaps auf die Schulter und durfte dann zurück in sein Dienstzimmer. Dort wurde ihm bewusst, dass er auch den Pressetermin mit Kaffeeflecken auf dem Jackett absolviert hatte. Er zog es aus und hängte es missgelaunt an die Garderobe.

Er trat an sein Schreibpult und bemerkte ein kleines viereckiges Päckchen. Braunes Packpapier, säuberlich zusammengefaltet und mit einer zweifarbigen Kordel verschnürt. Er zog die Schleife auf und wickelte ein Stück Gallseife aus. Kurz stutzte er, dann schrie er Kriminalanwärter Kruse an, der neugierig zu ihm herüberschaute: »Was ist denn das hier? Soll das ein Scherz sein?«

Kruse zuckte zusammen und sagte kleinlaut: »Eine Kollegin hat es gebracht, eine von der Frauenpolizei. Sie wüssten schon, sagte sie. So eine kleine blonde Person. Sehr hübsch, ein bisschen wie die Garbo aus dem Kintopp, Herr Kommissar.«

Weber starrte den jungen Kollegen an. »Reden Sie keinen Unsinn.«

»Jawohl, Herr Kommissar.«

»Eine Frechheit«, sagte Weber. »Und da machen Sie auch noch mit?«

»Aber nein!« Kruse errötete. »Sie hat es doch ernst gemeint. Sie war sehr besorgt wegen Ihres Jacketts.«

»Besorgt?«, blaffte Weber ihn an. »Unfug.«

Aber er merkte, wie die finsteren Wolken in seinem Kopf sich lichteten und ein Sonnenstrahl sich hindurchmogelte.

Das Stammlokal des Einbrecher-Ringvereins *Felsenfest* hieß passenderweise *Felsenkeller* und war eine regelrechte Tropfsteinhöhle aus Pappmaschee. Nach dem Tod von Schrammel-Ede, glaubte Weber, würde man ihm hier sicherlich mit Informationen weiterhelfen. Der Ermordete hatte schließlich mal zur Einbrecherzunft gehört, wie er den Eintragungen in der Verbrecherkartei entnommen hatte.

Als er eintrat, fiel Webers Blick auf das mit künstlichem Tuffstein eingefasste Regal hinter dem Tresen, wo zwischen den Gläsern und Schnapsflaschen eine Fotografie des französischen Philosophen Pierre-Joseph Proudhon stand, der den Ausspruch »Eigentum ist Diebstahl« geprägt hatte. Seltsamerweise war es jetzt, gegen elf Uhr abends, ziemlich leer im *Felsenkeller*.

Der Wirt trug unter der langen Schürze einen zerknitterten Frack und ein Hemd mit Stehkragen, dazu eine nachlässig gebundene Fliege. Wenige dünne, schwarze Haare klebten an seinem klobigen Schädel.

Weber bestellte ein Elbschloss-Pilsener und erwähnte das traurige Schicksal von Eduard Geyer. Der Wirt nickte nur und schwieg.

Ob jemand wohl eine Ahnung habe, was da passiert sei und warum, fragte Weber. Der Wirt blickte sich suchend um und zuckte mit den Schultern.

Es sei ja eigenartig, dass sich der Mörder auch noch die Mühe gemacht habe, sein Opfer zu begraben, meinte Weber. Das sei viel Arbeit gewesen, bestätigte der Wirt, und verlorene Liebesmüh, denn die Polizei habe die Leiche ja schnurstracks wieder ausgebuddelt.

»Erdrosselt«, fuhr Weber geduldig fort, »mit einem Seil offenbar.«

»Ach ja?« Der Wirt griff mal hierhin, mal dahin, stellte Gläser in einer Reihe vor sich hin. Inspizierte das Flaschenregal, das wie immer gut bestückt war. Schaute unruhig in den Gastraum, der sich jetzt doch langsam füllte. Zapfte sechs Bier und brachte vier davon den Billardspielern im Hinterzimmer.

Weber folgte ihm. Hier gab es sogar Kunstwerke zu bewundern. Auf der einen Seite des Raums hing, eingefasst vom Pappmaschee-Felsen, ein großformatiges Bild mit Details der Höhlengemälde von Altamira. Darauf waren einige Bisons, Rehe und Wildschweine zu sehen. Die gegenüberliegende Wand wurde von einem Gemälde eingenommen, auf dem sich zottelige Urmenschen um einen aus Stein gemeißelten Billardtisch drängten – offenbar ein ironischer Kommentar auf die Stammgäste des Lokals.

Der Wirt stellte das Tablett mit den vier Biergläsern auf einen kleinen runden Tisch und ging wortlos wieder nach vorn.

»'n Abend, Herr Kommissar«, sagte einer der Spieler. Sie trugen alle mehr oder weniger schäbige Straßenanzüge, zwei hatten sich die Schirmmützen in den Nacken geschoben, zwei die Jacketts an den Garderobenhaken unter ihre verbeulten Bowler-Hüte gehängt und die Ärmel hochgekrempelt.

»Ihr könnt euch denken, warum ich hier bin«, sagte Weber in die Runde.

Alle nickten, ließen aber den Billardtisch nicht aus den Augen. Sie spielten Acht-Ball-Poolbillard. Kaum war Weber eingetreten, wurden die Ansagen nur noch halblaut gemacht.

»War jemand mit Schrammel-Ede befreundet?«

Keiner sagte etwas. Der Mann, der Weber begrüßt hatte, trat einen Schritt zur Seite, zog sich die Mütze in die Stirn, obwohl das Licht der Lampen über dem Tisch ihn kaum blenden konnte, stellte das Queue in den Halter und legte das Kreidestück weg. Dann zog er ein Taschentuch aus der Hosentasche und rieb sich übertrieben lange die Hände sauber. Er hatte schmutzige Fingernägel und Ölflecken auf der Hose. Pawel der Mechaniker sprach mit slawischem Akzent und war Experte für Motoren. Wer ein Fluchtauto benutzte, das von ihm optimiert worden war, musste keine Verfolger fürchten.

Pawel trat zu Weber und sagte mit übertrieben lauter Stimme: »Keiner war mehr mit ihm befreundet, Herr Kommissar, der war draußen. Verstehen Sie?«

»Na schön, keiner trauert um ihn. Aber man macht sich doch Gedanken.«

»Warum so etwas passiert, Herr Kommissar? Warum ein alter Mann sterben muss? Ach ...«

»Warum macht sich jemand die Mühe, das frage ich mich.«

»Es ist nicht schwer, einen umzubringen.« Pawel schnalzte mit der Zunge und machte eine Handbewegung, um »Kopf ab« anzudeuten.

»Es war ein Seil.«

»Nicht so blutig.« Pawel nickte, als sei das eine bessere Methode.

»Und geht auch recht schnell, nicht wahr?«

»Sie müssen's ja wissen, Herr Kommissar. Ich nehme an, es geht schnell, aber nicht so schnell wie beim Aufschlitzen.« Er grinste boshaft.

Immer diese Spielchen, dachte Weber müde. Immer muss ich diesen Kerlen die wenigen Informationen, die sie eigentlich unbedingt loswerden wollen, aus der Nase ziehen.

»Eingraben, das dauert aber lang«, sagte er.

»Und Ausheben vorher. So eine Grube.«

»Dann Zuschütten, verbraucht wertvolle Zeit.«

»Tja.«

»Was will uns der Mörder damit sagen?«

»Erde zu Erde, Staub zu Staub, näch?«

»Jetzt komm mir bloß nicht damit, der Pastor wär's gewesen!«, polterte Weber lauter, als er beabsichtigt hatte.

Pawel grinste verkniffen. »Nee, auch wenn der ähnliche Methoden verfolgt ...«

»Und die wären?« Himmel hilf, dachte Weber, gleich gehe ich ihm an die Gurgel! Genervt schob er die Hände tief in die Hosentaschen.

»Schlechtes Gewissen«, sagte Pawel und nickte fachmännisch, als hätte er einen Fehler im Getriebe entdeckt, den es zu reparieren galt.

»Angst«, stellte Weber fest. »Darum geht es?«

Billardkugeln klackerten gegeneinander, und einer der

Spieler sang leise hinter Webers Rücken: »Wer hat Angst vorm schwarzen Mann?«

»Angst vorm Tod haben doch alle, Herr Kommissar. Sonst gäb's keine Pastoren und keine Polizisten. Ist natürlich noch mal so schlimm, wenn's einen trifft, der einem nahesteht.«

»Die Angst?«

»Sie sind doch der Experte, Herr Kommissar«, sagte Pawel völlig ausdruckslos.

Weber ballte die Fäuste in den Hosentaschen.

»Pawel, du bist dran.«

Der Mechaniker deutete auf den Billardtisch. »Eine Kugel prallt gegen eine andere. Spielt der Zufall mit, oder ist es eine klare Berechnung von Gesetzmäßigkeiten? Der Spieler will die Gesetze der Physik beherrschen. Aber er kämpft gegen eine unsichtbare Macht – den Zufall. Bunte Kugeln rollen über das Grün ... nur die Acht ist schwarz, Herr Kommissar. Verstehen Sie?«

»Pawel!«

»Vieles hängt davon ab, was mit der schwarzen Acht passiert, aber nicht alles.«

»Was zum Teufel soll das denn heißen?«, fuhr Weber ihn an.

Pawel lächelte schmallippig. »Ich erkläre Ihnen nur die Regeln des Spiels.« Damit wandte er sich wieder dem Billardtisch zu.

Gottverdammt, dachte Weber, als er zurück in den vorderen Raum stapfte, ich lasse mich an der Nase herumführen. Aber als er nach seinem Bier griff und zornig einen großen Schluck nahm, dachte er: Immerhin, jemand will Angst verbreiten, wie es scheint. Das ist doch eine Information.

Er zahlte und ging.

Die nächsten drei Stunden klapperte er sämtliche ihm bekannten Ganoven-Treffpunkte nördlich der Reeperbahn ab. Alle wussten genauestens Bescheid über die Todesumstände von Schrammel-Ede und bedauerten sein trauriges Schicksal. Aber niemand wollte sich an Spekulationen über den möglichen Täter beteiligen. Selbst notorisch geschwätzige Informanten zuckten nur mit den Schultern oder glotzten ihn ausdruckslos an. Sogar in der Sophienburg, wo er zu später Stunde oft genug auf eine betrunkene Prostituierte getroffen war, die ihm ihr Herz ausschütten oder Dampf ablassen wollte, herrschte eisiges Schweigen, kaum dass er kurz nach zwei Uhr nachts eingetreten war.

Aber dort wurde ihm endlich klar, warum das so war. Weil tatsächlich niemand eine Ahnung hatte. Das machte den Damen und Herren der Halbwelt solche Sorgen. Ein Mord war geschehen, in ihrem Revier, und niemand wusste, wieso und warum. Das war beängstigend in einem Milieu, wo es für jede Tat immer ein handfestes Motiv gab und die Umstände und Gründe sich rasch herumsprachen. Schrammel-Edes gewaltsamen Tod jedoch konnte sich offensichtlich niemand erklären.

Und damit, stellte Weber fest, habe ich mich eine Nacht lang ganz hervorragend im Kreis gedreht.

Er trank noch einen Köm und ging nach Hause.

Viertes Kapitel:

DAS WACHSFIGURENKABINETT

Eine Landpartie mit offenem Verdeck, die Straße mäandert durch eine hügelige Landschaft. Brüder zur Sonne, zur Freiheit. Weber pfeift vor sich hin. Das Lied passt zur Farbe des Laubfroschs, er ist rot. Seine Tochter sitzt neben ihm, mit erhobenem Zeigefinger, und wiederholt immer wieder: »Ein Laubfrosch ist nicht rot, ein Laubfrosch ist nicht rot!« Hinter ihm wird Billard gespielt. Zwei Köpfe wiegen sich hin und her, der eine ist aus Leder, der andere eine schwarze Kugel mit einer weißen Nummer Acht. »Lass mich auch spielen!«, ruft seine Tochter.

Sie rasen auf eine Brücke zu, die von Bäumen gesäumt wird wie eine Allee, aber die Bäume sind aus Pappmaschee und knicken im Fahrtwind um. Webers Frau sitzt jetzt neben ihm, ein Billard-Queue in der Hand. Von hinten umschlingen ihn Arme. »Lass mich, Lorenza!«, ruft er empört. Die morsche Brücke bricht unter dem Gewicht des Automobils zusammen. Am Ufer eines Bächleins erwartet ihn eine junge Frau ohne Gesicht, aber mit blondem, welligem Haar. »Da ist ja ein dunkler Fleck hinter Ihrem Ohr«, sagt sie und greift nach einem Stück Seife. »Oje, es ist Schimmel«, sagt die Frau, »das geht nicht mehr weg. Sie müssen tot sein.«

Weber sprang aus dem Bett und stolperte zu dem kleinen Tisch, den er vor dem Fenster aufgestellt hatte. Hastig griff er nach dem bereitliegenden Stift und begann mit pochendem Herzen, den Traum in der aufgeschlagenen Kladde zu notieren, die genau zu diesem Zweck dort lag. Kaum hatte er angefangen, hatte er das Gefühl, alles falsch zu erinnern. Und schon war der Traum verpufft. Nur Bruchstücke blieben übrig, ohne Handlung und ohne Geschichte.

Aber lag der Sinn nicht in den einzelnen Bildern und weniger in der Geschichte, die der Träumende willkürlich hineininterpretierte? Weber geriet ins Grübeln.

Mein Bewusstsein sucht im Traum verzweifelt nach einer Logik, auch wenn gar keine Geschichte vorhanden ist. Aber wenn ein Traum keine Geschichte erzählt, ergibt er dann noch einen Sinn? Und sollte das nicht so sein, überlegte Weber weiter, dann hätte Hilbrecht recht damit, dass Träume nichts als Schäume sind. Nach Ansicht seines Freundes war dieser Dr. Freud aus Wien ein Scharlatan, der andere Menschen zu beherrschen suchte, indem er ihnen Schuldkomplexe einredete, weil sie angeblich von unbewussten Trieben geleitet wurden.

»Du verwechselst das mit Religion«, hatte Weber ihm widersprochen. »Aber Psychoanalyse ist eine Wissenschaft!«

Und Hilbrecht: »Ich sehe schon: Du analysierst den Verbrecher so lange, bis du seine Taten genau verstehst. Aber alles verstehen heißt alles verzeihen! Wie schön, dann bleiben die Zuchthäuser leer.«

Weber schrieb: »Laubfrosch rot, Zeigefinger, Billardkugel, die schwarze Acht, Brücke bricht, Schimmel hinterm Ohr« ...

Was noch? Eine Frau. Welche?

Keine Ahnung. Und dann?

Nichts mehr.

Wütend warf er den Bleistift auf die Kladde. Das brachte doch überhaupt nichts! Wahrscheinlich war so ein Traum viel umfangreicher und bedeutungsvoller, als er es auch nur ahnte. Vielleicht konnte man ihn nur analysieren, wenn man auf dem Sofa lag und jemand zuhörte. Aber er als Polizist bei Dr. Freud? Was der wohl pro Traum berechnete? Und nahm er nicht ohnehin nur weibliche Patienten an?

Apropos: Wieso eigentlich fanden es alle Männer so befremdlich, dass es nun weibliche Polizisten geben sollte? Wieso fühlten sich Recknagel und Konsorten auf den Schlips getreten? Weber lachte vor sich hin. Das mit dem Schlips war gut!

Die bestrumpften Waden der kleinen Garbo fielen ihm ein. An die konnte er sich noch gut erinnern. Die waren sehr real gewesen. Vielleicht ist es das, überlegte er, Männer und Frauen zusammen, das führte zu Irritation.

Er ging wieder ins Bett. Sein letzter Gedanke vor dem Einschlafen war, dass man es mit der Polizei wie mit der Schule halten könnte: nach Jungen und Mädchen getrennte Einrichtungen. Separate Gebäude. Aber hieße das nicht, die ganze Gesellschaft aufzuteilen, Räume für Männer, Räume für Frauen, Straßen und Plätze …?

Weber stand ganz oben auf der Leiter und spähte durch die Lücke zwischen den Sonnensegeln zum Jungfernstieg und auf die Binnenalster, wo weiße Ausflugsdampfer wie in Trance über das blau schimmernde Wasser glitten und zarte Wellenlinien zeichneten. Hier oben, unter dem Glasdach der »Photographischen Anstalt«, auf dem Deck des »Schiffs meiner Majestät«, wie Hilbrecht sein Reich im obersten Stockwerk des Stadthauses ironisch nannte, war es an Sommertagen geradezu paradiesisch hell und klar und die Aussicht über die Dächer der Hamburger Innenstadt atemberaubend schön.

Allerdings wurde die Idylle von den Fotos getrübt, die hier geknipst, entwickelt und vervielfältigt wurden. An den Wänden und an herumstehenden Tafeln hingen Bilder von den Überresten einer alten Wasserleiche, die in einem Kanal in den Vierlanden gefunden worden war; von einem Mann mit Schädelverletzung, der im Hafen von Bord gefallen und in eine Schiffsschraube geraten war; von einer Erschossenen, die ausgestreckt in einem Ruderboot lag; von einer erstochenen Prostituierten, die in blutgetränkten Kleidern auf einem Bett im Bordell gefunden worden war; von einem erschlagenen Uhrmacher, einer erwürgten Pfandleiherin und einer Frau, die wundersamerweise im Stehen verstorben und an eine Bretterwand im Hinterhof gelehnt stehengeblieben war.

Diese Fotos und Ansichten von Tatorten und Tatwerkzeugen hatte Hilbrecht sorgfältig vergrößert, denn sie sollten als Anschauungsmaterial im Polizeimuseum ausgestellt werden, das die Behörde zu internen Schulungszwecken eingerichtet hatte. »Unser Gruselkabinett« nannten es all jene, die nicht so abgebrüht waren wie Webers Kollegen in der Kriminalinspektion 1.

»Großartig«, rief Weber, »kolossal!«

»Fall mir da bloß nicht runter, Alfred«, sagte Hilbrecht, der gerade aus der Dunkelkammer kam. In der Hand hielt er die Abzüge vom Fundort einer Leiche. Recknagel hatte den Polizeifotografen am Morgen in eine Villa am Ufer der Außenalster gerufen, wo ein angesehener Bürger der Hansestadt zu Tode gestürzt war. »Ein Genickbruch pro Tag genügt mir.«

Weber antwortete nicht.

»Hast du gehört?«

»Jaja …«

»Ein Unfall, hieß es zunächst«, kommentierte Hilbrecht,

während er die noch feuchten Bilder an die Wand heftete. »Mann verliert das Gleichgewicht, stürzt aus dem Fenster seines Arbeitszimmers in den Garten und bricht sich den Hals. So was kommt in den besten Kreisen vor.«

»Hm-hm«, machte Weber, dessen Interesse gerade einer Silhouette galt, die sich flink über das Dach des Alsterhauses bewegte. Ein Schornsteinfeger oder Dachdecker wahrscheinlich. Der Mann scheuchte einen Schwarm Möwen auf, die Richtung Alsterdamm davonflogen.

»Genickbruch durch Fenstersturz«, sagte Hilbrecht.

»Na, so was«, murmelte Weber abwesend.

»Du schaust in die richtige Richtung, Alfred, aber erkennen wirst du das Haus wohl nicht. Liegt ganz oben an der Bellevue zwischen ähnlichen Gebäuden. Groß genug, dass man extra jemanden anstellen muss, der zur Tür geht, wenn es klingelt, weil's zu lange dauern würde, wenn man selbst ginge. Allerdings befinden sich im ersten Stock die Kanzleiräume des Hausherrn, der dort drei Juristen beschäftigt hat, die diverse Handelshäuser und Reedereien in Rechtsfragen beraten.«

Zahlreiche weiße Dreiecke zierten die Außenalster. Weber fragte sich, ob es nicht viel schöner wäre, ein kleines Segelboot statt eines Automobils zu besitzen, um damit mitten in der Stadt übers Wasser zu schippern. Lautlos, ohne Motorenlärm. Würde das nicht seiner Tochter gefallen? Vielleicht sollte er zusätzlich noch ein Segelboot erstehen. Aber brauchte man dafür nicht auch einen Schein? Sollte er noch einmal Unterricht nehmen? Die Leiter wackelte.

»Vorsicht!«, warnte Hilbrecht. »Ich werde dich bestimmt nicht auffangen.«

Weber kletterte hinunter. »Dass du überhaupt zum Arbeiten kommst bei dieser Aussicht«, sagte er.

»Das sagst du jedes Mal. Im Sommer. Aber im Winter, wenn der Wind durch die Ritzen pfeift, oder an Regentagen, wenn es reintropft, da bleibst du unten neben dem Ofen hocken.«

»Bin doch meistens unterwegs.«

»Was ich sagen wollte ...« Hilbrecht klemmte ein Bild in die Halterung, auf dem ein toter Mann in einem blühenden Rosenbeet zu sehen war. »Sieh mal. Man dachte zuerst, er sei aus dem Fenster seines Arbeitszimmers im ersten Stock gestürzt.« Er deutete auf ein hohes Fenster, dessen einer Flügel weit offen stand. »Die Höhe reicht aus, um sich auf diese Weise umzubringen, klar. Aber schau dir mal an, wo der liegt.«

»Auf Rosen gebettet ...«

»Jetzt mal ernsthaft, Alfred. Der hätte gehörig Anlauf nehmen müssen, um mit genug Schwung durch dieses Fenster zu hüpfen und an dieser fünf Meter von der Hauswand entfernten Stelle zu landen. Ein älterer Herr.«

»Also hat ihn jemand aus dem Fenster geworfen?«, fragte Weber desinteressiert.

»Nee, nee, mein Lieber. Inspektor Recknagel ...«

Weber machte ein abfälliges Geräusch.

»Sag, was du willst, Alfred«, entgegnete Hilbrecht. »Er mag dir vielleicht nicht sympathisch sein, aber er versteht sein Handwerk. Zuerst fiel ihm nämlich auf, dass es Spuren eines Einbruchs am Fenster gab. Es wurde von außen geöffnet. Dann fand er Kletterspuren an der Fassade.«

»So?«

»Ja, aber das Wichtigste ist ein Riss im Ärmel des Toten. Hier.« Hilbrecht hielt ein Foto hoch. Darauf war der Tote in Nahaufnahme zu sehen. Er lag auf dem Bauch, mit dem Gesicht nach unten zwischen blühenden Rosensträuchern. Der linke Ärmel seines zweireihigen Jacketts war der Länge nach aufgeschlitzt. Es sah so aus, als wäre auch der Arm des Toten angeritzt worden.

»Ein Messer?«, frage Weber und versuchte, möglichst desinteressiert zu klingen.

Hilbrecht schüttelte den Kopf. »Der Schneefang.«

»Was?«

»Ja, das ist eben das Eigenartige an der Sache.« Hilbrecht deutete auf ein Foto, auf dem das Haus von der Gartenseite her im Ganzen zu sehen war. Eine typische herrschaftliche Bürgervilla, wahrscheinlich vor zwanzig Jahren erbaut, mit einem weit gespannten Balkon im ersten, kleineren Balkonen und Erkern im zweiten Stock, unten eine Veranda mit Flügeltüren. Oben ein Mansardendach, an der Ecke über einem Erker ein Türmchen. Zwischen zwei Mansardenfenstern eine Nische im Dach als Austritt. »Von da oben, wohlgemerkt über dieser Nische hier, wurde der Mann heruntergeworfen. Denn hier ...« Hilbrecht deutete auf eine Stelle auf dem Foto, an der nicht viel zu erkennen war. »... ist ein Schneefang mit spitzen Zacken. Daran blieb der Ärmel hängen und zerriss.«

»Na schön«, sagte Weber. »Aber was willst du mir damit eigentlich sagen?«

»Mensch, Alfred! Der Tote ist ein Mann von zweiundsiebzig Jahren!«

»Ja und?«

»Der klettert doch nicht aufs Dach und springt runter!«

»Warum nicht?«

»Du glaubst, er ist vor dem Einbrecher weggelaufen und aufs Dach geklettert?«

»Könnte doch sein. Vielleicht gab's ja auch gar keinen Einbrecher und die Spuren stammen woanders her.«

»Das sagst du nur, weil du Recknagel nicht leiden kannst.«

»Nein, ich sag's, weil du mich gefragt hast und mir, ehrlich gesagt, allmählich auf die Nerven gehst! Ich habe nämlich selbst einen Mordfall aufzuklären, und das ist anstrengend genug!« Vor allem, aber das behielt Weber lieber für sich, weil die Ermittlungen auf St. Pauli mit beträchtlichem Alkoholkonsum verbunden waren.

»Und wie, bitte, soll der Mann sich den Ärmel aufgerissen haben?«

»Interessiert mich nicht. Ich muss jetzt los.« Er hatte es eilig, denn vor seinen weiteren Nachforschungen wollte er unbedingt noch einen Abstecher zum Ford- Automobilhändler in der Königstraße in Altona machen.

»Er muss über das Dach gerutscht sein, und dabei ist sein Ärmel an den spitzen Zacken des Schneefangs hängen geblieben.«

»Meinetwegen«, sagte Weber unwirsch.

»Aber wenn man da so entlangrutscht, kann man doch keinen Schwung holen.«

»Du gehst mir auf die Nerven. Ich muss jetzt weg.« Weber griff nach seinem Jackett, das er über eine Stuhllehne gehängt hatte.

»Er muss aber Schwung gehabt haben«, sagte Hilbrecht, »sonst wäre er nicht so weit von der Hauswand entfernt auf dem Boden gelandet.«

»Hm-hm.« Weber warf sich das Jackett über, zog die helle, sommerliche Schirmmütze aus Leinen aus der Tasche und setzte sie auf.

»Es hat also jemand für den Schwung gesorgt. Na gut. Aber warum schleppt jemand einen Menschen erst aufs Dach, um ihn dann von dort runterzuwerfen?«, fragte Hilbrecht unbeirrt weiter.

»Du bist doch bloß der Fotograf, Gustav, warum machst du dich denn überhaupt verrückt deswegen?«

»Um dich vorzubereiten.«

»Mich? Auf was?«

»Deinen neuen Fall.«

»Der alte ist ja noch gar nicht abgeschlossen. Und wenn Recknagel so genial ist, wie du behauptest, dann ...«

Hilbrecht stöhnte laut auf, und Weber hielt schuldbewusst inne. »Entschuldige, es ist sicherlich sehr interessant, was du da herausgefunden hast, aber ...« Weber war schon auf dem Weg zur Tür, schlängelte sich vorbei an den Bildern von sitzenden, stehenden und liegenden, frischen, halb oder ganz verwesten Leichen. An diesem Panoptikum des Grauens, das davon zeugte, dass alle leichten und seichten sommerlichen Freuden nur Illusionen waren, wenn das auch außer melancholischen Dichtern und pessimistischen Philosophen nur die pragmatischen Beamten der Kriminalpolizei wussten.

»Alfred!«

»Was denn noch?«

»Du sollst dich bei Kunath melden.«

»Was?! Wieso sagst du mir das erst jetzt?«

Hilbrecht warf ihm einen tadelnden Blick zu. »Hab ich dir doch schon mitgeteilt. Aber da oben auf der Leiter warst du anscheinend schwerhörig.«

»Kunath? Wann?«

»Der Bote hat dich nirgendwo gefunden und hier nachgefragt. Hast du den Zettel auf deinem Pult nicht gesehen?«

»War noch gar nicht am Platz.«

Hilbrecht stöhnte. »Du bist unverbesserlich, Alfred. Dann spute dich mal.«

»Wieso?«

Hilbrecht warf einen Blick auf die Wanduhr. »Weil du schon vor einer Viertelstunde hättest dort sein sollen.«

»Mensch, Gustav!« Weber eilte los.

»Schieb's bloß nicht auf mich!«, rief Hilbrecht ihm hinterher. Und fügte leise zu sich selbst hinzu: »Du Traumtänzer.«

Der Holzkasten senkte sich. Weber holte tief Luft, fasste nach der Messingstange, die sich stetig nach unten bewegte, hob gleichzeitig das Bein, um es auf den Boden des Kastens zu setzen, zog den Kopf ein, weil die Decke des Kastens ihm entgegenkam, und sprang gerade in dem Moment hinein, als er den Eindruck hatte, dass der Paternoster schon viel zu tief gesunken war, um ihn gefahrlos betreten zu können. Aber nun stand er drin und fuhr hinab. Wenn jetzt nur niemand zustieg. Das würde ihn total aus dem Konzept bringen. Seine größte Sorge war, dass im ersten Stock jemand in diesen mobilen Sarg einsteigen wollte, wenn er ihn verlassen musste. Ein vergessener Traum fiel ihm wieder ein, in dem er in einem Paternoster gestanden hatte, der immer schneller fuhr und schließlich in rasender Geschwindigkeit die Stockwerke passierte, viel zu schnell, um ihn verlassen zu können.

Aber es ging. Zu seiner eigenen Verwunderung stellte er fest, dass es ihm problemlos gelang, aus dem unermüdlich weiterzockelnden Aufzug auszusteigen.

Und schon schritt er eilig an den hohen Säulen vorbei hinein in den breiten Korridor, der ihn zu Kunaths Büro führte.

Bei seinem Eintreten schaute der Oberinspektor auf und schien erleichtert, ihn zu sehen.

»Weber, da sind Sie ja. Nehmen Sie doch Platz.«

»Entschuldigen Sie die Verspätung, es ...«

»Schon gut, schon gut. Es ist ... wir müssen ... Der Fall Brunswiek hat Weiterungen. Hm ...« Kunath schien mit seiner Formulierung nicht zufrieden zu sein. »Sie erinnern sich? Der Einbruch in der Villa in Harvestehude. Der Tresor wurde ausgeräumt. Der verstorbene Reeder inmitten seiner Spielzeugflotte? Und nun ein zweiter Todesfall, sehr eigenartig, die Sache.« Er starrte nachdenklich auf die vor ihm liegenden Akten.

»Ich war bei Hilbrecht ...«, versuchte Weber seine Ahnungslosigkeit zu überspielen.

Kunath schaute auf. »Hat er die Fotos fertig? Haben Sie sie mitgebracht?«

»Ich? Nein, er war noch damit beschäftigt.«

»Dann wird er sie wohl mit dem Aktenaufzug schicken, na schön. Konnten Sie bereits einen Blick darauf werfen?«

»Die Leiche im Rosenbeet, der zerrissene Ärmel, der Schneefang auf dem Dach ... Aber was hat das mit dem Fall Brunswiek zu tun? Ah, in beiden Fällen geht es um Einbruch. Eine Diebesbande auf Raubzügen in den bürgerlichen Vierteln?«

»Wenn es das nur wäre«, seufzte Kunath.

»Eigenartig ist allerdings das Ausmaß der Gewaltanwendung. Raubmord und dann noch so demonstrativ ...«

»Sie haben recht, Weber. Wir wollen ja hier nicht der so genannten Ganovenehre das Wort reden, nicht wahr, das ist alles scheinheiliges Getue. Oft genug kommen Menschen zu Schaden, wenn sie den Gewaltverbrechern im Wege stehen. Für Geld und Gold gehen die auch über Leichen. Aber in diesem Fall wurde gar nichts gestohlen.«

»Dann wurden die Einbrecher gestört.«

»Von wem? Der Tote wurde erst am Morgen von der Haushälterin entdeckt. Niemand sonst hat sich gemeldet.«

»Nicht jeder, der einen Verbrecher aufscheucht, gibt dies der Polizei bekannt.«

»Das mag ja durchaus sein, Weber. Aber sehen Sie, was mir an dieser Geschichte doch sehr rätselhaft vorkommt, ist die Tatsache, dass der oder die Verbrecher noch genügend Zeit fanden, sich an der Leiche zu schaffen zu machen.«

»Nachdem er sie in den Garten geworfen hatte?«

»Ja, nachdem er sie ins Rosenbeet geschleudert hatte. So ist es.« Kunath sah jetzt bekümmert aus.

»Was hat er denn mit ihr gemacht?«

»Rosenblätter«, sagte Kunath, »der oder die Täter haben dem Toten Rosenblätter in den Mund gestopft.«

»Oh.«

»Sehen Sie, Weber, wir Polizisten kennen doch die Menschen und das Leben. Wenn dergleichen auf St. Pauli geschieht, dann wundern wir uns nicht so sehr. Dort werden oft genug seltsame Dinge getan von Menschen, die am Rande der Gesellschaft leben. Aber bei den ehrenwerten Kreisen des hamburgischen Bürgertums, da ist man doch nicht auf so etwas gefasst ...« Der Oberinspektor schien wirklich erschüttert zu sein.

»Vielleicht ein makabrer Scherz?«

Kunath nickte betrübt. »Derlei Scherze ... eine Schande. Dr. Gerber war einer der angesehensten Notare der Stadt. Wir können nur hoffen, dass es sich um einen Zufall handelt.«

»Meinen Sie, es könnte ein Plan dahinterstecken?«

»Ich hoffe nicht, Weber, nicht auszudenken! Aber Dr. Gerber war nun mal der Justiziar der Familie Brunswiek.«

»Sie sehen also einen Zusammenhang zwischen den beiden Todesfällen?«

»Ich sehe gar nichts«, sagte Kunath müde. »Was sehen Sie?«

»Einbrecher«, sagte Weber. »Ich sehe, dass hier Einbrecher am Werk waren. Die sind normalerweise in viele Richtungen organisiert, denn sie müssen ja Kundschafter haben, Ausrüster, Techniker, Hehler, Möglichkeiten zum Transport, ein Automobil ... Mechaniker.«

»Deshalb haben wir Sie hinzugezogen, Kommissar Weber. Sie haben weitgehende Kenntnisse der Unterwelt. Inspektor Recknagel hat um Ihre Unterstützung gebeten.«

Im Ernst? Weber war verblüfft. Entweder die stehen wie die Ochsen vorm Berg, dachte er, oder ihnen geht der Arsch auf Grundeis. Oder sie brauchen einen, dem sie den schwarzen Peter zuschieben können, falls die Ermittlungen scheitern. Also aufgepasst! Dieses freundliche Getue hat bestimmt nichts damit zu tun, dass dem Herrn Oberinspektor die Sonne ins Gemüt geschienen hat.

»Setzen Sie sich mit Recknagel in Verbindung. Er leitet die Ermittlungen. Sie beide sind verpflichtet, mich unverzüglich von allen Neuigkeiten in Kenntnis zu setzen.«

»Jawohl, Herr Oberinspektor.« Weber stand auf.

»Die Zeit drängt, Weber!«

Das tut sie doch immer, seit jemand die erste Uhr aufgezogen hat, dachte Weber, als er das Büro seines Vorgesetzten verließ.

»Ach, wer tut denn so was«, sagte die Witwe von Dr. Gerber. »So etwas tut doch keiner.«

Sie war klein und schmal, fünfundsechzig Jahre alt, hatte die grauen Haare streng zurückgebunden und trug ein schwarzes Kleid, das so schlicht war, dass sie darin beinahe unsichtbar erschien.

Sie hielt sich aufrecht auf einem Stuhl, ein Taschentuch in der Hand, um sich zu schnäuzen oder Tränen abzuwischen, aber tatsächlich saß sie die ganze Zeit unbeweglich und wie versteinert da.

Neben ihr hatte eine jüngere Ausgabe ihrer selbst Platz genommen, ungefähr vierzig Jahre alt und mit braunen Haaren, aber ihr sonst sehr ähnlich und auch fast gleich gekleidet – die Tochter.

Weber und Recknagel saßen nebeneinander auf einem recht hohen, offensichtlich uralten Sofa, das bei der kleinsten Bewegung ein leises Stöhnen von sich gab. Um sie herum standen Möbel aus verschiedenen längst vergangenen Epochen, vor den Fenstern hingen lange Vorhänge. An den Wänden sah Weber grün-weiß-blau gestreifte Stofftapeten und dunkle Gemälde mit finster dreinblickenden Männern, die alle am gleichen Schreibpult saßen und eine kleine Waage vor sich stehen hatten. Fehlt nur noch ein Tuch, um ihnen die Augen zu verbinden, damit sie Gerechtigkeit spielen können, dachte Weber.

Familie Gerber war seit einhundertfünfzig Jahren darauf spezialisiert, Hamburger Kaufleuten in juristischen Dingen zur Seite zu stehen, darunter auch der Familie Brunswiek, deren Oberhaupt kürzlich bei einem Einbruch tragisch ums Leben gekommen war. Ein Verbrechen, das bislang noch nicht aufgeklärt werden konnte, weshalb es immer mal wieder in bürgerlichen Zeitungen wie den »Hamburger Nachrichten«, dem »Fremdenblatt« und dem »Correspondenten« erwähnt wurde. Der Ton war vorwurfsvoll, nach dem Motto: Ist der Schutz des Eigentums noch garantiert in unserer Stadt? Sind verdiente Bürger in diesen turbulenten Zeiten ihres Lebens sicher? Hat der Staat noch Autorität? Ist die Polizei handlungsfähig? Und so weiter. Oberinspektor Kunath las solche Zeitungen, Weber nicht. Und bei Recknagel lugte gelegentlich das sensationsheischende »8-Uhr-Abendblatt« aus der Schreibtischschublade.

Was den sensationellen Todesflug von Dr. Gerber betraf,

so war es seiner Familie bislang gelungen, eine Berichterstattung zu verhindern. Man hatte schließlich weitreichende Verbindungen.

Der Witwe irgendwelche Informationen zu entlocken, die über das hinausgingen, was Weber schon von Hilbrecht gehört hatte, schien unmöglich. Sie war wie erstarrt und offenbar nicht in der Lage, irgendwelche Ereignisse aus der Nacht zu erinnern, geschweige denn Hinweise bezüglich der Gewalttat zu geben.

Weber stellte Fragen, Recknagel stellte Fragen, und hin und wieder warfen sie sich schuldbewusste Blicke zu. Angehörige der unteren Schichten zu quälen war viel leichter, stellte Weber missmutig fest. Recknagel strich immer wieder mit dem Finger die Bügelfalte seines rechten Hosenbeins entlang, was Weber ziemlich auf die Nerven ging.

»So etwas kann doch gar nicht geschehen. Wenn es doch unmöglich ist, wie kann es dann geschehen?«, sagte die Witwe Gerber.

Ihre Tochter warf den beiden Beamten einen bittenden Blick zu. »Ich würde meine Mutter gerne zur Ruhe kommen lassen«, sagte sie.

Recknagel nickte zustimmend. Beide Polizisten standen auf, als die Frauen sich erhoben. So höflich bin ich ja schon lange nicht mehr gewesen, dachte Weber dabei. Wirklich erstaunlich, wie eine bestimmte Umgebung unser Verhalten beeinflusst.

»Schicken Sie uns doch bitte den Büroleiter herein, gnädige Frau«, sagte Recknagel und strich sich währenddessen über den Kopf, als wollte er prüfen, ob die Haare noch akkurat am Schädel klebten.

Der Büroleiter war auch ein Herr Doktor, mit runder Hornbrille und spitzem, kahlem Kopf, schmalen Schultern und einem Bäuchlein unter dem schwarzen Zweireiher, der zu breit für seine Statur war. Wieder kam Weber so ein überflüssiger Gedanke: Wir von der Mordkommission müssten eigentlich auch immer Schwarz tragen, genau wie die Bestattungsunternehmer. Aber Recknagel trug Dunkelgrau und er selbst seinen braunen Straßenanzug mit den blässlichen Kreidestreifen – der vor allem zerknittert war.

Dr. Bendixen sagte: »Ich stehe Ihnen zur Verfügung, meine Herren«, und nahm Platz. Recknagel nickte Weber auffordernd zu.

Weber fragte: »Worauf könnten es Einbrecher abgesehen haben, wenn sie in dieses Haus eindringen?«

»Oh«, sagte Dr. Bendixen, »ich denke, hier gibt es eigentlich nichts zu holen.« Auch er saß steif auf seinem Stuhl und wirkte wie ein Rechtsgelehrter, der nur selten seinen aus Paragraphen erbauten Elfenbeinturm verließ.

»Na«, meinte Weber und deutete in den Raum, »schon allein das Mobiliar ...«

»Stiehlt man denn Möbel?«, wunderte sich Dr. Bendixen. »Die sind doch schwer und sperrig.«

»Es werden ständig ganze Häuser ausgeräumt«, erwiderte Weber trocken. »Dafür gibt es Spezialisten.«

Dr. Bendixen schüttelte den Kopf. »Weder hier noch in den oberen Etagen wurde etwas entwendet.«

»Gibt es einen Tresor?«, fragte Recknagel.

»Ja, natürlich, genauer gesagt zwei. Einen auf der Büroetage für unsere wertvollen Dokumente. Und einen kleineren hier im Erdgeschoss im Studierzimmer für die privaten Wertsachen der Familie Gerber. Beide wurden nicht angetastet. Nicht einmal die Zimmer, in denen sie sich befinden, wurden betreten, wie Ihre Kollegen bereits feststellten.«

»Der oder die Täter sind durch ein Fenster im ersten Stock

eingedrungen, durch die Schreibstube geschlichen, wo sich zu der nächtlichen Stunde natürlich niemand aufhielt, dann die Treppe hinauf ins Schlafzimmer von Dr. Gerber. Dort haben sie ihn überwältigt«, referierte Recknagel.

»Sie kannten also die Räumlichkeiten«, stellte Weber fest.

Dr. Bendixen warf ihm einen empörten Blick zu.

Weber hob beschwichtigend die Hand. »Das muss nicht heißen, dass es jemand vom Haus- oder Büropersonal war. Normalerweise kundschaften Einbrecher die Örtlichkeiten aus, bevor sie zuschlagen.«

»Haben Sie fremde Personen bemerkt, im Haus, auf dem Grundstück, in der Umgebung?«, fragte Recknagel.

»Nein.« Dr. Bendixen rückte seine Hornbrille zurecht.

»Wie viele Personen arbeiten bei Ihnen?«

»Außer mir noch zwei, ein Assessor und ein Schreiber.«

»Das ist ja nicht viel«, wunderte sich Weber.

»Wir sind ausschließlich für die Familien Brunswiek und Eichenberger zuständig.«

»Ich dachte, Ihre Kanzlei sei hoch angesehen in der Stadt.«

»Selbstverständlich. Wir sind hoch angesehen, weil wir für die Familien Brunswiek und Eichenberger arbeiten.«

»Ausschließlich?«

»Darüber hinaus nehmen wir gelegentlich notarielle Aufgaben wahr. Aber unser Wirken für die Familien Brunswiek und Eichenberger ist schon ein weites Feld. Eine Reederei und ein internationales Handelshaus zu beraten in Fragen des Wirtschaftsrechts, des Handelsrechts, des Schifffahrtsrechts und der politischen Rahmenbedingungen ist eine umfangreiche Aufgabe.«

»Beraten Sie die Familien auch in privater Hinsicht?«, fragte Weber, einer plötzlichen Eingebung folgend.

»Wie bitte?«

»In Fragen des Bürgerlichen Gesetzbuchs zum Beispiel.«

»Nun, sicher, auch das kommt ja in geschäftlichen Dingen zum Tragen.«

Recknagel schaute Weber verständnislos an.

»Und in familiären Dingen?«

Dr. Bendixen blickte ihn genauso verständnislos an.

»Privaten Dingen?«

»Wie bitte?«

»Persönlichen Angelegenheiten?«

»Weber …«, meldete sich Recknagel leise und brach ratlos ab.

»Wenn ich mich recht erinnere«, sagte Weber, »sind die beiden Familien erst seit einigen Jahren miteinander verbunden. Die Eichenbergers und die Brunswieks.«

»Ach, darauf wollen Sie hinaus.« Dr. Bendixen schien erleichtert, dass er verstanden hatte, was Weber meinte. »Ja, es kam eine Verbindung zustande.«

»Hab ich es doch noch richtig im Kopf«, murmelte Weber zufrieden. Er hatte sich an einen Artikel im »Hamburger Echo« erinnert. Einige Jahre war das her, nach dem Krieg, damals als die wirtschaftliche Lage sehr schwierig gewesen und der Handel noch nicht wieder in Gang gekommen war.

»Darf ich fragen, worauf Sie anspielen, Weber?«, mischte sich Recknagel verärgert ein.

Weber schaute den Justiziar auffordernd an.

»Es gab gewissermaßen eine, hm, Fusion der Familien«, sagte Dr. Bendixen.

»Je, nun«, sagte Recknagel.

»Eine Heirat«, ergänzte Weber.

»Ach so.«

»Und im Zuge dieser Verbindung wurden die Reederei Brunswiek und das Handelshaus Eichenberger zusammengelegt. Das war doch rechtlich gesehen bestimmt eine komplizierte Angelegenheit«, wandte Weber sich an Dr. Bendixen.

»Oh ja!«, erwiderte der Justiziar stolz. »Dabei mussten ja private Eigentumsrechte, innerfamiliäre Ansprüche, geschäftliche Abwägungen und wirtschaftsrechtliche Anforderungen sowohl im In- wie im Ausland beachtet werden. Das hat uns über ein Jahr beschäftigt. Wir haben da in mancherlei Hinsicht Rechtsgeschichte geschrieben, wenn ich das mal so sagen darf.«

»Es wurden ja nicht nur Sachwerte und große Geldbeträge, sondern auch Vermögenswerte im Sinne von Beteiligungen, Aktien, Anleihen und so weiter bewegt, nicht wahr?«, hakte Weber nach und tat so, als würde er die Begeisterung des Justiziars teilen.

»Ganz recht, Herr Kommissar! Wir haben nicht nur in juristischen Fachzeitschriften Aufmerksamkeit erregt, sondern wurden auch als Präzedenzfall in Schriften bedeutender Nationalökonomen erwähnt, im Zusammenhang mit ...«

Recknagel räusperte sich. »Weber, was soll denn ...?«

»Und es ging dabei immer mit rechten Dingen zu?«, fragte Weber weiter.

Augenblicklich war Dr. Bendixen beleidigt und blickte böse und abweisend drein. »Selbstverständlich, ich bitte Sie!« Er warf Recknagel einen hilfesuchenden Blick zu, aber dem schien nichts einzufallen. »Wirklich, Seriosität ist doch oberstes Gebot!«, stieß Dr. Bendixen hervor.

»Ich frage nur deshalb, weil wir hier zwei Todesfälle haben, die miteinander in Verbindung stehen könnten.«

Dr. Bendixen spielte den Ahnungslosen. »Da ... sehe ich

jetzt nicht, wie Sie das meinen.« Dann wurde er wütend. »Ich muss schon sagen, angesichts dieser Tragödie empfinde ich Ihre Bemerkung wirklich als ... respektlos!«

»Weber ...« Recknagel schien es ähnlich zu sehen.

»Ich bitte um Entschuldigung, Herr Dr. Bendixen, aber schauen Sie sich doch nur mal die Tatsachen an: zwei Einbrüche, zwei Todesfälle. Die Verbindungen: geschäftlich, rechtlich, familiär bis ins Private ...«

»Ich bitte Sie doch sehr um Vernunft und Diskretion! Herr Dr. Gerber hatte keine privaten Verbindungen mit der Familie Brunswiek.«

»Nun wirklich, Weber, Sie schießen übers Ziel hinaus«, sprang Recknagel dem Justiziar zur Seite.

»Nein«, sagte Weber unbeirrt und hob die Stimme. »Ich kann in beiden Fällen kein typisches Einbruchsdelikt entdecken.«

Dr. Bendixen sprang erregt auf und gestikulierte heftig beim Sprechen, was ziemlich albern wirkte. »Die Fensterscheibe im ersten Stock wurde mit einem Glasschneider aufgeschnitten, und der Einbrecher griff hindurch, um den Fenstergriff zu betätigen.« Er deutete die entsprechenden Gesten an. »Man überfiel den Hausherrn oder wurde von ihm überrascht und ermordete ihn, indem man einen beispiellosen Akt von Gewalt anwendete. Da können Sie doch nicht ...«

»Warum denn überhaupt dieser Einbruch?«, unterbrach Weber ihn.

»Weber! Reiche Leute werden nun mal überfallen, weil sie reich sind.« Recknagel war jetzt ebenfalls aufgestanden und schaute tadelnd auf Weber herab.

»Einbrecher töten nicht einfach so«, beharrte Weber.

»Es ist gut jetzt«, sagte Recknagel und wandte sich händeringend an den Rechtsgelehrten: »Bitte entschuldigen Sie,

Herr Dr. Bendixen, aber wir von der Kriminalpolizei müssen alles bedenken, alle Aspekte betrachten, alle Möglichkeiten in Erwägung ziehen.«

»Nun, sicher, das mag sein, aber ...«

Weber konnte nicht an sich halten. »Der Fall Maximillian Brunswiek, der ist doch ...«

Recknagel trat vor ihn hin und schnitt ihm mit einer herrischen Geste das Wort ab. Beschwichtigend sagte er zu Dr. Bendixen: »Wenn es sich um versuchten Raubmord handelt, werden wir den Täter schnell dingfest machen. Wir haben schließlich unsere Verbrecherkartei. Wir haben beste Verbindungen ins Milieu, Informanten und eigene Experten. Eine solche Tat bleibt nicht lange verborgen. Jemand wird reden, und sei es, weil wir Druck ausüben. Im Übrigen ist es viel wahrscheinlicher, dass wir durch routinemäßige kriminalistische Arbeit zum Ziel kommen. Bitte entschuldigen Sie uns, wir gehen an die Arbeit.«

Recknagel fasste Weber, der jetzt neben ihm stand, am Arm und zog ihn Richtung Tür.

Dr. Bendixen schien mehr als erleichtert, dass sie endlich gingen. Sie verabschiedeten sich hastig.

Draußen auf der ruhigen Straße, die rechts und links von herrschaftlichen Villen mit üppigen Vorgärten gesäumt wurde, blaffte Recknagel seinen Untergebenen an: »Himmelkreuzdonnerwetter, Weber! Sind Sie denn von allen guten Geistern verlassen! Was zum Henker bilden Sie sich eigentlich ein? Solche abenteuerlichen Behauptungen und ein derart despektierliches Benehmen – wie wollen Sie das denn wieder gutmachen?«

»Will ich doch gar nicht«, sagte Weber störrisch.

Ein ockerfarbener Bentley-Zweisitzer mit offenem Verdeck rauschte vorbei. Zarte Hände hielten das Lenkrad, duftige weiße Spitzenschals flatterten im Fahrtwind, helles Lachen übertönte das Geräusch des Motors. Ein Hauch von Parfüm, vermengt mit Benzinduft, hing in der Luft. Beim Abbiegen rumpelte das rechte Hinterrad über die Bordsteinkante, ein scherzhaftes Quäken der Hupe ertönte, dann waren sie verschwunden. Weber schaute dem schicken Automobil sehnsüchtig hinterher.

»Sie haben praktisch unterstellt, dass es im Umkreis des ermordeten Notars und der hoch angesehenen Familien, die er vertritt, unsaubere Machenschaften gibt.«

»Tja, wer weiß …«

»Mensch, Weber! Ich verbitte mir so etwas! Haltlos und beleidigend war das.«

»Mag ja sein«, lenkte Weber ein. »Aber dass es sich ganz einfach um Raubmord handelt, kann ich nicht glauben.«

»Sie haben ein unangenehm rechthaberisches Auftreten, Weber, das gefällt mir ganz und gar nicht.«

»Und mir gefällt nicht, dass sich jemand die Mühe machte, einem Toten Rosenblätter in den Mund zu stopfen.«

»Verbrecher sind nun mal unberechenbar, weil sie von Grund auf verdorben sind.«

Weber schüttelte den Kopf. »Nein, meiner Ansicht nach …«

»Still jetzt, Weber. Man muss sich ja schon Sorgen um Ihren Geisteszustand machen.«

Sie waren am Mühlenkamp angekommen. Eine Straßenbahn näherte sich der Haltestelle. Sie beeilten sich.

Nachdem sie dem Kontrolleur ihre Polizeimarken gezeigt hatten, setzten sie sich hin. Den ganzen Weg in die Innenstadt schwiegen sie eisern, so wütend waren sie aufeinander.

Die weißen Kieselsteine unter Webers Gummisohlen waren alle ungefähr gleich groß, zwischen eineinhalb und zwei

Zentimetern im Durchmesser. Die Rasenfläche vor ihm war gleichmäßig gemäht, die Halme wahrscheinlich exakt einen Zentimeter lang. Rechts und links gepflegte Beete mit all den bunten Blumen, die jetzt auch in öffentlichen Parks zu finden waren. Das Grundstück erstreckte sich bis hinunter zum Wasser, hübsche Kieswege führten zu hübschen Rabatten, an den Rändern des Gartens blühten Rhododendronbüsche, zur Linken stand eine Laube, um die sich Rosen rankten, zur Rechten ein Pavillon mit Säulen, unten am Kanal bewegten sich die Zweige der Weiden leicht im Wind. Ja, dies war wirklich ein schöner Park, nur dass er eben nicht für die Öffentlichkeit bestimmt war.

Seit dem überraschenden Tod des Reeders Maximilian Brunswiek war er praktisch herrenlos, und die dazugehörige dreistöckige Villa mit dem achteckigen Turm, der von ionischen Säulen umgrenzten Terrasse und dem barocken Balkon darüber wirkte verlassen. Umso mehr, wenn man wusste, dass der ehemalige Hausherr inzwischen ein nicht weniger auffallendes Marmorgebäude auf dem Ohlsdorfer Friedhof bezogen hatte. Für Ausflügler im Ruderboot oder Sommerfrischler auf einem Alsterdampfer wirkten die Grundstücke an der Außenalster allesamt verlassen, denn nur selten sah man einen Menschen in den großflächigen Gartenanlagen – und wenn, war es meist ein Gärtner oder Hausmeister. Die Bewohner zeigten sich fast nie. Reiche Leute lieben es, unsichtbar zu bleiben, dachte Weber, es genügt ihnen, wenn man ihre Gebäude und Grundstücke bewundert – vielleicht auch noch ihre Automobile und ihre Schiffe.

Knirschende Schritte auf der riesigen Terrasse über ihm.

»Ach, hier sind Sie, Herr Kommissar!«

Franziska Eichenberger, geborene Brunswiek, trug ein strahlend weißes Kleid. Einziger Hinweis auf einen Trauerfall in ihrer Familie war das leichte, luftige schwarze Tuch mit einem ziemlich komplizierten Häkelmuster, das sie um die Schultern trug. Längliches Gesicht, die hellbraunen Haare sorgfältig hochgesteckt.

Frau Eichenberger strahlte Wohlstand aus und wirkte, gemessen an ihrem Alter – Weber schätzte sie auf Anfang dreißig – etwas altmodisch. Ihr Sommerkleid war leicht tailliert und recht lang.

Sie schaute auf ihn herab, er schaute zu ihr hinauf. Sein Nacken schmerzte, und er senkte den Kopf.

Webers Blick fiel auf eine Ameise, die am Rand der Terrasse versuchte, eine erbeutete Fliege wegzuschaffen.

»Sie scheinen sich ja gut zu amüsieren.« Franziska Eichenberger blieb neben ihm stehen.

Weber deutete auf die Ameise. »Eine Arbeiterin«, sagte er.

»Ich hatte Sie eigentlich in der Halle erwartet«, sagte Frau Eichenberger streng.

»Entschuldigen Sie bitte, ich wollte mir einen Eindruck verschaffen.«

»Nun gut.«

»Ich bin Ihnen sehr dankbar, dass Sie sich Zeit für mich nehmen«, sagte Weber und schaute kurz zu ihr hoch.

»Na, sicher doch. Es ist uns ein hochwichtiges Anliegen. Man darf ja froh sein, dass die Polizei ihr Interesse an diesem scheußlichen Verbrechen offenbar doch nicht verloren hat.«

»Gewiss nicht.« Weber schaute demonstrativ in den Garten.

»Immerhin zahlen wir ja die Steuern und damit Ihr Gehalt, Herr Kommissar.«

Wir bekommen unseren Anteil am gesellschaftlichen Reichtum zugewiesen, um im Namen der Gesellschaft unsere Aufgabe zu erfüllen, dachte Weber, sagte es aber nicht.

Die Ameise hatte ihre Beute jetzt bis zur Mauerkante geschleppt und ließ sich damit in die Tiefe fallen.

»Ich würde mir gerne die Örtlichkeit hier draußen genauer ansehen, wenn Sie erlauben«, sagte Weber.

»Was sollte im Garten denn zu finden sein?«, fragte Frau Eichenberger, aber Weber hatte sich schon in Bewegung gesetzt. Die Kieselsteine knirschten unter seinen Sohlen.

Er betrat den Rasen und rechnete damit, getadelt zu werden, aber da war Frau Eichenberger auch schon neben ihm.

»Was mich wirklich ärgert«, sagte sie mit ruhiger Stimme, »was mich geradezu rasend macht, Herr Kommissar, ist die Tatsache, dass Ihr Herr Inspektor Kunath von einem Unfall gesprochen hat.«

»Ober«, sagte Weber.

»Ich bitte um Entschuldigung?«

»Er ist Oberinspektor, darauf legt er großen Wert.«

»Na fein, und mir kommt er mit einem Unfall. Es war ein Verbrechen! Ein Einbruch! Ein Anschlag auf Eigentum und Leben.«

»Bislang gehen wir davon aus, dass es ein Raubüberfall mit Todesfolge war und der Tod Ihres Vaters nicht geplant, sondern dem Zufall geschuldet war.«

»Zufall!«, schnaubte Frau Eichenberger abfällig.

»Es kam zu keiner Gewaltanwendung, jedenfalls steht es so in den Akten.«

»Das Gesicht meines Vaters wurde aufgeschlitzt! Das nennen Sie keine Gewaltanwendung?«

Die Rasenfläche fiel zum Ufer des Kanals hin ab. Sie gingen langsam auf das Wasser zu. Einem Betrachter, der zufällig mit einem Boot vorbeikam, wären sie womöglich wie ein spazierendes Paar vorgekommen, das ruhig und vertraulich persönliche Dinge besprach.

»Laut Akteneintrag war auch das ein Unfall. Sein Kopf fiel auf die Tischplatte, und die Messerklinge schnitt ihm in die Wange.«

»Warum hatte mein Vater wohl ein Messer in der Hand?«

»Um ein Buch aufzuschneiden.«

»Ha! Da sieht man, dass sich heutzutage jeder, selbst der Polizist, die Wahrheit zurechtbiegt, wie es ihm gerade passt.«

Weber blieb stehen. Er spürte den weichen Rasen unter den Füßen und fragte sich, wann er wohl das letzte Mal das Gefühl gehabt hatte, auf Watte zu wandeln. Im Wald vielleicht, ja, auf einem Teppich aus herabgefallenen Tannennadeln ... wo war das denn gewesen?

»Wie es passt?«, fragte er erstaunt.

»Was nicht passt, wird passend gemacht, so sieht es doch aus heutzutage!«

Weber wunderte sich über diese Dame, die mit einem Mal so schnippisch tat. »Ich verstehe nicht, was Sie meinen.«

»Man tut ein Gewaltverbrechen als Bagatelle ab. Früher hätte es das nicht gegeben, schon gar nicht bei einem hoch angesehenen Bürger der Stadt. Aber jetzt wird ja das Proletariat hofiert. Sogar der Polizeisenator ist ein Prolet. Na, was soll man da auch erwarten.«

»Erwarten darf jeder das Gleiche«, sagte Weber. Er sparte es sich, ihre Hasstirade gegen den Polizeisenator zu korrigieren: Adolph Schönfelder war zwar Sozialdemokrat, kam aber aus dem Handwerk und war Zimmermann von Beruf.

»So ist es eben nicht. Sonst wäre längst eine Kommission mit der Aufklärung des feigen Mordanschlags auf meinen Vater befasst.«

»Der Amtsarzt stellte Herzversagen fest.«

»Ha! Mein Vater war kerngesund! Und nun kommen Sie mir nicht mit seinem Alter.« Sie drehte sich abrupt um und deutete auf den Turm, der über der Villa aufragte. »Vom Erdgeschoss bis zur Turmspitze ist er tagtäglich in Windeseile hochgestiegen. Da kam manch jüngerer Besucher schon auf halbem Weg aus der Puste.«

»Sehen Sie«, sagte Weber versöhnlich, »was die Hintergründe dieses Verbrechens betrifft, haben wir bislang nichts weiter als Hypothesen ...«

»Die Ermittlungen seien abgeschlossen, hieß es!«, sagte sie anklagend.

»Wäre ich dann hier?«

»Nun ...«

Weber deutete zum Kanalufer. »Der Täter soll von dort gekommen sein?«

»Ganz recht. Eine Nachbarin von gegenüber hat ihn ja sogar gesehen. Einen dunklen Schatten, der vom Haus kam und durch den Park zum Wasser schlich.«

»Und sie hat nicht Alarm geschlagen?«

»Doch, natürlich, selbstverständlich! Sie hat das Polizeirevier alarmiert. Aber der Schutz des Eigentums ist ja nicht mehr allerhöchste Priorität der Staatsgewalt. Eine Streife kam vorbei, stellte fest, dass alles ruhig war, und fuhr wieder davon. Ohne das Grundstück auf dieser Seite näher in Augenschein zu nehmen oder zu läuten.«

Darüber war in den Berichten, die Weber studiert hatte, nichts vermerkt. Offenbar hatten die Beamten der Revierwache es nicht für nötig erachtet, ihren Bericht ins Stadthaus zu schicken.

»Man wollte die Nachtruhe der Hausbewohner nicht stören«, sagte Weber abwesend, weil er gleichzeitig an etwas anderes dachte: Wie weit entfernt von hier lag das Haus des ermordeten Justiziars? Das war doch gleich um die Ecke, zu Fuß nur eine Viertelstunde.

»Die Nachtruhe!«, stieß Frau Eichenberger höhnisch hervor. »Die ewige Ruhe!« Dann empört: »Absurd! Das ist doch absurd!«

»Der Tod von Herrn Dr. Gerber«, begann Weber, ohne darüber nachgedacht zu haben. »Was halten Sie davon?«

Sie schaute ihn entgeistert an. Weber hatte zum ersten Mal Gelegenheit, ihre Gesichtszüge genauer zu betrachten. Schmales Gesicht, große, hellblaue Augen, blasse Haut, unter Puder versteckte Sommersprossen, zu dünn gezupfte Augenbrauen, fast farblose Lippen. Alles an dieser Dame wirkte schmal, Gesicht wie Statur.

»Sie fragen mich, was ich davon halte? Sind Sie denn von allen guten Geistern verlassen? Man hat doch keine Meinung zu einem Todesfall! Es ist eine Tragödie. Unser hervorragender, ausgezeichnet arbeitender, unersetzlicher Justiziar Dr. Gerber, ein Freund der Familie. Und Sie kommen mir mit einer derart abfälligen …«

»Entschuldigen Sie«, sagte Weber unbeirrt, »natürlich muss ich Sie fragen, was Sie davon halten. Genau genommen ist es der zweite unnatürliche Todesfall in Ihrer Familie, würden Sie das nicht auch so sehen?«

Ein leichtes Zittern ihrer Augenlider fiel Weber auf, und er schaute auf ihre Hände, die in weißen Handschuhen steckten, aber ebenfalls leicht zitterten. Sie verschränkte die Hände, ziemlich krampfhaft, ihre flache Brust hob und senkte sich. Sie rang nach Luft, wandte sich ab und schaute über das Wasser, ungefähr da hin, wo ein recht roh veranlagter Einbrecher den unersetzlichen Dr. Gerber aus dem Fenster in ein Rosenbeet geworfen hatte.

»Den Schnitt an der Wange Ihres verstorbenen Vaters finde ich übrigens auch merkwürdig«, sagte Weber. Und als Frau Eichenberger sich ihm wieder zuwandte, fügte er hinzu:

»Aber was sagen Sie zu den Rosenblütenblättern im Mund von Herrn Dr. Gerber?«

Als Antwort bekam er einen der kältesten Blicke, die er je hatte ertragen müssen. Sie presste ihre dünnen Lippen aufeinander, und unter dem Puder zeichneten sich winzige herrische Falten um ihren Mund ab.

»Sie gehen jetzt«, sagte sie mit eisiger Stimme. »Sie setzen keinen Fuß mehr auf diesen Grund! Sie sind mehr als respektlos! Eine Frechheit! Sie sind als Polizist völlig ungeeignet. Was bilden Sie sich ein? Ich werde Beschwerde einreichen!«

Weber ließ sich von ihrem abschätzigen Blick nicht aus der Ruhe bringen, er hielt ihm stand. Und da geschah etwas, worauf er gewartet hatte, was ihn aber dennoch wunderte: Er sah eine Gefühlsregung in ihrem Gesicht. Angst. Kurz bevor sie sich umdrehte und wortlos davonging.

Weber blickte ihr nach und fragte sich, wieso er sich so sicher war. Es war nur der Bruchteil einer Sekunde gewesen. Vielleicht hatte es am Puder und dem grellen Sonnenlicht gelegen, das von den Wellen des Kanals reflektiert wurde, aber in diesem kurzen Moment hatte er den Eindruck gehabt, als hätte ihre herrische Fassade zahllose feine Risse bekommen. Eine kurze Anspannung, wie eine Art Schockstarre.

Zufrieden ging Weber über den englischen Rasen den Hang hinauf, schritt über den Kiesweg am Haus vorbei und verließ das herrschaftliche Grundstück.

Wenn Frau Eichenberger ihre Drohung wahrmachte und Beschwerde einreichte, würde Recknagel ihm Vorwürfe machen, Kunath ihn zusammenstauchen und Schlanbusch ihm Disziplinarmaßnahmen androhen.

Und das alles wegen einer Handvoll Rosenblätter im Mund eines toten Justiziars.

War doch halb so schlimm, sagte sich Weber erleichtert, als er nach dem Gespräch mit Recknagel die breite Treppe ins Erdgeschoss hinunterstieg. Um ihn herum stiefelten uniformierte Beamte auf und ab, dazwischen ein paar relativ schlecht gekleidete Herren in Zivil, das waren die Kollegen von der Kripo. Wenn er ein Gesicht erkannte, grüßte er. Seine Begegnung mit dem Vorgesetzten war glimpflich ausgegangen, weil Recknagel und Kunath sich im Augenblick mit anderen Problemen herumschlagen mussten.

Es gab mal wieder viel Unmut wegen der Spesengelder. Die Kriminalpolizisten bemängelten, dass man sie überall erkannte. Das lag ganz einfach daran, dass sie kein Kleidergeld bekamen. Im Dienst wollten sie nicht ihre Sonntagsanzüge abtragen, also sahen sie schäbig aus. Da es vielen Menschen aufgrund der florierenden Wirtschaft zurzeit gutging, kleidete man sich elegant, nicht nur in bürgerlichen Kreisen oder für den Einkaufsbummel in der Innenstadt. Auch in den einschlägigen Vergnügungslokalen auf St. Pauli war das Publikum modisch gekleidet – bloß die Udels nicht. Weil die nicht einsahen, dass sie ihr karges Gehalt auch noch für Klamotten ausgeben sollten. Sie mussten ja schon alles andere vorstrecken. Alle Kosten! Von der Fahrkarte für die Tram bis hin zum Bier in einer Gaststätte. Sogar der Lohn für die Polizeispitzel! Zurückgezahlt wurde das Geld erst, wenn man Anträge auf Rückerstattung einreichte, aber nur, wenn die Formulare korrekt ausgefüllt worden waren und man den vorgesehenen Etat nicht überschritt.

Nun hatten unzufriedene Kollegen eine Eingabe gemacht. »Es ist uns nicht möglich, in fashionablen Lokalen unerkannt unserem Überwachungsauftrag nachzugehen«, hieß es in dem Papier, das auch Weber unterschrieben hatte, obwohl er mit seinem Gehalt als Kommissar ganz gut zurechtkam. »In unserer heutigen Kleidung mit Joppen, feldgrauen Röcken, Gamaschen, Stutzen, derben Stiefeln und Stücken fallen wir Kriminalbeamte im Straßenbilde auf. Wie man von Verbrechern weiß, erkennen sie fast jeden Beamten, besonders in öffentlichen Lokalen, an seiner äußeren Erscheinung.«

Die Kollegen waren halt fantasielos. Weber hatte sich bei einem jüdischen Schneider in der Paulinenstraße auf St. Pauli für billiges Geld modische Anzüge schneidern lassen – als Dank für nicht ganz offizielle Hilfestellung bei einem Konflikt mit einer jugendlichen Bande, die Schutzgelder von Gewerbetreibenden erpresste. Weber hatte etablierte Gauner auf die Konkurrenz aufmerksam gemacht, und die Sache mit den Grünschnäbeln war schnell erledigt gewesen. Der Schneider, der Weber unendlich dankbar war, revanchierte sich, indem er nur den Stoffpreis berechnete. Abgesehen davon hatte Weber nichts dagegen, auf St. Pauli als Polizist bekannt zu sein – wenn man den Ganoven korrekt begegnete, waren sie ja durchaus bereit zu helfen. In Maßen natürlich und wenn ihre Pfründe nicht angetastet wurden. In dieser Hinsicht, hatte Weber einmal überlegt, mache ich mit dem Halbwelt-Milieu Politik wie die oberen Beamten mit dem geschäftstüchtigen Bürgertum: Eine Hand wäscht die andere, solange es der Aufrechterhaltung der Ordnung dient. Man darf nur nicht laut darüber sprechen.

Weber lachte leise vor sich hin. Dann fiel ihm etwas anderes ein, und er starrte gedankenverloren auf den Paternoster, der links nach oben und rechts nach unten fuhr. Die Sache mit dem Automobil. Wäre es nicht an der Zeit, diese Anschaffung in die Wege zu leiten? Er hatte sich ja längst für den Ford entschieden. Der würde seine Möglichkeiten im Dienst bedeutend erweitern. Allerdings war der Verbrauch von Benzin auf dem Formblatt zur Spesenabrechnung bisher noch nicht vorgesehen. Und musste man eventuell einen Antrag stellen, um die dienstliche Benutzung eines eigenen Automobils genehmigt zu bekommen? Möglich. Ich frage mal bei Kunaths Schreibkraft nach, beschloss er. Er trat auf den Paternoster zu.

Zwei Schnürschuhe, die knapp die Knöchel bedeckten, sanken herab, darüber schmale Fesseln und Waden in blauen Strümpfen, dann ein langes Kleid, eine weiße Bluse, darüber eine Strickjacke, ein schlanker Hals, ein liebliches Gesicht, leuchtend blondes Haar und ein scheußlicher Hut. Die kleine Schwester der Garbo schrak zusammen, als sie ihn direkt vor sich bemerkte, und klammerte sich an den Messinggriff. Weber war derart verdutzt, sie so dicht vor sich zu sehen, dass er zu spät zur Seite trat, um ihr Platz zum Aussteigen zu lassen.

»Oh nein!«, rief sie aus. »Hilfe.« Dann verschwand sie in der Versenkung.

»Keine Angst«, rief er ihr nach. »Sie fahren unten rum und sind gleich wieder hier.«

Es dauerte ungefähr eine Minute, da erschien ihr schauderhafter Hut wieder auf der linken Seite. Sie schaute nach oben, erleichtert, dass sie dem Keller entronnen war. Weber streckte eine Hand aus, sie griff dankbar danach und stieg aus. Ihr Hut verrutschte dabei, und sie nahm ihn ab.

»Puh«, sagte sie, »das war aber duster da unten.«

Weber stellte erstaunt fest, dass sie gar nicht so klein war, wie er zuerst gedacht hatte. Nein, beinahe so groß wie er.

Sie setzte den Hut wieder auf. Er hatte die Form einer verunglückten Kirchenglocke und war aus dickem, schwarzem Filz.

»Für so einen Hut ist es draußen aber wirklich zu warm«, sagte er.

»Eine züchtige Kopfbedeckung ist Pflicht für die Beamtinnen der Weiblichen Kriminalpolizei, sagt unsere Dienststellenleiterin Kriminaloberinspektorin Erkens.«

»Aha.«

Sie legte den Kopf leicht zur Seite. »Nach Feierabend nehme ich den Hut ab, wenn ich außer Sichtweite des Stadthauses bin.«

»Haben Sie jetzt Feierabend?«

»Jawohl.«

»Ich ebenso.«

Sie runzelte die Stirn und sah ihn argwöhnisch an. Weber hatte das Gefühl, dass er rot wurde.

»Und ich bräuchte den Rat einer Kollegin in einer dienstlichen Angelegenheit«, fügte er hinzu. Mit Sicherheit war sein Kopf jetzt knallrot wie eine Erdbeere aus den Vierlanden.

»Jetzt, nach Feierabend?«

»Sie haben recht. Ich sollte Sie nicht behelligen. Überstunden wollen Sie sicherlich nicht ...« Er brach ab. Die Situation war an Peinlichkeit kaum mehr zu überbieten.

Sie musterte ihn forsch von oben bis unten und sagte dann in dienstlichem Tonfall: »Darf ich mal Ihre Marke sehen?«

Weber zog sie aus der Hosentasche und hielt sie ihr hin.

Sie warf einen Blick darauf. »Wir haben keine. Frau Erkens, unsere Chefin, kämpft noch darum. Sie will sich nicht mit Ausweispapieren begnügen.«

Er stellte fest, dass sie mit leicht rollendem R sprach.

»Worum geht es denn?«, fragte sie. Gleichzeitig sagte er unbeholfen: »Einen Kaffee eventuell ...«, entschuldigte sich hastig und fragte: »Wie bitte?«

»Sie sagten, Sie bräuchten einen dienstlichen Rat.«

Weber hatte den Eindruck, dass sie sich über seine Hilflosigkeit lustig machte. Er schaute sich um. Es war Schichtende. Mehr und mehr Kollegen in Zivil und Uniform strömten die Treppen herunter. Sie mussten beiseitetreten, weil jemand den Paternoster verlassen wollte und sie anblaffte.

»Ach, nein, das ist jetzt gar nicht der rechte Moment«, wich er feige aus.

»Na, wenn Sie einen Kaffee mit mir trinken möchten, dann wäre dies genau der rechte Moment.« Sie wandte sich um und ging zum Ausgang. Er folgte ihr verdattert.

Schweigend überquerten sie die Brücke und gingen über die Düsternstraße Richtung Großneumarkt, er immer einen halben Schritt hinter ihr. Sie schien zu wissen, wo sie hinwollte.

Als das Stadthaus nicht mehr in Sichtweite war, nahm sie den Hut ab und schüttelte ihr Haar. Es schimmerte golden im Licht der Nachmittagssonne, mit einem Hauch Kupfer.

»Ach, ich liebe den Feierabend«, sagte sie erleichtert. »Den ganzen Tag das Elend der Welt ertragen ist wirklich nicht einfach. Geht's Ihnen nicht auch so?«

»Oh, nun ja ...«

»Sie sind doch der Weber von der Mordabteilung, nicht?«

»Sie kennen mich?«

»Ja, man redet über Sie. Es gab einen Fall, den Sie bearbeiteten, das muss schon einige Jahre her sein. Frau Erkens erwähnt ihn manchmal. Sie meint, es wäre damals nie so schlimm gekommen, wenn es schon Frauen als Ermittlerinnen gegeben hätte. Fälle von Kindesmorden. Für Frau Erkens ein Beispiel, dass die Aufteilung in Gefährdetenpolizei und kriminalistische Polizei falsch ist.«

»Gefährdetenpolizei ist doch eher so was wie Fürsorge.«

»Eben. Gefallene Mädchen auf den rechten Weg zurückzubringen, ist nichts weiter als ein sozialer Dienst ohne Wirkung. Wenn wir Frauen aber Streife gingen ...«

»Ach so ...«

»Ja, verstehen Sie?« Sie blieb abrupt stehen. »Oh, ich habe mich noch nicht vorgestellt. Nein, wirklich, wie unhöflich. Auguste Engert, Polizeianwärterin.« Sie deutete scherzhaft einen Knicks an.

»Ah, sehr erfreut ... Weber, Alfred, äh, Kommissar.«

»Oje, da sind Sie mir aber weit voraus.« Sie beschleunigte ihre Schritte.

Als sie den Großneumarkt erreichten, sagte sie: »Ich bin ja nicht von hier, und wenn ich dann mal allein, ohne eine Kollegin ... Hier finde ich mich noch ganz gut zurecht, und es ist alles da.« Sie deutete in die Runde. »Cafés, Gasthäuser, Speiselokale ... Wonach ist Ihnen?«

»Nun, das Café ...«

»Ach was! Wissen Sie, da wo ich herkomme, trinkt man um diese Zeit keinen Kaffee, sondern ein Bier.« Sie ging los und steuerte ein Lokal mit Tischen unter einer gestreiften Markise an.

Sie setzten sich, und Weber fragte: »Wo kommen Sie denn her?«

»Aus Pommern, hört man das nicht? Ich werde ständig darauf angesprochen.« Sie schaute sich verstohlen um. »Hauptsache, meine Kolleginnen sehen mich hier nicht.«

»Die gehen ja noch nicht Streife«, scherzte Weber.

»Es gibt hier sogar bayerisches Bier«, sagte Auguste Engert verwundert, als die Kellnerin nach ihren Wünschen fragte. Weber bestellte daraufhin zwei Paulaner.

»Und Sie sind extra aus Pommern nach Hamburg gekommen, um Polizistin zu werden?«

»Ja, ganz recht. Aus mir soll nämlich trotz allem etwas Besonderes werden.« Sie sei das vierte Kind und das dritte Mädchen in ihrer Familie, erzählte sie ihm. Ihre älteren Schwestern hätten sich »in unserer kleinen Stadt ganz passable

Partien ausgesucht«, aber für sie sei es dort zu eng. »Ich mag die Provinz nicht, wissen Sie. Jeder redet über jeden, und wer ein Querkopf ist, wird ständig bevormundet. Aber ich war glücklicherweise so gut in der Mädchenschule, dass meine Lehrer den Eltern rieten, ich solle einen Beruf ergreifen. Ich durfte nach Stettin gehen. Dort bin ich Fürsorgerin geworden. Als ich dann hörte, es solle eine Frauenpolizei in Hamburg gegründet werden, habe ich mich beworben, und so kam ich her. Jetzt bin ich Polizeianwärterin. Wer weiß, vielleicht schaffe ich es ja eines Tages bis zur Kommissarin!«

Das Bier kam, sie tranken, und Auguste Engert redete begeistert weiter. Zwischendurch zog sie die Strickjacke aus, weil ihr vom Reden warm geworden war. Bald, so erklärte sie, würden Verbrechen von Frauen und an Frauen von Beamtinnen bearbeitet. Damit würde der Gleichstellung der Frau im Staat endlich Rechnung getragen, denn es ginge ja nicht an, dass Männer über Frauenschicksale urteilten, die hätten ja oftmals keine Ahnung.

Mehr als ein gelegentliches »Soso« oder »Aha« konnte Weber zu ihrer Unterhaltung nicht beisteuern.

Es gehe nicht mehr nur darum, fuhr Engert fort, Frauen vor dem Abgleiten in Prostitution und Kriminalität zu bewahren und ihnen zur Seite zu stehen, wenn sie Opfer von Verbrechen geworden seien. Vielmehr müssten Staat und Gesellschaft erobert werden, und zwar zur Hälfte, denn das Frauenwahlrecht allein genüge keineswegs.

Webers Bier war schnell ausgetrunken, Auguste Engert redete ohne Unterlass und kam gar nicht zum Trinken. Dann aber – Weber hatte schon das zweite Paulaner vor sich stehen – griff sie zum Bierglas, und bevor sie einen großen Schluck nahm, sagte sie auffordernd zu ihm: »Und nun zu Ihrem Anliegen, Herr Kommissar.«

Weber hatte mittlerweile völlig vergessen, dass er angeblich ein Anliegen hatte. Er hatte sich in ihren grünen Augen verloren, war von ihren hübsch geschwungenen Schultern fasziniert, den gut versteckten Rundungen unter der Bluse und davon, wie das warme Licht der frühabendlichen Sonne ihr Haar golden aufflammen ließ. Was war doch gleich sein Anliegen gewesen?

»Äh ja, also, eine Sache wundert mich ...«, begann er. »Die Gesellschaft ist doch gemischt ...«

»Wie bitte?« Sie wischte sich den Schaum von den Lippen, die eine Spur sinnlicher waren als die der Garbo.

»Die Geschlechter meine ich. Wir gehen alle tagtäglich miteinander um, man sieht es ja hier.« Weber deutete um sich. Eine Menge Leute saßen jetzt vor allen Lokalen. »Frauen und Männer durcheinander.«

»Durcheinander?« Sie lachte.

»Jetzt lassen Sie mich mal ausreden!«, schimpfte er, als er merkte, dass ihm das Bier schon zu Kopfe gestiegen war. »Verbrechen geschehen doch nicht nach Geschlechtern getrennt.«

»Habe ich das behauptet?«, fragte sie kampfeslustig.

»In gewisser Weise ...«

»Nein, keineswegs!«

»Lassen Sie mich doch mal ausreden! Sie werden mir ja wohl zustimmen, dass es getrennte Dienststellen gibt. Frauenpolizei, Männerpolizei.«

»Ja genau, endlich auch Frauen!«

»Aber wenn die Frauenpolizei für Verbrechen von Frauen und an Frauen zuständig ist, wie Sie gesagt haben, dann wäre die übrige Polizei für Verbrechen von Männern und an Männern zuständig. Was ist aber, wenn ein Mann ein Verbrechen an einer Frau oder eine Frau an einem Mann verübt? Dann kommen wir uns doch ins Gehege.« Das saß! Weber merkte irritiert, dass er mit einem Mal den Drang verspürte, diese vorwitzige Person zurechtzuweisen.

»Irrtum, Herr Kommissar. Unsere Dienststelle hat doch auch männliche Beamte!«

»Was?«

»Aber ja, zur Unterstützung, hieß es, weil wir es nun mal auch mit Gewalttätern zu tun haben.«

»Jetzt verstehe ich den Sinn noch weniger«, sagte Weber. Sein Bierglas war schon wieder leer. »Wieso kriegen wir dann keine weiblichen Assistentinnen?«

»Weil die Männer die Frauen nur bevormunden, deshalb! So sieht das unsere Chefin.«

»Und wenn wir alles durcheinandermischen ...«, versuchte es Weber noch mal ziemlich unbeholfen. Sofort unterbrach sie ihn.

»Es geht darum, die Frauen ihrer gesellschaftlichen Stellung entsprechend in den Staatsapparat einzufügen, also gleichberechtigt.«

»Sie sollten mal meine Kollegen dazu hören, Sie Blaustrumpf«, gab Weber spöttisch zurück.

Sie starrte ihn einen Moment lang an, verzog abfällig den Mund und kniff die Augen zusammen. Dann griff sie nach ihrer Stickjacke, ihrem Hut und stand auf.

»Es war also nur ein Vorwand«, sagte sie betont sachlich. »Sie wollten mal sehen, wie weit Sie kommen. Sie halten mich für naiv. Alleinstehende junge Frau, schnell zu haben. Ich bitte um Entschuldigung, mein Herr, aber damit kann ich Ihnen nicht dienen. Ich erledige die Arbeit, für die ich eingestellt wurde. Darüber hinaus verbitte ich mir jede Zudringlichkeit.«

»Ich habe doch gar nicht ...« Weber war völlig überrumpelt.

»Mit einer spöttischen Bemerkung fängt es an. Und mit zudringlichen Blicken, süffisantem Grinsen und dummen Scherzen. Dann vergreift man sich. Und das Nächste ist, dass man Besitzansprüche anmeldet – so können Sie mit einer Kellnerin umspringen, aber nicht mit mir.«

Sie drehte sich um und stolzierte mit erhobenem Kopf davon. Webers Hochgefühl kippte um in völlige Niedergeschlagenheit. Was hatte er falsch gemacht? Er bestellte noch ein Bier und versank im Trübsinn.

Später am Abend geriet irgendwie alles aus dem Ruder. Dabei war er schon auf dem Heimweg gewesen. Vom Großneumarkt zu seinem Haus in der Nähe des Michels waren es ja nur ein paar Schritte. Aber anstatt an der Elbstraße nach links abzubiegen, ging er weiter geradeaus. Dass er überhaupt den Neuen Steinweg gewählt hatte, um nach Hause zu kommen, war schon verwunderlich, wäre aber mit einem »Ich wollte mir noch ein wenig die Füße vertreten« zu rechtfertigen gewesen.

Aber nun über den Zeughausmarkt auf den Millerntordamm zuzulaufen, war im wahrsten Sinne des Wortes abwegig. Er hatte doch Feierabend und war außerdem mit einem Mordfall auf der Uhlenhorst befasst, der wahrscheinlich mit einem anderen mysteriösen Todesfall im benachbarten Harvestehude zusammenhing. Auf St. Pauli gab es für ihn im Moment rein gar nichts zu tun.

Na gut, ihm war die vage Idee gekommen, seine Lore aus dem *Goldenen Anker* könnte ihm Trost spenden. Aber wie sollte sie das machen? Er hatte von einer jungen Kollegin, mit der er besser überhaupt nicht geredet hätte, einen Korb bekommen, und das hatte bewirkt, dass ihn der große Zweifel gepackt hatte.

Der große Zweifel war ein Gemütszustand, der ihn manchmal erfasste und auf Abwege führte. In diesem Zustand konnte es passieren, dass er schlagartig ein Lichtspielhaus besuchen musste. Oder sich eine Revue mit langbeinigen, leicht bekleideten Tänzerinnen im *Ballhaus Trichter* anschauen. Vielleicht auch eine Bar aufsuchen, in der Frauen dafür bezahlt wurden, mit Männern zu reden, damit die möglichst lange blieben. Natürlich ging er nicht mit so einer ins Separee oder auf ein Zimmer im ersten Stock, das hätte zu weit geführt.

Manchmal war er kurz davor gewesen. Dabei hatte er doch seine Lorenza. Aber die war deutlich älter als er und in letzter Zeit sehr fordernd. Manchmal wurde sie fast ruppig, ging ihn hart an. Vermutlich hatte sie sich deshalb gefreut, als er in seiner Ledermontur bei ihr aufgetaucht war. Aber was früher spielerisch und amüsant gewesen war, hatte sich in ein ernstes Ritual verwandelt. Deshalb ging er seltener zu ihr. Was sie nur noch ruppiger werden ließ, wie ihm schien.

Nein, der *Goldene Anker* kam heute überhaupt nicht in Frage. Der *Trichter* auch nicht, er konnte sich doch keine nackten Beine anschauen und dabei an Auguste Engert denken, an ihr blondes Haar, ihre grünen Augen und die wirklich sehr hübsche Nase. Ins Kino zog es ihn auch nicht, denn den Film »Der schwarze Pierrot«, der gerade bei *Knopf's* lief, hatte er schon gesehen. Auch wenn ihm Harry Piel in der Rolle des lebenslustigen Abenteurers ganz gut gefallen hatte, war so ein Film, wo am Schluss mal wieder geheiratet wurde, im Moment nicht nach seinem Geschmack.

Halbwegs seriöse Etablissements wie das *Ernst-Drucker-Theater* am Spielbudenplatz oder die *Volksoper* am Millerntor waren ihm zu altmodisch. Außerdem wollte er nachdenken. Und Hunger hatte er auch. Im *Restaurant Ostermann* neben der

Volksoper gab es gutes Essen und seriöse musikalische Darbietungen von kleinen Orchestern, die beim Grübeln nicht weiter störten. Dort kannte man ihn, behandelte ihn zuvorkommend und wies ihm einen ruhigen Platz neben der mächtigen, schnörkelig verzierten Anrichte zu. Er aß Hühnerfrikassee, trank Moselwein dazu und fühlte sich schon bald wieder wie ein ganzer Mensch.

Warum dann nicht nachschauen, was die Spätvorstellung bei *Knopf's* hergab? Weber schlenderte durch die Scharen der Nachtschwärmer im Schein der bunt blinkenden Lichtreklamen über die Reeperbahn zum Spielbudenplatz. »Fluten der Leidenschaft«? Um Himmels willen! Immerhin, in der Hauptrolle die Garbo ... Er löste eine Karte. Aber das Melodram um die Sängerin aus einfachen Verhältnissen, die ihren großbürgerlichen Geliebten nicht heiraten darf, weil eine dominante Mutter dazwischensteht, wollte ihm einfach nicht gefallen. Schon gar nicht das Ende, wo der Held sich nach einer Naturkatastrophe als verwitwet und doch noch zu haben entpuppt. Mein Gott, wenn das Leben so einfach wäre!

Weber verließ das Kino und überlegte, ob seine Lore nicht ähnlich dominant war wie die Mutter in diesem Film und ob es einen Klassenunterschied zwischen ihm und Auguste Engert gab. Darüber hinaus blieb zu klären, ob seine Ex-Frau in seinem Gefühlsleben nicht auch noch eine beherrschende Rolle spielte. Und seine Tochter. Das alles kam ihm äußerst verworren vor. Und weit und breit keine erlösende Naturkatastrophe.

Stattdessen Tango-Musik in der *Wilhelmshalle*. Nach diesem sentimentalen Film schien ihm das auf einmal das Richtige zu sein. Aber es war genau das Falsche, sich an die Bar zu setzen, ein Bier nach dem anderen zu trinken und den Paaren auf der Tanzfläche zuzuschauen, die sich redlich abmühten,

Leidenschaft zu zeigen. Noch falscher war, dass er ein Gespräch mit einem leutseligen Vertreter für Adler-Automobile anfing, der ihm die technischen Vorzüge des neuen Modells Standard 6 anpries. Weber fand das nicht uninteressant und ließ sich deshalb überreden, in die bayerische Bierseligkeit des Lokals *Zillertal* einzutauchen.

Hier, in einer Gebirgskulisse mit Berghütten, einem Forsthaus, einer Alm und einem Schießstand, spielte eine Blaskapelle mit Jodlern auf. Webers neuer Freund entpuppte sich als Liebhaber des Enzian-Schnapses und bestellte eine Runde nach der anderen. Außerdem war er der Ansicht, ein deutscher Mann müsse unbedingt ein deutsches Automobil fahren, weil das Deutschsein ohnehin die hervorragendste Eigenschaft eines deutschen Menschen sei und eine Staatsform mit Kaiser die deutscheste aller Staatsformen und deshalb die beste. In der nachfolgenden Diskussion und nach einigen beleidigenden Bemerkungen des Vertreters über die Sozialdemokratie geriet Weber derart in Rage, dass er seinen Gesprächspartner beinahe geohrfeigt hätte. Er hatte ihn schon am Kragen gepackt, als ein Kellner in Lederhosen ihn am Arm fasste und ihm ins Ohr schrie: »Sie sind sternhagelvoll, Herr Kommissar!« Er setzte Weber kurzerhand vor die Tür. »Gehen Sie nach Hause, bevor noch ein Unheil geschieht.«

Weber blinzelte und stellte verwundert fest, dass es schon hell wurde.

»Danke«, sagte er verlegen, »ich gehe dann ...« Aber der Kellner war schon weg.

Weber taumelte voran. Draußen war es ruhig geworden. Die meisten grellen Lichter und Reklameschilder waren ausgeschaltet, und ein kaltes, grauweißes Licht lag über der Stadt. Straßen und Fassaden wirkten stumpf und eindimensional. Eine Kulisse wie aus grauer Pappe. Hier und da gingen Männer und Frauen, manchmal in kleinen Gruppen, manchmal einzeln, auf ähnlich unsicheren Beinen wie er. Einige Matrosen standen in der Mitte des Platzes und sangen »Rolling home«, aber dann brachen sie ab, gingen in die Hocke oder fielen auf den Hintern.

Den Schatten, der neben dem *Panoptikum* langsam über die Hauswand glitt, hielt Weber zunächst für eine Halluzination. Oder eine optische Täuschung. Der dunkle Fleck bewegte sich vor seinen Augen. Oben, unterhalb des Giebels. Eine Riesenspinne vielleicht. Weber kniff die Augen zusammen. Nein, nur vier Beine, keine acht. Die eigenartige Erscheinung stieg langsam nach unten. Nutzte Mauervorsprünge und Fenstersimse. Die Spinne hatte die Umrisse eines Menschen. Ein Fassadenkletterer, der konzentriert und lautlos nach unten stieg.

Ich bin nicht zuständig, dachte Weber. Andererseits wäre es interessant, mal nachzuschauen, wer hier so geschickt und flink und scheinbar mühelos eine nahezu glatte Wand herabsteigen konnte. Weber beschleunigte seine Schritte und erreichte die Wand, als der Schatten geräuschlos auf dem Boden aufkam und sich umdrehte. Er trug einen eng anliegenden, schwarzen Anzug, der seinen ganzen Körper bedeckte und nur Mund, Nase und Augen freiließ.

Sie standen sich gegenüber. Auge in Auge. Der Schatten holte aus und verpasste Weber einen Faustschlag gegen die Schläfe, kräftig genug, dass er nach hinten taumelte und zu Boden ging.

Als er sich wieder aufgerappelt hatte, war der Schatten verschwunden. Webers Magen rumorte, ihm war schwindelig. Er taumelte weiter bis zum *Panoptikum*, wo er sich am Schaufenster abstützen musste. Er starrte durch die Scheibe und sah lauter Kaiser. Den alten Fritz, Wilhelm Zwo, Karl den Großen, einen Franz-Josef und dazu eine Sisi. Mit allem Putz und Tand und Glitzerkram und Tüll. Regungslos, erstarrt. Wachsfiguren. Das Wachregiment des *Panoptikums*. Davor, als Reflex in der Schaufensterscheibe, Webers eigene undeutliche Gesichtszüge, leicht verzerrt, aufgedunsen und blass. Und direkt hinter seinem Spiegelbild entdeckte er eine alte Bekannte. Sieh mal an, die hat es also ins Wachsfigurenkabinett geschafft! Aber wie konnte das sein? Das war ja verrückt! Eine peitschenschwingende Domina inmitten der ganzen Kaiser? War das eine hämische Gaukelei seines Unbewussten? Nein, das war kein Traumbild, das war Therese Rasmus, genannt »Peitschen-Resi«. Und sie hing zwischen Wilhelm Zwo und dem alten Fritz. Passend gekleidet im Kostüm einer Marketenderin aus dem Dreißigjährigen Krieg. Um ihren Hals lag ein Seil, er war seitlich abgeknickt, der Kopf hing unnatürlich weit nach unten. Weber wurde übel. Er musste sich übergeben.

Die Kollegen auf der Davidwache starrten ihn ungläubig an, als er Meldung machte. Lachten, hielten es für einen Scherz. Sie kamen aber trotzdem mit und mussten sich eines Besseren belehren lassen.

Fünftes Kapitel:

DIE BÜCHSE DER PANDORA

»Und dann musste ich türmen«, sagte Weber.

Hilbrecht nickte ernst.

Sie saßen in der Souterrain-Kneipe von Windhorst in der Brüderstraße und hatten sich gerade von einer älteren, recht kantig wirkenden Kellnerin mit Zopf und langer weißer Schürze zwei Holsten Pilsener bringen lassen. Es war ein schlichtes, rustikales Lokal, in dem man auch einfache Speisen serviert bekam und keine Gefahr lief, dass einer der Vorgesetzten hereinschneite.

»Weil die ja drauf und dran waren, Recknagel ranzuholen, schließlich ging es offensichtlich um Mord«, fuhr Weber fort, nachdem er sich den Schaum vom Mund gewischt hatte. »Zum Glück hatte Hansen von der Davidwache Verständnis und ließ mich ziehen. Im Bericht steht jetzt: ›Ein Passant alarmierte die Polizeibeamten der Revierwache und verschwand unerkannt.‹ Ich bin dann schnell in die Kastanienallee abgebogen.«

Hilbrecht schüttelte missbilligend den Kopf. »Du solltest dich wirklich besinnen, Alfred. Deine Frauengeschichten werden dich noch mal den Kopf kosten.«

»Ich hab doch gar keine Frauengeschichten. Bei Lore bin ich ja gar nicht gewesen, hab sozusagen rechtzeitig abgedreht. Es war ja auch schon spät, und außerdem …«

»… spukte dir die junge Kollegin von der Frauenpolizei im Kopf herum.«

»Ach was.«

»Sonst hätte es wohl kaum ein so schlimmes Ende genommen, Alfred.«

»Na hör mal, ich hab die Peitschen-Resi doch nicht umgebracht!«

Hilbrecht lachte. »Du hast dich gehen lassen. Mal wieder. Auf dem Kiez. Wo man dich kennt. Du setzt deinen guten Ruf aufs Spiel.«

»Wo soll ich mich denn sonst besaufen?«, fragte Weber niedergeschlagen.

»Gar nicht, jedenfalls nicht so. Wenn wir so wie jetzt gepflegt das eine oder andere Bier trinken, ist nichts dagegen zu sagen, aber …«

»Kennst du das denn nicht, dass dich so eine Mutlosigkeit überfällt, so eine Bleischwere, die nur nachlässt, wenn du im Kopf einen Vorhang zuziehst?«

»Nein, der Vorhang wird mir ja sofort aufgezogen, wenn ich nach Hause komme.«

»Ach, Gustav, du hast Frau und Kind, du kannst das nicht verstehen.«

»Ich verstehe sehr gut, was mit dir los ist. Du fühlst dich einsam. Aber ich kann dir nur den guten Rat geben: Lass die Finger von dieser jungen Kollegin. Es geht nicht, dass man Beruf und Privatleben verquickt, verstehst du? Die werden dir ein Disziplinarverfahren aufbrummen und dich an den Stadtrand versetzen.«

Nun brauste Weber auf: »Du unterstellst mir da was! Das verbitte ich mir! Mit privat hat das überhaupt nichts zu tun.«

»Ach nein?« Hilbrecht griff nach seinem Bierhumpen.

»Ich dachte, wenn es darum geht, in einem Fall zu ermitteln, wo eine Frau zu Schaden gekommen ist oder als Täterin in Frage kommt …«

»Jetzt lügst du dir selbst was vor. Die tote Frau im *Panoptikum* hast du doch erst nach deinem Rendezvous mit der Polizistin entdeckt.« Hilbrecht trank sein Bier aus und winkte der Kellnerin.

Weber starrte niedergeschlagen in sein Bier. »Du hältst mich für einen schlechten Menschen, stimmt's, Gustav?«

»Nein, im Gegenteil.« Hilbrecht machte der Kellnerin ein Zeichen, dass sie noch zwei Biere haben wollten. »Du meinst es zu gut, Alfred. Mit dir, mit den Menschen, mit der Welt. Du bist ein Idealist und beißt dir die Zähne an der Wirklichkeit aus. Polizisten müssen die Welt mit nüchternen Augen betrachten.«

»Sagst du und hast noch zwei Humpen bestellt.«

»Ich hab bloß zitiert, was du mal gesagt hast. Früher bist du alles viel geradliniger angegangen.«

Weber hob ruckartig den Kopf. »Du hast recht! Ich fühle mich, als hätte ich mich in einem Labyrinth verlaufen.«

»Woran liegt's?«, fragte Hilbrecht, während die Kellnerin die neuen Humpen auf den Tisch stellte.

»Ja, irgendwas hat sich verändert«, sagte Weber nachdenklich.

»In dir drin, mein Lieber.«

»Vielleicht, aber ich frage mich, ob es nicht daran liegen könnte, dass die Welt sich verändert. Nimm das mit der Frauenpolizei – ein dummes Wort übrigens, es müsste doch korrekt ›Weibliche Kriminalpolizei‹ heißen. Wie auch immer. Wir leben in Zeiten des Aufbruchs. Und es sind die Frauen, die aufbrechen, nicht die Männer. Zum Beispiel Mathilde: Sie liest jetzt Bücher und Zeitschriften über die neue Rolle der Frau in der Gesellschaft. Da staunst du, was? Helene Lange ist ihr großes Vorbild, sie will Lehrerin werden wie sie. Auf eigenen Füßen stehen. Und nun stell dir mal vor, was aus meiner

Tochter wird, wenn derartige Veränderungen sich durchsetzen. Vielleicht gibt es schon bald keinen Unterschied mehr zwischen Frauen- und Männerberufen. Warum sollen Frauen nicht die Technik beherrschen und vieles andere? Bei uns bei der Polizei fängt es ja schon an.«

Weber hielt inne und dachte nach. »Und da habe ich mir überlegt, wie wichtig es wäre, dass wir unsere Arbeit als Polizisten gemeinsam tun. Wo doch die Gesellschaft zur Hälfte aus Männern und zur anderen Hälfte aus Frauen besteht.«

Hilbrecht lachte. »Nachher willst du auch noch eine Kinderpolizei ...«

Weber fuhr ihn zornig an: »Mach dich nicht lustig, ich meine es ernst!«

»Entschuldige.« Hilbrecht hob den Bierhumpen. Sie stießen an und tranken.

Noch bevor er den Humpen wieder abgestellt hatte, fuhr Weber fort: »Es wäre doch nur logisch, dass Männer und Frauen bei der Polizei gemeinsam Dienst machten. Auf Streife gehen und so weiter.«

»Du willst ja nur mit diesem Blondchen herumstromern, Alfred. Oh, entschuldige, das wollte ich nicht ...« Hilbrecht sah aus, als würde er ein Donnerwetter erwarten. Aber Weber schaute ihn nachdenklich an.

»Kann sein«, sagte er zögernd. »Oder ... bestimmt ist es so. Ja, es muss wohl das Unbewusste sein, das mich antreibt. Ich merke es gar nicht, aber in Wahrheit ... Herrje, sogar beim Denken ist man Sklave seiner Triebe.«

»Jetzt komm mir bloß nicht wieder mit deinem Dr. Freud. Nächstens verfällst du noch auf den verrückten Gedanken«, Hilbrecht betonte das Wort »verrückt«, »dass bei der Polizei Psychoanalytiker arbeiten sollen.«

»Ja und? Nimm mal an, die Spur eines Verbrechens führt ins Unbewusste.«

Hilbrecht tippte sich an die Stirn. »Sie haben einen Vogel, Herr Dr. Freud, und zwar genau hier.«

»Du hältst mich also für einen Spinner, Gustav?«

»Für einen liebenswerten Spinner, ja. Dir ist die Bodenständigkeit abhandengekommen, Alfred. Weil du allein lebst. Es wäre besser, du hättest so wie ich eine Ehefrau, die dich jeden Tag aufs Neue auf den Boden der Tatsachen zurückholt.«

»Mit Mathilde wäre das nichts geworden«, sagte Weber düster.

»Es ist ja nicht aller Tage Abend, Alfred. Entschuldige mich bitte kurz.« Hilbrecht stand auf und ging Richtung Toilette.

Weber starrte seinen halbleeren Bierhumpen an. Bodenständigkeit, war das wirklich der Weisheit letzter Schluss? Und wie sollte er die erreichen, er, der verstiegene Spinner? Letzte Nacht hatte er einen so schlimmen Alptraum gehabt, dass er um Hilfe geschrien hatte:

Ein schwarzer Schatten war ihm durch die endlos langen, verschlungenen Korridore des Stadthauses gefolgt. Von der Decke hingen in unregelmäßigen Abständen Strohpuppen. Eine Puppe verwandelte sich in die ermordete Therese Rasmus, die ihn ankeifte und den Mund so weit aufriss, dass das Gesicht nicht mehr zu sehen war, und ihm Rosenblütenblätter ins Gesicht spuckte. So viele, dass er kaum noch Luft bekam. Um vor dem nicht enden wollenden Blütenregen zu flüchten, riss er die Tür zu Recknagels Büro auf. Da stand der Schatten, warf sich auf ihn und lag unerträglich schwer auf seiner Brust. Er tastete nach seiner Pistole, um ihn zu erschießen. Die Waffe lag auf dem Nachtschränkchen unerreichbar weit entfernt … Er hatte laut geschrien und war mit klopfendem Herzen und nach Luft ringend aufgewacht. Auf dem Nachtschränkchen hatte keine Pistole gelegen, sie lag nie dort. Dort stand nur der Wecker.

»Alfred, ich muss ...« Hilbrecht stand vor dem Tisch.

Ich nicht, dachte Weber, ich könnte einfach hier bleiben.

»Nun komm schon, geh auch nach Hause«, drängte Hilbrecht ihn gutmütig. »Schlaf dich mal aus.«

Weber erhob sich. »Du hast ja recht.«

Zwei Ecken weiter verabschiedeten sie sich voneinander, und Weber ging tatsächlich nach Hause. In seinem kleinen Häuschen angekommen, aß er ein Wurstbrot, trank ein Glas Wasser und ging ins Bett.

Er schlief traumlos, wie es ihm schien, und fühlte sich am nächsten Morgen so ausgeschlafen wie lange nicht mehr. Er spürte, dass er in der richtigen Verfassung war, etwas ganz Besonderes zu tun.

Leider klingelte zu früher Stunde das Telefon. Da das selten genug vorkam, sprang Weber sofort vom Küchentisch auf, spuckte das Stück Franzbrötchen aus, das er gerade abgebissen hatte und das er wegen des karamellisierten Zuckers so schnell nicht herunterbekommen hätte, und eilte in den Flur. Dort hing das Telefon in Schulterhöhe an der Wand neben der Garderobe.

Es war Oberinspektor Kunath. In knappen Worten teilte er ihm mit, dass er in einer Stunde im Haus der Witwe des Justiziars Gerber erwartet werde. Ein Vertreter der Familie Brunswiek werde auch da sein. Man wolle die Polizeiarbeit unterstützen. Noch bevor Weber etwas anmerken konnte, legte der Oberinspektor auf.

Weber ging zurück in die Küche und schaute auf die Uhr über der Anrichte. Es war genau neun. Dementsprechend wurde er genau um zehn auf der Uhlenhorst erwartet. Er biss in das Franzbrötchen. Der Karamellzucker klebte an seinen Zähnen. Er schmeckte Zimt und musste an Auguste Engert denken. Das war nun doch kein idealer Tagesbeginn.

Er ärgerte sich über die Tram, die am Rödingsmarkt lange auf sich warten ließ, und darüber, dass er am Hauptbahnhof und in Hohenfelde umsteigen musste. So kam er mit einigen Minuten Verspätung in der Bellevue an, nachdem er die letzten Meter gerannt war, was seine Laune nicht gebessert hatte.

Eine Hausangestellte mit weißer Schürze und Haube führte ihn auf die Terrasse, von der aus man das Rosenbeet sehen konnte, in das der Justiziar Dr. Gerber gefallen beziehungsweise geworfen worden war. Mit einem Blick sah Weber, dass jemand alle Rosenblüten abgeschnitten hatte. Die Tulpen im Beet daneben durften weiterblühen.

In der Mitte der Terrasse stand ein runder Tisch mit schnörkeligen Beinen und dazu passenden Stühlen, auf denen Kissen lagen. Ein Mann in schwarzem Anzug, den Weber noch nicht kannte, erhob sich. Die Dame des Hauses, die zu ihrem schwarzen Kostüm einen kleinen schwarzen Hut mit schmaler Krempe trug, blieb sitzen. Ebenso ihre Tochter, die ihr wieder sehr ähnelte, bis auf den breiteren schwarzen Strohhut, den sie aufhatte. Der Mann ging um den bereitstehenden Teewagen herum und streckte die Hand aus.

»Herr Inspektor …«

»Kommissar. Herr …?«

Der Mann ließ Webers Hand sofort los, als wäre sie nicht gut genug für ihn. Seine eigene war stark behaart.

»Weber, Kriminalkommissar Weber. Ich komme auf Geheiß von Oberinspektor Kunath.« Während er dies sagte, ärgerte Weber sich darüber, dass er einen höheren Rang anführen musste, um von diesem Menschen akzeptiert zu werden.

»Ah so, nun gut, dann treten Sie doch näher, Kommissar.«

Die Damen nickten ihm zu, als er an den Tisch kam. Die Jüngere legte ihre Hand auf die der Mutter. Beide schauten ihn nur flüchtig an.

Der Mann war groß und schlank, Mitte dreißig, hatte dichte schwarze Augenbrauen und leichte Pausbäckchen. Die pomadisierten Haare waren straff zurückgekämmt. Er stellte das dar, was man einen »gutaussehenden Mann« nannte. Nur seine leicht blutunterlaufenen Augen wirkten müde.

»Nehmen Sie Platz, Kommissar. Einen Tee?«

»Darf ich fragen, mit wem ich es ... die Ehre habe ...?«

Der Mann schaute ihn erstaunt an. »Hat man Sie nicht unterrichtet?«

»Das ist Herr Eichenberger. Albert«, meldete sich die Witwe mit dünner Stimme zu Wort.

»Angenehm«, sagte Weber.

Albert Eichenberger deutete mit ausgestreckter Hand auf den Stuhl am Tisch, auf den Weber sich setzen sollte. Eine stramme, herrische Geste. Sie wirkte allerdings wenig überzeugend, eher wie eingeübt. Seine Hand zitterte leicht dabei.

Weber setzte sich. Eichenbergers nächste großspurige Geste galt der Hausangestellten, die nun an den Teewagen trat, um Weber einzuschenken.

»Herr Eichenberger?«, fragte Weber irritiert. Er war davon ausgegangen, einen Vertreter der Familie Brunswiek anzutreffen. Dann fiel der Groschen, gleichzeitig mit Eichenbergers Erklärung.

»Sie hatten schon das Vergnügen mit meiner Frau. Franziska Eichenberger, geborene Brunswiek.«

Er nahm schließlich Platz, nachdem er sich mit erhobener Hand verbeten hatte, dass ihm Tee nachgeschenkt wurde.

»Konnte denn Herr Oberinspektor Kunath nicht kommen?«, fragte die Witwe und wandte sich dabei an ihre Tochter. »Präsident Campe hatte uns doch versichert, dass man uns einen gewissenhaften Beamten schickt.«

Die Tochter tätschelte ihre Hand. »Vor allem hat er uns versichert, dass die Kriminalpolizei über fähige Beamte auf allen Ebenen verfügt und dass seine Behörde alles tun wird, diese schändlichen Verbrechen aufzuklären.« Sie warf Weber einen Blick zu, der ihm anscheinend Mut zusprechen sollte. Keine Angst, Herr Kommissar, Sie befinden sich hier zwar auf höchster gesellschaftlicher Ebene, aber wir beißen nicht ... wir lassen beißen. In Hamburg hatte das alteingesessene Bürgertum schon immer die Tendenz gehabt, sich für adeliger als der Adel zu halten.

Na schön, dachte Weber, ich bin nur die dritte Wahl. Wie hat es Recknagel nur geschafft, diesen Auftrag auf mich abzuwälzen?

»Zwei schändliche Verbrechen, in der Tat«, sagte Albert Eichenberger.

»Und die Polizei steht vor einem Rätsel«, sagte die Witwe des Justiziars leise.

»Tut sie das, Herr Kommissar?«, fragte ihre Tochter, die, wie Weber jetzt auffiel, Lippenstift und Rouge aufgelegt hatte, vielleicht um ihre herben Gesichtszüge weicher wirken zu lassen. Sie hatte auch eckige Schultern.

»Wir tun unsere Arbeit und werden hoffentlich zu einem Ergebnis kommen. In der Regel werden solche Gewaltverbrechen aufgeklärt.«

»In welche Richtung geht denn Ihr Verdacht?«

»Nun, wenn es sich um einen normalen Einbruch handelt …«

»Tut es das denn nicht?«, schaltete Eichenberger sich mit schneidender Stimme ein.

»… ist die Angelegenheit durch Routinebefragungen in einschlägigen Kreisen wahrscheinlich in absehbarer Zeit erledigt.«

»Haben Sie etwa noch keine Razzia durchgeführt?«, fragte die Tochter.

»Razzia? Wie kommen Sie darauf?«, fragte Weber.

»Oh, ich dachte, so wird das gemacht.« Die Tochter lächelte. Aber nicht verschämt, weil sie eine naive Bemerkung gemacht hatte, sondern so, als wollte sie seine Inkompetenz entschuldigen, weil er ja nur ein Kommissar war.

»Herr Polizeipräsident Campe hat uns versichert, es würden alle Hebel in Bewegung gesetzt«, fügte die Witwe hinzu.

Weber kochte innerlich vor Wut und versuchte, sich nichts anmerken zu lassen.

»Anscheinend ist noch nicht viel passiert«, sagte Eichenberger streng. »Oder liege ich da falsch?«

»Da wir keine Täterbeschreibung haben, können wir die Verbrecherkartei nicht zu Rate ziehen. Da wir keine Fingerabdrücke haben, hilft uns die daktyloskopische Sammlung auch nicht weiter. Bestenfalls können wir die Hehler unter Druck setzen, um Informationen zu bekommen, wenn das Diebesgut irgendwo auftaucht.«

»Aber es wurde doch gar nichts gestohlen«, sagte die Witwe.

»Beim Einbruch in die Brunswiek-Villa schon.«

»Geld, Goldbarren und Wertpapiere«, sagte Eichenberger kopfschüttelnd. »Davon, meinen Sie, taucht etwas auf? Die Geldscheine waren nicht registriert, wie Sie zweifellos wissen. Die Papiere sind außerhalb des Börsengeschehens wertlos – und im Übrigen sämtlich annulliert worden. Die Goldbarren können eingeschmolzen werden. So viel zum Nutzen des Diebesguts.«

Weber nickte. »Wahrscheinlich haben Sie recht, Herr Eichenberger.«

»Dann stehen Sie also mit leeren Händen da«, sagte die Tochter. »Wollen Sie uns das damit sagen?«

»Nicht unbedingt«, erwiderte Weber vage. Dass er hier verhört wurde, ging ihm gewaltig gegen den Strich. Zumal sich ihm der Sinn dieser Zusammenkunft überhaupt nicht erschloss.

»Nicht unbedingt!«, wiederholte Eichenberger mit seiner schneidenden Stimme. »Das klingt aber sehr bescheiden, Herr Kommissar. Ist das nicht ein bisschen wenig angesichts des Leids, das diese Verbrechen über unsere Familien gebracht haben? Ist das wirklich alles, was die Kriminalpolizei zu sagen hat?«

Frag doch Kunath, frag doch deinen Polizeipräsidenten, dachte Weber wütend. Was habe ich damit zu schaffen? Ich bin doch nur ein kleines Licht.

»Ich bin für die Ermittlungen zuständig, nicht für Stellungnahmen«, sagte er verbissen.

»Dann bringen Sie uns auf den neuesten Stand, Herr Kommissar! Ich bitte darum!«

Die Witwe stand unvermittelt auf. »Ach nein«, sagte sie mit schwacher Stimme. »Das möchte ich mir nicht länger antun, bitte …« Ihre Hand tastete nach der ihrer Tochter, die sie ergriff.

Die Tochter stand jetzt ebenfalls auf. »Sie entschuldigen uns jetzt bitte«, sagte sie. »Albert?«

»Aber ja, aber ja doch …« So ungeduldig, wie Eichenberger

ihnen beim Weggehen zusah, schien er froh zu sein, dass sie endlich verschwanden.

»So, nun also unter Männern, Kommissar. Und gleich in medias res: Wo hakt es denn?«

»Es hakt nicht. Wir gehen systematisch vor wie immer.« Weber wurde argwöhnisch. Was will der eigentlich von mir, fragte er sich.

»Aber dies sind doch skandalöse Verbrechen, nicht? In beiden Fällen die gleichen Täter, wie es scheint? Dem Gemeinwesen wäre zweifellos gedient, wenn die Schuldigen gefunden und bestraft würden.«

Weber horchte auf. »Irgendwelche Schuldigen oder *die* Schuldigen?«

Eichenberger lachte etwas verschämt. »Ja, nicht wahr? So sehe ich das auch.«

»Was denn?«

»In beiden Fällen geht es um Einbruch. Es waren Könner am Werk, also Gewohnheitsverbrecher. Haben Sie Ihre Kartei nicht daraufhin durchgesehen? Mit Sicherheit sind die Täter bereits registriert.«

»Das muss nicht zwangsläufig der Fall sein.« Soll ich etwa irgendeinen sogenannten Gewohnheitsverbrecher verhaften und ihm die Sache anhängen? Will er mir das damit sagen? Weber horchte auf den Unterton in Eichenbergers Stimme.

»Sie sind doch Sozialdemokrat, Kommissar?«

»Wie bitte?«

»Parteimitglied, nicht wahr? Wie Ihr Senator.«

»Ja und?«

»Im Herbst stehen die Wahlen zur Bürgerschaft an. Ich könnte mir vorstellen, dass aufgeklärte Verbrechen einen besseren Eindruck machen als nicht aufgeklärte.«

»Das mag sein. Aber Polizeiarbeit hat nichts mit Politik

zu tun«, behauptete Weber wider besseres Wissen. Er wollte einfach nur dagegenhalten.

»Schön, schön. Aber ein aufgeräumtes Haus macht immer einen besseren Eindruck.« Eichenberger lehnte sich zurück und verschränkte die Arme.

Weber fühlte sich provoziert. Vielleicht war es unsinnig zurückzukeilen, aber irgendwas drängte ihn einfach dazu. Also sagte er betont sachlich: »Herr Eichenberger, ich stimme Ihnen zu, dass es sich um zwei scheußliche Verbrechen handelt. Und ich stimme Ihnen auch zu, dass diese schändlichen Taten, ob es nun Raubmorde oder Morde waren, so schnell wie möglich aufgeklärt werden müssen.«

Eichenbergers Hand durchschnitt die Luft. Jetzt zitterte sie nicht mehr. »Augenblick!«, rief er aus. Weber wäre beinahe zusammengezuckt. »Wieso Raubmorde oder Morde?« Eichenberger hatte einen drohenden Unterton angeschlagen. »Wie kommen Sie denn auf so eine Behauptung, Kommissar?«

»Einstweilen müssen wir noch alles in Erwägung ziehen«, sagte Weber ruhig. »Vielleicht sollte in beiden Fällen gar nichts gestohlen werden ... Wenn wir in beiden Fällen von den gleichen Tätern ausgehen ... Sie sagten selbst ...«

»Ich? Aber nein, Sie sind der Polizist!«

»Ja eben, und deshalb würde ich gerne mit einigen Mitgliedern der betroffenen Familien sprechen. Ich muss alles in Erwägung ...«

»Halt, Mann!«, blaffte Eichenberger ihn an. »Sind Sie denn von allen guten Geistern verlassen? Was haben denn unsere Familien mit diesen bestialischen Gewalttaten zu tun?«

Weber zuckte absichtlich zusammen. Sein Gegenüber deutete es als Unterwürfigkeit und legte nach:

»Das ist mehr als respektlos, *Herr* Weber! Das ist eine Anmaßung! Aber glauben Sie nicht, dass Sie sich so etwas leisten können, bloß weil Ihresgleichen zurzeit Oberwasser haben! Wenn Sie sich an der Ehre unserer Familien vergreifen, dann gnade Ihnen Gott!«

Weber stand auf. »Selbstverständlich tue ich nur meine Arbeit im Rahmen der Vorschriften«, sagte er ruhig.

»Das will ich doch hoffen«, brummte Eichenberger und winkte der Hausangestellten, damit sie Weber zur Tür brachte.

Weber ließ sich nichts anmerken, aber innerlich triumphierte er. Albert Eichenberger hatte das Gespräch genauso abrupt beendet wie seine Frau Franziska und war genauso ausfallend geworden. Die Familie wollte offensichtlich nicht in die Ermittlungen einbezogen werden.

An der Sierichstraße winkte er einer Kraftdroschke. »Zum Pferdemarkt!«, rief er dem Chauffeur zu, als er hinten eingestiegen war. »Ist das übrigens ein Ford?« Der Fahrer nickte, und Weber rief enthusiastisch: »Zum Fordhändler am Pferdemarkt!«

Der Chauffeur betätigte die Hupe und fädelte sich in den Verkehr ein.

Wochenende. Lores Kopftuch flatterte im Wind. Weber hatte das Verdeck abgenommen und musste mächtig am Lenkrad kurbeln. Die Straßen im Alten Land waren nicht nur schmal, sondern auch kurvenreich. Das war ernüchternd nach der langen Fahrt über freie Landstraßen, bei der er seinen Ford gelegentlich tatsächlich bis zur Höchstgeschwindigkeit von sechzig Stundenkilometern angetrieben hatte. Er hatte sich eigentlich vorgestellt, an endlosen Reihen von Kirsch- und Apfelbäumen entlangzurauschen, begleitet von Vogelgezwitscher und dem fröhlichen Lachen seiner Beifahrerin. Ganz so war es dann doch nicht. Sie sahen vor allem Häuser und Deiche, hinter denen zweifellos ausgedehnte Obstplantagen verborgen lagen, die Fremden aber nicht zugänglich waren. Wo keine Deiche die Sicht versperrten, blockierten Zäune und Mauern ihren Weg. Oder Hecken und Baumreihen, was ja schon mal besser war. Schließlich riss Weber der Geduldsfaden, und er bog nach links auf einen Feldweg ab, der schnurstracks auf einen Deich führte. Oben bremste er ab und schaute sich um.

»Juhu!«, sagte Lorenza. »Ein Parkplatz mit Aussicht.« Sie trug ein luftiges, weiß-blau gestreiftes Sommerkleid und eine Menge schimmernder Armreifen.

Weber, im kurzärmeligen Hemd, hatte auf Ledermütze und Fahrerbrille verzichtet. Schließlich sollte das heute der große Tag der Freiheit sein. Sommerfrische, Fahrt ins Blaue!

Von hier oben sah tatsächlich alles sehr idyllisch aus. Reetgedeckte Häuser in verschiedenen Größen, zumeist mit zwei bis vier Säulen vor der Haustür, und Obstgärten mit Kirschbäumen, die durch Netze vor den diebischen Vögeln geschützt wurden. Irgendwo weiter hinten musste die Elbe fließen. Sie waren über die Elbbrücken zunächst nach Harburg und dann über Landstraßen gefahren. Und jetzt waren sie auf der Suche nach einem Platz für ein Picknick. Lore hatte einen Korb mit Broten und Bier gepackt. Mittag war längst vorbei, und Weber grummelte der Magen.

»Da vorn ist eine Wiese.« Lorenza deutete auf eine Fläche, die offenbar brachlag. Hohes Gras, ein wenig Gebüsch und vereinzelte uralte Obstbäume. Kein Zaun. »Das sieht hübsch aus.«

Weber tastete mit dem Fuß nach dem Pedal für den Rückwärtsgang, drehte sich um und schaute nach hinten. Er stutzte.

Da war er wieder. Der gelbe Citroën, der ihm schon auf den Elbbrücken und in Harburg aufgefallen war. Zunächst nur wegen der Farbe. Wie gut, dass ich einen schwarzen Ford fahre, hatte er gedacht. Inzwischen jedoch kam ihm die Anhänglichkeit dieses Automobils verdächtig vor. Nun gut, es gab mehr als einen Citroën auf der Welt, und sie waren nun mal alle gelb. Trotzdem, der Fahrer sah immer gleich aus: Er trug trotz des warmen Wetters eine Lederjacke und dazu Lederkappe, Fahrerbrille und Handschuhe. Viel konnte Weber von seinem Gesicht nicht sehen, schon gar nicht auf diese Entfernung, aber anscheinend hatte er einen grauen Schnauzbart.

Der Ford setzte sich in Bewegung. Da die Auffahrt schmal war, musste Weber langsam fahren und aufmerksam lenken, um nicht rechts die Böschung hinunterzurutschen oder links einen morschen Pflaumenbaum zu rammen. Er konnte nur einen kurzen Blick nach hinten werfen und bemerkte, dass der Citroën ebenfalls rückwärts fuhr. Weber fluchte.

»Mensch, Alfred«, lachte Lore, »pass bloß auf, wenn dich der Pastor hört.« Sie deutete auf eine kleine Kirche an der Straße, deren Portal offen stand.

»Ich frag mich wirklich, was der will«, murmelte Weber. Er hatte alle Hände voll zu tun, den Wagen um eine Mauerecke zu manövrieren. Das Hochfahren im Vorwärtsgang war wesentlich einfacher gewesen.

»Seine Schäfchen ins Trockne bringen«, sagte Lorenza.

Weber bremste ab und reckte sich, um nach hinten zu schauen. Der Citroën war hinter einer Kurve verschwunden.

»Ich hab Hunger«, sagte er mürrisch.

»Wie schön, dass du endlich auch drauf kommst. Die Wiese!«

Weber gab Gas und lenkte den Wagen auf den kurzen Feldweg, der auf die Wiese führte. Sie nahmen Picknickkorb und Decke von der Rückbank und schritten durch das hohe Gras zu einem alten Apfelbaum, in dessen Halbschatten sie die Decke ausbreiteten. Kurz darauf schäumte das warme Bier aus den durchgeschüttelten Flaschen, und sie aßen ihre Brote. Lorenza nahm das Kopftuch ab, legte sich auf die Decke und schaute durch die Zweige in den Himmel. Weber blickte sich argwöhnisch um. Er hätte sich nicht gewundert, wenn irgendwo am Rand der Wiese ein Mann in Ledermontur aufgetaucht wäre, mit einem Feldstecher in der Hand.

»Was ist denn schon wieder los mit dir, Alfred?«

Weber zuckte mit den Schultern. »Ach, nichts.« Er nahm einen Schluck Bier und spähte in die andere Richtung.

»Natürlich ist was los.«

»Nein, nein.«

»Doch! Es ist immer was los. Du kommst nie zur Ruhe.«

»Wieso? Ruhiger als das hier geht's doch gar nicht.«

»Du siehst aus wie ein Verbrecher auf der Flucht vor der Polizei.« Sie lachte, schien es aber durchaus ernst zu meinen. Sie nahm sich ein paar von den Kirschen, die sie unterwegs an einem Straßenstand gekauft hatten.

»Was soll das denn heißen?«

»Ständig schaust du dich um.«

»Hast du denn den gelben Citroën nicht bemerkt?«

»Nein.«

»Ich habe den Eindruck, er folgt uns, seit wir losgefahren sind.«

»Na hör mal, warum sollte denn jemand einen Polizisten verfolgen?«

»Ja, eben. Neulich bei dir im *Anker* war ja auch einer da.«

»Wie bitte?« Sie richtete sich auf.

»Ein Spitzel. Der hat dann Bericht erstattet. Man hat sich über meinen Auftritt in der Ledermontur beklagt.«

»Was ist das denn für ein Unsinn! Bist du sicher, dass du das nicht geträumt hast?«

»Bestimmt nicht. Man hat mir die Leviten gelesen. In der Öffentlichkeit habe ein Polizeibeamter sich vorbildlich zu benehmen und so weiter.«

»Du schreibst doch deine Träume immer auf. Vielleicht hast du dir beim Schreiben eingebildet, es wäre real. Manchmal gibt's doch so was, dass man träumt und später denkt, es könnte wirklich passiert sein. Das kann einen schon ein bisschen durcheinanderbringen.«

Weber schaute sie nachdenklich an. Heute, bei Tageslicht und weil sie sommerlich leicht gekleidet war, war es ihm aufgefallen: Lorenza wurde alt. Es war nicht zu leugnen. Als er sie kennengelernt hatte, hatte sie in voller Blüte gestanden, doch nun knitterten die Blütenblätter, erschlafften, waren hier und da schon angetrocknet und bräunlich verfärbt. Die Zweige, nicht mehr so biegsam wie einst, wirkten plumper, schwerer. Und jetzt sag mir, was ich an ihr geliebt habe, schoss es ihm durch den Kopf. Sofort wusste er, dass dies ein schlimmer Gedanke war.

»Ich habe den Citroën nicht geträumt!«, widersprach er heftig. »Und auch nicht den Spitzel!«

»Na, dann ist ja alles gut«, sagte sie schnippisch. »Du hast nicht geträumt, ich träume nicht. Dann leg dich doch hin, und genieße den schönen Sommertag. Ist es nicht paradiesisch hier? Warum noch träumen?«

Er legte sich neben sie, schaute eine Weile durch die bemoosten Zweige des morschen Apfelbaums in den blauen Himmel und schloss die Augen.

»Erzähl mir von ihr.«

»Von wem?«

»Der kleinen Garbo. Deiner Kollegin. Du hast sie neulich erwähnt.«

»Da gibt's nichts zu erzählen.«

»Sie ist hübsch …?«

»Ja.«

»Und jung.«

»Ja.«

»Und weiter?«

»Sie ist Polizistin.«

»Wie du.«

»Ja und?«

»Ganz in deiner Nähe.«

»Hm?«

Weber spürte ein leichtes Zittern neben sich. War er etwa eingenickt? Er schlug die Augen auf und blinzelte. Das Sonnenlicht blinkte im Takt der vom Wind bewegten Blätter. Die hohen Gräser der Wiese rauschten leise. Ein Knattern näherte sich. Weber richtete sich auf. Sein Blick fiel auf Lorenza, die dicht neben ihm lag. Eine Träne trat aus ihrem Augenwinkel und floss über die Schläfe nach unten. Vielleicht wegen des Windes.

Das Knattern näherte sich, und der gelbe Citroën fuhr vorbei. Der Fahrer warf einen Blick über die Wiese, bemerkte sie und beschleunigte.

Weber fluchte und sprang auf. Er stieg auf einen niedrigen Ast, kletterte weiter hinauf und spähte hinter dem Wagen her. Der parkte ein Stück entfernt am Straßenrand.

»So ein Mistkerl!«, rief Weber.

Lorenza richtete sich auf. »Was ist denn los?«

»Der Citroën!«

»Alfred, du spinnst.«

»So? Wollen wir es herausfinden? Na los, komm!«

»Was ...?«

»Wir stellen ihn zur Rede! Mir reicht's!«

Er stapfte durchs Gras zum Wagen. Lorenza packte in Windeseile die Sachen zusammen, legte die Decke über den Korb und folgte ihm leise schimpfend.

Weber hatte bereits den Motor gestartet, als sie einstieg.

»Alfred, ich mache mir ernstlich Gedanken um deine geistige Gesundheit.«

Er antwortete nicht, sondern betätigte den Gashebel.

Hinter der nächsten Kurve stand der Citroën. Weber fuhr direkt auf ihn zu. Lorenza neben ihm schüttelte den Kopf.

Der Fahrer des Citroën hörte das Motorengeräusch des Ford und schaute sich um. Er schien kurz zu zögern, dann gab er Gas und fuhr davon. Weber hinterher.

Der Citroën wollte sie abhängen, das war offensichtlich. Er fuhr so schnell es ging die kurvenreiche, schmale Straße entlang. An Stellen, wo die Pflastersteindecke löchrig war, geriet er ins Schlingern, bremste aber nicht ab. Weber gelang es, näher zu kommen. Er nahm jede Kurve so rasant wie möglich und bemühte sich verbissen, den Wagen unter Kontrolle zu halten. Das Lenkrad in seiner Hand ruckte wild hin und her.

»Alfred, du bist ja wahnsinnig!«, rief Lorenza.

»Ich krieg den Schweinehund!«, schrie Weber.

»Nein!«

Ein mit Heu beladenes Fuhrwerk, gezogen von zwei Ackergäulen, machte der Sache ein Ende. Es ruckelte aus einer Lücke im Deich auf die Straße. Der Bauer auf dem Kutschbock, der nicht ahnte, dass die Neuzeit in Form von Auto-Verfolgungsjagden in seiner Welt Einzug gehalten hatte, lenkte sein Gefährt gemächlich auf die Fahrbahn. Der Citroën musste ausweichen und hatte nur die Möglichkeit, links den Weg auf den Deich hinauf zu fahren, was er auch tat, wobei er in eine derartige Schieflage geriet, dass er beinahe umgekippt wäre.

Weber hingegen hatte keine Ausweichmöglichkeit, denn das Fuhrwerk war weitergerollt und der Ford kam nicht mehr vorbei. Weber hatte genau eine Zehntelsekunde Zeit, sich zu entscheiden, ob er die Pferde oder das Fuhrwerk rammen wollte. Er stieg auf das Bremspedal und riss an der Handbremse. Das Heck des Fords schleuderte herum und prallte gegen das Vorderrad des Leiterwagens, das sofort zerbrach. Der Motor des Fords erstarb. Weber sprang aus dem Wagen und wollte an den Pferden vorbeirennen, aber das eine bäumte sich auf. Erschrocken blieb er stehen und starrte den Deich hinauf.

Der Fahrer des Citroën stand auf dem Deich und schaute nun tatsächlich durch ein Fernglas, als wollte er sich vergewissern, was aus seinen Verfolgern geworden war. Dann setzte er sich wieder hinters Steuer, gab Gas und fuhr langsam davon.

»Verrückt!«, rief Weber. »Völlig verrückt!«

Der Bauer war inzwischen von seinem Kutschbock gestiegen, baute sich vor Weber auf und sagte: »Das Rad müssen Sie mir aber ersetzen.«

Die Rückfahrt verlief größtenteils schweigend. Es herrschte schlechte Laune, obwohl weit und breit kein Citroën zu sehen war. Als sie bei den Elbbrücken angelangt waren, sagte Lorenza: »Muss ich mir Sorgen machen, Alfred?«

»Ach was.«

Er wunderte sich, dass der Spitzel nicht schon vor dem *Goldenen Anker* auf sie wartete. Trotzdem blieb er nicht. Sie hatte ihn ja nicht darum gebeten.

Weber betrat die Höhle von Altamira und schaute sich blinzelnd um. Dichter Zigarrenrauch waberte vor den steinzeitlichen Wandgemälden und den hervorspringenden künstlichen Felsen im Billardzimmer des *Felsenkellers*. Pawel der Mechaniker beugte sich gerade über den Billardtisch. Weber bekam einen Hustenanfall, drehte sich um und ging zum Tresen im vorderen Gastraum. Beinahe wäre er mit dem Kopf gegen die Pappmaschee-Felsen gestoßen, so sehr schüttelte ihn der Husten. Hatte er sich bei seinem Ausflug in die Sommerfrische etwa verkühlt? Lag es am Rauch? Er entschloss sich, doch ein Bier zu bestellen, obwohl er sich vorgenommen hatte, wenig bis nichts zu trinken, weil er mit seinem Automobil unterwegs war. Aber ein Bier, das war ja wenig bis nichts.

Als er das Billardzimmer zum zweiten Mal betrat, war Pawel beiseitegetreten und stand nun in einer Tropfsteinnische in der hinteren Ecke. Er sah Weber kommen, verzog das Gesicht und schüttelte missbilligend den Kopf.

»Sie ruinieren meinen Ruf, Herr Kommissar, wenn Sie mich ständig anquatschen.«

»Sag einfach, ich hätte dich um Rat gefragt, weil ich mir ein Automobil gekauft habe.«

»Dann sagen die: Der Weber und ein Auto, der guckt doch sowieso schon wie eins.« Pawel lachte.

»Nee, im Ernst, einen Ford. Steht draußen.«

»Ach. Sieh mal an.«

»Die andere Sache ist ...«

»Hab ich's mir doch gedacht. Also dann ... bitte.« Pawel deutete auf den Sitzplatz in der Nische. Zwei Personen konnten sich auf den künstlichen Steinbrocken gegenübersitzen. Es gab sogar eine Vertiefung im Fels an der Wand, um Gläser abzustellen.

»Therese Rasmus«, sagte Weber.

»Ich hab's geahnt.«

»Wieso bringt die einer um?«

»Das fragen sich hier alle, Herr Kommissar.«

»Und hängt sie ins *Panoptikum*?«

»Wirklich sehr aufwendig, da haben Sie recht.«

»Deutlich sichtbar zwischen Wilhelm Zwo und dem Alten Fritz.«

»Vielleicht hatte sie was mit den beiden.« Pawel grinste schief. Gleichzeitig fasste er sich am Kragen, als ob ihm warm geworden wäre.

»Und dann klettert da jemand vom Dach runter«, sagte Weber.

»Was?«

»Eine schwarze Gestalt. Klettert vom Dach der Wilhelmshalle herunter. Ein Fassadenkletterer.«

»Hat vielleicht geübt«, meinte Pawel trocken.

»Kann schon sein. Aber dummerweise genau zu dem Zeitpunkt, wo im selben Haus die Leiche von Therese Rasmus auftauchte.«

»Na, Herr Kommissar, wenn da einer draußen rumklettert, muss er ja nicht drin gewesen sein.«

»Fassadenkletterer klettern hoch, weil sie rein wollen, Pawel.«

»Sie sagten ja, der kam runter.« Pawel grinste zufrieden, hatte aber schon wieder das Bedürfnis, an seinem Kragen zu zerren.

»War also schon drin gewesen«, sagte Weber.

»Einbruchspuren?«, fragte Pawel.

»Hm ...« Damit hatte er Weber kalt erwischt. Hatte jemand Einbruchspuren gemeldet? War in den Berichten davon die Rede gewesen? Weber hatte vorsichtshalber darauf verzichtet, die Akte anzufordern. Da er nicht zuständig war, hätte er sein Interesse erklären müssen. Was hätte er sagen sollen? *Ich bin sturzbetrunken zufällig vorbeigekommen, habe die Resi im Wachsfigurenkabinett hängen sehen und wurde dann von einem schwarzen Schatten niedergeschlagen?* Besser nicht.

»Manche sagen, das muss Selbstmord gewesen sein«, erklärte Pawel.

»Selbstmord im *Panoptikum?*«

»Wer die Resi kannte, wusste, dass sie ein wenig verstiegen war. Sie konnte ganz gut übertreiben. Und wenn sie ihre Anfälle bekam, ob nun von guter Laune oder schlechter, hat sie manches zerdeppert. Anschließend großer Katzenjammer. Dann war sie tagelang verschwunden, hat sich praktisch verbarrikadiert. Nicht mal Augen-Willi hat sie zu Gesicht bekommen. Da war auch nichts mit Geschäften. Sogar er musste sich gedulden und anschreiben lassen. Bis sie wieder einsatzbereit war.«

»Aha.« Augen-Willi hieß mit bürgerlichem Namen Wilhelm Tessloff und war Zuhälter. »Hat Willi denn keine anderen Pferde am Laufen?«

»Hatte er mal. Noch zwei andere. Aber die sind ihm weggelaufen, nachdem die Resi versucht hatte, ihnen die Augen auszukratzen. Von ihr konnte er nicht lassen, weiß der Teufel, warum.«

»Wo wohnt er denn zurzeit?«

Pawel hob die Schultern und schaute Weber mit schlecht gespielter Ahnungslosigkeit an.

Weber runzelte demonstrativ die Stirn.

»Der wechselt ständig die Unterkunft. Und da er auf die Resi angewiesen war, musste er manchmal in ihrem Hinterzimmer pennen, wenn das Geld knapp wurde. Vielleicht ist er da gerade. Jetzt muss er sparen, bis er 'ne Neue gefunden hat.

Dafür ist er früher Spezialist gewesen, also dauert's bestimmt nicht lange. Es sei denn, er hat's verlernt.«

Weber hatte mit einem Mal wieder das Bild der toten Peitschen-Resi vor Augen. Wie sie da mit bleichem Gesicht zwischen den Wachsfiguren der königlichen Hoheiten gehangen hatte.

»Deswegen heißt er doch Augen-Willi«, fuhr Pawel munter fort, offenbar um Weber von weiteren unangenehmen Fragen abzubringen. »Weil er ein Auge dafür hatte, welches Mädel auf der Kippe stand. Dann hat er sie angequatscht und gekippt.«

»Na schön«, sagte Weber. »Und wo hatte Resi ihren Arbeitsplatz?«

Pawel schien erleichtert, eine so einfache Auskunft geben zu dürfen. »Kennen Sie den schmalen Gang zwischen der Erichstraße und der Friedrichstraße? Da hatte sie ein Atelier im Souterrain. Also, sie nannte es Atelier. Alle anderen sagten bloß Keller dazu. Und wenn Augen-Willi wie'n Pleitegeier herumflatterte, wussten alle: Die Resi hat sich mal wieder im Keller eingeschlossen und ist nicht ansprechbar.«

»Der Gang zwischen der Erich- und der Friedrichstraße? Da hat doch auch Eduard Geyer gewohnt. So ein Zufall«, wunderte sich Weber.

Pawel hob erschrocken den Kopf und verzog das Gesicht. Er schaute an Weber vorbei zur Tür. Weber drehte sich um. Im Durchgang zum vorderen Gastraum stand ein schlanker, großer Mann in elegantem, grauem Anzug mit weißen Kreidestreifen, zweifarbigen Schuhen und hellem Sommerhut. Über seinem linken Arm hing ein Spazierstock. Er zündete sich eine Zigarette an und schaute direkt zu ihnen herüber.

»He, Paul!«, rief Pawel und sagte dann schnell etwas auf Polnisch. Weber verstand nur die Worte »Kommissar«, »Resi«

und »Willi«. Der Mann im grauen Anzug erstarrte, musterte Weber kurz, während er an seiner Zigarette paffte, drehte sich dann um und verschwand leicht hinkend.

»Wer war das?«, fragte Weber.

»Ein Namensvetter«, sagte Pawel mit einem schiefen Lächeln. »Landsmann auch.«

»Aha. Und du hast ihn vor mir gewarnt.«

»Aber Herr Kommissar.«

»Stimmt doch.«

Pawel schaute Weber unglücklich an. »Ich bitte um Entschuldigung.«

Weber wäre beinahe wütend geworden, sagte sich dann aber, dass er hier doch sowieso nur inoffiziell, gewissermaßen zu seinem Vergnügen, unterwegs war. Also bloß keine Aufregung. Ihm kam wieder der eigentliche Grund seines Besuchs im *Felsenkeller* in den Sinn.

»Du könntest mir einen Gefallen tun, Pawel«, sagte er.

Das Gesicht des Mechanikers hellte sich auf. »Sehr gern, Herr Kommissar.«

»Mit dem Ford kennst du dich doch ganz gut aus. Vor allem mit dem Motor, meine ich.«

»Den Motor kenne ich wie meine Westentasche«, sagte Pawel stolz. »Jedes Ventil, jede Leitung, jeden Schlauch, jedes Schräubchen. Ich könnte Ihnen aus dem Kopf den ganzen Motor in allen Details aufzeichnen, Herr Kommissar.«

»Mein Ford schafft auf gerader Strecke gut seine sechzig Kilometer pro Stunde«, sagte Weber.

»Das ist normal.«

»Ja, ganz recht, das ist ja auch gut …«

»Es geht besser, Herr Kommissar, es geht noch besser.«

»Das habe ich gehofft. Schwer hinzukriegen?«

»Ach was, da lässt sich was drehen, hier und da was tauschen, bisschen rumbohren, und schon sind Sie der nächste Sieger bei der Rallye Monte Carlo.«

»Und du hast eine Werkstatt?«

»Mühsam ernährt sich das Eichhörnchen, Herr Kommissar. Kommen Sie doch vorbei! Ich schreibe Ihnen die Adresse auf. Warten Sie.« Pawel stand eilig auf, nahm einen Bierdeckel vom Tisch und lief nach vorn in den Gastraum.

Als er zurückkam, schien er erleichtert und reichte Weber den Bierdeckel.

»Dein Namensvetter hat wohl das Weite gesucht«, stichelte Weber.

Pawel tat eingeschnappt. »Wenn Sie mich um einen Gefallen bitten, dann bleiben Sie auch höflich, Herr Kommissar.«

»Ich zahle doch dafür.«

»Das kommt nicht in Frage, Herr Kommissar. Das wäre doch Bestechung, nicht?« Pawel grinste.

Weber stand auf. »Ich komme in den nächsten Tagen mal vorbei.«

»Es wird mir eine Freude sein, Herr Kommissar.«

»Ganz meinerseits.«

Sie verabschiedeten sich mit Handschlag.

Draußen auf der Seilerstraße blieb Weber am Straßenrand stehen. War er zu weit gegangen, was die Verbrüderung mit diesem Ganoven betraf? Aber hatten sie nicht über etwas rein Privates gesprochen, nämlich sein Automobil? Ja eben. Aber wieso hatte er sich dann wieder mit diesem Fall beschäftigt, für den er doch gar nicht mehr zuständig war? Weil ein Schatten ihm einen Faustschlag verpasst hatte. War ihm das gegen die persönliche Ehre gegangen? Oder was trieb ihn jetzt dazu, die Wilhelminenstraße entlang bis zur Reeperbahn zu gehen und dann rechts anstatt links abzuzweigen? Wieso machte er sich nicht auf den Heimweg? Wieso musste er jetzt unbedingt noch mal diesen schmalen Gang zwischen Friedrich- und Erichstraße aufsuchen?

Dass zwei armselige Gestalten aus dem Unterweltmilieu zu Tode gekommen waren, musste doch nichts bedeuten. Dass sie nebeneinander in der gleichen traurigen Ecke von St. Pauli gewohnt hatten, war bestimmt ein Zufall. Dass der eine Tote eingebuddelt und die andere ins Schaufenster des *Panoptikums* gehängt worden war, bestimmt auch. Niemand sollte den Zufall unterschätzen, denn er konnte geradezu schicksalhafte Züge tragen.

Die kleine Kneipe mit dem schönen Namen *Lindengrün* war noch erleuchtet, aber in dem zweistöckigen Häuschen mit dem Verkaufsfenster und dem Schild »Kurzwaren – Zigaretten – Praktisches« war alles dunkel. Elsa Möller war in Trauer wegen des verstorbenen Schrammel-Ede und hatte ihr bescheidenes Geschäft vorübergehend geschlossen.

Vor dem dreistöckigen Nachbarhaus führte eine Treppe ins Souterrain. Dort unten hatte die ermordete Therese Rasmus, genannt Peitschen-Resi, ihr Geschäft betrieben. Schmale Fenster knapp über dem unebenen Pflaster der Gasse. Kein Licht dahinter. Weber stieg nach unten und legte eine Hand auf die Türklinke. Die Tür war nicht verschlossen. Er schob sie auf und zögerte. Nur nicht noch einen Schlag auf den Schädel riskieren.

Die Scharniere quietschten erbärmlich. Weber starrte ins Dunkle. War da durch einen Türspalt weiter hinten ein Lichtstreif zu sehen? Jetzt war er weg. Dafür ging die Tür dort hinten auf, was Weber vor allem am Luftzug merkte. Schritte waren zu hören. Etwas Schweres rutschte über den Fußboden. Ein Fenster wurde geöffnet.

Weber trat ein und ging auf die hintere Tür zu. Er hörte ein Schaben und Kratzen. Ein Stöhnen auch? Er stieß mit dem

Oberschenkel gegen ein Möbelstück und ertastete ein Sofa. Der Luftzug wurde stärker. Ein leises Fluchen. Er trat in den zweiten Raum, tastete nach dem Lichtschalter neben der Tür und legte ihn um. Eine Funzel ging an. Weber stellte erstaunt fest, dass er in einem mittelalterlichen Verließ, gelandet war. Eine Streckbank, Ketten an den Wänden, Fesseln, verschiedene Peitschen, ein Lederanzug, der wie eine Leiche an der Wand hing, daneben eine Vorrichtung mit Lederfesseln.

Gegenüber ein offenes Souterrainfenster, darunter eine Kiste zum Hochsteigen. Dadurch war soeben jemand geflüchtet. Augen-Willi möglicherweise. Die Mühe hätte er sich sparen können, dachte Weber, ich bin doch kein Unmensch. Er schaute sich um. Die übliche Einrichtung, er kannte das. Es gab ein kleines Handwerksgeschäft in der Lincolnstraße, das auf solche Dekorationen spezialisiert war. Weber legte den Lichtschalter um und ging zur Tür. Er schaltete das Licht im vorderen Zimmer ein. Schäbige Wohnzimmermöbel. Auf dem Sofa eine Wolldecke und ein Kissen. Da hatte der Geflohene offenbar genächtigt. Sei's drum.

Weber löschte das Licht. Sein Blick fiel durch das schmale Fenster auf das schwach erleuchtete Straßenpflaster. Unregelmäßige, langsame Schritte waren zu hören, ein Paar elegante zweifarbige Schuhe tauchten auf und verschwanden. Weber eilte zur Tür, nahm zwei Stufen der Souterraintreppe auf einmal. Aber da war niemand. Nur der Duft nach feinem Zigarettenrauch hing in der Luft. Schritte? Nein, nur verhaltenes Gelächter aus dem *Lindengrün*. Weber stieg noch mal nach unten und zog die Tür der Kellerwohnung zu. Dann machte er sich auf den Heimweg. Ganz gemächlich. Er musste sich wirklich nicht den Kopf darüber zerbrechen, was er heute Abend gehört und gesehen hatte. Das alles ging ihn gar nichts an.

»Na, Weber, was führt Sie denn so dringlich zu mir?« Kriminaloberinspektor Kunath schob sich die Nickelbrille zurecht und strich sich anschließend über die leicht zerbeulte, kahle Oberfläche seines Schädels, während er die Papiere, die vor ihm lagen, mit mäßigem Interesse in Augenschein nahm. Sein grauer Haarkranz wurde vom Licht der Morgensonne, das durchs hohe Fenster fiel, leicht vergoldet und schimmerte wie ein Heiligenschein. Die Fliege über den zwei geschlossenen Knopfreihen seines Jacketts hing leicht schief. Hoffentlich war das kein schlechtes Zeichen.

Weber ignorierte das Angebot, sich zu setzen. Er war schließlich hergekommen, um sich zu beschweren, und dazu war eine gewisse Haltung vonnöten.

»Man beschattet mich, Herr Oberinspektor.«

»Aha.«

»Es ist mir wiederholt aufgefallen.«

»So?«

»Zuerst der Kollege im *Goldenen Anker*, der Meldung über mein Benehmen machte, dann ein motorisierter Beamter, der mich beim Sonntagsausflug verfolgte.«

»Motorisiert?«

»Mit dem Automobil, Herr Oberinspektor.«

»Na.«

Weber wurde ungeduldig, in ihm begann sogar eine leichte Wut zu brodeln. »Mir scheint der Aufwand um meine Person und mein Benehmen außerhalb des Dienstes doch sehr übertrieben.«

»Ein Automobil ist Ihnen gefolgt, Weber?« Kunath schaute auf und strich sich über den Knebelbart. »Sind Sie sicher? Keine Folge übersteigerter beruflicher Aufmerksamkeit?«

»Ein gelber Citroën, Herr Oberinspektor. Folgte mir über eine lange Strecke durchs Alte Land.«

»Nun, da ist es doch schön. Die Kirschen müssten reif sein, nicht? Wer mag da nicht einen Ausflug unternehmen. Und mit dem Automobil ... noch mal so schön. Man lässt sich Zeit, die Straßen sind schmal, und warum überholen? Da hat sich der Citroën halt hinter Sie gesetzt. Gemach, Weber, gemach.«

»Er hat Abstand gehalten und uns beobachtet!«, sagte Weber unwirsch.

»Wer war denn noch zugegen?« Kunaths Brille war wieder nach vorn gerutscht, und er schaute Weber über die Gläser hinweg forschend an.

»Eine Dame ...«

»Aha.«

»Und das eben verbitte ich mir«, brach es jetzt aus Weber hervor. »Es geht niemanden etwas an, nicht mal die Polizeibehörde, mit wem ich privat Umgang habe und ...«

Kunath hob abwehrend die Hände. Seine Manschettenknöpfe leuchteten auf. »Weber! Halten Sie an sich, Mann!«

Weber schwieg.

»Ich lasse Sie nicht beschatten! Um Himmels willen, wie kommen Sie denn darauf?«

»Aber es ...«

»Wir haben weiß Gott zu viel zu tun, um uns mit solchen Kindereien zu befassen. Wenn Sie sich danebenbenehmen, kommt mir das auch so zu Ohren, und ich werde Sie wissen lassen, was ich davon halte und welchen Konsequenzen Sie sich aussetzen. Aber verfolgen lassen, noch dazu mit einem Automobil ... Himmel, Weber, Sie bilden sich da etwas ein. Vielleicht ist ja die Dame schuld, von der Sie sprachen, das mag es entschuldigen. Aber bitte belästigen Sie mich nicht mit solchen Fantastereien.« Kunath wandte sich wieder seinen Akten zu.

»Der gelbe Citroën war also nicht …?«

»Nein! Himmelherrgott!«

»Aber er ist mir gefolgt. Und als ich den Spieß umgedreht habe, ist er geflüchtet.«

»Ein Scherz unter Automobilisten, Weber! Neue Zeiten, neue Sitten und neue Albernheiten. Sonst noch was?«

Weber war mit einem Mal völlig verunsichert. Dass er sich hier gerade zum Narren machte, war ja schon schlimm genug. Aber womöglich litt er unter einer Art Zwangsvorstellung, unter Verfolgungswahn? Hatte er versteckte Schuldgefühle wegen seiner Affäre mit Lorenza? War er gekommen, um dem Oberinspektor als einer Art Übervater seinen Lebenswandel zu beichten? War er jetzt ein Fall für Dr. Freud, gehörte er auf die Couch? Oder war heute einfach nur nicht sein Tag?

»Sonst noch was, Weber?«, wiederholte Kunath.

»Die Morde … in Harvestehude und auf der Uhlenhorst«, stammelte Weber und ärgerte sich gleichzeitig unmäßig über sich selbst. »Mir … ist da ein Gedanke gekommen.«

»Eine heiße Spur?«

»Nun ja …«

»Wenn es nichts Konkretes ist, besprechen Sie es mit Recknagel. Zu mir kommen Sie bitte, wenn Sie den Fall aufgeklärt haben. Wie steht es damit?«

»Na ja …«

»Gehen Sie zu Recknagel!«

»Jawohl, Herr Oberinspektor.«

Weber verabschiedete sich und blieb leicht benommen im Flur stehen, nachdem er Kunaths Tür hinter sich geschlossen hatte. Nächste Tür. Recknagel. Als er anklopfte, nahm er sich vor, sachlich zu bleiben und nur von seinem Fall zu sprechen.

»Herein!«

Weber holte tief Luft und drückte die Klinke herunter.

»Ah, Weber«, sagte Recknagel. »Ich habe mich schon gefragt, wann Sie mir mal Bericht erstatten.«

Jetzt bloß nicht wieder mit dem gelben Citroën anfangen, ermahnte Weber sich selbst. Alles Persönliche beiseitelassen!

Recknagel sah mal wieder aus wie aus dem Ei gepellt, der grauen Anzug saß wie angegossen, die dichten dunklen Haare klebten fest am Schädel, die dunkelblaue Krawatte mit den dezenten grauen Streifen hing gerade und war akkurat gebunden. Die kalten Augen wirkten durchdringend, nur die sinnlichen Lippen waren ein Kontrapunkt. Sinnliche Lippen? Nun reiß dich mal am Riemen, Alfred!

Recknagel deutete auf den Stuhl vor seinem Schreibtisch, und Weber nahm Platz.

»Also, wie kommen Sie in den Mordfällen Gerber und Brunswiek voran?«

Gar nicht, dachte Weber, aber das konnte er natürlich nicht sagen. »Ich habe den Eindruck, dass die Familien Brunswiek und Eichenberger an einer Aufklärung nur wenig Interesse haben«, sagte er. »Als fürchteten sie, ich könnte unangenehme Dinge zutage fördern. Womöglich liegt da der Hund begraben …«

Recknagel legte den Kopf zur Seite und schaute ihn argwöhnisch an. »Wie kommen Sie denn darauf?«

»Man begegnet mir auffällig ablehnend.«

Recknagel schüttelte den Kopf und lächelte milde. »Ist das ein Wunder? Alteingesessene, einflussreiche Familien mögen es nun einmal nicht, ausgeforscht zu werden. Das ist doch nur verständlich. Jahrhundertelang waren sie praktisch souverän, ohne wirkliche Autorität über sich, nun erdreistet sich der Volksstaat, sich in ihre Angelegenheiten zu mischen.

Daran wollen sie sich nicht gewöhnen. Und ich denke, ein gewisses Maß an Rücksichtnahme ist durchaus angebracht, angesichts ihrer Bedeutung. Wirtschaftlich, meine ich. Die Wirtschaft unserer Stadt wird zu einem großen Teil von solchen Familien angetrieben.«

Und ich habe geglaubt, die Arbeiter plagen sich ab, dachte Weber. Wer stellt denn die Waren her, mit denen diese Bürger sich ihre goldenen Nasen verdienen, wer belädt die Schiffe, wer fährt damit durch Wind und Sturm? Aber er sagte lieber nichts dergleichen.

»Was tun wir denn, wenn die Todesfälle mit den Verhältnissen innerhalb der Familien zu tun haben?«, fragte er stattdessen.

Recknagel prallte geradezu zurück und schaute Weber entgeistert an. »Wie kommen Sie denn darauf? Einbruch! Raubmord! Darum geht es. Welche ›Verhältnisse‹ sollen denn da zum Tragen kommen? Ich bitte Sie!«

»Nun gut«, lenkte Weber ein, dem ein Gedanke kam. »Dann geht es also darum, herauszufinden, welche Einbrecherbanden zurzeit aktiv sind. Mir ist da im Zusammenhang mit den Morden auf St. Pauli die Romanoff-Bande in den Sinn gekommen. Die hat in den Jahren nach dem Krieg mächtig Furore gemacht, wenn Sie sich erinnern.«

»Natürlich erinnere ich mich!« Recknagels Miene verdüsterte sich, er blickte verkniffen drein. »Aber die Bande ist doch nicht mehr aktiv. Romanoff ist längst von der Bildfläche verschwunden.«

»Ja, aber die ehemaligen Bandenmitglieder leben ja noch. Möglicherweise wollen die an vergangene Erfolge anknüpfen.«

»Halte ich für unwahrscheinlich. Davon hätten wir Wind bekommen. Warum denn in der Vergangenheit suchen? Es gibt wahrhaftig genug neue Berufsverbrecher. Kaum hat man den Sumpf trockengelegt, treibt er neue Blüten. Und ich darf Sie erinnern, dass die Einbrecher vom alten Schlag vor Gewalttaten zurückschrecken. Und hier nun zwei Morde, Weber! Das passt nicht in Ihre Theorie. Die Romanoff-Bande? Nein, das ist vorbei. Hier sind üblere Kräfte am Werke!«

»Ich kam nur darauf, weil wir es offensichtlich mit Fassadenkletterern zu tun haben. Dafür waren die Romanoffs bekannt.« Weber dachte an den schwarzen Schatten an der Mauer der Wilhelmshalle und an die tote Peitschen-Resi. Das war der eigentliche Grund, weshalb er auf die Romanoff-Bande gekommen war. Aber das konnte er Recknagel natürlich nicht unter die Nase reiben. Mit welcher Begründung? Diese Fälle waren doch meilenweit voneinander entfernt.

Aber Recknagel schien Lunte zu riechen. Er lachte. Ein wenig abfällig, wie es Weber schien. »Sie wollen die Spur im Milieu aufnehmen, richtig, Weber? Es zieht sie in die Halbwelt. Nun gut. Dann erwarte ich Ergebnisse, und zwar bald. Es kann ja nicht schwer sein herauszufinden, wer die Romanoffs beerben will.«

Weber nickte zufrieden, sagte dann aber zu seinem eigenen Erstaunen: »Trotzdem würde ich gerne weiter in die Brunswiek-Richtung ermitteln. Für den Fall, dass hinter diesen Morden ganz andere Motive als Einbruchsdiebstahl stehen.«

Recknagel schüttelte entschieden den Kopf. »Nein.«

Diese kategorische Ablehnung verblüffte Weber so sehr, dass er unumwunden fragte: »Hat man sich über mich beschwert?«

»Beschwert, über Sie? Weswegen denn? Nein, es ist eher so, dass man auf gewisser Ebene«, Recknagel blickte demonstrativ nach oben, »den Ruf dieser Familie schützen möchte. Und das sollten Sie nicht vergessen, Kommissar, auch als Sozialdemokrat: Die Polizei schützt Leib und Leben der Bürger, außerdem ihre Ehre. Alle Menschen sind gleich, Weber. Man kann eine wohlhabende Familie kaum aufgrund ihres Reichtums unter Generalverdacht stellen.« Recknagel lachte, als wäre dies ein überaus kurioser Gedanke. »So etwas Unsinniges mag Kommunisten in den Sinn kommen, aber doch keinem vernünftigen Menschen. Und deshalb werden Sie die Einbrecherspur verfolgen, Weber, und die Familien Brunswiek und Eichenberger in Frieden trauern lassen.«

»Und die Witwe von Dr. Gerber«, fügte Weber hinzu.

»Die auch.«

»Es könnte natürlich sein, dass ich mir die Tatorte noch einmal ansehen muss, um eventuell die Handschrift der Täter zu identifizieren.« Mit List und Tücke fängt man eine Mücke, dachte Weber bei sich.

Recknagel stöhnte leise auf. Wie sollte er seinem Untergebenen das verbieten? »Ich mahne zur Vorsicht, Weber. Unbedingte Zurückhaltung und Diskretion sind angebracht.«

»Aber natürlich sollen die Täter gefunden werden.«

»Selbstverständlich. Ich denke, wir haben uns verstanden.«

Weber erhob sich. »Ich werde mein Bestes tun.«

»Gut. Und noch eine Kleinigkeit ...«

Weber hatte sich schon abgewandt und drehte sich nun wieder um. Kam jetzt doch noch eine Schikane?

Recknagel griff in eine Ablage und zog einen internen Mitteilungszettel heraus. Darauf stand irgendwas in großer geschwungener Schrift. »Keine Avancen in Richtung WKP.«

»Wie bitte?«

Recknagel studierte den Zettel wie einen Fremdkörper. »Ich habe hier eine Beschwerde von Frau Oberinspektorin Josephine Erkens, der Leiterin der Weiblichen Kriminalpolizei.

Sie verbittet sich Kontaktaufnahmen von Beamten aus unserer Abteilung mit weiblichen Polizistinnen. Die Dienststellen sind strikt getrennt. Darauf wird großen Wert gelegt.« Recknagel lächelte hämisch. »Frau Oberinspektorin Erkens möchte nicht, dass jemand aus der Männerwelt in ihre Domäne eindringt. Also halten Sie sich fern, Weber. Die Frauenpolizei kümmert sich um ihre Angelegenheiten, wir um unsere.«

»Jawohl, Herr Inspektor.«

Weber drehte sich um und verließ das Zimmer. Die Tür knallte etwas zu laut hinter ihm.

Gottverdammte Bevormundung, fluchte er leise. Aber das lasse ich nicht mit mir machen! Ich werde das tun, was ich für richtig halte. Und die WKP ist mir doch sowieso völlig egal.

»Das ist aber ein ungünstiger Ort«, sagte das ältere Dienstmädchen mit dem strengen Dutt und schaute sich misstrauisch um. »Wer weiß, wer uns hier sehen kann.«

Sie standen vor dem *Uhlenhorster Fährhaus*, dem halbrunden, doppelstöckigen Bau mit den drei eckigen Türmen auf dem Dach direkt am Alsterufer. Die Sonne schien, der Himmel war blau, es wehte eine kräftige Brise von Südosten her.

Weber blickte zu der Ausflugsgaststätte, die er als Treffpunkt ausgesucht hatte, weil sie in der Nähe der Villen lag, in denen die beiden Frauen beschäftigt waren. Über den Türmen flatterten bunte Wimpel, die Markisen des Ausflugscafés waren ausgefahren. Die Tische auf der Terrasse direkt am Wasser waren fast alle besetzt, und die Gäste schauten dem Treiben der Ruderboote zu. Weiter draußen flitzten kleine Segelboote hin und her. Ein Alsterdampfer näherte sich fröhlich tutend.

»Wir gehen doch sonst so gut wie nie hierher«, sagte die Jüngere, deren hellbraune Haare zu einem Bubikopf geschnitten waren. »Es ist zu teuer für unsereins. Aber die Herrschaften, die könnten wir hier treffen oder Bekannte von ihnen.«

»Ja, Herr Kommissar. Sie haben uns doch Diskretion zugesichert!«

»Selbstverständlich«, sagte Weber. »Natürlich.« Sie müssen frei reden können, sonst hat das alles keinen Sinn, dachte er. Das hätte ich berücksichtigen müssen.

Der Alsterdampfer legte an.

Die ältere Hausangestellte spannte einen kleinen Schirm auf, der seltsamerweise schwarz war, was so gar nicht zu diesem hellen Tag passte. Zu ihr schon, denn sie trug ein schwarzes Kleid mit langen Ärmeln. Dazu gehörten während ihrer Arbeitszeit sicherlich eine Haube und eine Schürze. Die Jüngere trug einen schwarzen Rock mit einer weißen Bluse und ein gehäkeltes Jäckchen darüber. Sie hatte das hübsche Gesicht einer Französin, wie Weber fand, mit kecker Nase und großen braunen Augen. Sie wirkte frisch und fröhlich. Die Ältere umgab eher ein Hauch von Misstrauen und Argwohn.

»Wir nehmen den Dampfer«, entschied Weber.

»Aber das kostet ja Geld«, protestierte die Jüngere.

»Allerdings«, pflichtete ihr die ältere Kollegin bei.

Weber lächelte freundlich. »Meine Damen, betrachten Sie sich als von der Polizeibehörde eingeladen.«

»Eine Alsterfahrt!« Die Jüngere lachte.

»Nun gut«, sagte die Ältere, die immer noch sorgenvoll um sich spähte.

Sie gingen zum Anleger und mischten sich unter die Ausflügler, die den kleinen Dampfer betraten. Weber zeigte dem Kontrolleur seine Marke und durfte die Damen für diesen

»dienstlichen Einsatz« umsonst an Bord bitten. Sie setzten sich an einen Tisch nahe am Bug.

Der Dampfer legte ab.

»Kreuz und quer über die Alster. Wie schön! Vielen Dank, Herr Kommissar«, sagte die Jüngere.

»Zum Vergnügen sind wir aber nicht hier, meine Liebe«, gab die Ältere zu bedenken.

Sie hieß Frieda Schuster und arbeitete im Haushalt des ermordeten Justiziars Dr. Gerber, und zwar schon seit vielen Jahren. Nach dem Tod des Hausherrn fürchtete sie, ihre Stellung zu verlieren, weshalb sie unter keinen Umständen den Unmut der Witwe von Dr. Gerber auf sich ziehen wollte. In ihrem Alter, so sagte sie, könne sie froh sein, dass sie eine gute Stellung habe, und die wolle sie behalten.

Die Jüngere, Wilhelmine Zörgel, kam aus Franken und war seit eineinhalb Jahren im Haushalt der Brunswieks beschäftigt.

Beide Frauen hatten sich gewundert, dass sie zusammen befragt werden sollten.

»Haben denn die beiden Todesfälle etwas miteinander zu tun?«, wollte die Jüngere wissen.

»Das können wir nicht ausschließen. Möglich wäre es, aber wir stehen noch am Anfang unserer Ermittlungen.«

»Der Kaufmann und sein Notar, das ist schon eine eigenartige Fügung«, stellte die Ältere düster fest. Sie hatte eine Hakennase, ein schmales Gesicht und eng beieinanderstehende Augen.

»Hatten die Herren oder ihre Familien denn privat viel miteinander zu tun?«

»Was ist schon privat bei solchen Menschen, und was ist Geschäft?«, sagte die Ältere. »Natürlich kamen die Herren öfter zusammen, um geschäftliche Papiere zu studieren oder über die Gesetze anderer Länder zu diskutieren und wie sie sich auf die Geschäfte auswirken könnten. So etwas bekommt man mit, wenn man Tee und Kaffee oder Wein und Cognac serviert. Aber viel kann ich Ihnen dazu nicht erzählen. Das meiste wurde doch von den Angestellten des Dr. Gerber erledigt. Die Herren trafen andere Herren und sprachen über Frachten und Handelswege, über Zölle und internationale Verwicklungen. Oftmals erledigten sie ihre Angelegenheiten auch an der Börse oder in einem der Lokale oder einer Kanzlei dort in der Nähe. Wenn ich mich einmal naiv ausdrücken darf, denn ich habe ja keine Kenntnis von solchen Vorgängen: Mir kam es vor, als würde jeder mit jedem schachern. Jeder suchte seinen eigenen Vorteil. Man teilte sich Fracht und Schiffe, Handelslinien und Beziehungen, man half sich auf diplomatischer Ebene. Und jeder bemühte sich dabei, den anderen nicht spüren zu lassen, dass er ihn übers Ohr gehauen oder dies zumindest versucht hatte.«

»Also gab es Rivalitäten?«

»Konkurrenz im Geschäft, wie das eben so ist.«

»Mehr nicht?«

»Wenn einer den Raum verließ, redeten die anderen über ihn und seine Strategien. Klügeleien und Eifersüchteleien schwangen immer mit. Das scheint bei Geschäftsmännern nicht anders zu sein als bei Dienstmädchen.« Die strenge ältere Dame nickte wissend.

»Sie haben ja eine ganze Menge Kenntnisse«, sagte Weber.

»Ach, man hört doch bloß dies und das.«

Sie näherten sich dem Anleger Auguststraße. Der kleine Dampfer kündigte mit einem Tuten sein Kommen an. Fahrgäste erhoben sich, um auszusteigen.

»Gab es denn auch mal richtigen Streit? Wegen Interessen, die gegeneinanderstanden?«

»Wenn es hoch herging, dann musste ich draußen warten. Und die Abmachung mit Dr. Gerber war: Wenn es wieder ruhiger wurde, musste der Cognac gebracht werden, zur Versöhnung.«

»Aber Sie wissen nichts von großen Konflikten?«

»Nein.«

»Also gut. Hören Sie«, begann Weber vorsichtig. »Dieser Todesfall hat einen … sagen wir mal, eigenartigen, geradezu bizarren Aspekt. Etwas, das mich verwundert und auch beunruhigt.«

Die beiden Frauen schauten ihn neugierig an. Der Dampfer legte wieder ab, nachdem einige Passagiere zugestiegen waren.

»Der tote Herr Dr. Gerber hatte Rosenblütenblätter im Mund.«

»Was?«, rief die Jüngere verwundert aus, während sich der Blick der Älteren verdüsterte.

»Vermutlich hat der Mörder sie ihm hineingestopft.«

»Pfui, was für eine Schande«, sagte die Ältere.

Die Jüngere hielt sich eine Hand vor den Mund. »Das wusste ich gar nicht.«

»Das ist aber nicht nur schändlich, sondern auch eigenartig, finden Sie nicht?«

»Sie meinen doch wohl nicht, dass ein geprellter Geschäftspartner dem armen Dr. Gerber so etwas Scheußliches angetan hat? Was für ein abwegiger Gedanke!«, empörte sich die Ältere.

»Abwegig, ja, Sie haben ganz recht. Das ist es ja, was mir Sorgen macht, dieses Abwegige an der Tat.«

»Na, da hat der alte Brunswiek aber wirklich Glück gehabt«, entfuhr es der Jüngeren. Augenblicklich wurde sie rot und stammelte: »Oh, oje, Verzeihung.«

»Sie meinen, weil es bloß ein Einbruch mit Diebstahl war und nichts Abwegiges?«, fragte Weber.

»Na ja … ich bitte um Entschuldigung, das war eine dumme Bemerkung.«

»Nicht unbedingt«, sagte Weber. »Wenn der Tod von Herrn Brunswiek nur mit einem Einbruch in Zusammenhang stünde, ohne dass es daran etwas Abwegiges gäbe, dann wäre eine Verbindung zwischen beiden Todesfällen eher unwahrscheinlich. Aber es gibt auch im Fall Brunswiek eigenartige Aspekte, wie man den Beschreibungen des Tatorts und der Leiche entnehmen kann. Zum einen hatte der Tote eine Schnittverletzung an der Wange. Es wurde also Gewalt angewendet. Zum anderen fanden sich Spuren von Riechsalz auf dem Schreibtisch, an dem Herr Brunswiek saß. Aber ein Fläschchen, eine Schachtel oder ein Briefchen mit entsprechendem Inhalt wurde im ganzen Haus nicht gefunden. Wieso sollte ein Einbrecher einem überwältigten Opfer Riechsalz geben?«

»Das ist abwegig«, hauchte die Jüngere, die Weber die ganze Zeit über gebannt angestarrt hatte.

Der Dampfer steuerte den Anleger Walhalla an.

»Ich finde, Sie haben eine eigenartige Fantasie, Herr Kommissar«, sagte die Ältere abfällig.

Weber ließ sich von ihr nicht beirren und sprach die Jüngere an: »Was mir außerdem abwegig vorkommt, ist die Tatsache, dass Frau Eichenberger, die Tochter von Brunswiek, ganz offensichtlich kein Interesse an der Aufklärung dieser Einbruchsgeschichte hat. Was sagen Sie dazu?«

»Oh, das wundert mich nicht. Sie profitiert immens von seinem Tod. Da will sie natürlich nicht zu viele Fragen beantworten. Wer gibt schon gerne zu, dass er einen Nutzen davon hat, wenn ein Angehöriger zu Schaden kommt? Das ist doch klar wie Kloßbrühe.«

Die Ältere schüttelte den Kopf und warf der jüngeren Kollegin aus dem Hause Brunswiek einen missbilligenden Blick zu: »Diskretion ist eine Tugend in unserem Beruf. Das hat man Ihnen wohl nicht beigebracht.« Sie stand auf. »Herr Kommissar, mir gefällt nicht, was Sie hier mit uns tun. Sie verleiten uns, Dinge auszuplaudern, die wir gar nicht wissen dürften.«

»Nun ja …«

»Meine Zeit ist ohnehin abgelaufen.« Sie schaute zum Ufer. »Wir sind jetzt am Schwanenwik. Da kann ich die Tram abpassen, die mich zurückbringt. Ich bitte um Entschuldigung.« Kopfschüttelnd wandte sie sich ab.

»Die hat kalte Füße bekommen«, stellte die Jüngere fest.

»Sie nicht?«

Sie lehnte sich zurück und schüttelte ihren Bubikopf. »An so einem warmen Tag? Aber nein.« Sie ließ den Blick übers Wasser schweifen und lächelte vor sich hin.

Weber schaute sie bewundernd an. Was haben diese jungen Frauen nur an sich, dass man den Blick nicht abwenden kann, fragte er sich. Was verbirgt sich hinter ihrem Lächeln, welches Versprechen deutet sie an? Wieso kann ich mich nicht distanzieren? Stell dir einfach vor, da sitzt ein Gerippe mit ein bisschen Fleisch und Haut und unappetitlichen inneren Organen. Scheußlich, oder? Aber das Gerippe hat große braune Augen.

Der Dampfer legte ab. Nun passierten sie die Badeanstalt, wo sich jede Menge planschende und schwimmende Menschen im Wasser tummelten. Der Dampfer drehte ab. Weber und Fräulein Zörgel schauten schweigend dem Treiben der Badegäste zu.

»Frau Eichenberger profitiert also immens vom Tod ihres Vaters«, nahm Weber den Gesprächsfaden wieder auf.

»Ja, ganz recht, sie beerbt den Patriarchen. Und so wie ich sie kenne, sehnt sie sich schon lange danach. Sie ist ...« Fräulein Zörgel schaute sich vorsichtshalber um, ob auch niemand zuhörte, und beugte sich dann vor, um leiser fortzufahren: »... sie ist eine herrschsüchtige Frau.«

»Was sagt denn ihr Mann dazu? Sie ist doch verheiratet.«

»Oh ja, mit diesem schicken, schnieken Albert Eichenberger, der stets zur Stelle ist, wenn gefeiert wird, aber immer zu spät kommt, wenn ernste Dinge auf der Tagesordnung stehen.«

»Sie kennen sich ja gut aus.«

Fräulein Zörgel hob die hübschen Schultern. »Nun ja, wir leben mit den Herrschaften unter einem Dach, wir halten ihre Welt in Ordnung und hören und sehen zwangsläufig alles, was um uns herum geschieht. Jeden Streit, jede Versöhnung. Wir bemerken, wenn jemand vermisst wird, wir beobachten, wenn einer sich davonstiehlt, wir hören das Lachen und das Weinen hinter verschlossenen Türen, wir sammeln Kleidungsstücke ein, auf denen die Spuren aller Leidenschaften unserer Herrschaften zu finden sind.«

»Wenn das Fräulein Schuster gehört hätte«, sagte Weber scherzhaft.

»Ach die! Die hat das Leben hinter sich. Meinen Sie denn, ich bleibe auf ewig bei den Brunswieks und den Eichenbergers? Ich habe andere Pläne. Ein Leben lang Dienerin zu sein, das ist nichts für mich! Vielleicht gehe ich nach Berlin, dort werden Filme gedreht, da sucht man ständig nach neuen Sternen.« Sie breitete theatralisch die schlanken Arme aus.

»Der Alltag des Ehepaars Eichenberger ist also nicht nur harmonisch?«

Sie lachte. »Wie Sie sich ausdrücken! ›Nicht nur harmonisch‹. Nein, wirklich nicht. Aber was will man von einer Zweckehe schon erwarten?«

»Zweckehe?«

Der Dampfer hielt auf die Lombardsbrücke zu, auf dem Weg zum Jungfernstieg am Ende der Binnenalster.

»Wie im Kintopp. Das habe ich übrigens festgestellt: Das Leben ist dem Kintopp viel ähnlicher, als die Meisten glauben. Ich schaue mich um und sehe überall Drama!« Sie rollte mit den Augen. »Komödie!« Sie verzog das Gesicht zu einem affektierten Lächeln. »Leidenschaft!« Sie verschränkte die Hände und schlug sich gegen die Brust. »Verhängnis!« Sie schaute mit weit aufgerissenen Augen nach oben. »Tod!« Sie tat so, als würde sie zusammenbrechen, und ließ die Arme schlaff herabhängen.

Um Himmels willen, dachte Weber.

Fräulein Zörgel beugte sich mit verschwörerischer Miene zu ihm herüber. »Albert Eichenberger und Franziska Brunswiek wurden verheiratet, um das Brunswiek'sche Handelsimperium zu retten. So hat es mir der Gärtner erzählt, und die alte Hausdame hat's bestätigt, die können Sie auch fragen. Nach dem Krieg sind die Brunswieks in Schwierigkeiten geraten, weil ihre Flotte beschlagnahmt worden war. Sie haben viel Geld verloren. Da war Holland in Not, Herr Kommissar! Die Eichenbergers hatten wohl mehr Glück. Oder Chuzpe, das Wort passt doch bei den Juden. Jedenfalls schwammen die immer noch im Geld, vielleicht weil sie rechtzeitig ausländische Büros eingerichtet hatten, was weiß ich schon davon. Sie hätten die Reederei Brunswiek auch einfach kaufen können. Aber man kam auf die Idee, die beiden Firmen miteinander zu verheiraten. Und jetzt sind sie größer als je zuvor, denn das Geld der Eichenbergers und ihre internationalen Beziehungen wurden sofort genutzt, um die

Brunswiek-Flotte zurückzukaufen. Großer Kintopp, finden Sie nicht?«

»In der Tat.« Weber stand der Schweiß auf der Stirn. Auf dem Schiff war es wirklich verdammt heiß. Der Dampfer näherte sich der Vergnügungsinsel namens *Alsterlust*, die vor der Lombardsbrücke auf Pfählen mitten im Wasser errichtet worden war.

»Da!«, rief Fräulein Zörgel. »Eine Badeanstalt mit Café und Restaurant! Jetzt bin ich schon den zweiten Sommer in Hamburg, aber dort war ich noch nie. Es muss himmlisch sein. Eine Insel mitten in der Stadt!«

Weber überlegte schon, sie einzuladen, mit ihm dort einen Kaffee zu trinken, aber dann schaute er sich suchend um. Wer weiß, ob nicht wieder irgendwo ein Spitzel darauf wartete, seinen nächsten Fehltritt zu melden. Egal, der Dampfer legte ohnehin nicht bei der *Alsterlust* an, sondern bewegte sich zielstrebig auf die Lombardsbrücke zu.

Weber nahm den Gesprächsfaden wieder auf: »Und was ist mit dem Erben? Dem Ehemann? Hat denn Albert Eichenberger nicht die Leitung des Unternehmens übernommen?«

»Natürlich hat er das. Aber da er immer verhindert ist, muss seine Frau für ihn einspringen.«

»Er ist immer verhindert?«

»Anscheinend werden für ihn noch andere Betten aufgeschlagen als das, welches er zu Hause mit seiner Frau teilt.«

»Ach so.«

»Ja, sie tut allerdings so, als ahnte sie gar nichts. Wo doch alle wissen, dass scine Korken woanders knallen als daheim.« Sie hielt nachdenklich inne. »Ich meine natürlich Champagnerkorken.«

»Das dachte ich mir.«

Fräulein Zörgel erging sich noch in weitschweifigen Betrachtungen zum Leben und Treiben reicher Menschen und behauptete, dass große Familien vor allem deshalb große Häuser mit dicken Mauern bauten, weil sie viel zu verbergen hätten.

Weber hörte nicht mehr richtig hin. Er fragte sich, wie er den Familien Eichenberger und Brunswiek am besten auf den Zahn fühlen könnte.

Als sie am Jungfernstieg das Schiff verließen, versprach Weber, bei seinem Besuch im Hause Eichenberger diskret zu sein. »Wir haben uns nie gesehen.«

»Das ist eigentlich schade, Herr Kommissar. Ich dachte, Sie spendieren mir noch ein Eis.« Ein Augenaufschlag, als würde ein Schmetterling zum Flug abheben.

»Lieber nicht«, sagte Weber.

Sechstes Kapitel:

DIE RÄUBERSYMPHONIE

Durch das geöffnete Fenster des Dienstraums drangen das Hupen der Automobile auf dem Neuen Wall, das Knirschen von Kutschenrädern, das Schnalzen von Peitschen und das Geschimpfe von Chauffeuren und Kutschern herauf. Der Windhauch kühlte Webers Stirn. Er hatte sich das Jackett ausgezogen und die Ärmel hochgekrempelt. Vor ihm auf dem Pult stapelten sich Akten und Kladden und lose Blätter. Im Augenblick las er Zeitungsartikel, die er mühsam auseinanderfalten musste. Obwohl sie erst einige Jahre alt waren, waren sie an den Rändern schon vergilbt.

Die Blätter aller politischen Richtungen hatten sich zwischen den Jahren 1919 und 1925 ausgiebig mit einer kriminellen Bande befasst, die die Stadt in Atem gehalten hatte. Je nach politischer Färbung sprachen die Zeitungen von »genialen Einbrechern« (Mittagsblatt), »hinterlistigen Ganoven« (Hamburger Anzeiger), »individualistischen Enteignern« (Hamburger Volkszeitung), »Schwerverbrechern« (8-Uhr-Abendblatt), »notorischen Gewalttätern« (Hamburger Echo) oder »Gefährdern der bürgerlichen Ordnung und der Staatsautorität« (Hamburger Nachrichten). Das Satireblatt »Große Glocke« hatte sie als »Zirkusartisten, die sich den Lohn für ihre atemberaubenden Eskapaden gleich selbst abholen« bezeichnet, das Volksblatt »Hummel« ihnen sogar ein Gedicht gewidmet:

Pass up, der Dieb bricht alle Dors
und klaut euch noch den werten Mors!

Weber musste schmunzeln. Der Polizei war in diesen Jahren allerdings nicht zum Lachen zumute gewesen, denn sie hatte die Einbrecherbande, die nicht wenige großbürgerliche Haushalte, Handelskontore und Bankhäuser um hohe Geldbeträge, teuren Schmuck, Stapel von Goldbarren und Wertpapiere gebracht hatte, einfach nicht zu fassen gekriegt. Und eines Tages war der Spuk vorbei gewesen. Genau zu dem Zeitpunkt, als es der Kripo-Sonderkommission mit dem schönen Namen »Brechstange« gelungen war, die Identitäten führender Bandenmitglieder zu lüften.

Von da an war von der »Romanoff-Bande« die Rede. Aber kaum war der Name in der Presse erwähnt worden, fanden keine Einbrüche mit ihrer speziellen Handschrift mehr statt. Und Zakhar Romanoff, genannt »Zeus«, der mysteriöse russische Anführer der Bande, von dem manche behaupteten, er sei adeliger Herkunft, verschwand spurlos. Obwohl die Polizei auf St. Pauli seine Spur gefunden zu haben glaubte, hörte niemand mehr etwas von ihm.

Einige andere Bandenmitglieder dagegen waren aktenkundig: Es gab eine Akte über Paul Koschinski, genannt »Panzer-Paul«, den Sohn polnischer Einwanderer, der in Essen aufgewachsen war und dort schon frühzeitig gelernt hatte, mit Eisen und Stahl umzugehen. Später hieß es, kein Tresor sei vor ihm sicher. Von ihm war kein Foto vorhanden. Er hatte sich allen Versuchen, ihn dingfest zu machen, geschickt entzogen.

Weitere bekannte Mitglieder der Bande waren: Eduard Geyer, der sich um den Transport der Tatwerkzeuge und die Unterbringung der Beute gekümmert hatte und außerdem »die Einbruchsorte überwachte«, wie »Schmiere stehen« in

Polizei-Deutsch hieß; Wilhelm Tessloff, der als »Kundschafter« mögliche Einbruchsorte ausbaldowert hatte, wobei ihm sein Liebchen Therese Rasmus tatkräftig zur Seite gestanden haben soll; Gustav Brinkmann, ein Einbruchsspezialist, der jede Tür und jedes Fenster in Windeseile aufbekam; und Otto Schlünder, ein Fachmann für Tunnelgrabung. Darüber hinaus fanden sich in den Polizeiberichten Andeutungen über einen Fassadenkletterer von geradezu übermenschlicher Geschicklichkeit, der »unter Berücksichtigung seiner besonderen Begabung sehr wahrscheinlich dem Zirkusmilieu entstammen muss«, wie es ein Kollege umständlich formuliert hatte.

Sieben Personen insgesamt. Drei davon hatten noch Kontakt zueinander, wie Weber bei seinem Besuch in der Gaststätte *Goldeisen* selbst beobachtet hatte: Ernst Hinrichs, Otto Schlünder und Gustav Brinkmann. Nur ein Zufall? Das Merkwürdige war nicht, dass der legendäre Romanoff nie mehr aufgetaucht war, sondern dass in letzter Zeit zwei Bandenmitglieder ums Leben gekommen waren, und zwar durch eine Gewalttat: Schrammel-Ede und Peitschen-Resi. Standen diese beiden Morde in Verbindung mit der Romanoff-Bande?

Weber erfasste ein leichter Schwindel, und er öffnete den obersten Hemdknopf, um mehr Luft zu bekommen. Irgendwie wollte ihm das alles nicht in den Kopf. War er nicht eben noch der Vermutung nachgegangen, die Romanoff-Bande oder einige ihrer Mitglieder könnten ihre Arbeit wieder aufgenommen haben? War er nicht wegen der Einbrüche bei dem Reeder Brunswiek und seinem Justiziar Dr. Gerber darauf gekommen? Wie sollte das aber mit den Morden auf St. Pauli zusammenpassen?

Eine Bande, die wieder aktiv wird, fängt doch nicht gleichzeitig an, sich gegenseitig umzubringen, überlegte er. Also stimmte irgendwas nicht. Die Zusammenhänge mochten auf der Hand liegen, aber im Moment erkannte er sie nicht.

Weber war fest davon überzeugt, dass jedes Verbrechen eine Logik hatte und jeder Verbrecher eine Strategie verfolgte. Jede Tat sollte irgendeinen Nutzen bringen, und sei es nur, dass eine unbändige Gefühlsaufwallung ihren Ausdruck fand. Aber bei dem Wirrwarr, das Weber nun durch den Kopf spukte, gelangte er nicht aus dem Labyrinth hinaus, sondern mitten hinein.

Da wird doch der Hund in der Pfanne verrückt, dachte Weber. Alle Wege des Verbrechens führten nach St. Pauli. Grund genug für ihn, dort wieder anzusetzen. Auch wenn er keine Ahnung hatte, wie er Recknagel oder Kunath seine Gedankengänge plausibel machen sollte – falls sie ihn überhaupt danach fragten.

Sein Magen knurrte vernehmlich. Und kein Wurstbrot mehr in der Schublade. Tja, da er bald losgehen wollte, um auf St. Pauli Erkundigungen über die Romanoff-Bande einzuholen, verdiente er zweifellos erst einmal eine ausgiebige Mittagspause. Also auf in die *Speise-Centrale*! Ein Beefsteak mit Zwiebeln wäre genau das Richtige, und dazu ein großes Bier.

Als er nach dem reichhaltigen Mittagessen – er hatte sich eine Rote Grütze mit viel Sahne zum Nachtisch gegönnt – wieder vor dem üppig verzierten Eckturm ankam, der das Eingangsportal der Polizeizentrale darstellte, bemerkte er einen Schutzmann, der einige Meter weiter an der Bordsteinkante des Neuen Walls stand – vor seinem neuen Ford. Im Glauben, es handle sich um einen Kollegen, der sich für Automobile begeisterte, und weil er gerade in leutseliger Laune war, ging Weber zu ihm hin.

»Na, Wachtmeister, was verschafft uns die Ehre?«

Der Beamte schob sich den Tschako in den Nacken und stöhnte. Ihm stand der Schweiß auf der Stirn, kein Wunder bei der Hitze. »Ich weiß nicht, was ich tun soll. Der Wagen hier ...«

»Das ist ein Ford Modell T, die Amerikaner nennen ihn auch ›Tin Lizzie‹, was besser klingt als das deutsche ›Blechliesel‹, würde ich sagen.«

»Jaja.«

»Jetzt wird er in Berlin gefertigt. Das hat sich auf den Preis ausgewirkt, keine Zölle mehr. Das macht den Wagen erschwinglich.«

Der Beamte schaute Weber sorgenvoll an. »Können Sie so einen Wagen fahren?«

»Ja, in der Tat, einen Führerschein habe ich natürlich, sonst wäre das ja ...«

»Muss man ihn nicht mit einer Kurbel ...?«

»Nein, nein, der hat eine elektrische Zündung. Sie müssen nur einen Schlüssel umlegen, und schon kann er losfahren.«

»Aber wohin ...?«

»Wohin man will, das ist ja das Schöne: Freiheit! Man fährt, wohin man will, keine Straßenbahngleise geben die Richtung vor!«, erklärte Weber begeistert.

Der Beamte schaute ihn unglücklich an. »Mag ja sein, aber wo fahren wir ihn hin?«

»Wir?«

»Na ja, wo Sie jetzt hier sind. Ich hatte schon überlegt, ihn wegzuschieben. Aber da scheint eine Handbremse angezogen zu sein.«

»Wegschieben?«

»Weil es hier verboten ist, ein Automobil abzustellen. Es ist doch die Polizeizentrale. Hier muss der Platz frei bleiben für die Einsatzfahrzeuge.«

Weber schaute den Kollegen verblüfft an.

»Oder«, fuhr der fort, »wenigstens sollte man eine Strafgebühr erheben, wenn einer den Wagen falsch abstellt.«

Weber fand das lustig. »Dem Auto Geld abknöpfen? Der Fahrer ist doch gar nicht da.«

»Vielleicht könnte man den Wagen markieren, einen Zettel ankleben mit einer Gebühr, die dann zu zahlen wäre«, grübelte der Beamte weiter.

»Einen Strafzettel?« Weber lachte. »Strafe gegen Unbekannt?«

»Der Wagen hat doch eine Nummer, und der Fahrer ist ins Register eingetragen.«

»Ach was, der schmeißt den Zettel einfach in die Gosse.«

»Eine polizeilich erhobene Strafe? Wer das wagt ...« Der Beamte schüttelte besorgt den Kopf.

»... wäre ein Verbrecher, was?«, sagte Weber gut gelaunt. »Der sammelt solche Zettel womöglich wie Briefmarken. Aber nun machen Sie sich mal keine Gedanken, das hier ist ja quasi ein Einsatzfahrzeug, nämlich meins.«

»Ihr Wagen?«

»Ganz recht. Kriminalkommissar Weber«, stellte er sich vor.

»Ja, dann ...« Der Kollege schien nicht ganz überzeugt.

»Ich fahre sowieso jetzt los«, sagte Weber.

»Und Ihre Marke?«

»Die wollen Sie sehen?«

»Ich soll ja den Platz freihalten von Unbefugten, also muss ich wissen, ob Sie befugt sind. Außerdem hätte ich gern mal Ihren Führerschein geprüft. Kann ja jeder behaupten, fahrberechtigt zu sein.« Der Beamte schaute ihn misstrauisch, fast schon feindselig an.

»Jetzt ist es aber gut«, sagte Weber und stieg ein.

»Beweisen Sie, dass Sie hier rechtmäßig parken!«

Weber stellte die Zündung korrekt ein und betätigte den Anlasser. Der Motor sprang an.

»Ich notiere mir Ihre Wagennummer!«, drohte der Beamte.

Weber beugte sich aus dem Wagen und rief über den Motorlärm hinweg: »Gehen Sie zu Oberinspektor Kunath oder gleich zu Dr. Schlanbusch, reichen Sie Beschwerde ein bei Präsident Campe! Nur zu!« Er lachte. Offensichtlich hatte er doch ein Bier zu viel intus.

Dann fuhr er los. Über den Großneumarkt ging es zum Millerntordamm, die Reeperbahn entlang zur Königstraße in Altona, wo er gleich hinter der Trinitatis-Kirche in die Kleine Schmiedestraße einbog. Das war die Adresse, die Pawel der Mechaniker ihm gegeben hatte. Zwischen zwei schlichten, zweistöckigen Häusern, vor deren Fenstern die Bewohner selbst gezimmerte Balkone mit Balken auf den ohnehin schon schmalen Gehsteig gesetzt hatten, ging es durch ein Tor in einem hohen Bretterzaun auf einen Hinterhof.

Um den Hof gruppierten sich einstöckige Werkstätten und Garagen. Links türmten sich die Lumpenstapel eines Plünnenhökers, rechts das rostige Gerümpel eines Eisenwarenhändlers. In der Mitte, neben einer vernagelten, halb verfallenen Fachwerkhütte, befand sich eine Garage mit einem sehr solide aussehenden Tor. Davor stand ein »Diabolo«-Dreirad-Motorwagen, unter dessen Vorderachse ein Mann im Overall lag.

Weber hielt an, schaltete den Motor aus und rief: »Guten Tag!«

Pawel der Mechaniker kroch unter dem Diabolo hervor und grüßte mit dem Schraubenschlüssel in der erhobenen Hand. Er hatte Ölschmiere im Gesicht.

»Herr Kommissar, was verschafft mir die Ehre?«

Weber stieg aus und erklärte ihm, was er wollte: Der Ford sollte schneller fahren können. Pawel äußerte die kühne Hoffnung, den Motor so manipulieren zu können, dass Weber locker achtzig bis neunzig Kilometer pro Stunde schaffen würde. Weber hielt das für Angeberei, gab ihm aber den Auftrag, und Pawel versprach, die Sache bis zum nächsten Tag geregelt zu haben. Dann konnte Weber nicht anders, als noch eine berufliche Frage zu stellen.

»Sagt dir der Name Romanoff irgendwas?«

»Aber klar doch, Herr Kommissar. Alter russischer Adel. Zarenfamilie. Peter der Große, Nikolaus der Zweite. Aber wir Polen sind nicht so gut auf die zu sprechen. Sei's drum, mit denen haben die Bolschewiken ja kurzen Prozess gemacht.«

»Die Romanoffs meine ich nicht«, sagte Weber.

»Hätte mich auch gewundert. Wer wollte denn Lenin unter Mordanklage stellen?« Pawel wandte sich ab und deutete auf die Garage. »Fahren Sie den Wagen mal da rein, Herr Kommissar.«

»Ich meinte eigentlich Zakhar Romanoff.«

Pawel schien ihn nicht gehört zu haben. Er schob die Garagentüren weit auf, um genug Platz zu schaffen.

Weber stieg in den Wagen und fuhr den Ford hinein. Nachdem er den Motor abgestellt hatte, stieg er aus und sagte: »Spitzname Zeus, Zeus Romanoff.«

»In der griechischen Götterwelt kenne ich mich nicht so gut aus«, sagte Pawel abweisend.

»Die Romanoff-Bande.«

»Nie davon gehört.« Pawel verließ die Garage.

Weber folgte ihm und wurde ungehalten: »Einbrecher, Tresorknacker!«

Pawel drehte sich abrupt um, stemmte die Fäuste in die

Seiten und fuhr ihn an: »Hören Sie, Herr Kommissar. So geht das nicht. So können wir keine Geschäfte machen! Lassen Sie das, oder nehmen Sie Ihren Ford wieder mit! Sie müssen sich schon entscheiden. Entweder ich tue Ihnen einen Gefallen und Sie lassen mich in Ruhe oder eben nicht. Entweder oder. Eine Hand wäscht die andere. Das verstehen Sie doch?«

»Ja, sicher. Entschuldigung«, lenkte Weber ein.

Pawel war sichtlich aufgebracht und spuckte auf den Boden.

»Wann kann ich den Wagen wieder abholen?«

»Morgen Nachmittag.«

»Ich werde dafür zahlen.«

»Wie es Ihnen beliebt, Herr Kommissar.«

Weber verabschiedete sich und verließ den Hinterhof. Unter den Augen einer stämmigen Frau im Hauskittel, die auf ihrem zusammengezimmerten Balkon stand und Pfeife rauchte, ging er die Kleine Schmiedestraße entlang. Er schaute auf die Uhr. Es war vier Uhr nachmittags. Gerade die richtige Zeit, um der Halbwelt von St. Pauli beim Frühstück Gesellschaft zu leisten, wenn die Herren Ganoven noch müde und unkonzentriert waren.

Und da saßen sie, umgeben von einem Jugendstil-Geländer, drei Mann hoch auf der Empore im hinteren Bereich des *Astra-Bierhauses*, gegenüber dem Tresen an weiß gedeckten Tischen, unter Lüstern mit weißen Porzellanschirmen, und ließen sich von Kellnerinnen in weißen Blusen und mit weißen Schürzen bedienen – ein Bild der Unschuld. Es wurde nur von den scheelen Blicken des Oberkellners im schwarzen Frack getrübt, der die Herren offenbar für nicht ganz »astrein« hielt, wie Weber innerlich kalauerte, als er sich in dem Lokal an der Reeperbahn umschaute.

Augen-Willi, Kekse-Gustav und Schnallen-Otto hatten ein zünftiges Frühstück mit Hamburger Weißwürsten, viel Senf und Laugengebäck hinter sich. Vor ihnen standen große, fast geleerte Biergläser, und ihre Gesichter glänzten, wenn auch nicht vor Frische. Die rötliche Färbung der Haut war nicht unbedingt auf zu viel Kontakt mit der Sonne, sondern eher auf erhöhten Blutdruck zurückzuführen.

Falls die Herren gut gelaunt gewesen waren, war dies spätestens in dem Moment vorbei, als sie den Kommissar auf sich zukommen sahen. Sie wirkten beinahe unglücklich.

Nur kein Mitleid, dachte Weber, Augen-Willi ist ein Zuhälter, der so manches junge Mädchen ins Unglück gestürzt hat. Und die anderen beiden Burschen haben sich auch nicht gerade um die Menschheit verdient gemacht. Kekse-Gustav hatte seinen Namen von der Verballhornung des Ganoven-Begriffs »Tekse«, mit dem auf dem Kiez die Kokain-Briefchen bezeichnet wurden; und der vermeintlich lustige Spitzname »Schnallen-Otto« rührte von Otto Schlünders Angewohnheit her, Wirte, die bei ihm kein »Sicherheitsabonnement« abschließen wollten, auf einen Stuhl zu schnallen und sie mit den Fäusten zu bearbeiten. Sein Kommando »Anschnallen bitte!« war in der Halbwelt von St. Pauli zum geflügelten Wort geworden.

»Guten Morgen, meine Herren«, sagte Weber leutselig, nachdem er einen kurzen Blick auf die runde Uhr über der Biedermeier-Anrichte an der hinteren Wand des Gastraums geworfen hatte. Es war 16.35 Uhr.

»Moin, moin, Herr Kommissar«, gab Kekse-Gustav ein bisschen zu laut zurück. Er trug einen gut sitzenden, grauen Anzug mit schwarzen Streifen und dazu eine schreiend gelbe Krawatte.

»Darf man sich setzen?« Es gab noch einen freien Stuhl am Tisch.

»Man darf«, sagte Augen-Willi seufzend und rückte ein Stück zur Seite. Weber bemerkte, dass er einen schlichten schwarzen Anzug und eine schwarze Krawatte trug. Wahrscheinlich ein Zeichen der Trauer wegen der ermordeten Therese Rasmus.

Weber setzte sich und winkte den Oberkellner herbei. Gleichzeitig warf er seinen Tischgenossen einen fragenden Blick zu. »Noch einen Schluck auf Kosten der Polizeibehörde?«

»Sie wollen uns doch wohl nicht bequatschen?«, fragte Schnallen-Otto, der mit einer Strickweste erstaunlich lässig gekleidet war. Fliege und Bowler-Hut fehlten dennoch nicht.

»Und euch die Würmer aus der Nase ziehen?«, sagte Weber lässig. »Ach was, dann würde ich mir jeden einzeln vorknöpfen. Nein, nein, ich bin gekommen, um euch zu warnen.«

Jetzt waren sie aber verblüfft.

»Vor der Schmiere?«, fragte Schnallen-Otto belustigt.

»Nein, vor Unbekannt«, sagte Weber.

»Schlechte Witze können wir selbst machen«, sagte Augen-Willi, der dennoch besorgt dreinblickte.

»Anzeige gegen Unbekannt, das gefällt uns, Herr Kommissar«, sagte Schnallen-Otto. »Wer unbekannt ist, wird als unbekannt verfolgt und bleibt unbekannt. Der große Unbekannte ist ein leeres Versprechen der Polizei. Aber uns ist es recht so.«

Weber schüttelte den Kopf. »Kein leeres Versprechen. Eine Drohung.«

»Sie wollen uns drohen, Herr Kommissar?« Augen-Willi grinste schief.

»Ich doch nicht«, sagte Weber.

Der Kellner kam mit vier großen Biergläsern und stellte sie auf den Tisch. »Die gehen auf mich«, sagte Weber.

»Sie wollen uns anscheinend gefügig machen«, stellte Kekse-Gustav fest, aber seine Hand umfasste schon ein Glas.

»Zum Wohl, die Herren«, sagte Weber.

Man trank, wischte sich den Schaum von der Oberlippe, stöhnte wohlig, denn es war ja ein heißer Tag und das Bier schön kühl, und stellte die Gläser zufrieden wieder ab.

Weber beugte sich vor, und die Runde steckte verschwörerisch die Köpfe zusammen.

»Es ist nicht mein Fall«, sagte Weber, »ich habe in Harvestehude und auf der Uhlenhorst zu tun. Raubmord, reiche Leute. Einflussreich. Wichtig, wichtig. Könnt ihr euch denken. Für die Morde hier auf St. Pauli sind die Kollegen zuständig. Mir geht's um eine Sache, die mir aufgefallen ist. Wie ihr alle wisst, ist die große Zeit der Einbrecherbanden vorbei. Viele sind verhaftet worden, andere haben das Metier gewechselt.« Er blickte bedeutungsvoll in die Runde. »Aber nun passieren wieder solche Sachen. Geschickte Einbrüche, an denen offenbar sogar Fassadenkletterer beteiligt sind. Und da fragt man sich natürlich, ob jemand wieder auf der Bildfläche erschienen ist, der mal ein Meister seines Fachs war. Ihr versteht, worauf ich hinauswill?«

Weber schaute die drei Männer an. Sie bemühten sich sehr angestrengt, teilnahmslos oder begriffsstutzig dreinzublicken.

»Romanoff«, sagte Weber.

Alle drei Köpfe zuckten zurück. Augen-Willi fand auf einmal großes Interesse an seinem Bierglas, Schnallen-Otto studierte den Stuck unter der Decke, und Kekse-Gustav starrte auf die Tischdecke, während er gleichzeitig sein Jackett nach dem Zigaretten-Etui abklopfte. Er fand es und bot allen eine »Kyriazi Egyptica« an. Die Ganoven griffen dankbar zu, Weber lehnte ab.

»Nur keine Panik«, sagte Weber. »Ich weiß doch, dass ihr nicht mit drinsteckt.« Er grinste kumpelhaft. »Wir haben euch hier auf dem Kiez gut im Blick. Wenn einer abtaucht, um das Betätigungsfeld zu wechseln, merken wir das. Und in dieser Hinsicht ist mir nichts bekannt.«

Die drei Ganoven rauchten und schwiegen betreten.

»Das ist doch keine Warnung vor Unbekannt«, stellte Augen-Willi schließlich fest.

»Außerdem verpfeifen wir niemanden, nicht mal wenn wir nichts wissen«, erklärte Schnallen-Otto so kategorisch wie unlogisch.

»Ich will euch das nicht anhängen ...«, sagte Weber vieldeutig.

»Was denn?«, blaffte Kekse-Gustav. »Dass wir es waren? Also doch! Sie wollen uns drohen!«

Weber schüttelte den Kopf. »Nee, aber es könnte passieren, dass andere damit kommen. Ich bin ja nicht der Polizeipräsident, ich hab Chefs, und die brauchen Erfolge.«

»Es ist schade, dass Sie nicht der Polizeipräsident sind, das würden wir Ihnen gönnen, Kommissar, wirklich ...« Schnallen-Otto bekam von Kekse-Gustav einen Rippenstoß mit dem Ellbogen und brach ab.

»Quatsch bloß keine Opern«, zischte Gustav.

»Im Stadthaus jedenfalls könnte man sich vorstellen, dass jemand in die Fußstapfen des großen Romanoff treten will.«

Kein Kommentar, nur ziellose Blicke.

Das führt zu nichts, dachte Weber und nippte unzufrieden an seinem Bier. Ich muss mich wohl noch ein bisschen weiter aus dem Fenster hängen. Irgendwelche vagen Drohungen in den Raum stellen.

»Ihr alle wart ja früher, ich sag's mal vorsichtig, mit Romanoff bekannt. Andere waren's auch.«

Augen-Willi rutschte nervös auf seinem Stuhl hin und her. Weber drehte sich zu ihm.

»Die Peitschen-Resi zum Beispiel, die gehörte mal zur Romanoff-Bande.«

Schweigen.

»Und Eduard Geyer auch.«

Keine Reaktion.

»Welche Rollen spielten die denn damals in der Bande?«

Drei Männer hoben Biergläser zum Mund.

»Wenn einerseits Einbrüche passieren, die an Romanoff erinnern, und andererseits Leute umgebracht werden, die mal was mit seiner Bande zu tun hatten, dann macht man sich so seine Gedanken.«

Düstere Blicke. Die Ganoven vermieden es tunlichst, einander anzusehen, und bemühten sich, auch an Weber vorbeizuschauen.

»Ich kann euch natürlich schlecht unter Polizeischutz stellen«, sagte Weber.

»Was?« Augen-Willi schaute ihn jetzt doch wieder an. Er verzog das Gesicht, als hätte er nicht richtig gehört.

»Um euch vor Romanoff zu schützen«, sagte Weber ins Blaue hinein.

»Seien Sie nicht albern, Romanoff gibt's doch gar nicht mehr«, stieß Schnallen-Otto hervor.

»Er ist also nicht zurückgekommen?«

»Nie im Leben!«, rief Kekse-Gustav aus und ließ ein bellendes Lachen hören.

Diesmal bekam er einen Rippenstoß von Schnallen-Otto.

»Aber ein anderer könnte doch …«, setzte Weber an, wurde aber durch seltsame Laute unterbrochen.

»Kss-kss-kss«, machte Augen-Willi und schaute unvermittelt unter den Tisch, als hätte er da eine Katze bemerkt.

Die anderen beiden sahen unauffällig zur Glasfront des Lokals. Draußen stand ein schlanker, großer Mann in einem hellen Anzug mit einem schicken Strohhut auf dem Kopf, beugte sich vor und hielt die Hände rechts und links ans Gesicht, um besser hereinspähen zu können. Nach einigen Sekunden richtete er sich wieder auf, griff nach dem Spazierstock, den er sich über den linken Arm gehängt hatte, und ging langsam und leicht hinkend weiter. Als er aus dem Schatten der Markise trat, bemerkte Weber seine eleganten zweifarbigen Schuhe.

In dem Moment stand Schnallen-Otto auf und nahm ihm die Sicht. »Ich muss mal aufs Tö, wenn die Herren mich freundlicherweise entschuldigen.« Er drehte sich um und schaute zur Eingangstür, zögerte kurz, dann ging er davon.

Draußen vor dem Fenster war niemand mehr zu sehen.

»Verdammtes Biest«, sagte Augen-Willi zu der unsichtbaren Katze unterm Tisch, drehte sich zur Seite und schien unschlüssig, was er tun sollte.

Kekse-Gustav erhob sich ebenfalls und sagte gestelzt: »Sie werden verstehen, Herr Kommissar, dass wir Ihr großzügiges Angebot nicht annehmen können. Wir legen keinen Wert darauf, auf Staatskosten alimentiert zu werden, das weckt ungute Erinnerungen. Ihr Bier auf unsere Rechnung wäre uns gleichwohl eine Ehre.«

»Ich hätte die Spesen sowieso nie zurückbekommen«, brummte Weber unzufrieden und beeilte sich, nach draußen zu kommen.

Von dem Mann mit den zweifarbigen Schuhen war nichts mehr zu sehen. Weber schüttelte enttäuscht den Kopf, aber dann grinste er vor sich hin. »O du Biest, du Ungetüm! Aber wart! Ich komme ihm!«

An der Ecke zur Heinestraße blieb Weber abrupt stehen und staunte. Vor einem der Häuser, in dem sich, wie er wusste, ein drittklassiges Bordell befand, stand eine ihm wohlbekannte Person. Es war allerdings schon ein Wunder, dass er sie erkannt hatte, denn sie trug wieder diesen breitkrempigen, runden Hut, der ihre lockigen Haare fast ganz verdeckte. Außerdem einen langen Rock, der nicht mal ihre schlanken Fesseln sehen ließ. Und trotz des warmen Wetters kam eine Jacke dazu, die auch einem Feuerwehrmann gut angestanden hätte. Ein eng geschnürter Gürtel brachte ihre schmalen Hüften zur Geltung. Es war Auguste Engert, die junge Kollegin von der Weiblichen Kriminalpolizei. Sie schaute sich aufmerksam um, als würde sie etwas suchen.

Weber entschloss sich, ihr guten Tag zu sagen. Vielleicht konnte er ihr ja irgendwie helfen. Als er auf sie zuging, vorbei an einigen verrufenen Spelunken, aus denen schräges Geklimper, falscher Gesang, betrunkenes Lachen und undefinierbares Gejohle drangen, merkte er, dass er aufgeregt war. Wieso das denn? Er war doch hier zu Hause. Der Kiez war sein Revier, auch wenn er nicht zur Davidwache gehörte. Und da vorne stand eine Kollegin, die sich in der Gegend garantiert nicht so gut auskannte wie er. Die durfte er doch wohl ansprechen. Ganz offiziell von Polizist zu Polizist. Fragen, ob sie Unterstützung brauchte. Daran war doch nichts Aufregendes.

Nein, wirklich nicht. Es gab keinen Grund, ihre leicht geduckte Körperhaltung aufregend zu finden, auch nicht die Art, wie sie einen Fuß auf den Rand des Bordsteins gestellt hatte oder wie sie die rechte Hand in die Hüfte stemmte. Die andere Hand hing locker herab, und eine Kordel war mehrmals um sie geschlungen. Ah, dachte Weber, sie hat die Trillerpfeife in der Hand. Interessant. Sie schaute jetzt in die entgegengesetzte Richtung und bemerkte ihn nicht.

Er ging auf sie zu, mit klopfendem Herzen, wie er ungläubig feststellte. Als sie seine Schritte hörte, fuhr sie herum und hob die Hand mit der Pfeife. Ihre Augen konnte er unter der Hutkrempe nicht sehen, aber der Rest ihres Gesichts zeigte keine Gefühlsregung. Eigentlich schade. Beim Näherkommen merkte er, dass ihre seltsame Kleidung keine richtige Uniform war. Der Rock war heller als die marineblaue Jacke, der Hut schwarz, außerdem gab es keine Rangabzeichen und kein Wappen der Polizeibehörde.

Weber blieb vor ihr stehen. »Guten Tag.«

»Gehen Sie bitte weiter!«

»Na, hören Sie mal!«

Sie zog eine Polizeimarke aus der Jackentasche und hielt sie ihm hin. »Sie behindern die Arbeit der Polizei, bitte gehen Sie weiter.«

»Aber ich bin die Polizei!«

Sie hob den Kopf, aber ihre Augen wurden gleich wieder von der Hutkrempe verdeckt. »Wenn Sie bitte zur Seite treten wollen ...« Sie deutete vage auf eine Treppe, die ins Souterrain des Hauses führte.

Eine knallrot angestrichene Tür, die nur angelehnt war, daneben ein Klingelknopf ohne Namenszug. Diese Tür war normalerweise geschlossen. Man klingelte, wurde durch einen Spion begutachtet und eventuell eingelassen. Das ganze Haus war ein Bordell, aber Gerüchten zufolge waren die Räume im Keller für Herren reserviert, die junges Blut schätzten. Ermittlungen der Sittenpolizei hatten bislang keine handfesten Beweise geliefert. Es gab Gerüchte, dass irgendjemand in der Behörde rechtzeitig durchsickern ließ, wenn eine Razzia geplant war. Zwei Durchsuchungen hatten jedenfalls keine Anhaltspunkte geliefert. Und nun ... tja, in der neu gegründeten WKP gab es wahrscheinlich noch kein

Leck, also hatten die Kriminalistinnen womöglich Erfolg. Aber was sollte sich daraus ergeben? Frauen, die eine Razzia im Bordell durchführten ... das konnte doch nicht gutgehen.

»Brauchen Sie Unterstützung?«

Sie schaute auf, das Gesicht wie versteinert. »Wenn Sie nicht wegen Behinderung der Polizeiarbeit verwarnt werden möchten, gehen Sie bitte weiter!«

»Zum Teufel!«, rief Weber zornig aus. »Bitte sehr!« Er hielt ihr seine Marke hin. »Ob Sie vielleicht Unterstützung brauchen, Kollegin!«

»Danke, nein.«

»Wer ist denn da drin?«

Keine Antwort.

»Das letzte Mal, als ich da drin war, mussten wir einen blutüberströmten Mann heraustragen. Da wird mit harten Bandagen gekämpft.« Weber war jetzt ernstlich besorgt. »Seien Sie doch froh, wenn ein Mann dabei ist.«

»Wir dürfen nicht mit den anderen Abteilungen zusammenarbeiten, sagt unsere Chefin.«

»Das ist doch eine blöde Idee! Was soll das denn bringen?«

»Strikte Trennung.«

»So ein Unsinn.« Ihr versteinertes Gesicht machte ihn beinahe verrückt.

»Eine Vereinbarung zwischen meiner Chefin und dem stellvertretenden Polizeipräsidenten. Wir arbeiten auf eigene Verantwortung.«

»Was ist, wenn die da nicht mehr rauskommen?«, änderte Weber seine Strategie.

Sie schwieg.

»Wenn Leib und Leben bedroht sind, egal von wem, muss ich als Polizist eingreifen.«

»Kein Anlass.«

Hinter der Tür hörte man Stimmen. Empörtes Brüllen, widerspenstiges Kreischen, Kommandos, ein Durcheinander verschiedenartiger Laute, einen Schmerzensschrei, Getrampel, eilige Schritte. Die Tür wurde aufgerissen, und das Gesicht einer herrisch dreinblickenden Frau Ende dreißig, in ähnlicher Aufmachung wie Auguste Engert, schaute heraus.

»Ist das nicht Ihre Chefin?«

»Mit Ihnen darf ich gar nicht reden«, sagte Auguste Engert und senkte den Kopf. Weber kam es so vor, als würde sie unter der Hutkrempe ein Lächeln verstecken. Machte sie sich lustig über ihn? War das hier eine Komödie?

Nein, offenbar war es blutiger Ernst. Hinter der herrisch dreinblickenden Frau gab es einen Tumult. Unartikulierte Schreie, Stöhnen und Aufheulen waren zu hören. Die Chefin der WKP, Frau Erkens, trat zur Seite. Eine andere Beamtin taumelte rückwärts durch die Souterrain-Tür und zerrte ein halb bekleidetes, minderjährig aussehendes Mädchen hinter sich her. Eine dritte Beamtin folgte, hielt das Mädchen an beiden Oberarmen fest und schob es nach draußen. Die zuerst herausgetretene Beamtin hatte blutige Striemen im Gesicht.

»Lasst mich los, ihr dämlichen Schlampen! Ich komme nicht mit. Ich will zurück!«

Frau Erkens zog Handschellen aus der Jackentasche. Zu dritt versuchten sie nun, der jungen Prostituierten die Fesseln anzulegen, was ziemlich schwierig war, denn sie zerrte und zappelte, trat und trampelte. Sie brüllte wie am Spieß und gab eine erstaunlich variantenreiche Tirade hässlicher Schimpfwörter von sich. Zwischendurch kreischte sie mehrmals: »Ich will aber diese alten Knacker vögeln, verdammte Scheiße, ich will es!« Schließlich war sie gefesselt und wurde die Treppe hochgeschafft, dann stand sie auf dem Gehweg, rechts und links je eine Beamtin.

»Abführen!«, kommandierte Frau Erkens.

Weber lag die Frage auf der Zunge, ob denn nicht der Bordellbesitzer als eigentlich Schuldiger hätte verhaftet werden sollen, da trampelte der Mann auch schon aus dem Souterrain die Treppe hoch, bekleidet mit Hose, Unterhemd und Hausschuhen aus Filz. In seiner Hosentasche zeichneten sich die Umrisse eines schweren Gegenstands ab. Ein Schlagring?

Weber kannte den Mann. Er hieß Alfons Rogge und war schon mehrfach wegen Verführung Minderjähriger in Haft gewesen. Ein kleiner, stämmiger Kerl.

Rogge bemerkte ihn gar nicht, sondern baute sich vor Frau Erkens auf, die an der Spitze ihres Trupps stand.

»Die Kleine bleibt hier. Ihr Schnepfen habt kein Recht. Das ist mein Haus. Ich mach, was ich will! So läuft das. Frauenpolizei kenn ich nicht. Alles Spinnerei.«

»Gehen Sie aus dem Weg«, sagte die Chefin der WKP scharf. Sie war einige Zentimeter größer als er.

»Nix da.«

Auguste eilte an den anderen vorbei und stellte sich neben Erkens. Rogge schaute die beiden Frauen verächtlich an und lachte hämisch. »Geht doch Kuchen backen!« Er hob die geballten Fäuste. »Also?«

Die beiden Frauen blickten böse drein.

»Na schön, wer nicht hören will ...« Rogge schob die rechte Hand in die Hosentasche, zog den Schlagring heraus und holte aus. Weber war schon auf dem Sprung, um einzugreifen, da jaulte der Kerl auf. Sein Arm hing plötzlich in einem seltsamen Winkel am Körper herab, der Mann knickte seitlich ein und warf sich vor den beiden Frauen in den Staub. Der Schlagring landete mit einem metallischen Klimpern auf dem Straßenpflaster. Rogge schimpfte und schluchzte gleichzeitig.

Die vier Beamtinnen der Weiblichen Kriminalpolizei und ihre Gefangene, die genauso verblüfft war wie Weber, gingen um ihn herum und entfernten sich.

Die Kleine war es, schoss es Weber durch den Kopf, die Blonde. Sie hatte irgendwas mit den Händen gemacht, und schon hatte der Kerl auf dem Boden gelegen. Heiliger Strohsack, die konnte Jiu-Jitsu! Und jetzt warf sie ihm auch noch über die Schulter hinweg einen kessen Blick zu. Weber war wie vom Donner gerührt.

»He, du Arschloch!«, brüllte der immer noch auf dem Boden liegende Alfons Rogge. »Willst du mich hier verrecken lassen?«

Weber trat zu ihm und stellte fest, dass Auguste Engert ihm den Arm ausgekugelt hatte. Er fasste ihn an, und Rogge schrie vor Schmerz laut auf. »Scheißkerl!«

»Wache oder Krankenhaus?«, fragte Weber.

»Sauhund!«

»Ein bisschen Höflichkeit wäre angebracht.« Weber bewegte den ausgekugelten Arm.

»Aaah! Nicht!«

»Also?«

»Ist doch beides scheiße!«

»Na dann.« Weber ruckte am Arm, Rogge jaulte auf wie ein Tier auf der Schlachtbank, und dann saß der Knochen wieder im Gelenk. Rogge starrte ihn geschockt und erleichtert an. Er atmete rasend schnell.

»Hab ich im Krieg gelernt«, sagte Weber. »Jetzt schuldest du mir einen Gefallen.«

Er ließ ihn liegen und ging davon. Sein Herz klopfte. *Mit Ihnen darf ich gar nicht reden.* Dann dieser kesse Blick. Was man nicht durfte, konnte man trotzdem tun, oder?

Auch vom Herzklopfen konnte man einen Kater bekommen, stellte Weber fest. Er war noch eine Weile nachdenklich durch St. Pauli gebummelt und hatte sich dann auf den Heimweg gemacht. Zu Fuß natürlich. Schon vermisste er seinen neuen Wagen. Hätte er ihn nicht in die Werkstatt gegeben, wäre er in Windeseile zu Hause gewesen. So aber blieb er plötzlich im Elbpark stehen, weil ihn eine bleierne Schwere erfasst hatte. Ein eigenartiger zäher Schleier hatte sich um seine Gedanken gelegt, eine lähmende Muffigkeit erfüllte ihn. Seltsame Dinge gingen ihm durch den Kopf. Zum Beispiel fragte er sich, ob er sich den Ford nicht angeschafft hatte, wie andere sich einen Hund anschafften, weil er in Wahrheit ein einsamer Mann war, der Gesellschaft brauchte. So ein Unsinn. Der Wagen war doch dazu da, um mit Lorenza ins Blaue zu fahren. Wieso sah er dann neuerdings eine Blondine neben sich sitzen, wenn er an den nächsten Ausflug dachte? Bilden Sie sich mal bloß keine Schwachheiten ein, Herr Kommissar! Und überhaupt war er ein Schuft! Er vernachlässigte die Frau, die ihn liebte. Eine Schande war das!

Weber machte kehrt, bummelte widerwillig, aber pflichtbewusst die Helgoländer Allee entlang zur Seewartenstraße und versuchte sich an den Lichtspielen auf den Blättern zu erfreuen, die von einem leichten Sommerwind bewegt wurden. Eine friedliche Stimmung. Aber in ihm rumorte es. Er passierte das Gebäude vom Circus Busch – Weißt du noch, wie du mit Lore die Artisten in der Kuppel bestaunt hast? –, machte noch einen Schlenker und ging über die Davidstraße in die Kastanienallee. Vor dem *Goldenen Anker* zögerte er kurz, aber die Tür stand ja sperrangelweit auf, sogar die Fenster waren geöffnet, und die hängenden Segelschiffmodelle schaukelten in der kleinen Brise. Wenn das kein Zeichen war. Weber trat ein.

Der Gastraum war zu drei Vierteln gefüllt, es herrschte eine entspannte Stimmung. Hafenarbeiter mit hochgekrempelten Ärmeln genossen ihr kühles Feierabendbier, Männer aus der Nachbarschaft waren schnell mal auf einen Kurzen reingekommen, der Rauch der Zigarren, Zigaretten und Pfeifen stieg durch Fenster und Tür nach draußen, was auch mal angenehm war. Lorenza stand hinter dem Tresen, zapfte Bier und machte ihre typischen Handgriffe. Sie hatte die Haare hochgesteckt und sah heute jünger aus, trotz der grauen Strähnen. Das leichte marineblaue Sommerkleid betonte ihre Rundungen. Runzelte sie die Stirn, als sie ihn eintreten sah?

Weber ging zwischen den Tischen hindurch zum Tresen und grüßte hier und da, wenn er ein bekanntes Gesicht entdeckte.

Lorenza gab ihm einen Kuss auf die Wange. »Du bist ja sehr begehrt«, sagte sie.

»Was?«

Sie deutete mit dem Kopf zu dem Mann mit der Melone, der am Tisch neben dem Kachelofen vor einer Tasse Kaffee saß und Zeitung las. Der Polizeispitzel, von dem Weber gedacht hatte, er hätte ihn auf dem Kieker. Inzwischen sah er das gelassener.

»Ist mir egal«, sagte er. »Soll er doch rumlungern. Alte Petze!« Er lachte.

»Na gut, aber es war noch einer hier«, sagte Lorenza.

Stimmen wurden laut, verlangten eine weitere Runde Bier.

»Warte mal«, sagte sie, ging zurück hinter den Tresen und machte die Biere fertig, die sie dann verteilte.

Weber setzte sich auf einen Barhocker und spürte, wie sich zu seinem diffusen Unwohlsein noch ein bisschen Zorn gesellte.

Als sie wieder hinter dem Tresen stand, sagte sie, während

sie ein Bier für ihn zapfte: »Ein dünner Mann war hier. Ziemlich groß. Knickerbocker-Anzug, kariert. Mütze, Handschuhe in der Jackentasche. Ein Automobilist, dachte ich mir gleich. Kam schnurstracks nach vorn und sagte: ›Es heißt, ein Kriminalkommissar Weber komme öfters hierher.‹ Genau so.«

Weber schaute kurz zu dem Mann mit der Melone hinüber, der über seine Zeitung gebeugt lautlos die Lippen bewegte. »Was hast du geantwortet?«

»Ich habe gesagt: ›Davon weiß ich nichts.‹«

»Und er?«

»Er machte: ›Soso, ts-ts.‹ Dann drehte er sich um und wollte offenbar die Gäste aufs Korn nehmen. Das habe ich ihm aber verboten und ihn rausgeschickt. Er ist ohne zu murren gegangen. Es war gerade der kleine Walter vom Schneider Paschen da, um einen Krug Bier für seinen Vater zu holen, den hab ich hinterhergeschickt, damit er mal schaut, wo der hingeht.«

»Und?«

»Walter kam gleich wieder zurück und sagte, der Mann sei in der Taubenstraße in ein gelbes Automobil gestiegen.«

»Verdammt!«

»Soso, ts-ts«, machte Lorenza.

»Was?«

Lorenza wandte sich ab und fuhr fort, ihre Gäste zu bedienen. Weber trank sein Bier. Der Mann mit der Melone faltete die Zeitung zusammen und erhob sich. Er legte etwas Geld auf den Tisch, nahm sein Sakko von der Stuhllehne und wandte sich zum Gehen. Kurz schweifte sein Blick zum Tresen, und er nickte Weber knapp, sozusagen verschwörerisch, zu. Und weg war er. Jetzt schrieb der Mistkerl bestimmt in seinen Spitzelbericht: ›Kommissar Weber war mal wieder bei seinem Liebchen im *Goldenen Anker.*‹

Na und?

Weber setzte sich an den frei gewordenen Tisch, las nun seinerseits die Zeitung – das »Echo« – und versuchte im Laufe der nächsten zwei Stunden, diesen schalen Geschmack nach begründetem Ärger und falscher Sehnsucht in seinem Mund mit Bier herunterzuspülen. Es gelang ihm nicht.

Als Lorenza die Kneipe schloss, war er ziemlich betrunken und noch schlechter gelaunt als vorher.

Kaum hatte sie sich zu ihm gesetzt, löste sie ihr Haar, öffnete mit einem wohligen Seufzen die oberen Knöpfe ihres Kleids und blitzte ihn aus ihren leuchtend blauen Augen verführerisch an. Aber er kam schnurstracks auf das falsche Thema zu sprechen.

»Heute habe ich meinen Kolleginnen bei der Arbeit zugeschaut.«

»Kolleginnen?«

»Eine Streife der Weiblichen Kriminalpolizei hat eine Minderjährige aus Rogges Drecksloch geholt.«

»Aha.«

»Die haben sie verhaftet, aber ihn nicht.«

»Weil sie sie der Fürsorge übergeben, oder?«

»Kann ja sein, aber ihn haben sie auf dem Boden liegen gelassen, dabei war er schon transportfertig, um es mal so auszudrücken.«

»Warum hast du ihn nicht verhaftet?«

»Ist ja nicht mein Bier gewesen.«

»Na siehst du, und es war auch nicht ihrs. Aber wieso lag er auf dem Boden?«

Das war haargenau die falsche Frage. Weber wusste es, als er zu einer weitschweifigen Antwort ansetzte, aber er konnte nicht anders. Er musste die Situation ja unbedingt im Detail schildern, um schließlich auf den »grandiosen Einsatz der

Kollegin mit den blonden Haaren« zu kommen. »Eine so zierliche Person, und dann ein solcher Griff und – zack! – lag er am Boden. Sie hat wirklich nur kurz den Arm gehoben und …« Und so weiter, während Lorenza ihn immer finsterer anblickte.

»Und was hast du mit dieser zierlichen Person, dieser Blonden, zu schaffen, wenn ich mal fragen darf?«, unterbrach sie ihn schließlich.

»Was?«

»Hast du was mit ihr? Habt ihr ein Liebesnest in der Besenkammer im Stadthaus?«

»Das ist doch keine für die Besenkammer!«, entfuhr es Weber.

»Sondern?« Lorenza beugte sich vor.

»Für, für, für … Was weiß ich.«

»Du bist ja total verknallt, Alfred!«

»Quatsch. Jetzt hab dich mal nicht so. Ich find sie bloß interessant. Sie kann Jiu-Jitsu!«

»Was macht man denn mit so einer, die so interessant ist, hm? Heiraten?«

»Du spinnst ja!«

»Dann ist es ja gut. Dann hol sie dir ins Bett, und mach Jiu-Jitsu-Gymnastik mit ihr. Ich kann dir ja dann deine Wunden verarzten.«

»Hör auf. So redet man nicht über so jemanden, die ist … anders.«

»Als ich, hm? Und jünger, hm?«

»Damit hat es überhaupt nichts zu tun.«

»Willst du jetzt den Sugar Daddy spielen? Das steht dir aber nicht.«

»Die Angehörigen der Frauenpolizei dürfen mit uns gar nicht …«

»Ach, verboten ist es euch? Da hab ich ja Glück.«

»Was soll das jetzt heißen?«

Sie beugte sich über den Tisch. Er spürte ihren heißen Atem an seinem Hals. »Weil ich dich brauche!« Sie packte ihn am Arm.

Viel war nicht mehr nötig, um ihn nach oben in ihr Schlafzimmer zu schaffen.

Später wandte sie sich ab und weinte leise, und er ging, als es noch dunkel war.

Siebtes Kapitel:

DIE HERRIN VON ATLANTIS

Webers Hände hielten krampfhaft das hin und her ruckende Lenkrad fest, seine Augen tränten, er hatte die Zähne zusammengebissen und raste mit über siebzig Sachen die Elbchaussee entlang. Hätte er doch bloß die Schutzbrille aufgesetzt! Die entgegenströmende Luft nahm ihm den Atem. Aber er war glücklich. Pawel der Mechaniker hatte ganze Arbeit geleistet. Weber war nun zweifellos der schnellste Polizist der Stadt. Der Motor des Ford dröhnte so laut wie ein Bre.5-Kampfflugzeug der Franzosen im Tiefflug.

Erlaubt war das natürlich nicht, was er hier tat. Er fuhr viel zu schnell, er gefährdete die öffentliche Sicherheit. Er nahm das Gas weg und bremste so stark ab, dass er beinahe mit dem Kopf gegen das Lenkrad geprallt wäre. Die Reifen quietschten, der Ford kam schlingernd zum Stehen.

Beinahe wäre er am Anwesen der Familie Brunswiek-Eichenberger vorbeigefahren. Den Eingang bildete ein riesiges barockes Portal mit allerlei Verzierungen, vor allem Amphoren, und einer darüber thronenden Statue des Mercurius, Gott der Händler und Diebe. Er trug einen geflügelten Helm, hatte Flügel an den Füßen und hielt in der linken Hand eine antike Galeere, in der rechten einen Geldsack. Das mächtige schmiedeeiserne Tor war weit geöffnet.

Weber lenkte den Wagen hindurch und befand sich auf einem Feldweg, der zwischen hohen Laubbäumen entlangführte. Hinter dem Wäldchen kam er auf eine ausgedehnte Wiese und wunderte sich, wo denn wohl das Haus sein mochte. Der Weg führte einen Hügel hinauf, und als er oben ankam, sah er es: Das Wohnhaus der Brunswiek-Eichenbergers wirkte wie ein barockes Schloss, um das gigantische Rhododendren wucherten. Ansonsten wucherte nichts, denn Beete und Rabatten waren akkurat angelegt und sorgsam gepflegt. In dieser feudalen Umgebung residierten die Sonnenkönige des Handels.

Vom Hügel führte ein Kiesweg auf den Parkplatz vor dem Schloss, wo drei Automobile standen, die fast doppelt so groß waren wie Webers mickriger Ford T. Er parkte in einem gewissen Abstand zu ihnen vor einer Treppe, die von zwei Seiten hinaufführte zum Eingang, einem Portal, das einer Kirche in Rom gut angestanden hätte. Das Schloss hatte drei Stockwerke, und überall gab es Erker, Balkone und Brüstungen. Die Fenster waren enorm hoch, da und dort standen Palmen in Kübeln herum. Klar, dass ein schwerer Eisenring an der drei Meter hohen Tür die elektrische Klingel ersetzte. Weber hob das Ding an und ließ es wieder herunterfallen. Es rumste laut, drinnen hallte der Donnerschlag mehrfach wider. Sofort ging die Tür auf.

Ein livrierter Hausdiener mit weißen Handschuhen.

»Kriminalkommissar Weber, ich habe mich telefonisch angekündigt«, sagte Weber laut und wunderte sich über seine schnarrende Stimme.

»Guten Tag, Herr Kommissar, Sie werden erwartet. Wenn Sie bitte eintreten möchten.«

»Äh, guten Tag.«

Weber folgte dem Hausdiener durch eine Halle, die in einen Palazzo in Venedig gepasst hätte, und durch einen Salon, in dem man hätte Tennis spielen können, wenn die vielen kostbaren Möbel nicht gewesen wären. Weber bemerkte sein Spiegelbild in einem hohen goldenen Rahmen. Er sah winzig aus und ärmlich in seinem läppischen Anzug. Ein paar ehrwürdige Herren mit Halskrausen und Stehkragen schauten ihn starr und hochnäsig an. Ahnenporträts aus den vergangenen Jahrhunderten.

Ein weißer Tüllvorhang bewegte sich sanft im Windhauch neben der zweiflügeligen Tür, durch die man auf die Veranda gelangte. Dort saß Franziska Eichenberger an einem runden Tischchen mit schnörkeligen Beinen, auf einem runden Stühlchen mit ebenso schnörkeligen Beinen. Um sie herum standen jede Menge Säulen in einem Halbkreis, durch die der Blick auf einen Garten fiel, in dessen Mitte ein kreisrunder Teich lag, auf den weiße Kieswege zuführten. Seerosen blühten auf dem Wasser.

Die Dame des Hauses erhob sich. Sie trug ein enges, tailliertes, knöchellanges schwarzes Kleid aus feinem Stoff und mit weißem Kragen, das schon seit mindestens fünfzehn Jahren aus der Mode gekommen war. Ihr Haar war zu einem schlichten Knoten zusammengebunden. Um den Kragen herum lag eine Perlenkette, was Weber irgendwie komisch vorkam. Sonst kein Schmuck, bis auf den goldenen Ehering mit einem Diamanten.

Wer sagte denn, dass reiche Leute Geschmack haben mussten?

Da sie keine Anstalten machte, sich zu ihm zu bewegen, ging Weber auf sie zu. Auf dem Tischchen vor ihr lag ein Schreibheft, ein Federhalter steckte in einem Tintenfass.

Als Weber vor ihr angekommen war, streckte er unwillkürlich die Hand aus. Sie ging darüber hinweg.

»Herr Weber.« Das war eine Feststellung.

»Guten Tag, Frau Eichenberger.«

»Sie haben noch Fragen?« Sie konnte es offenbar kaum glauben.

»Ja, doch.«

»Nun … bitte.«

»Einige Fragen«, sagte Weber, der keine Lust hatte, die Angelegenheit im Stehen zu erledigen. Demonstrativ blickte er auf den zweiten Stuhl.

»Ich höre …«

Sie ging Weber so sehr auf die Nerven, dass er sich hinsetzte, ohne zu fragen. »Nein, danke«, sagte er. »Keinen Tee, keinen Kaffee, nur ein paar Antworten, bitte.«

Ihr bleiches Gesicht verhärtete sich, sah jetzt aus wie das einer Porzellanpuppe. Die Puppe setzte sich und verschränkte die Hände im Schoß.

Wäre sie ihm nicht so unsympathisch gewesen, hätte Weber sie trotz ihres länglichen Gesichts gut aussehend gefunden. Eine stolze Dame mit gerader Nase, fein geschwungenem Kinn und großen, mandelförmigen Augen. Lächeln allerdings hatte sie offenbar nie gelernt.

»Ich habe mich ein wenig mit Ihrer Familie befasst«, begann Weber ohne Einleitung.

Ihr Blick verdüsterte sich.

»Die Familien Brunswiek und Eichenberger gehören seit langer Zeit schon zu den einflussreichsten der Stadt.«

»Zweifellos.«

»Handelshaus und Reederei haben in Krisenzeiten fusioniert, jetzt geht es ihnen besser als je zuvor.«

»Ganz recht.«

»Nach dem Tod des verwitweten Theodor Eichenberger, dem Vater Ihres Gatten, und dem Raubmord an Ihrem eigenen Vater, Maximilian Brunswiek, stehen Sie zusammen mit Ihrem Ehemann, Albert Eichenberger, dem Familienunternehmen vor. Das wurde so geregelt, weil Ihre Heirat eine Fusion der Handelshäuser war. Sie sind entscheidungsbefugt im Einvernehmen mit Ihrem Gatten.«

»Ja.«

Weber bemerkte, wie seine Gesprächspartnerin die Lippen zusammenpresste.

»Allerdings gäbe es noch eine Person, die hier womöglich ein Wörtchen mitzureden hätte.«

»Nein.«

»Ihre Schwester Karlotta Brunswiek. Aber die ist nicht da.«

»Nein.« Sie rang nicht die Hände, bewegte keinen Finger, aber ein Knöchel knackte hörbar.

»War dieses Nein eine Bestätigung meiner Aussage oder eine Verneinung?«

»Karlotta ist nicht da, ganz recht.«

»Wo ist sie?«

»Das ist unerheblich. Sie hat keine Rechte, auf die Geschäfte des Unternehmens Einfluss auszuüben.«

»Wurde sie enterbt?«

»Sie würde sicher eine Abfindung bekommen, wenn sie wollte.«

»Hat sie aber nicht?«

Franziska Eichenberger zögerte kurz. »Offensichtlich.«

»Ich konnte keine Hinweise auf ihren Aufenthaltsort finden. Wann ist sie denn hier ausgezogen?«

»Dies ist nicht das Anwesen der Brunswieks, Herr Weber. Ich lebe hier erst seit meiner Heirat.«

»Aha, aber aus der Villa in Harvestehude scheint Ihre Schwester Karlotta doch irgendwann fortgegangen zu sein.«

»Ja und?«

»Der genaue Zeitpunkt interessiert mich.«

Frau Eichenberger schaute nachdenklich zur Decke. »Ach

Gott, sie hatte sich entschlossen, Kunst zu studieren. Sie geriet in die Kreise der Boheme. Sie verschwand nach und nach aus unserem Leben. Offenbar wollte sie mit uns nichts mehr zu tun haben.«

»Welche Boheme?«

Sie warf ihm einen abfälligen Blick zu. »Sie glauben doch nicht, dass ich so etwas wüsste?«

»Sie ist also eines Tages auf und davon?«

»Gewissermaßen.«

»Und niemand hat sie gesucht?«

»Vater machte Anstrengungen, aber sie entzog sich. Und dann brach die Verbindung ab.«

»Wann war das?«

»Noch während des Kriegs.«

»Keiner weiß, wo sie abgeblieben ist?«

»Sie wollte Künstlerin werden!«, sagte sie barsch. »Sie hat sich losgesagt. Sie verschwand und ward nicht mehr gesehen. Genügt Ihnen das nicht?«

Eigentlich nicht, dachte Weber.

»Meinem Vater hat es das Herz gebrochen«, fügte sie leise hinzu, »dabei hat sie ihn gehasst.«

»Und wie war Ihr Verhältnis zu Ihrer Schwester?«

Sie schaute ihn eiskalt an. Eine andere Antwort konnte er wohl nicht erwarten.

Weber räusperte sich und wechselte das Thema. »Wie ich ja angekündigt habe, würde ich auch gern mit Ihrem Ehemann sprechen.«

»Er ist nicht da.«

»Aber mir wurde versichert ...«

»Er fand es unnütz, sich befragen zu lassen.«

»Wo ist er denn?«

»In Hamburg.«

»Wo?«

»In seinem Kontor, wo denn sonst? Im Brunswiek-Haus.«

»Adresse?«

Sie schaute ihn erstaunt und ungeduldig an. »Wetkenstraße, Ecke Hull.«

Das war am Baumwall. Und jeder kannte das berühmte, reich verzierte, hohe Klinkerhaus mit den Seefahrerskulpturen und den Reliefs mit Schifffahrtsmotiven, Weber natürlich auch.

»Danke.« Er stand auf. Sie nicht. »Auf Wiedersehen.«

»Leben Sie wohl, Herr Kommissar.«

Der Hausdiener erschien und führte ihn aus dem Palast. Weber setzte sich in seinen mickrigen Ford und wendete. Dann gab er Gas und freute sich, als die Räder durchdrehten und hinter ihm der Kies aufspritzte. Mit überhöhter Geschwindigkeit raste er zurück in die Stadt. Die Senke bei Teufelsbrück passierte er mit 85 Stundenkilometern und zusammengebissenen Zähnen.

Auch durchs Brunswiek-Haus zockelte ein Paternoster, aber Weber nahm lieber die breite Marmortreppe, um aus dem Jugendstil-Foyer in den ersten Stock zu gelangen. Dort prangte ein großes Messingschild an einer zweiflügeligen schweren Eichentür mit Bullaugen: »BRUNSWIEK-EICHENBERGER«. Weber spähte durch ein Bullauge und blickte in einen langgestreckten Korridor mit grauen Türen, die alle ebenfalls Bullaugen hatten. Zu beiden Seiten verlief ein Geländer, wie um sich bei schwerem Seegang festzuhalten. Nur dass man sich hier in einem Haus an Land und nicht auf einem Dampfer im Ozean befand.

Weber drückte gegen den überdimensionalen eckigen Griff, zog daran, ohne Erfolg. Er fand schließlich einen runden Klingelknopf. Nachdem er draufgedrückt hatte, konnte er durch das Bullauge beobachten, wie eine etwa fünfzigjährige Dame in strengem Kostüm aus einem Zimmer trat. Sie hatte ihren geflochtenen Zopf um den Kopf geschlungen, trug eine runde Brille und unter ihrer Jacke eine Rüschenbluse. Als sie sich näherte, sah Weber, dass ihr Kostüm eher einer Uniform glich, ähnlich der eines Offiziers der Handelsflotte. Ihre flachen Schuhe klapperten auf dem Parkettboden.

Sie öffnete die Tür, musterte ihn, als wäre er ein Eindringling, und sagte: »Ja, bitte?«

»Kriminalkommissar Weber, guten Tag. Ich möchte mit Herrn Eichenberger sprechen.«

Sie schien milde erstaunt. »Mit *Herrn* Eichenberger?«

»Ganz recht.«

»Um was geht es denn?«

»Um eine polizeiliche Ermittlung.«

»Ach so.« Das kam ihr offenbar plausibel vor.

»Es ist wichtig. Ich dachte, seine Frau hätte mein Kommen angekündigt.« Und ihn vorgewarnt, fügte Weber in Gedanken hinzu.

»Frau Eichenberger ist nicht da.«

»Das weiß ich, ich komme ja von ihr. Ich dachte, sie hätte vielleicht telefoniert.«

»Sie telefoniert hier nicht an. Sie ist ja oft genug da.« Die Dame wurde ungeduldig.

»Hier im Kontor?«

»Ja, sicher, es ist ihr Unternehmen, nicht? Sie kümmert sich um die Geschäfte. Finden Sie das merkwürdig?«

»Nein, nein. Und Herr Eichenberger, ist der jetzt …?«

»Der ist eher selten hier anzutreffen«, sagte sie düster.

»Oh, und Sie wissen nicht, wo er sein könnte?«

Sie schaute nach oben und nickte. »Es ist Mittagszeit. Da kann es gut sein, dass er im *Austernkeller* speist.«

»Am Jungfernstieg?«

»Ganz recht. Neben *Streit's Hotel*.«

»Ist mir bekannt. Vielen Dank, gnädige Frau.« Er verabschiedete sich.

Er fuhr zum Stadthaus, stellte seinen Wagen wieder im Halteverbot ab und ging dann die paar Schritte zum Jungfernstieg zu Fuß. Im Austernkeller war er nie gewesen, hatte aber die wundersamsten Dinge darüber gehört. Die Reichen speisten dort in Separees, die nach unterschiedlichen Themen eingerichtet waren, mal Biedermeier, mal Jugendstil. Es gab eine »Holländische Stube«, ein »Imperator-Zimmer«, ein »Hubertus-Zimmer«, ein »Prater-Zimmer« und so weiter, aber für einen unteren Staatsbeamten wie Weber kam ein Besuch im *Austernkeller* kaum in Frage. Es sei denn, er musste dienstlich dorthin – so wie jetzt.

Die beunruhigte Wirtin führte ihn in einen großen Saal, wo die mit Austernschalen, Hummerkarkassen und Kaviarflecken bedeckten Tische gerade gesäubert wurden. Die Kellner sahen so vornehm aus, wie Weber es noch nie in seinem Leben geschafft hatte, und gingen ihrer Tätigkeit mit bewundernswertem Hochmut nach.

Die händeringende Wirtin verschwand in Richtung einer Reihe voneinander abgeteilter Kammern aus geschnitztem Holz. Weber fühlte sich an Schweinekoben erinnert. Ein schrilles Lachen ertönte, als die Wirtin eine Tür öffnete, dann eine raunende Unterhaltung. Die Wirtin kam trippelnd zurück und rang immer noch die Hände.

»Herr Eichenberger lässt bitten, er sitzt im Hubertus-Zimmer.« Sie deutete auf die Koben. Eine Tür war mit Hirschen, Hasen und Wildschweinen verziert.

Weber ging hin, während die Wirtin sich hinter seinem Rücken hastig aus dem Staub machte, klopfte und zog die Tür auf, nachdem eine fröhliche Stimme »Herein!« gerufen hatte. Dazu wieder ein schrilles Lachen, das in ein Kichern überging.

Das Separee mutete wie ein zu klein geratenes Forsthaus an. Ein rechteckiger Tisch, eine Sitzbank vor der Wand, vier Stühle, einige Vitrinen mit Jagdutensilien vom Horn bis zum Hirschfänger.

Ein nacktes Bein verschwand unter der Tischdecke, eine Hand zuckte zurück. Die Hand gehörte einem Herrn, der in der anderen ein Glas Champagner hielt. Das Bein stammte von einer jungen, blonden Dame, die jetzt damit beschäftigt war, ihre Kleidung in Ordnung zu bringen. Eine andere Dame, eine Brünette, lag auf der Bank, regte sich nur schwach und schien leicht abwesend zu sein. Feiner Zigarettenrauch hing in der Luft.

Weber zeigte seine Marke und stellte sich den Damen vor.

»Der Kommissar!«, rief Eichenberger fröhlich. Sein rundes, pausbäckiges Gesicht glänzte. Seine pomadisierten Haare waren leicht durcheinander, die Krawatte hing schief, aber das alles war nicht der Rede wert, denn sein Anzug war aus feinstem Stoff und ihm perfekt auf den Leib geschneidert. An den Manschettenknöpfen glitzerten kleine Diamanten. Die hatte Weber bei ihrer ersten Begegnung nicht bemerkt.

Die Blonde warf Weber einen ängstlichen Blick zu und stand hastig auf. Sie zerrte die Brünette von der Bank, und zusammen taumelten sie aus dem Separee, um sich »mal frisch zu machen«.

Eichenberger schenkte ein Glas Schampus ein und stellte

es Weber hin, nachdem er ihn mit einer Handbewegung aufgefordert hatte, sich zu setzen. Diesmal gab er sich weniger herrisch und schien müde. Seine Jovialität wirkte aufgesetzt.

»Kriminalkommissar Weber, na fein. Sie sind doch derjenige, der den Tod des braven Dr. Gerber aufklären soll? Die gute Seele ...«

»Und den Ihres Schwiegervaters.«

»Ach? Der ist doch im Seegefecht gefallen, war's nicht so?«

»Sie nehmen das ja leicht.«

»Ein jämmerlicher Tod, der ein bisschen Glanz bekommen soll, indem man ihn einem ominösen Einbrecher in die Schuhe schiebt.«

»Es war doch ein Einbrecher da.«

»Ja? Na, Sie müssen es ja wissen.«

»Und bei Dr. Gerber ganz gewiss.«

»Ja, die Welt ist schlecht, Herr Kommissar. Trinken Sie! Gerade Sie müssen es doch nötig haben, Sie sehen nur das Schlechte in der Welt.«

»Und Sie?«

»Nur das Gute, weil ich es mir leisten kann. Gut ist nur, was man bezahlt. Die Damen, die Sie so verschreckt haben, sind mir gut, weil ich sie bezahle. Mit der Wirtin ist's nicht anders. Die Kellner sind mir gewogen, weil sie sich aufs Trinkgeld freuen. So ist das Leben. Alle sind freundlich zu mir. Da kann man das Leben doch genießen.«

»Nun«, sagte Weber, »leider bin ich jetzt gekommen.«

»Nicht schlimm. Sie müssen mir ja auch gut sein. Bei den Steuern, die ich zahle. Wollen Sie Fragen stellen? Fragen Sie! Aber trinken Sie erst mal einen Schluck.«

»Danke, nein, nicht im Dienst.«

»Obwohl ich gar nicht weiß, was für Fragen das sein sollen.« Eichenberger grinste Weber schief an. Er wollte wohl verwegen dreinblicken, wirkte aber wie ein ungezogener Bengel. Er griff nach seinem Champagnerkelch.

»Zum Beispiel über Ihre Schwägerin.«

Eichenberger spuckte den Champagner in hohem Bogen aus und fing an zu husten, dann lachte er verlegen.

»Karlotta Brunswiek«, fuhr Weber ungerührt fort. »Die verlorene Tochter der Familie.«

Eichenberger würgte und bekam ein knallrotes Gesicht. »Wie kommen Sie denn auf die?«

»Weil sie verschwunden ist.«

»Ach was.« Eichenberger riss sich wieder zusammen. »Sie ist doch nicht verschwunden.«

»Nein? Ihre Frau sagte ...«

»Pah, nur weil sie nicht zu den Familienfesten kommt, ist sie doch nicht aus der Welt.«

»Sie treffen sie also? Wissen Sie, wo sie wohnt?«

»Schön wär's ja, aber ... ein Mal habe ich sie gesehen. Ein Zufall. Ganz romantisch übrigens, auf einem Maskenball. Letztes Jahr im Februar bei einem Faschingsball der Künstlervereinigung Rote Erde. Natürlich wusste ich zuerst gar nicht, dass sie es war. Hat sich fein an mich rangeschlichen, das Biest. Aber dann, tja ... Da war noch einer dabei, der wollte sie für sich haben. Dabei heißt es immer Künstler, Künstler sind frei und locker ... aber von wegen.« Je mehr er redete, umso schwerer wurde seine Zunge.

»Nach dem Tod Ihres Vaters ist sie aber nicht in Erscheinung getreten?«

»Erscheinung?« Eichenberger glotzte ihn blöd an.

»Zur Trauerfeier beispielsweise. Oder wegen der Testamentseröffnung.«

»Trauerfeier?«

»Die gab es doch. Im engen Familienkreis, so stand es in der Zeitung.«

»Jaja.«

»Da war sie nicht?«

»Nein, nein.«

»Und das Erbe? Wurde darüber schon ...?«

»Dafür war der treue Gerber zuständig, der hat doch immer seine Hände im Spiel gehabt. Auch bei unserer Fusion. Von manchen blauäugig ›Heirat‹ genannt.« Er lachte abfällig. »Aber der alte Gerber ist auch über den Jordan.«

»Dann steht die Testamentseröffnung also noch aus?«

»Ja-ha!« Eichenberger stemmte die Ellbogen auf den Tisch und schaute beunruhigt zu einem Hirschgeweih an der Wand. Er stöhnte auf, schien nachzudenken, schüttelte dann den Kopf. »Ach was.«

»Was, ach was?«

»Nichts, gar nichts.«

»Na schön. Was haben Sie denn mit Ihrer Schwägerin so besprochen, als Sie sich unverhofft trafen?«

Eichenberger war jetzt nicht mehr rot im Gesicht, eher blass. »Besprochen?« Er lachte hämisch. »Besprechen konnte man das nicht nennen. Es war eher eine Bedrohung. Ja.«

»Sie hat Sie bedroht?«

»Ja, nein ... ge-droht, meine ich. Dass sie zurückkommt und sich holt, was ihr zusteht.«

»Ich denke, sie wurde gar nicht enterbt? Zumal, wie Sie ja sagen, noch gar kein Testament vollstreckt wurde.«

Eichenberger lachte auf. »Sie sind ja schwer von Begriff, Herr Kriminaler. Das müsste ja das Testament meiner Gattin sein.«

»Wie bitte?«

»Ja, weil es sich nämlich so verhält, wenn Sie es wissen

wollen.« Er deutete mit dem Daumen auf sich. »Das Erbe bin ich!«

»Weil die Handelshäuser Eichenberger und Brunswiek zusammengelegt wurden?«

»Nein! Weil ich die falsche Frau geheiratet habe! Himmelherrgott, sind Sie schwer von Kapee!« Eichenberger zerrte die Champagnerflasche aus dem Eiskübel und schenkte sich seinen Kelch bis zum Überlaufen voll. Dann trank er ihn in einem Zug aus und musste würgen wegen der Kohlensäure.

Schritte näherten sich, die Tür ging auf, und die beiden jungen Frauen traten zögernd ein. Eichenberger saß augenblicklich gerade und bemühte sich um Souveränität, ein falsches laszives Lächeln auf den Lippen. Er sprang auf, schloss die Tür, stellte sich zwischen die beiden und legte die Arme um ihre Schultern.

»Herr Kommissar, welche von den beiden gefällt Ihnen? Welche würden Sie nehmen?«

Weber schaute die beiden an, die wirklich sehr hübsch waren und wahrscheinlich genau wussten, wie man es einem Mann nett machte.

»Wenn ich wollen würde, würde ich beide wollen«, sagte er.

Eichenberger tat niedergeschlagen. »Auch gut, dann gehe ich eben leer aus heute. Hören Sie, Kommissar, ich habe ein Zimmer nebenan im Streit's. Ganz hübsch, und das Bett reicht auch für drei. Wenn Sie ...« Er begann, sein Jackett abzutasten und die Hosentaschen zu durchsuchen. »... vergessen, was ich Ihnen gerade gesagt habe, dann ... Hier. Eine Hand wäscht die andere. Oder ...« Er blickte die beiden Frauen an. »Vier Hände in diesem Fall. Da!« Er hielt Weber einen Schlüssel hin. »Dritte Etage. Wirklich sehr gemütlich.«

Weber schüttelte den Kopf. »Meine Damen, ich möchte nicht unhöflich erscheinen. Ich bitte Sie, meine Missachtung

Ihrer außerordentlichen Attraktivität nicht persönlich zu nehmen, aber Dienst ist Dienst, und Schnaps ist Schnaps. Herr Eichenberger, ich danke Ihnen für das Gespräch.«

Damit verließ er das Jagdzimmer. Hinter sich hörte er noch eine laszive Frauenstimme sagen: »Aber wir sind doch kein Schnaps. Wir sind Champagner!« Er seufzte, durchquerte den Speisesaal, dessen Tische schon wieder komplett neu gedeckt waren, und stieg nach oben ins helle Tageslicht.

Über das, was eben geschehen war, musste er sofort einen Bericht schreiben. Und den würde er unverzüglich Recknagel vorlegen. Niemand sollte ihm im Nachhinein etwas anhängen können. Schon gar nicht so ein feiger, hinterhältiger Lebemann wie Albert Eichenberger.

Am nächsten Tag saß Weber morgens kurz nach neun Uhr an seinem Pult im Dienstzimmer und zeichnete, nachdem er seine Stullen in der Schublade verstaut hatte, Linien auf ein Blatt Papier. Die Linien stellten Verbindungen her zwischen Namen, die er notiert hatte.

Um ihn herum war es ruhig, die Kollegen waren unterwegs. Auf dem Blatt standen unten die Namen der beiden Opfer: Maximilian Brunswiek und Dr. Gerber. Oben links hatte er den Namen von Franziska Eichenberger (geb. Brunswiek) und rechts den ihres Mannes Albert Eichenberger geschrieben. Etwas tiefer gesetzt den Namen Karlotta Brunswiek mit einem Fragezeichen dahinter. Franziska und Albert waren aus wirtschaftlichen Gründen vom alten Brunswiek und seinem Justiziar verheiratet worden. Albert hatte »die falsche Frau« geheiratet, wie er gesagt hatte. Und Karlotta hatte ihm gegenüber erklärt, sie wolle ihr Erbe antreten. Was genau hatte sie damit gemeint? Gehörte er zum Erbe dazu?

Als Weber den Zettel betrachtete, stellte er fest, dass ziemlich viele Linien auf den Namen zuliefen, der in der Mitte stand. Karlotta Brunswiek. Aber wer war diese Frau, und wo befand sie sich? Weber hatte bei den Kollegen vom Melderegister nachgefragt. Karlotta Brunswiek war noch immer in der Villa ihres Vaters in Harvestehude gemeldet. Aber wo lebte sie jetzt? »Sie geriet in die Kreise der Boheme«, hatte Franziska Eichenberger gesagt. Wo sollte er die Boheme suchen? Auf einem Maskenball offenbar. »Rote Erde«. Weber schnippte mit den Fingern. Eine Künstlervereinigung! Er sprang auf. Hilbrecht fragen! Der kannte sich aus in Sachen Kunst.

Ungeduldig, wie er war, brachte er es tatsächlich fertig, den Paternoster zu betreten. Dabei war er so sehr auf den äußeren Haltegriff, den Boden des Transportkastens und den inneren Haltegriff fixiert, dass er gar nicht bemerkte, dass sich schon jemand in der Kabine befand. Trotz aller Umsicht stieß sein Fuß gegen den unteren Rand der Kabine, und er stolperte ungeschickt hinein. Die Person, die schon darinstand, stieß einen erschrockenen Schrei aus, da er beinahe gegen sie geprallt wäre, und schüttelte dann amüsiert den blonden Schopf. Auguste Engert.

Sie trug keinen Hut und keine Jacke, und ihre Bluse, so schien es Weber, war enger, als es die Weibliche Kriminalpolizei erlaubte.

»Oh, Entschuldigung«, sagte er verlegen. Und schon ging das Herzklopfen wieder los.

»Guten Morgen, Herr Kommissar Weber. Und hoppla! Wenn ich das mal so sagen darf.«

»Bitte?«

Sie lachte nur.

Weber hatte plötzlich wieder das Bild des gedemütigten Bordellbesitzers vor Augen, der vor dieser zierlichen Person in die Knie gegangen war.

»Wo soll's denn hingehen?«, fragte sie.

»In die ›Photographische Anstalt‹.«

»Zu Hilbrecht? Da werden Sie aber kein Glück haben, der ist im Einsatz.«

»Oh, das ist Pech. Und wo müssen Sie hin?«

»Nach unten. Wir haben gleich eine Dienstbesprechung.«

»Aber Sie fahren doch hinauf.«

»Ja, und dann geht's wieder runter. Sie wissen doch.« Sie deutete auf ein Schild, auf dem versichert wurde, dass man gefahrlos durch den Keller und das Dachgeschoss fahren konnte, um die Richtung zu wechseln. »Ich hab noch ein paar Minuten Zeit. Und so spare ich mir den Eintritt für das Karussell auf dem Dom.«

»Ich könnte Sie da durchaus mal einladen«, sagte Weber linkisch.

Sie lachte wieder. »Oh, nein. Dienst ist Dienst, und Schnaps ist Schnaps!«

Weber spürte, wie er rot wurde. Um davon abzulenken, fragte er: »Was haben Sie denn mit dem armen Mädchen aus der Heinestraße gemacht?«

»Der Fürsorge übergeben.«

»Meinen Sie, das wird sie auf den rechten Weg zurückbringen?«

»Wer weiß. Aber es nicht zu versuchen, wäre sträflich, nicht?«

»Und wer legt dem Bordellbesitzer das Handwerk?«

Sie hob die rechte Hand und deutete mit dem Finger auf seine Brust. »Das ist dann zweifellos Ihre Aufgabe, Herr Kommissar.«

Er schüttelte den Kopf. »Dafür ist die Abteilung C zuständig. Ich bin mit Mordsachen beschäftigt.«

»Aufregend, nicht?«, sagte sie.

Sie näherten sich dem obersten Stockwerk.

»Wie man's nimmt«, sagte Weber. »Es ist genauso Routine wie alles andere. Ermüdende Befragungen, viel Papierkram ...«

»Nein, das meine ich nicht. Wir sind jetzt gleich oben, und es geht wieder runter.« Ihre Augen leuchteten vergnügt.

Der Paternoster zockelte nach rechts, es knirschte und ruckte, sie hörten das leise Knattern des Zahnradmechanismus und das Rasseln der Ketten. Dann ein Ruck und es ging abwärts.

Auguste Engert deutete nach draußen. »Sie wollten in die ›Photographische Anstalt‹.«

»Sie sagten doch, er sei nicht da.«

»Vielleicht ein Kollege.«

»Nein, ich muss ihn fragen. Es geht um Kunst.«

»Oh, das interessiert Sie?«

»Wegen meines Falls. Ich bin auf der Suche nach einer Künstlervereinigung. ›Rote Erde‹, kennen Sie die?«

»Nein.«

»Schade, dann muss ich wohl warten.«

»Rufen Sie doch in der Kunsthalle an. Die müssen so was doch wissen.«

»Ach ja, danke, ein guter Hinweis.«

Sie reckte sich ein wenig, blickte ihn stolz an. »Sehen Sie, die Abteilung F ist gar nicht so ohne. Auch wenn uns die männlichen Kollegen immer wieder zu verstehen geben, dass wir keine Ahnung von Polizeiarbeit hätten.«

»Nun ja ...«

Sie lachte. »So wie Sie geguckt haben in der Heinestraße, das war ja auch typisch.«

»Aber nein!«

»Doch, doch, aber nichts für ungut. Die Welt wird sich an uns gewöhnen müssen. Auf Wiedersehen!«

Sie sprang aus dem Paternoster – elegant, wie Weber fand –, und er musste durch den Keller fahren und dann wieder hinauf.

Im Flur kam ihm Kriminalanwärter Kruse entgegen und hob erleichtert die Hände, als er ihn sah. »Da sind Sie ja, Herr Kommissar! Inspektor Recknagel hat nach Ihnen gefragt. Es ist dringend!«

Kruse begleitete ihn, hing an ihm wie eine Klette. Als Weber fragte, was das solle, entschuldigte er sich hastig und erklärte: »Der Inspektor hat doch gesagt, bringen Sie ihn mir her! Also mache ich das auch.«

Und was hatte er davon? Kaum waren sie in seinem Büro, schnauzte Recknagel den jungen Beamten an, was er denn wolle. »Schließen Sie die Tür hinter sich!«

Dann zu Weber: »Setzen Sie sich.«

Er aber lief unruhig auf und ab. Fuhr sich nervös übers makellos frisierte Haar und schürzte nachdenklich die fleischigen Lippen.

Schließlich brach es aus ihm hervor: »Sie sind vom Fall Brunswiek abgezogen!«

Weber, der gedacht hatte, dass es nicht so schlimm kommen könnte, da Recknagel ihm einen Sitzplatz angeboten hatte, erschrak. Hatte sich schon wieder jemand beschwert?

»Sie müssen sofort umdisponieren. Kunath rast! Dr. Schlanbusch hat seinen Unmut geäußert. Es heißt sogar, Campe hätte mit Senator Schönfelder telefoniert!«

Webers Magen krampfte sich zusammen. »Darf ich fragen, was …?«

»Diese Sache ist eine Katastrophe.«

»Aber ich habe doch nur …«

»Wir stehen mit dem Rücken zur Wand, Weber! Die Zeitungen werden uns aufs Korn nehmen. Es waren über hundert Schaulustige da. Reporter, Fotografen. Die Sache verbreitet sich wie ein Lauffeuer in der Stadt. Man wird uns Versagen vorwerfen, wenn nicht schnell etwas geschieht. Sie müssen ran, Weber. Ihre Kenntnisse ... ja, und vielleicht geht es nur unkonventionell. Wenn Sie verstehen ...« Recknagel fuhr sich wieder durchs Haar, das jetzt allmählich in Unordnung geriet.

Weber war erleichtert, aber auch verwirrt.

»Inspektor, darf ich fragen, um was es eigentlich geht? Ich bin eben erst zum Dienst erschienen.«

Recknagel stutzte. »Sie wissen nichts?« Er blieb stehen und prüfte, ob sein Krawattenknoten korrekt gebunden war, knöpfte das Jackett auf und setzte sich seufzend hinter den Schreibtisch. Er sprach abgehackt:

»Wieder ein Mord auf St. Pauli. Opfer diesmal nicht versteckt. Öffentlich präsentiert. Kersten-Miles-Brücke. Aufgehängt. Strick um den Hals. Meldung ging am frühen Morgen ein. Eine Leiche unter der Brücke. Hängt direkt über der Helgoländer Allee. Unerhörtes Schauspiel. Ein Droschkenkutscher hat sie bemerkt und die Davidwache alarmiert. Als die Beamten kamen, hatte sich schon eine Menschentraube versammelt. Zwei Männer versuchten, die Leiche herunterzuholen. Die Leute johlten. Unten standen sie schon, um den Toten aufzufangen, wenn das Seil durchgeschnitten war. Skandalöses Verhalten. Die Polizei musste hart durchgreifen. Man schien die Sache mit einem Jahrmarktspaß zu verwechseln. Manche glaubten an eine Wachsfigur aus dem *Panoptikum*.«

Weber dämmerte langsam, worum es ging. »Wer ...?«

»Ein Gewaltverbrechen sondergleichen. Wir haben eine Serie, Weber!«

»Entschuldigen Sie, Herr Inspektor ...«

»Offenbar herrscht ein Krieg unter den Berufsverbrechern. Nicht auszudenken, was noch kommt. Es könnten Zivilpersonen zu Schaden kommen. Kunath fordert, das müsse auf alle Fälle verhindert werden! Die Ehre der Polizeibehörde steht auf dem Spiel!«

»Aber wer wurde denn nun umgebracht?!« Weber musste fast schreien, damit Recknagel seinen aufgeregten Monolog unterbrach.

»Ach so, ich vergaß, Sie sind eben erst erschienen ... Nun, wie gesagt, ein Gewohnheitsverbrecher. Um die Person ist es nicht weiter schade, ein Rauschgifthändler ... Gustav Brinkmann.«

»Verdammt!« Kekse-Gustav.

Recknagel schaute Weber erstaunt an. »Mitleid?«

»Nein, aber das ist jetzt das dritte ehemalige Mitglied der Romanoff-Bande, das ermordet wurde.«

»Sehen Sie! Ich sage ja: ein Bandenkrieg. Das muss schnellstens ein Ende haben, Weber! Sie haben alle Vollmachten. Mit dem Fall Brunswiek-Eichenberger werde ich mich dann weiter befassen.«

Die Rosinen, die du dir da rauspickst, werden dir nicht schmecken, dachte Weber und sagte: »Gut. Ich brauche die fähigsten Beamten unserer Abteilung. Am besten wäre ...« Er hielt inne, als ihm Recknagels gequälter Gesichtsausdruck auffiel.

»Wie immer knappes Personal, Weber. Dazu noch Ferienzeit. Urlaubsplanung. Kaum rückgängig zu machen. Viele Beamte sind schon weg. Es konzentriert sich auf Ihre Person, Weber. Aber wie gesagt, alle Vollmachten!«

»Danke.« Weber stand auf. »Vielleicht kann ich mir ja eine Kollegin aus der Abteilung F dazuholen. Dort scheint man jedenfalls noch vollzählig zu sein.«

Recknagel schaute ihn kurz verwirrt an, dann grinste er breit. »Das ist gut! Sie haben recht. Mit Humor geht alles besser.«

Dummkopf, dachte Weber beim Hinausgehen und ließ für sich selbst offen, wen er damit meinte.

Als er sich später zum zweiten Mal auf den Weg nach oben machte, nahm Weber die Treppe. Oben unterm Dach hatte Hilbrecht alle Segel gesetzt, denn die Sonne stand hoch am Himmel. Weber zog gleich nach seiner Ankunft in der »Photographischen Anstalt« sein Jackett aus und krempelte sich die Ärmel hoch. Er wunderte sich, wie Hilbrecht und seine Kollegen es an einem heißen Sommertag hier oben aushielten – zwei von ihnen liefen in weißen Kitteln geschäftig hin und her. Aber dann fiel ihm ein, dass sie ja ihre Dunkelkammern hatten, die Glücklichen.

Weber stand mit Hilbrecht vor einer Wand, auf der die letzten Tatort-Fotos in einer Reihe nebeneinander festgeklemmt waren. Der Abzug in der Mitte war doppelt so groß wie die anderen und zeigte den Toten unter der Kersten-Miles-Brücke von vorn. Hilbrecht war offensichtlich auf eine hohe Leiter gestiegen, um die Leiche aus dieser Perspektive aufnehmen zu können. Sein Eifer, alles möglichst genau zu dokumentieren, stachelte ihn manchmal zu akrobatischen Leistungen an.

Gustav Brinkmann befand sich auf gleicher Höhe mit den Piraten-Jägern Kersten Miles, Simon von Utrecht, Dietmar Koel und Berend Jacobsen Karpfanger, allerdings nicht als Statue an einem Sockelpfeiler, sondern als deplatziertes, armseliges Hinrichtungsopfer, das in der Mitte des Brückenbogens von unbekannter Täterhand aufgeknüpft worden war. Ein trauriges Ende. Aber welcher gewaltsame Tod war keine traurige Angelegenheit?

»Der Mann war mal Einbruchspezialist«, sagte Weber. »Der hat jede Tür und jedes Fenster in Windeseile geknackt, in dieser Hinsicht war er geradezu legendär. Aber das ist Jahre her.«

Hilbrecht deutete auf das große Foto: »Es schien ihm immer noch gutzugehen. Tadellos gekleidet. Ob sie ihn für den Sarg auch so schick machen?«

»Wenn's Angehörige gibt.«

»Die müssen ihn neu einkleiden, der Anzug dürfte naturbedingt verschmutzt sein.«

Weber schüttelte den Kopf. »Eben nicht, und das ist schon eigenartig. Tod durch Strangulation und keine Beschmutzung des Opfers mit Kot und Urin.«

»Sauber in den Tod ...«

»Ich war beim Polizeiarzt«, sagte Weber. »Der stellte fest, dass auch der bei Tod durch Erhängen typische Genickbruch nicht vorliegt.«

»... im Zweireiher und Budapester-Schuhen, nur die Krawatte fehlt.«

»Die war entweder beim Strangulieren im Weg oder wurde dazu verwendet und dann beseitigt. Wobei der Arzt sagt, jemand müsse wohl mit den Händen zugedrückt haben. Mit beiden Daumen. Der Kehlkopf wurde gequetscht.«

Hilbrecht tippte mit einem Stift gegen das Foto. »Er hing genau in der Mitte der Brücke. Man hat sorgsam darauf geachtet, alles schön zu arrangieren.«

»Wie schon bei den anderen Morden. Säuberlich begraben, ordentlich zwischen die königlichen Hoheiten platziert, und nun die Brücke.« Weber musste an die schwarze Gestalt denken, der er auf dem Spielbudenplatz in die Quere gekommen war. Das konnte kein Zufall gewesen sein. »Soll auf diese Weise eine Botschaft vermittelt werden?«

»Jedenfalls wird ein gewaltiger Aufwand getrieben«, stellte Hilbrecht fest.

»Man hängt sie immer höher. Als wäre es eine Inszenierung. Aber was will man mitteilen? Und wem?«

»Du sagst doch, die Ermordeten seien alle einmal Mitglieder der Romanoff-Bande gewesen? Diese legendären Einbrecher, vor denen kein Haus, keine Bank, kein Juwelier und kein Tresor sicher war?«

»Genau. Gustav Brinkmann verstand sich aufs Knacken von Türen und Fenstern. Eduard Geyer, genannt Schrammel-Ede, war der Fahrer der Bande und stand auch mal Schmiere. Therese Rasmus war so was wie eine Kundschafterin, die die Einbruchsorte erforschte, mitunter indem sie jemandem schöne Augen machte.«

»Wer gehörte noch dazu?«

»Otto Schlünder, genannt Schnallen-Otto. Der ist ins Schutzgeld-Geschäft abgewandert. Er war früher mal Bergarbeiter und weiß, wie man Tunnel gräbt. Mit seinen Kenntnissen konnte die Bande so einige Tresorräume in der Stadt von unten angehen. Ein eher kleines Licht war Schlüssel-Ernst. Wie der Name schon sagt, ein Experte für das Nachmachen von Schlüsseln. Lebt heute in bescheidenen Verhältnissen. Und Pawel der Mechaniker, der weiß, wie man ein Automobil so manipuliert, dass es viel schneller fährt.« Weber behielt lieber für sich, dass er Pawels Fähigkeiten privat in Anspruch genommen hatte. »Die treiben sich alle auf St. Pauli herum und machen nicht den Eindruck, als hätten sie sich mit einem Haufen Geld zur Ruhe gesetzt. Bleibt nur noch Romanoff selbst, aber der ist seit Jahren spurlos verschwunden.«

»Vielleicht ist er zurückgekehrt?«

»Davon hätte ich doch gehört. Und warum sollte er nach

all den Jahren zurückkommen? Übrigens hat man von der Beute, die die Bande gemacht hat, nie etwas gehört oder gesehen. Wenn Romanoff damit verschwunden wäre, hätte er keinen Grund, zurückzukommen. Und noch weniger hätte er einen Grund, seine ehemaligen Komplizen umzubringen. Noch dazu derart spektakulär. Früher oder später würde das doch nur die Aufmerksamkeit auf ihn lenken.«

»Also?«

»Scheibenkleister! Die Sache ist derart auffällig inszeniert, dass wir den Wald vor lauter Bäumen nicht sehen.«

»Oder du denkst nur, es ist eine Inszenierung, und in Wahrheit ist es alles Zufall.«

»Ich glaub nicht an den Zufall!«, sagte Weber unwirsch. »Ich glaub an gar nichts.«

»Von wegen! Du glaubst ja sogar an Sigmund Freud.«

»Das hat doch nichts mit Glauben zu tun, dabei geht's um Wissenschaft!«

»Bei einem, der glaubt, er könnte Menschen analysieren, indem er sich ein paar Träume erzählen lässt?«

»Träume sind der Schlüssel zum Unbewussten.«

»Das Unbewusste, mein lieber Alfred, ist eine Verneinung, verstehst du: Un-bewusst wie nicht-bewusst, also nicht vorhanden. Ergo: Träume sind Schäume.«

Weber stand auf und griff nach seinem Jackett. Er war verärgert. Wieso hatte er Hilbrecht neulich beim Bier von seinem Interesse an der Traumdeutung erzählt? Damit hatte er sich bloß lächerlich gemacht.

»Du hast ja keine Ahnung«, sagte er. »Über Karl Marx haben sich auch so einige lustig gemacht.«

Hilbrecht grinste süffisant. »Und? Was ist aus ihm geworden?«

»Guck nach Russland. Ein Arbeiterstaat.«

»Und was wird aus den Theorien des Dr. Freud werden, ein Traumschloss?«

Weber ballte scherzhaft drohend die Faust. »Du bist ein Ignorant. Ich muss jetzt los. Kann ich den einen Abzug haben?«

Hilbrecht nickte, nahm eins der Fotos ab und reichte es ihm.

»Mag ja sein, dass Träume Schäume sind«, sagte Weber zum Abschied, »aber der Schaum muss ja auch irgendwoher kommen.«

Sein letzter Aufenthalt am Meer war ihm eingefallen. Die Brandung.

Achtes Kapitel:

DIE VERRUFENE

Es ging Weber ja nichts mehr an, aber da er vermutete, dass Recknagel den Anruf nicht machen würde, tat er es halt selbst. In der Kunsthalle wurde er mehrfach durchgestellt und landete schließlich bei einem Herrn Zagel, der ihm nach einigem Hin und Her verriet, dass die Künstlergruppe »Rote Erde« zwar »kaum noch« existiere, aber einige Künstler, die dazugehört hatten, von einer Galerie am Grindel »hin und wieder« ausgestellt würden. Ganz in der Nähe des Bornplatzes, dicht beim Telegraphenamt. Die genaue Adresse kenne er nicht.

Daraufhin beschloss Weber, gleich zwei Fliegen mit einer Klappe zu schlagen und am Nachmittag auch noch sein obligatorisches Treffen mit Ex-Frau und Tochter zu absolvieren. Pflichtbewusst rief er bei Mathilde an und sprach sich mit ihr ab.

Die *Galerie Sontag* lag neben einem kleinen Café mit einigen Tischen unter einer Markise, auch vor dem Schaufenster des »Kunsthändlers & Auktionators« war eine Markise ausgefahren. Dahinter ein großer Raum mit Bildern an den Wänden. Grelle Farben, roher Strich – expressionistische Gemälde.

Weber trat ein, und eine Klingel ertönte im Hintergrund. Die Bilder zeigten Südseemotive oder Szenen mit halbnackten afrikanischen Wilden, alles sehr eckig und für Webers

Verständnis mit völlig falschen Proportionen und eigenartig schrillen Farben, dazwischen unruhige Stillleben mit unbekannten exotischen Früchten und Masken. In der Mitte des Raums stand eine beängstigende Skulptur, zusammengeklebt aus Holz, Kork, Steinen und Muscheln, die eine bunt bemalte Fratze mit abstehenden zotteligen Borsten zeigte. Weber lief es kalt den Rücken herunter, als er sich das eigenartige Ding ansah. Im Vergleich zu draußen war es drinnen kühl.

Ein kleiner Mann mit abfallenden Schultern, einem länglichen Gesicht, Halbglatze und Nickelbrille in einem schlecht sitzenden Anzug und braunen Sandalen kam durch einen Flur nach vorn und grüßte distanziert.

Weber stellte sich vor und zeigte seine Marke. Der Mann trat einen Schritt zurück.

»Herr Sontag? Nun gut. Entschuldigen Sie, dass ich mich nicht angemeldet habe, aber es hat sich zufällig ergeben«, versuchte Weber es freundlich.

»Wir sind doch gar nicht betroffen«, sagte der Mann mit abweisender Miene.

»Betroffen?«

»Außerdem ist es schon eine Weile her. Ihre Kollegen haben alles zu Protokoll genommen.«

»Was denn?«

»Na, weshalb sind Sie denn hier?«, fragte Sontag schnippisch.

»Herr Zagel von der Kunsthalle hat mir Ihre Galerie genannt. Weil ich mich für die Künstlergruppe ›Rote Erde‹ interessiere.«

»Na sehen Sie«, sagte der Galerist kühl. »Das meine ich. Sie verschwenden Ihre Zeit und meine auch.«

»Aber Sie wissen doch noch gar nicht …«

»Sie zeigen mir Ihre Marke. Also sind Sie nicht an Kunst interessiert, sondern Polizist. Und als solcher kommen Sie grundsätzlich nur, wenn Sie lästig sind, nicht wenn Sie gebraucht werden.«

»Ich verstehe überhaupt nicht, was Sie meinen.«

»Die Pöbeleien ... aber das nehmen Sie ja nicht ernst. Junge Kerle in kleinen Gruppen, sogar am Sabbat. Aber die Polizei meint ja, das sei harmlos, und außerdem müsse man sich hier in der Gegend nicht wundern, und ›Itzig‹ sei kein Schimpfwort ...«

»Entschuldigen Sie, aber ich ermittle in einer Mordsache.«

Jetzt war der zornige kleine Mann sprachlos. Er schüttelte verwundert den Kopf. »Was hat denn Mord mit der Künstlergruppe ›Rote Erde‹ zu tun?«

»Mir geht's nicht um die Gruppe, sondern um eine bestimmte Künstlerin. Karlotta Brunswiek.«

Sontag schüttelte missbilligend den Kopf. »Also sind Sie doch deswegen gekommen.«

»Weswegen denn?«

»Wegen der Diebstähle. Hat man die Bilder wiedergefunden? Oder einen Teil davon?«

»Welche Bilder?«

»Die Gemälde von Carla Bruhns, die Sie als Karlotta Brunswiek kennen. Nein? Ach, du liebe Güte, Sie wissen ja gar nichts.«

Weber holte tief Luft. So langsam ging der arrogante Galerist ihm auf die Nerven.

»Kunstdiebstahl«, sagte er, bemüht, sich zu beherrschen. »Damit habe ich nichts zu tun.«

»Wollen Sie mich verwirren?« Sontag schaute Weber schief an, als würde er einen Hinterhalt vermuten.

»Nein, aber Sie lassen mich ja nicht zu Wort kommen.«

»Ah, Sie wollen sich erklären. Meinetwegen, dann kommen Sie mit.« Er führte Weber durch einen langen Flur, vorbei an zwei weiteren Ausstellungsräumen, in ein kleines Büro mit einer Sitzecke. Vier Sessel, ein Tisch aus Mahagoniholz.

Sie nahmen Platz, und Weber erzählte dem widerborstigen Galeristen das Nötigste über seine Ermittlungen. Vom Tod des Reeders Brunswiek und seines Justiziars Dr. Gerber hatte Sontag offenbar nichts gehört. Er schüttelte ungläubig den Kopf. Weber behauptete, dass die Familie nach diesen Ereignissen aus verständlichen Gründen die »verlorene Tochter« wiederfinden wolle.

Sontag nahm ihm das offensichtlich nicht ab und schüttelte energisch den Kopf. »Sie hat sich doch von ihrer Familie losgesagt.«

»Aber die Familie nicht ...«

»Papperlapapp, das ist doch leeres Geschwätz, guter Mann. Wie ich schon sagte, Sie wissen nichts!«

Weber biss die Zähne zusammen. »Gut, dann klären Sie mich auf.«

»Mein lieber Herr Kommissar, das ist sehr vielschichtig. Eine Biografie! Wie lässt sich die Dramatik eines Lebens kurz in Worte fassen? Unmöglich! Aber gut, ich will es mal versuchen.«

»Ich bitte darum.«

»Karlotta Brunswiek wurde zur Künstlerin Carla Bruhns, Carla mit C. Die Verwandlung bedingte, dass sie sich von ihrer Familie lossagte. Die Fesseln mussten zerschnitten werden. Sie trat ein in die Welt der Kunst, in die Familie der Künstler. Nachdem sie Versuche im Nachahmen impressionistischer Techniken unternommen hatte, wandte sie sich mit Beginn des Krieges dem Expressionismus zu. Sie wurde Mitglied der Gemeinschaft ›Rote Erde‹ und nahm an Kollektivausstellungen teil. Unter anderem hier in unserer Galerie. Dann, aufgrund des Publikumsinteresses, alleinige Präsentationen ihrer Werke. Sie war eine vielschichtige Künstlerin, doch es war eine Entwicklung zu erkennen, sowohl stilistisch, hin zu düsterer Farbgestaltung, als auch thematisch, hin zu morbiden Themen. Im Laufe von etwa fünf bis sechs Jahren wechselte sie von Stillleben, Landschaften und Porträts hin zu Szenen aus dem Künstlerleben, Studien der Halbwelt und des sozial Abseitigen und schließlich zu Bildern, in denen keine realen Motive direkt erkennbar waren und die mehr zum Symbolischen tendierten. Auffällig war vor allem ihre wachsende Faszination für den Tod: ›Zufall‹, ›Abfall‹, ›Zerrbild‹, ›Abbild‹, ›Unfall‹, ›Zerfall‹ lauten die Titel ihrer letzten, sehr düsteren Werke, die wir ausstellten. Im Vergleich zu denen aus ihrer früheren Schaffensphase stießen sie auf relativ wenig Resonanz, vor allem wenig Kaufinteresse. Sehen Sie, Carla Bruhns hat eine der Gesellschaft entgegengesetzte Entwicklung durchgemacht: Während Krieg und Krise dominierten noch helle, farbenfrohe Motive, nach dem Ende der Inflation und mit dem wirtschaftlichen Aufschwung setzte bei ihr eine Tendenz zum Abseitigen ein. Sie selbst ist dann auch nur noch selten persönlich in Erscheinung getreten – auch hier bei uns. Die letzte Vernissage mit ihren Bildern fand ohne sie statt. Das Interesse an ihren Werken schwand rapide. Umso verwunderlicher, dass ihre Gemälde dann systematisch gestohlen wurden.«

Weber horchte auf. »Wie bitte?«

Sontag lächelte säuerlich. »Deshalb sagte ich ja, Sie wissen nichts. Fast alle Bilder von Carla Bruhns, die verkauft wurden – so viele sind es nun auch nicht, und es waren nur vier Kunstkenner, die als Käufer auftraten –, äh, fast alle wurden gestohlen. Aus Privatwohnungen. Sie bleiben verschwunden.

Von den Tätern keine Spur. Auch hier in der Galerie wurde eingebrochen. Es lagerten noch einige unverkäufliche Werke von ihr im Keller. Sie wurden ebenfalls gestohlen. Das war vor einem Jahr. Ihre Kollegen fanden weder Fingerabdrücke noch sonstige Spuren. Die Künstlerin und ihre Kunstwerke haben sich in Luft aufgelöst. Es kommt einer Auslöschung gleich. Übrigens hat das in der Familie Brunswiek niemanden sonderlich interessiert. Nur ihren Schwager Albert Eichenberger, der sogar ein Detektivbüro engagierte, um etwas herauszufinden – allerdings vergeblich. Die anderen schienen eher erleichtert, dass es mit ›diesen künstlerischen Indiskretionen‹ vorbei war. So drückte sich der Justiziar aus, der hier eines Tages auftauchte und offensichtlich im Namen der Familie alles aufkaufen wollte. Das hatte die Künstlerin jedoch ausdrücklich verboten.«

»Um welches Detektivbüro handelte es sich denn?«

»Detektei Argus, es heißt, die sei sehr renommiert. Von Erfolg allerdings keine Spur.«

Sontag kam erneut auf das Thema Versagen der Sicherheitskräfte im Allgemeinen und speziell bei Beleidigung und Bedrohung zu sprechen. Weber schaute auf die Uhr und merkte, dass es Zeit wurde. Er verabschiedete sich von dem Galeristen, der nun wieder sehr abweisend war. Eigenartiger Vogel, dachte Weber, aber wer weiß, vielleicht lag es ja auch an mir. Wie man in den Wald ruft, so schallt es heraus.

Bis zum Park an der Beneckestraße waren es nur ein paar Schritte. Nun war er zu früh dran. Er setzte sich auf eine Bank im Schatten, um zu warten. Wenig später bemerkte er Mathilde und Erika, die auf der anderen Seite des Parks im Schatten der Bäume näher kamen. Zwei Dinge waren schockierend: Erstens trug Erika Hosen! Und zweitens hatte Mathilde sich bei einem Herrn eingehakt!

Einige Sekunden überlegte Weber, ob er auf sich aufmerksam machen oder sich lieber klammheimlich davonstehlen sollte. Aber da hatte Erika ihn auch schon bemerkt und rannte auf ihn zu. Er blieb sitzen. Vielleicht kam er so um eine Begegnung mit Mathilde und dem Herrn herum.

»Guten Tag, Erika.«

»Ich heiße Erik.«

»Was?«

»Erik, weil ich ein Junge bin.«

»Wegen der Hose.«

»Nein, andersherum, die habe ich an, weil ich ein Junge bin.«

»Du bist doch ein Mädchen.«

»Das habe ich geändert. Und weißt du, warum?« Erika zog eine kleine schwarze Pistole aus der Hosentasche. »Deshalb. Jungs dürfen schießen. Und ich will außerdem zur Polizei gehen. Also muss ich ein Mann werden.«

»Nein, musst du nicht. Wir haben jetzt auch eine Frauenpolizei.«

»Du lügst!«

»Nein.«

»Frauen dürfen keine Pistolen haben!«

»Das stimmt.«

»Siehst du, du lügst! Aber mir ist das egal, weil ich nämlich jetzt ein Junge bin.«

»Na gut …« Weber schaute hilflos auf und sah, dass Mathilde ihn zu sich winkte.

»Ich muss mal mit deiner Mutter reden.«

»Und ich muss Verbrecher jagen.« Erika sprang davon Richtung Spielplatz.

Weber ging mit bleiernen Füßen auf Mathilde und ihren Begleiter zu. Das gestelzte Gespräch mit vielen Pausen war eine einzige Qual. Herr Wispler arbeitete als Prokurist bei einer Handelsfirma. Weber schaute auf die Uhr und schützte einen Termin vor, um wegzukommen. Aber da fing Mathilde von angeblichen Schulproblemen ihrer Tochter an. Auch das noch. Glücklicherweise ertönte vom Spielplatz her ein lauter Schmerzensschrei. Kurz darauf rannte Erika auf sie zu, in der Hand schwenkte sie triumphierend die Pistole.

»Ich hab den Verbrecher erschossen und ihn ordentlich vermöbelt, weil er nicht tot umfallen wollte«, rief sie stolz.

Die Mutter des betreffenden Jungen eilte wütend auf sie zu. Weber verabschiedete sich hastig und hörte noch, wie Mathilde zu ihrem Begleiter sagte: »Waldemar, du musst mich jetzt unterstützen.«

Um Himmels willen, dachte Weber, während er fluchtartig den Park verließ, Waldemar Wispler, was für ein Name!

Mitten im strahlenden Neonlicht der Leuchtreklamen an der Reeperbahn tappte Weber im Dunkeln. Die bunten Lichter blinkten, flackerten, blendeten ihn, flammten auf und vergingen, schimmerten verführerisch oder warfen gleißendes Licht auf den Asphalt und die sommerlich gekleideten Passanten, die ihr Vergnügen suchten. Die Biergärten, Caféterrassen und Restaurant-Balkone waren überfüllt. Der Geruch nach Autoabgasen vermischte sich mit den Parfüms der Damen, der Zigarrenrauch der Herren mit dem sauren Bierdunst und dem süßlichen Geruch nach Limonade. Mehrere mobile Eisverkäufer waren unterwegs und priesen laut schreiend ihre Sorten an. Auf den Plattformen der vorbeiknirschenden Trambahnen flatterten die duftigen Halstücher junger Frauen.

Weber stand ratlos inmitten des abendlichen Trubels, wie ein Spürhund, der im Wald seine Fährte verloren hatte. Weder in den *Astra-Bierstuben* noch im *Felsenkeller*, noch im *Goldeisen* hatte er die gesuchten Gesprächspartner gefunden. Schlüssel-Ernst, Schnallen-Otto und Augen-Willi waren wie vom Erdboden verschluckt. In den Kneipen hatte es nur geheißen: »Heute noch nicht gesehen« oder »Seit gestern nicht gesehen« oder »Keine Ahnung«, »Weiß ich nicht« und »Ist doch nicht mein Bier«.

Mehr oder weniger planlos machte er sich noch einmal auf zu dem schmutzigen Durchgang zwischen Erich- und Friedrichstraße, wo Schrammel-Ede und Peitschen-Resi gehaust hatten. Die Bude von Elsa Möller war zu, die Fensterläden dicht, darauf klebte ein Zettel: »Wegen Trauerfall geschlossen«. Auch das ehemalige Kabinett von Therese Rasmus war verriegelt, und ein großes Schloss hing an der Tür. Darüber war ein Holzbrett genagelt worden. Ungelenk aufgemalte Buchstaben wiesen darauf hin, dass die Kellerwohnung »zu vermieten« sei und man sich bei Interesse in der Kneipe nebenan melden solle. Weber fielen die zweifarbigen Schuhe ein, die er draußen auf dem Pflaster bemerkt hatte, als er sich in der Nacht in Peitschen-Resis Souterrain-Wohnung umgesehen hatte.

Nebenan im *Lindengrün* verbreiteten altmodische Funzeln ein Licht, das eher an die nächtliche Beleuchtung eines Friedhofs im November erinnerte. Weber ging darauf zu. Beinahe hätte er sich den Fuß verknackst, als er in eine moosige Kuhle trat und stolperte. Gleichzeitig glaubte er, hinter sich knirschende Schritte zu hören. Vor der Kneipentür drehte er sich kurz um, aber da war niemand. Keine zweifarbigen Schuhe. Nur die schiefe Straßenlaterne gegenüber warf teilnahmslos ihr schwaches Licht in die Gasse.

»Ach, der Herr Kommissar«, sagte die dicke Wirtin, als sie ihn hereinkommen sah. Ihr Alter war schwer zu schätzen. Sie sah aus, als wäre sie schon immer hier gewesen und würde auch für immer hier bleiben. Sie kleidete sich altmodisch – dunkles, weites Kleid mit Falten und eine weiße Schürze – und trug Zöpfe, für die sie zweifellos viel zu alt war. Mit ihren schweren, eisenbeschlagenen Schnürstiefeln trat sie unartigen Gästen schon mal auf die Zehen oder gegen das Schienbein. Im Moment allerdings saßen hier nur zwei Damen vom Gewerbe an einem der wenigen Tische und tranken ihren Kaffee, bevor es zur Arbeit ging.

Weber bestellte einen Schnaps, bekam einen Obstbrand und fragte die Wirtin nach der Lebensgefährtin von Schrammel-Ede. »Sie trauert«, lautete die Antwort. Er fragte nach weiteren Personen, die er suchte, aber die Wirtin konnte ihm nicht helfen. War denn die Souterrain-Wohnung von Peitschen-Resi vermietet, wollte er wissen. Das sei doch bloß irgendein Schild, meinte die Wirtin. Das hinge dort nur so lange, bis Augen-Willi eine Ersatzfrau für Resi gefunden hätte, die er da reinsetzen würde. Weber fragte, ob sie einen Mann mit zweifarbigen Schuhen kenne. Die Wirtin schaute an ihm vorbei zu den beiden Damen am Tisch, schien kurz nachzudenken und sagte dann: »Ich kenn nur einen Mann mit solchen Schuhen. Er heißt Paul. Mehr könnte Ihnen vielleicht Linda Lu sagen, wenn sie möchte.« Sie nickte zum Tisch der beiden Frauen. Die eine war brünett und platzte beinahe aus ihrem engen Sommerkleid, die andere war klein und zierlich, hatte lange, glatte schwarze Haare und Mandelaugen, eine Eurasierin.

Weber ging zu ihnen und fragte höflich, ob er sich dazusetzen dürfe. Die beiden lachten. »Ach, Herr Kommissar, Sie doch immer.«

Weber fragte Linda Lu, ob sie einen Paul mit zweifarbigen Schuhen kenne. Sie nickte. Er fragte, ob dieser Paul vielleicht etwas mit der verstorbenen Therese Rasmus zu tun gehabt habe. Das verneinte sie entschieden. »Na, hören Sie mal! So eine! Er hat doch mich!«

Ob dieser Paul etwa ihr Beschützer sei. »Nein, nicht so wie Sie jetzt denken, Herr Kommissar. Er ist ein Gentleman und hat sich für meine Unabhängigkeit verwendet. Und für die von Marie.« Sie deutete auf die Brünette, deren ungeheurer Ausschnitt Weber leicht irritierte. Die Brünette sagte stolz: »Wir sind nämlich frei Anschaffende.« Und Linda Lu fügte hinzu: »Dank Paul Koschinski. Und der zahlt auch und immer korrekt.« Woraufhin Marie richtigstellte: »Aber nur bei dir. Er ist dir treu zugetan, nicht wahr?« Linda Lu nickte. »Wegen meiner Mandelaugen.« Sie klimperte mit den Augenlidern.

»Und wo finde ich ihn?«

Die beiden blickten ihn empört an. »Aber Herr Kommissar, wir sind doch auf Diskretion bedacht!«

»Na schön, dann teilt ihm doch bitte mit, dass ich mich gern mal mit ihm unterhalten möchte. Es ist sogar ein bisschen dringend.«

»Gut«, sagte Linda Lu.

»Und wenn sonst noch was dringend ist, Herr Kommissar …« Marie lächelte ihn vielsagend an.

»Vielen Dank, das ist sehr nett, aber …«

»Er ist doch mit Lorenza vom *Anker* …«, sagte Linda Lu.

»Oh, ach so.«

Die dicke Wirtin trat zu ihnen und schaute durch die Tür nach draußen. »Herr Kommissar? Haben Sie einen Kollegen dabei?«

»Nein.«

»Weil da draußen noch einer auf Gummisohlen herumschleicht. Neben der Linde, im Schatten. So’n Kerl in ’ner Lederjacke. Mit ’ner Lederkappe auf’m Kopf.«

»Jacke aus Leder, Kappe aus Leder und vielleicht sogar noch Knickerbocker?«

»Scheint so.«

»Dann geh doch mal langsam zur Tür und zieh sie ganz weit auf.«

»Die Tür?«

»Hm-hm. Und schön langsam.«

Die Wirtin tat es. Kaum war die Tür geöffnet, sprang Weber auf, rannte nach draußen, direkt auf die Linde zu, brüllte »Stehenbleiben, Polizei!«, packte den verdutzten Mann am Lederkragen und presste ihn an die nächstgelegene Hauswand. Der Kopf in der Lederkappe knallte gegen den Backstein, und unter einem Holzbalken rieselte Putz heraus.

»Hilfe!« Der Mann schnappte nach Luft.

Weber packte ihn an der Kehle und brüllte ihn an: »Wer sind Sie?« Gleichzeitig wunderte er sich über seinen eigenen Zornesausbruch.

»Herr Kommissar!«, würgte der Mann hervor. »Bitte ... nicht ...!«

»Dein Name! Los, raus damit! Und wo hast du deinen gottverdammten Citroën gelassen?«

»Keine Luft ... bitte ...!«

Weber ließ nicht locker.

»Also?«

»Klee, Gregor ... Hilfe ... Luft!«

»Für wen arbeitest du?«

»Detek...« Der Mann sackte zusammen. Weber ließ ihn los, und er rutschte zu Boden. Im Sitzen fing er lautstark zu schnaufen an.

Er war etwas kleiner als Weber, hatte ein rundes Gesicht mit einem dünnen Schnurrbärtchen und schlaffen Wangen.

Außerdem einen deutlichen Bauchansatz unter der Lederjacke, die er jetzt hektisch abtastete.

»Stopp!«, schrie Weber, zog seine Pistole aus dem Halfter unter dem Jackett und richtete sie drohend auf den Mann. Der zuckte zusammen und jammerte: »Um Himmels willen, Herr Weber!«

»Hände weg!«

»Aber ich trage doch gar keine Waffe.«

»Ausweis!«

»Aber den wollte ich doch ...«

»Na los!«

Der Mann zog eine Karte aus der Jackentasche und reichte sie Weber, der sie in das schwache Licht der schiefen Laterne hielt.

»Detektei ARGUS – Beobachtungen, Ermittlungen, Auskünfte« stand darauf und eine Adresse am Gänsemarkt. Des Weiteren der Name Gregor Klee und darunter die Bezeichnung »Operateur«, was immer das heißen sollte, außerdem eine Telefonnummer.

»Verdammt!«, rief Weber aus. »Sie sind im Auftrag der Eichenbergers hinter mir her!«

Der Detektiv zwinkerte nervös.

»Wo haben Sie denn Ihren Citroën gelassen?«

»Taubenstraße.«

Weber steckte die Karte ein und kommandierte: »Los, hoch!« Er schaute sich um. Vor der Tür des *Lindengrün* standen die drei Frauen und sahen herüber. Als sie seinen Blick bemerkten, warf die Brünette ihm eine Kusshand zu, und Linda Lu winkte schüchtern. Die Wirtin hatte die Hände in die Hüften gestemmt. Alle drei lächelten ihn an, aber das war sicher eine Illusion, es war ja viel zu dunkel, um es genau zu erkennen.

Weber tastete den Mann ab. Er trug tatsächlich keine Waffe bei sich.

»Kappe abziehen!«

Der Mann tat es.

»Mitkommen! Sie gehen voran!«

Weber schob seinen Gefangenen Richtung Kneipeneingang. Die beiden jungen Frauen suchten jetzt lieber das Weite und winkten noch mal zum Abschied. Die Wirtin schüttelte missbilligend den Kopf, als Weber den Detektiv in das Lokal schob.

»Na, na«, machte sie.

»Ich will nur kurz mit ihm reden.«

»Soso. Aber bitte keine offenen Waffen in meinem Lokal.«

Weber steckte die Pistole zurück ins Halfter.

Sie setzten sich, und die Wirtin brachte ungefragt zwei Obstbrände. Beide Männer kippten sie rasch herunter.

»Zwei Möglichkeiten«, sagte Weber. »Entweder Sie reden mit mir. Oder Sie reden mit meinen Kollegen auf der Davidwache, wo ich Sie mit einer Anzeige wegen Gewalt gegen einen Polizeibeamten abliefere, vielleicht sogar wegen räuberischen Überfalls … Zeuginnen gibt's ja.«

»Was? Ich habe doch niemals …« Der Detektiv warf einen Blick auf die Wirtin, die Webers Behauptung mit einem gewichtigen Kopfnicken bestätigte.

»Ja, sehen Sie, deshalb reden Sie jetzt!«

Gregor Klee dachte nach. Nach zwei weiteren Schnäpsen, die sie ebenfalls sofort kippten, redete er.

»Ja, im Auftrag der Familie Eichenberger«, begann er.

»Franziska oder Albert?«

»Sie, Frau Eichenberger. Sie leitet doch die Firma. Ihr Mann … ist außen vor. Wir, also die Detektei, haben schon des Öfteren diskrete Informationen beschafft, allerdings im Auftrag des verstorbenen Dr. Gerber.«

»Wieso ich?«

»Da fragen Sie mal lieber meine Auftraggeberin.«

»Was sollten Sie herausfinden?«

»Alles. Woran Sie arbeiten. Wie Sie vorgehen. Was Sie herausfinden. Und auch sonst ...«

»Was sonst?«

»Auch Privates, Ihr Lebenswandel.«

»Warum?«

»Danach fragen wir doch nicht. Diskretion ist unsere Pflicht.«

»Sie können doch nicht allen Ernstes einen Kriminalbeamten bespitzeln. Damit wenden Sie sich gegen die Staatsmacht, Sie anmaßender Idiot!«

»Bitte beruhigen Sie sich, Herr Kommissar. Es ist meine Firma, die mich schickt. Ich handle nicht aus eigenem Antrieb.«

»Aber Ihr Antrieb wird Sie ins Gefängnis bringen.«

»Wegen dieser ausgedachten Beschuldigungen?«

»Ausgedacht?« Weber warf einen Blick zur Wirtin, die gerade ein Glas polierte und ohne aufzuschauen versicherte: »Ich hab alles gesehen.«

»Sie haben also meine Vorgesetzten über mein Privatleben unterrichtet! Und ich dachte, ein Polizist hätte mich beschattet.«

»Ich bitte um Entschuldigung. Es ist nicht persönlich. Ich habe nur Informationen an meine Auftraggeber weitergegeben. Wie die dann damit verfahren, das steht nicht in meinem Ermessen.«

»So leicht kommen Sie mir nicht davon! Sie folgen mir auf Schritt und Tritt.«

»Ich kann nur wiederholen …«

»Lassen Sie das, ich will keine Entschuldigung, ich will die Gründe wissen.«

»Das kann ich nicht …!«

»Doch, das können Sie! Es hat etwas mit der verschwundenen Karlotta Brunswiek zu tun, stimmt's?«

»Woher soll ich …?«

Weber holte die Handschellen hervor. »Na schön …«

»Aber ich kann das doch nicht wissen, nur …« Er stockte.

»Nur was?«

»Nur vermuten. Nach dem Tod des alten Brunswiek geht es ums Erbe. Es besteht eine Unsicherheit. Angenommen, Karlotta würde zurückkommen, das könnte das Unternehmen spalten, das so sorgfältig fusioniert wurde durch die Heirat, verstehen Sie?«

»Das verstehe ich sehr gut. Aber ich verstehe nicht, was das mit mir zu tun hat. Wenn Karlotta Brunswiek zurückkehren will, um ihr Erbe anzutreten, kann sie das tun. Ich habe damit gar nichts zu schaffen.«

»Ja.«

»Also?«

»Nichts. Darüber wundere ich mich ja auch. Aber Auftrag ist Auftrag, nicht?«

»Ihr Auftrag ist beendet, Herr Klee. Das sollten Sie Ihrer Firma mitteilen. Sonst lasse ich Ihren ganzen Laden schließen wegen Behinderung der Polizeiarbeit und Widerstand gegen die Staatsgewalt. Und jetzt hauen Sie ab. Ich will Sie und Ihren gottverdammten Citroën nie wieder sehen.«

»Jawohl, Herr Kommissar.«

Der kleine dickliche Detektiv in seinen Knickerbockern hastete davon und verschwand in der engen Gasse. Weber ließ sich noch einen Schnaps bringen. Gut, dass er seinen Wagen in der Garage in der Böhmkenstraße gelassen hatte. So konnte er zu Fuß nach Hause gehen, wobei sein Zorn hoffentlich verpuffte.

Am nächsten Morgen war er immer noch wütend. Er überlegte, ob er zu Recknagel oder besser gleich zu Kunath gehen sollte, um sich über das Verhalten der Familie Eichenberger zu beschweren. Doch was sollte das bewirken? Möglicherweise sahen es seine Vorgesetzten ganz anders. Das wäre katastrophal, denn gerade jetzt hatte er das Gefühl, kurz vor einer entscheidenden Enthüllung zu stehen. Wer einen Kriminalbeamten beschatten ließ, hatte Dreck am Stecken, das war doch sonnenklar! Da Weber den Spitzel enttarnt hatte, war er im Augenblick in der Position des Stärkeren, und das musste er ausnutzen!

Außerdem konnte er nun das Angenehme mit dem Nützlichen verbinden. Er holte die Blechliesel aus der Garage, machte Station bei einer Tankstelle am Schaarmarkt und fuhr dann Richtung Westen. Diesmal in gemessenem Tempo, denn er wollte mit ruhigen Nerven und kühlem Kopf in der Villa der Eichenbergers ankommen.

Als der Kies der Zufahrt unter den Rädern knirschte und das Schloss in Sicht kam, war Weber eins mit sich und der Welt – die Beherrschung eines Automobils wirkte nicht nur beruhigend auf ihn, sondern steigerte sein Selbstvertrauen und seine Zuversicht. Außerdem hatte er sich eine Strategie zurechtgelegt, falls der Hausdiener Schwierigkeiten machte.

So kam es dann auch.

»Tut mir sehr leid, Herr Kommissar, aber Frau Eichenberger ist nicht im Hause.«

»Sondern?«

»Sie ist schon früh ins Brunswiek-Haus aufgebrochen. Der Tag ist angefüllt mit Konferenzen und Börsenterminen.«

»Dann hätte es wohl keinen Sinn, wenn ich sie dort aufsuche.«

»Das kann ich nicht beurteilen.«

»Wer ist denn noch im Haus?«

»Bitte?«

»Die Polizei will wissen, ob noch jemand im Haus ist.«

»Äh, nur Herr Eichenberger, aber der ist unpässlich.«

»Das macht nichts.«

»Er ist kaum in der Lage …«

»Man muss mit der Polizei reden, guter Mann! Wir repräsentieren Gesetz und Staatsgewalt.«

»Ich bin nicht sicher, ob er schon aufgestanden ist.«

»Schauen Sie nach. Ich warte.«

Der Hausdiener ging und kam kopfschüttelnd zurück. »Leider nichts zu machen.«

»Ist er anwesend?«

»Ja, aber noch keineswegs angekleidet. Außerdem bittet er Sie, ein andermal wiederzukommen.«

»Gehen Sie noch mal hin und sagen Sie ihm, ich hätte Carla Bruhns gefunden.«

Das funktionierte. Fünf Minuten später saß Weber auf einem Stuhl auf dem breiten Balkon vor Albert Eichenberger, der in Pyjama und Morgenrock auf einem Decksessel lag und eine Zigarette mit Mundstück rauchte. Neben ihm auf einem kleinen Tisch stand eine Karaffe mit geeister Limonade. Weber wollte den Stuhl ein Stückchen näher an seinen Gesprächspartner heranziehen, aber das ging nicht, weil zwei Beine zwischen den Holzplanken des Balkons stecken geblieben waren. Der Stuhl stand deshalb leicht schief, und Weber rutschte zur Seite.

»Sie sind ein Quälgeist, Herr Kommissar«, sagte Eichenberger und fuhr sich über sein feucht glänzendes, pomadisiertes Haar.

»Das ist mein Beruf.«

»Zigarette?«

»Nein, danke.«

»Ein Schluck Limonade?«

»Nein, danke.«

»Seien Sie nicht so streng mit sich. Auch Staatsdiener dürfen den Sommer genießen.« Eichenberger blinzelte lächelnd in die morgendliche Sonne.

»Der Spaß ist mir vergangen, als ich gestern Abend Ihren Spitzel enttarnt habe.«

»Sie sprechen im Stil eines Sensationsromans, mein Guter.«

»Gregor Klee, Detektei Argus.«

»Ach, der mit dem stieren Blick. Holzauge, sei wachsam. Was haben Sie mit ihm gemacht?«

»Ihn vermöbelt.«

Eichenberger lachte.

»Es dürfte Ihnen klar sein, dass es nicht erlaubt ist, einen Kriminalbeamten auszuspionieren.«

»Sagen Sie das meiner Frau, es war ihre Idee.«

»Behinderung der Ermittlungen durch Ihre Familie, die im Mittelpunkt der Ermittlungen steht. Das wirkt verdächtig.«

»Franziska ist immer so ungeduldig. Sie kann einfach nicht sitzen und warten.«

»Worauf denn?«

»Darauf, dass Sie Karlotta aus ihrem Versteck treiben. So war's gedacht. Sie sind der Spürhund, der die Beute aus dem Unterholz jagt, und Franziska ist der Falke, der das arme

Kaninchen mit seinen Krallen im Genick packt. So hat sie es wahrscheinlich gesehen.« Er lachte abfällig. »Ein Aasgeier, der sich mit einem Falken verwechselt. Und das Kaninchen ist in Wahrheit eine Raubkatze.«

»Sie sprechen nicht gerade freundlich von Ihrer Gattin.«

»Scharf erkannt, Herr Kriminaler! Sind Sie verheiratet?«

»Ich war es.«

»Na, sehen Sie! Aber Spaß beiseite: Wo haben Sie Karlotta denn aufgetrieben? Monte Carlo? Biarritz?«

»Warum denn ausgerechnet dort?«

»Weil sie da mit ihrem Einbrecherkönig die Früchte des Banditentums verprasst.«

»Wie bitte?«

»Drücke ich mich zu poetisch aus? Als sie mit Romanoff und der ganzen Beute getürmt ist, haben sich sogar die Zeitungen Gedanken darüber gemacht, wo er nun sein Geld verschleudern würde. Spielkasinos sind der beste Ort, um schnell arm zu werden. Wobei ich mich immer gefragt habe, ob sie nicht auf eine Südsee-Insel geflüchtet sind. Dort hätte sie dann schaurig schlechte Bilder von hässlichen Eingeborenen und ihren finsteren Ritualen malen können, sich von der Sonne verbrennen lassen, bis sie so schwarz gewesen wäre wie ihre Gedanken, und ihren Gefährten auf die Palme bringen, bis er sich zwischen den Kokosnüssen aufgehängt hätte. Na, wie gucken Sie denn jetzt, Herr Kommissar? Ihnen steht ja der Schweiß auf der Stirn. Soll ich einen Schirm aufstellen lassen? Nehmen Sie doch ein Glas Limonade!«

Weber stand auf und schenkte sich ein Glas ein. Er war ziemlich durcheinander. Eine direkte Verbindung zwischen Romanoff und Karlotta Brunswiek? Er nahm einen Schluck Limonade. Sie war gleichzeitig sauer und süß und bitter.

»Ihre Schwägerin stand damals in der Zeitung im Zusammenhang mit Zakhar Romanoff?«

»Ach was, nein, sie doch nicht. Dass Karlotta in die Halbwelt abgeglitten ist, hat niemand breitgetreten. Dafür hat unser tapferer Dr. Gerber schon gesorgt, der hat ihren Namen aus allem herausgehalten.«

Sogar aus den Polizeiakten, dachte Weber, als er sich wieder hinsetzte. Es gelang ihm, den Stuhl ein Stück zur Seite zu drehen, so dass die Sonne ihn nicht blendete.

»Also wo?«, fragte Eichenberger, dessen Miene sich jetzt verfinstert hatte. »Südsee oder Monte Carlo?«

Statt zu antworten, stellte Weber fest: »Es geht also um den Erhalt des Familienunternehmens. Ihre Frau hat Angst vor der Rückkehr ihrer eigenen Schwester.«

»Bums! Wie man sieht, läuft ein blinder Kriminaler auch mal gegen einen Baum, wenn er lange genug im Wald herumstolpert.«

Weber ließ sich nicht beirren. »Der Einbruch in der Villa Brunswiek hatte den Tod Ihres Schwiegervaters zur Folge. Wenn das mit der Rückkehr von Romanoff zu tun hätte ...«

»Sie fantasieren, Herr Kommissar. Wenn Sie glauben, Karlotta hätte einen Grund gehabt, ihren Räuberhauptmann dazu anzustiften, dann sind Sie aber schief gewickelt. Warum sollte sie sich denn selbst bestehlen?«

»Kennen Sie denn schon das Testament?«

»Nein.«

»Kennt jemand anders den Inhalt?«

»Nein. Jetzt stolpern Sie wieder fleißig zwischen den Bäumen durch. Ist gar nicht so leicht, sich eine Beule zu holen.« Eichenberger lachte. »Beule der Erkenntnis, das muss ich mir merken.«

»Der Tod des Dr. Gerber ist durch vorsätzliche Gewaltanwendung eingetreten«, sagte Weber scharf. »Und ich sage Ihnen, was mir dabei besondere Sorgen macht: Er hatte Rosenblätter im Mund!«

Eichenberger starrte Weber eine ganze Weile wortlos an. Dann steckte er sich eine neue Zigarette auf das Mundstück und zündete sie an. Seine Hände zitterten.

»Papperlapapp«, sagte er, schaute Weber schief von der Seite an und begann leise vor sich hin zu summen: »Ein Männlein steht im Walde …« Gleichzeitig griff er nach der Klingel, die auf dem Tischchen neben der Limonadenkaraffe stand, und läutete.

»… ganz still und stumm.« Nun schaute er an Weber vorbei zu Boden. Erst als der Hausdiener erschien, blickte er auf und sagte: »Kommissar Weber würde gern gehen. Und mir bereiten Sie bitte ein Bad vor. Lauwarm, ich möchte mich erfrischen.«

Na gut, dachte Weber und stand auf.

Eichenberger hatte seine Fassung wiedergewonnen und grinste süffisant. »Wissen Sie, was der Unterschied ist zwischen Ihnen und mir, Herr Kommissar? Sie müssen weiterschwitzen.« Er lachte.

Weber bemerkte die zahlreichen Schweißtropfen auf Eichenbergers eigener Stirn und verzichtete auf einen Kommentar. Er nickte und verließ grußlos den Balkon.

Großartig, dachte Weber, als er am Altonaer Rathaus auf die Allee einbog und Richtung Eimsbüttel fuhr, ich bin der schnellste Polizist der Stadt! Was hätte die Kriminalpolizei für einen ungeheuren Vorteil gegenüber der Verbrecherwelt, wenn die Beamten motorisiert wären. Schluss mit dem leidigen Warten auf die Tram oder die Hochbahn! Vorbei das Feilschen um das Fahrgeld, vor allem wenn man aus Zeitmangel eine Kraftdroschke nehmen musste. Die Frage war nun allerdings, wer ihm das Benzin bezahlte. Und wer sollte für die Kosten der zahlreichen Automobile einer motorisierten Kriminalpolizei aufkommen, und wo sollten sie alle untergestellt werden? Nein, eine motorisierte Kriminalpolizei würde ein Wunschtraum bleiben, die Beamten waren weiterhin auf die öffentlichen Transportmittel angewiesen.

Über den Eppendorfer Weg, wo der Verkehr sich teilweise staute, weil zahlreiche Passanten glaubten, die Fahrbahn sei ein zweiter Fußweg, ging es nach Eppendorf, wo in der Nähe des Krankenhauses ein neues Arbeiterviertel entstanden war. In der Kegelhofstraße stellte er seinen Wagen vor einer Backsteinburg ab und fragte sich, welche Künstlerin sich eine solche Gegend aussuchte. Fast jede Hauswand war mit Parolen wie »Wählt K. P. D.« oder »Thälmann Präsident!« oder »Klein-Moskau Rotes Eppendorf« bemalt. Hier und da hingen Transparente zwischen den Häusern, die zur Solidarität mit den streikenden englischen Hafenarbeitern aufriefen oder Stalin hochleben ließen.

Ruth Klawe wohnte im vierten Stock. Ihr Name war ihm in einem Artikel über eine Gemeinschaftsausstellung der Künstlergruppe »Rote Erde« aufgefallen – sonst hatten der Gruppe bis auf Carla Bruhns nur Männer angehört. Bei einem zweiten Anruf in der Kunsthalle hatte er erfahren, dass es vor fünf Jahren eine Ausstellung mit Werken von Ruth Klawe und Carla Bruhns im Kunst-Verein am Neuen Wall, also in direkter Nachbarschaft zum Stadthaus, gegeben hatte. Dort konnte man ihm über den Verbleib von Carla Bruhns überhaupt nichts sagen, aber immerhin die Adresse von Ruth Klawe nennen.

Und so stieg er nun das frisch gebohnerte Treppenhaus hinauf, vorbei an drei kleinen Mädchen, die mit einem Tüdelband »Abnehmen« spielten und dabei sehr ernst und konzentriert dreinblickten. Oben gab es drei Türen, an einer hing ein Messingschild mit dem Namen Klawe. Weber klingelte. Nichts passierte. Er klingelte noch mal und klopfte.

Aus der Nebenwohnung kam eine Frau und fragte neugierig: »Was gibt's?« Sie trug eine Schürze, und ihre Unterarme waren nass und voller Schaum.

»Ich möchte zu Frau Klawe.«

Die Frau beäugte ihn kritisch. »Kunstkenner, was?«

»Eigentlich nicht.«

»Na ...« Was immer sie damit meinte.

Weber zögerte und überlegte, ob er ihr erklären sollte, dass er von der Polizei war. Das kam in dieser Gegend vielleicht nicht so gut an.

»Ohm«, sagte die Frau.

»Bitte?«

»Unterm Dach juchhe«, sagte die Frau ohne jeden Anflug von Ironie.

Weber schaute sie begriffsstutzig an.

»Na, die malt doch!«, blaffte die Frau ihn an. »Und deshalb fehlt uns Platz für die Wäsche, zum Aufhängen.«

»Ah, so. Danke.«

»Da nich für ...« Sie verschwand wieder in der Wohnung.

Weber ging nach oben auf den Dachboden. Zwischen den Balken hing Wäsche, hier und da standen ein paar ramponierte Möbel herum. Es war heiß und roch nach trockenem Staub. Die Dachluken waren geöffnet, ein leichter Windhauch wehte herein, aber die Luft war trotzdem stickig. In der Mitte, wo zwei Luken nebeneinander etwas mehr Licht spendeten, war das »Atelier«. Es wurde von einem Sofa ohne Beine und einer Kommode mit zersprungenem Spiegel vom restlichen Dachboden abgeteilt. In der Mitte, dort, wo das meiste

Licht hinfiel, stand eine Staffelei mit einem halb fertigen Ölgemälde, davor eine dünne Frau in einem grauen Kittel mit Farbflecken, in der Hand einen Pinsel. Auf der Kommode lag eine Farbpalette.

»Guten Tag«, sagte Weber.

Sie malte noch ein paar rote Striche und drehte sich zu ihm um. Ihre langen, glatten schwarzen Haare waren zu einem Pferdeschwanz gebunden, wodurch ihr kantiges Gesicht sehr ins Auge fiel. Schmale Lippen, vorspringendes Kinn. Keine Schönheit, aber beeindruckend. Sie überragte Weber um gut zehn Zentimeter und musste sich bücken, um nicht gegen die Dachbalken zu stoßen.

»Na, was ist los?«, fragte sie. »Kennen wir uns?« Sie wandte sich wieder ihrem Bild zu.

»Nein.«

»Und?«

»Ich hätte ein paar Fragen an Sie.«

»Hm ...« Sie nahm etwas Farbe von der Palette und tupfte grelles Gelb zu dem Rot. Das Bild zeigte einen Mann in Schwarz, der mit einer riesigen Schaufel vor einem Ofen stand, aus dem orangerote Flammen züngelten. Statt eines Kopfes war ein Totenschädel zu sehen. Möglicherweise ein Heizer im Kesselraum eines Dampfschiffs.

»Und?«, sagte sie. »Dann fragen Sie doch.«

»Sie sind Ruth Klawe?«

»Ich denke schon.« Sie tupfte weiter.

»Sie sind doch Mitglied der Künstlergruppe ›Rote Erde‹.«

»War. Ich war Mitglied.«

»Aber Sie sind mit der Künstlerin Carla Bruhns bekannt.«

»Nein, ich war.«

»Ich bin auf der Suche nach ihr.«

»Na, so was.« Noch ein paar Tupfer in Gelb.

»Haben Sie vielleicht eine Ahnung ...?«

»Nein. Aber ...« Sie drehte sich um. »... Sie sind doch kein Kunstliebhaber, kein Galerist, kein Käufer. Sie sind auch kein Zuhälter, kein Einbrecher, nicht mal wie ein gemeiner Taschendieb sehen Sie aus, Herr ...?«

»Weber, Kriminalkommissar.«

Sie warf den Pinsel auf die Palette, verschränkte die Arme und lachte abfällig. »Ha!«

Weber fühlte sich leicht eingeschüchtert. Bei Männern passierte ihm so etwas nie. »Ich habe nur ein paar Fragen.«

»Sinnlos. Sie stehlen mir die Zeit, mein Herr.«

Weber deutete auf das halbfertige Bild. »Was ist das? Eine arme Seele in der Hölle?«

Sie stemmte die Hände in die Hüften und sagte angewidert: »Lächerlich! Typisch bourgeoise Sicht. Alles muss eine Metapher sein. Ihr Blick ist ideologisch getrübt. Schon mal darüber nachgedacht?«

»Also kein Fegefeuer.«

»Das Fegefeuer der Arbeiterklasse ist die Fabrik! Der Tod des Heizers ist die vollbrachte Tat. Das angeheizte Feuer! Das Schiff fährt, aber es fährt den Heizer in den Tod. Ein Totenschiff! Haben Sie den Roman von B. Traven gelesen?«

»Nein.«

Wieder ein abfälliges Lachen. »Sie würden auch nichts verstehen. Womöglich würden Sie es als Parabel sehen. Dabei ist es nichts weiter als ein Abbild der Realität!«

»Tote arbeiten nicht«, sagte Weber kühn.

»So? Ach was! Fassen Sie sich mal an den Kopf, guter Mann, was ist denn unter Haar und Haut und Fleisch? Der Schädel. Sie bilden sich bloß was darauf ein, weil Ihr wahres Gesicht verborgen ist. Auch Sie sind nur ein grinsender Totenschädel, Sie Armer. Was unterscheidet den Polizisten im Grab von dem Arbeiter im Grab, von dem Fabrikbesitzer im Grab?«

»Nichts.«

Sie nickte heftig. »Im Tod sind alle gleich. Wird Zeit, dass es auch im Leben so wird.«

Der Kommunismus als Totentanz? Weber fand nur noch einen Rettungsring, um aus diesem rhetorischen Schlamassel herauszukommen. »Ist Carla Bruhns tot?«

Ruth Klawe ließ die Arme herabfallen und atmete lautstark aus. Dann deutete sich ein Lächeln um ihre Mundwinkel an. »Sie sind wohl durch nichts abzuschrecken?«

Sie setzte sich auf das alte Sofa und zeigte neben sich. »Bitte, nehmen Sie Platz, fragen Sie. Sie haben mich sowieso völlig aus dem Konzept gebracht.«

»Ich bitte um Entschuldigung.« Weber setzte sich.

»Schon gut, ich weiß sowieso nicht, ob die Genossen mit dem Bild zufrieden sein werden. Die sehen bedauerlicherweise auch vieles allzu metaphorisch. Kulturell betrachtet ist das Subjekt der Weltgeschichte leider oftmals nur ein Gartenzwerg.«

»War die Künstlergruppe ›Rote Erde‹ denn eine politische Gruppe?«, fragte Weber hastig, weil er Angst hatte, sie könnte schon wieder zu ihrer persönlichen Kunsttheorie abschweifen.

»Oh nein, ganz und gar nicht. Sie nannte sich ›Rote Erde‹, weil auf einem Bild von Lars Anton, das alle als programmatisch empfanden, eine blaue Stadt auf roter Erde zu sehen war, unter einem gelben Himmel. Es war quasi-expressionistischer Schematismus. Im Grunde haben wir uns, nachdem die Kunst durch den Krieg für immer zerstört worden war, in ein Luftschloss geflüchtet und uns gegenseitig eingeredet, wir wären auf dem Boden der Realität angelangt. Die Realität aber ist der Klassenkampf, nichts anderes kann mehr zählen!«

»Lassen wir mal die theoretischen Überlegungen beiseite. Tatsache ist doch, dass es einige Ausstellungen von dieser Gruppe und auch nur von Carla Bruhns und Ihnen gab.«

»Das ist richtig. Wir haben uns auf dem Kunstmarkt angeboten wie Sklavinnen auf dem Markt der Menschenhändler. Als wir erkannten, dass wir zu bloßen Warenproduzentinnen geworden waren, haben wir uns verweigert.«

»Sie fassten also gemeinsam den Entschluss, aus dem Kunstmarkt auszusteigen?«

»Nein. Jede für sich. Wir unterhielten uns darüber, ja. Aber Carla hatte einen Hang zum Individualismus, den ich nicht teilte. Ich sehe mich als Kultur-Arbeiterin, die mithelfen will, eine neue Kunst für eine neue reale Gesellschaft zu begründen. Es geht nicht mehr um mich. Aber Carla hat mit sich gehadert. Sie glaubte, gegen ihre Herkunft zu rebellieren, dabei hat sie nur gegen sich selbst gekämpft. Gegen ihre persönlichen Windmühlen. Der Witz ist, dass es neben den Windmühlen eben doch Riesen gibt, gegen die man kämpfen muss. Carla hat nie überwunden, dass sie aus dem Großbürgertum stammte. Deshalb auch ihre Namensänderung von Karlotta Brunswiek in Carla Bruhns. Sie empfand ihre Herkunft nicht nur als Makel, sondern als ... wie soll ich sagen ... Sie hat einmal ein Selbstporträt gezeichnet, mit freier Schulter, darauf war ein Brandzeichen, so wie man es früher den Prostituierten aufgedrückt hat, nur dass ihr Brandzeichen wie eine Goldmünze aussah.«

»Sie hat sich also von ihrem Elternhaus losgesagt.«

»Und sich in die Kunst gestürzt. Ins Künstlerleben. Kompromisslos übrigens. Sie nahm keine Almosen an, lehnte jede Unterstützung ab. Ihre Schwester, ihr Schwager, ihr

Vater, alle rückten ihr immer wieder auf die Pelle. Sie tauchte unter, man ließ sie suchen. Detektive wurden engagiert! Man sah es geradezu als familiäre Katastrophe an, dass sie in ärmlichen Verhältnissen lebte. Es wäre besser gewesen, sie hätte die Stadt verlassen. Warum nicht Berlin, habe ich sie gefragt. Aber da war es schon zu spät. Denn da hatte sie schon ihren Zeus getroffen.«

»Romanoff.«

»Sie sind ja gut unterrichtet, Herr Polizist.«

»Was wissen Sie über Zakhar Romanoff?«

»Nichts. Ich bin ihm nie begegnet.«

»Hat sein Einfluss bewirkt, dass Carla Bruhns sich vom Künstlerdasein abgewandt hat?«

»Ich weiß es nicht. Zunächst sah es nicht danach aus. Ich habe ihren Werdegang nicht verfolgt, aber gelegentlich bin ich auf ihren Namen gestoßen und habe auch mal eine Ausstellung von ihr besucht. Sie widmete sich damals der Halbwelt, dem kriminellen Milieu, den Außenseitern. Ihre Bilder waren meines Erachtens nichts weiter als eine Glorifizierung der Gosse. Aber wenn man die Kehrseite der bürgerlichen Gesellschaft zeigt, ist es eben doch nur die Kehrseite derselben Medaille – Geld regiert die Welt, und auch die Halbwelt. Trotzdem oder gerade deshalb erregte sie einiges Aufsehen – zumal als Frau, die ungeschminkt das Leben unter der roten Laterne abbildete. Aber dann ist sie abgetaucht – so wurde es in Künstlerkreisen ausgedrückt. Händler und Galeristen, Kritiker und Journalisten sprachen von ›mysteriösem Verschwinden‹ und von ›plötzlicher stummer Verweigerung‹. Jedenfalls war sie weg, und keiner konnte sie mehr finden. Für ihren Galeristen eine Katastrophe, denn bei einem Einbruch wurden sämtliche Gemälde, die er von ihr in Kommission hatte, gestohlen.«

»Sogar Bilder, die sich in Privatbesitz befanden, wurden gestohlen.«

»Tatsächlich? Erstaunlich!«

»Sontag, der Galerist, meinte, inzwischen seien alle Bilder von ihr verschwunden.«

»Das ist interessant.«

»Sie selbst ist auch verschwunden, genau wie Romanoff.«

»Vielleicht sind die beiden auf eine einsame Insel geflüchtet. Ihr sähe das jedenfalls ähnlich.«

»Vielleicht.«

Ruth Klawe stutzte. »Wenngleich das nicht sein kann, denn wenn ich mich nicht sehr getäuscht habe, war sie auf dem letzten Faschingsball der ›Roten Erde‹. Oder war es der vorletzte? Übrigens ist es sehr bezeichnend für diese Gruppe, dass sie nur noch Faschingsbälle veranstaltet. Ich habe sie da bloß ganz kurz gesehen ... nach Mitternacht, als alle die Masken abgenommen hatten. Sie stritt sich mit einem Mann, genau genommen verprügelte sie ihn. Deshalb wurde ich ja überhaupt auf sie aufmerksam. Sie prügelte hysterisch auf ihn ein, und er ließ es geschehen. Jemand zerrte sie gewaltsam zurück und führte sie hinaus.«

»Das hat Sie gewundert?«

»Dass sie da war, dass ich sie nach so langer Zeit unvermittelt wiedersah. Dass sie hysterisch wurde und prügelte, hat mich nicht überrascht, das kannte ich schon.«

»Sie ist also eine impulsive Person?«

»Wenn Sie es so ausdrücken wollen. Im Laufe der Zeit, die wir uns kannten, wurde sie immer exaltierter und auch aggressiver. Sie teilte gern mal Ohrfeigen aus. Wer sie kannte, wusste, wann es Zeit war, in Deckung zu gehen. Ich fand es nicht sehr amüsant.«

»Woran lag das?«

»Fragen Sie Dr. Freud, nicht mich, Herr Polizist. Ich weiß nur, dass jemand mal sagte: Seit sie ihren Zeus kennt, ist sie ein ganz anderer Mensch geworden.«

»Wer sagte das?«

»Keine Ahnung. Irgendwer.«

»Von welchem Zeitraum sprechen wir denn?«

»Oh, hm, mit der ›Roten Erde‹ fing es noch während des Krieges an. Da waren natürlich nur ältere Künstler dabei, die nicht an die Front mussten. Dementsprechend gab es zunächst einen nostalgischen Hang zum Impressionismus, dann eine Übernahme der Scheinrebellion des Expressionismus nach dem Krieg, als die Jungen zurückkehrten, und ein sanftes Entschlafen der ganzen Sache nach 1923. Ab 1925 nur noch Karnevalsveranstaltungen.«

»Und bei Carla Bruhns?«

»Ab 1922 wandte sie sich ab, bis 1925 stellte sie ihre Halbwelt-Bilder aus, und dann war plötzlich Schluss.«

»Und Sie?«

»Sie interessieren sich für meine Arbeit?« Das schien sie zu verunsichern.

»Warum nicht?«

»Weil ich jetzt im Auftrag des Proletariats arbeite und für eine Welt kämpfe, in der keine Polizei mehr gebraucht wird, weil die gesellschaftlichen Widersprüche aufgehoben sind. Dann müssen Sie malochen gehen, Herr Polizist.«

»Sollte es wirklich einmal eine Gesellschaft geben, wo Polizisten überflüssig sind, wird mir das durchaus recht sein«, sagte Weber und verabschiedete sich freundlich dankend.

Neuntes Kapitel:

DAS ALTE GESETZ

Der Motor klopfte. Oder besser gesagt: Es könnte sein, dass er klopfte. Irgendwas könnte sich gelockert haben, eine Schraube zum Beispiel. Oder es fehlte ein Tropfen Öl. Oder ein Ventil war lose – woher sollte er das wissen? Er war bloß Polizist und Automobilist. Für den Motor war er nicht zuständig und auch völlig unbeleckt, was das anging. Er musste eben einen Mechaniker fragen. Einen, der sich auskannte.

Weber legte den Gang ein und gab Gas.

Die Kollegen, die vor dem Stadthaus darauf achteten, dass kein Unbefugter dort parkte, hatten sich inzwischen an Webers Ford gewöhnt und passten gut auf, dass sich ihm niemand näherte, wenn er am Straßenrand abgestellt war. Weber winkte einem Schutzmann zum Abschied und fuhr geradeaus über die Kreuzung in die Admiralitätsstraße, wo diverse Fuhrwerke und Lastkraftwagen vor hohen Lagerhäusern standen und Arbeiter damit beschäftigt waren, Kisten und Ballen mit Papier, Kartonagen und Stoffen aufzuladen.

Neben ihm auf dem Sitz lag ein Stapel aktueller Zeitungen, die er auf seinem Schreibtisch vorgefunden hatte, zusammen mit einer knappen, handschriftlichen Bemerkung von Recknagel: »Unruhe in der Presse! Ergebnisse?«

Was glaubte der denn? Dass Weber eine arithmetische Aufgabe löste? Tatsächlich hatten der »Correspondent« und die »Nachrichten« nach einigen sensationslüsternen Berichten im »Mittagsblatt« und im »8-Uhr-Abendblatt« kritische Kommentare veröffentlicht zur Polizeiarbeit in den Mordfällen auf St. Pauli, in Harvestehude und auf der Uhlenhorst. Von »Einbruch der Barbarei«, einem »Vormarsch der Anarchie« und einer »Blamage der Kriminalinspektion 1« war die Rede. Die »Volkszeitung« sprach von »Ignoranz gegenüber Bluttaten im proletarischen Milieu«, und der »Anzeiger« beschwor »Chikagoer Verhältnisse«. Nur das »Echo« hielt der Polizei brav die Stange und zitierte Oberinspektor Kunath mit den Worten: »Wir bündeln alle Kräfte und stehen kurz vor der entscheidenden Aufklärung.« Das klang geradezu lächerlich angesichts der vollkommenen Ratlosigkeit, die im Stadthaus herrschte.

Trotzdem, dachte Weber, ich muss nur unbeirrt weitermachen. Mit der Presse sollten sich mal seine Vorgesetzten herumschlagen. Er war bloß der Spürhund, den man von der Leine gelassen hatte, und er würde so lange herumschnüffeln und bellen, bis der schlaue Fuchs aus seinem Bau kam. Es konnte auch nicht schaden, ein wenig auf den Busch zu klopfen, zum Beispiel bei Leuten, die gern den Ahnungslosen spielten.

Auf dem Balkon neben dem Bretterzaun von Pawels Werkstatt saß ein ungeheuer dicker Mann, unter dessen Gewicht sich die zusammengezimmerten Balken zu biegen schienen. Die Abendsonne stand tief und warf ihr Licht direkt in die enge Straße, so dass alles besonders kontrastreich wirkte. Zwei geöffnete Fensterflügel über einer Schlosserei auf der anderen Straßenseite reflektierten die Strahlen.

Der eine Torflügel von Pawels Werkstatthof war geschlossen, weshalb Weber aussteigen musste. Nachdem er das Tor aufgeschoben hatte, drehte er sich um und sah, wie Pawel ein Stück weiter rechts aus einem Keller stieg, in der Hand einen großen Krug. »Getränke – Bier – Spirituosen« stand auf einem Holzbrett, das an einen Fachwerkbalken neben der Kellertreppe genagelt war. Weber winkte. Als Pawel ihn bemerkte, hielt er kurz im Laufen inne und schüttelte kaum merklich den Kopf. Na, der freut sich ja, mich zu sehen, dachte Weber.

Pawel kam gemächlich näher. Kariertes Hemd, blaue Latzhose, Schirmmütze, er war barfuß. Aus dem Krug, den er mit beiden Händen festhielt, schwappte der Schaum. Weber wünschte einen guten Abend und bekam eine brummige Antwort.

»Das ist aber ein großes Feierabendbier.«

Pawel runzelte die Stirn, als müsste er über eine Antwort nachdenken, dann sagte er: »Der Abend ist noch lang, Herr Kommissar.«

»Und mancher mag das Bier warm.«

Schulterzuckend ging Pawel durch das Tor. Auf einmal schien er es eilig zu haben. Weber stieg in seinen Wagen und fuhr auf den Hof. Er sah, wie Pawel den Bierkrug auf einen behelfsmäßigen Tisch stellte, der aus zwei Böcken und zwei Brettern bestand und vor einer der Garagen aufgebaut war. Davor und dahinter je ein Küchenstuhl. Zwei Gläser standen auf dem Tisch.

Weber stellte den Motor ab und stieg aus. »Störe ich etwa? Du erwartest wohl Besuch?«

»Nee, nee, Herr Kommissar.« Pawel schob die Türen der Garage hinter dem provisorischen Tisch zu, so dass sie angelehnt waren.

»Wegen der zwei Gläser, meine ich.«

»Die stehen halt da. Wollen Sie was trinken?«

»Gern, warum nicht. Bei der Hitze.«

Pawel schien nicht begeistert zu sein, schenkte aber etwas

Bier aus dem Krug in die Gläser ein. »Was verschafft mir die Ehre Ihres Besuchs?«, fragte er dann.

»Der Motor klopft.«

»Was?«

»Der Motor macht so ein pochendes Geräusch.«

»Hab nichts gehört eben.«

»Beim Fahren.«

»Wollen Sie mir einen Vorwurf machen?«

»Nee, es ist nur eine Bitte. Ob du noch mal nachschauen könntest.«

»Für heute ist aber Feierabend.«

»Also erwartest du doch noch jemanden.«

Pawel atmete stöhnend aus. »Ich kann mir den Motor ja mal anhören. Aber Sie haben ihn ausgemacht.«

»Ja, das war dumm. Vielleicht trinken wir erst mal das Bier.«

»Puh ...« Pawel schien keinen Durst mehr zu haben.

Weber ging auf den Tisch zu, sah etwas, das ihm überaus merkwürdig vorkam, stolperte absichtlich über die eigenen Füße und musste sich an dem einen Garagentürflügel festhalten. Der Türflügel öffnete sich leise quietschend ein Stück und gab den Blick frei auf zwei ordentlich nebeneinanderstehende zweifarbige Halbschuhe. Das war also keine Halluzination gewesen.

Zu allem Überfluss stieß Weber jetzt auch noch ungeschickt gegen den Tisch, und das Bier aus den Gläsern schwappte über. »Entschuldigung«, sagte er.

»Ist ja nur Schaum«, sagte Pawel, der die zweifarbigen Schuhe auch bemerkt hatte.

»Schick«, sagte Weber.

»Jaja, die sind aber nur für sonntags.«

»Ich wollte dich übrigens einladen. Zum Dank. Der Wagen ist jetzt schnell wie eine Rakete.«

»Ach was, war mir doch ein Vergnügen. Ich bastle gern.«

»Trotzdem. Ich dachte, wir gehen in dieses italienische Lokal in der Davidstraße.«

»Italienisch?«

»Ja, man kann dort italienisch essen.«

»Italienisch essen? Wie geht das?«

»Ja, eben, es ist was Besonderes. Makkaroni und so was.«

»Ach so, nee.«

Weber setzte sich an den Tisch. »Na schön. Also dann, zum Wohl.« Er griff nach dem Bierglas, trank es in einem Zug leer und schenkte sich, ohne zu fragen, aus dem Krug nach. »Aber dann holst du uns noch einen Krug von drüben, hm? Auf meine Kosten. Und guckst nach dem Wagen ... Ich hab Zeit.«

Pawel schaute verkniffen an Weber vorbei zum halb offenen Garagentor.

»Kennst du eine Eurasierin namens Linda Lu?«

»Eine was?«

»Sie hat hübsche Mandelaugen.«

»Ach, Herr Kommissar.«

Weber stieß mit seinem Glas auffordernd gegen das andere. »Trink, du verdurstest mir noch. Und dann hol gleich mal Nachschub.«

Pawel trank lustlos.

»Sie sagt, ihr Freund heißt Paul, und er trägt solche zweifarbigen Schuhe.«

Pawel schaute ihn verständnislos an.

Weber deutete auf die Schuhe im Türspalt. »Pawel oder Paul, das kommt aufs Gleiche raus, oder? Wie wär's, wenn wir deine Freundin mitnähmen? Zum Essen, meine ich. Vielleicht kann diese Brünette mitkommen, mit der sie befreundet ist.«

»Ich hab nichts anzuziehen.«

»Ach was, das ist ein Künstlerlokal, da hat jeder ein paar Farbkleckse auf der Hose. Zieh dir einfach eine Jacke über und dann die Schuhe. Und schon bist du Paul der Bohemien. Das mit dem Motor regeln wir dann später.«

Pawel starrte nachdenklich auf das Garagentor. »Na schön«, sagte er schließlich und stand auf. Er ging an Weber vorbei, bückte sich und hob die zweifarbigen Schuhe vom Boden auf.

»Prima«, sagte Weber zufrieden, stellte aber vorsichtshalber das Glas ab und erhob sich.

Pawel hockte sich mit finsterer Miene auf eine Kiste und versuchte, seinen nackten, schmutzigen Fuß in einen zweifarbigen Schuh zu schieben.

»Halt! Das reicht jetzt! Schluss!«

Pawel erstarrte. Weber griff nach seiner Pistole unter der Jacke. Er hatte sie sogar geladen, bevor er hierher aufgebrochen war.

Der Mann, der die Garagentür aufgestoßen hatte, trug eine schwarze Hose mit Kreidestreifen, eine passende Weste überm weißen Hemd und eine silbrig-grau gemusterte Krawatte. Das Sakko hatte er über den Arm gelegt, darunter hing sein Spazierstock, in der linken Hand hielt er einen grauen Homburg-Hut, an den Füßen trug er schwarze Socken. Seine zweifarbigen Schuhe hielt Pawel in den schmutzigen Mechanikerhänden. Nachdem der Mann einen kurzen Blick in den Hof geworfen hatte, zeigte er, was er in der linken Hand hinter dem Hut verborgen hielt: einen Revolver. Damit war er Weber, der seine Pistole noch nicht aus dem Halfter gezogen hatte, eine Nasenlänge voraus, auch wenn er leicht hinkte.

»Leg die Schuhe weg, Mann, das ist ja ekelhaft!«

Pawel ließ hastig die Schuhe fallen und rutschte ängstlich ein Stück zur Seite, dabei war der Revolver auf Weber gerichtet.

»Paul Koschinski«, stellte Weber zufrieden fest und ließ seine Pistole, wo sie war. »Ein Mann wie Sie sollte doch wissen, dass man niemals die Schuhe auszieht, wenn man sich an der Front befindet. Egal wie heiß es ist und wie gemütlich man es sich im Schützengraben gemacht hat. Wenn man in Deckung gehen muss, herrscht höchste Alarmstufe. Sie waren doch im Krieg?«

»Schlaumeier. Wer kann denn ahnen, dass Sie ...!«

»Ich will Ihnen ja nichts Böses«, sagte Weber gutmütig. »Das Bier ersetze ich gern. Pawel muss nur schnell über die Straße ...«

»Sie glauben doch nicht, dass ich die Absicht habe, mit Ihnen zu reden.«

»Sie schleichen doch schon die ganze Zeit um mich herum.«

»Umgekehrt wird ein Schuh draus.«

Weber lachte amüsiert. »Ja eben, Ihre Schuhe. Die fallen auf.«

»Wir haben nichts zu besprechen. Gehen Sie einfach.«

»Haben wir doch. Wir sollten uns über Zeus Romanoff unterhalten und über Carla Bruhns.«

Koschinski zuckte kaum merklich zusammen und strich sich nervös über den dünnen Oberlippenbart.

»Sie dürfen sich vorher die Schuhe anziehen«, sagte Weber. »Und stecken Sie ruhig den Revolver weg.«

Koschinski hob unschlüssig die Schultern und schob schließlich den Revolver in die Hosentasche. Er legte Homburg, Sakko und Spazierstock auf den behelfsmäßigen Tisch, setzte sich und zog die Schuhe an, die Pawel ihm hinhielt.

»Na schön«, sagte er achselzuckend. »Meinetwegen können wir uns ein bisschen unterhalten.«

»Es ist wirklich sehr unnachsichtig von Ihnen, Herr Kommissar, mich hier praktisch in meiner Freizeit aufzugabeln. Sie hätten ja mal Laut geben können, dass Sie mich suchen.«

»Alles Zufall«, sagte Weber. »Sie tragen halt auffällige Schuhe.«

»Sie haben mein Liebchen ausgequetscht. Sehen Sie, das gefällt mir nicht. Ich bin Privatier, ich bemühe mich um Diskretion. Und da mag ich es nicht, wenn man mir klammheimlich nachstellt.«

»Ach was, auch das war Zufall. Sie lief mir über den Weg, und eins kam zum anderen.«

»Und dass Sie hierhergekommen sind ...«

»Purer Zufall. Der Motor klopft.«

»Ich glaube Ihnen kein Wort, Herr Kommissar.«

»Ich weiß«, sagte Weber. »Niemand glaubt an den Zufall. Alles soll einen Sinn haben.«

»Hat es das nicht?«

Weber zuckte mit den Schultern.

»Mist!«, rief Koschinski und hielt ein Stück zerrissenen Schnürsenkel in der Hand.

»Sehen Sie, das war kein Zufall.«

Koschinski schüttelte den Kopf. »Sie wollen mich ja bloß veräppeln.«

»Nein, Sie sind nervös. Deshalb haben Sie den Schnürsenkel zerrissen.«

»Sie bilden sich ja mords was ein.« Koschinski hielt den Schnürsenkel hoch, betont lässig, um ihn zu begutachten. »Das kommt davon, wenn man es sich mal gemütlich machen will.«

»Apropos«, sagte Weber und setzte sich auf den zweiten Stuhl. »Und jetzt lassen Sie uns mal Tacheles reden: Wo ist Romanoff?«

Pawel, der die ganze Zeit in nervösem Schweigen von einem Fuß auf den anderen getreten war, blieb still stehen.

Koschinski lachte auf und warf Pawel einen Blick zu. »Das würden wir alle gern wissen, was?«

»Ich nicht«, sagte Pawel.

»Ja, wir wissen es nicht. Sie müssen es doch wissen, Herr Kommissar.«

»Wieso?«

»Ihr habt ihn schließlich auf dem Gewissen«, sagte Koschinski. »Ist doch so, Pawel?«

Pawel schwieg und verzog keine Miene.

»Kerl, bist du verstockt. Dir klebt der Mund zu, was? Na, wenn du so durstig bist, dann hol doch endlich frisches Bier.«

Pawel griff nach dem Krug, goss den Rest in ein Glas und lief eilig über den Werkstatthof zur Straße.

»Wieso haben wir Romanoff auf dem Gewissen?«, fragte Weber.

Koschinski kniff die Augen zusammen und zögerte, dann nickte er, als wäre er zu einem Entschluss gekommen. »Ihr habt ihn erschossen.« Er legte den zerrissenen Schnürsenkel auf den Tisch und griff nach seinem Glas. »Auf frischer Tat ertappt und – peng!«

»Wann soll das denn gewesen sein?«

Koschinski nahm einen großen Schluck und zuckte mit den Schultern, als er das Glas wieder absetzte. »Zwei Jahre muss das her sein, oder nicht?«

»Ich weiß davon nichts.«

»Na, so ein Zufall ...« Koschinski grinste schief.

Nein, nein, dachte Weber, es geht doch nicht, dass der Tod

eines gesuchten Einbrechers nicht in den Akten vermerkt wird. Irgendwas war hier faul. »Wie genau ist das denn passiert? Waren Sie dabei?«

Erneut ein schiefes Grinsen. »Sie wollen mich doch nicht aufs Glatteis führen? Soll ich mich jetzt eines Verbrechens schuldig bekennen, nur weil Sie so ein netter Mensch sind und mit mir Bier trinken?«

»Ich will die Umstände wissen. Es ist mir egal, wer dabei war.«

»Leider kann ich nur mit Gerüchten dienen, Herr Kommissar, legen Sie's nicht auf die Goldwaage, alles nur Gemunkel …«

»Na los doch!«

»Sie kennen das Bankhaus Raschmann am Alten Wall, Ecke Mönkedamm. Da ist es passiert.«

»Was ist passiert?«

»Raschmann hatte Gold im Tresor. Und nicht zu knapp. Romanoff wollte da ran. Das letzte große Ding, hieß es. Wie immer hatte er einen genialen Plan. Vom Fleet her wollte er rein. Es gibt da angeblich – ich spreche hier nur in Vermutungen – einen unterirdischen Kanal, der vom Alsterfleet zum Mönkedammfleet führt. Vergitterte Zugänge natürlich. Verläuft direkt am Fundament des Bankhauses entlang. Wie gemacht für Experten. So ein Gitter hat man schnell durch. Man muss nur auf Ebbe und Flut achten, wenn man in den Kanal geht. Aber bei günstigen Verhältnissen kann man die Ware auf kleinen Faltbooten abtransportieren. Der Rest ist das übliche Handwerk. Bruch durch die Mauer. Mit dem Schneidbrenner ran an den Tresor. Bei guter Vorbereitung ein Kinderspiel.«

»War es dann aber doch nicht?«

»Nee, weil die Kripo Bescheid wusste. Die haben ihm aufgelauert. Schusswechsel, und das war's dann mit der Einbrecherlegende.«

»Wer war noch dabei außer Romanoff?«

Koschinski verzog das Gesicht. »Woher soll ich das wissen?«

»Sie wissen erstaunlich viel über die Sache.«

»Nur das, was alle sich erzählen. Gerüchte um Legenden machen gern die Runde. Das Ende des genialen Romanoff! Was für eine Geschichte!«

»Seltsam, dass man mir davon noch nie erzählt hat.«

»Weil Sie auf der falschen Seite stehen, Herr Kommissar. Weil die Schmiere ihn reingelegt hat.«

»Reingelegt?«

»Na, dann halt überrascht. Abgefangen. Als die mit der Beute da rauskamen. Piffpaff.«

»Er wurde also erschossen?«

»Fragen Sie Ihre Kollegen, die wissen es besser als ich. Vielleicht haben sie ihn auch verhaftet …«

»Aber dann hätte es doch eine Gerichtsverhandlung gegeben.« Und es müssten Berge von Akten irgendwo herumliegen, dachte Weber.

»Tja …«

»Und die Beute? Wurde die rausgeschafft?«

»Ich weiß von nichts, Herr Kommissar.«

»Wurden Komplizen verhaftet?«

»Keine Ahnung. Sie wissen ja: Vieles, von dem die Leute munkeln, liegt im Dunkeln.«

Was will er mir bloß andeuten, fragte sich Weber. Dass die Polizei in der Sache mit drinhängt? Das ist doch nahezu unmöglich. Andererseits, wie sagt Hilbrecht immer: Pferd vor der Apotheke …?

»Also schön, dann mal was anderes: Wie ich hörte, hatte

Zeus Romanoff eine Liaison mit einer Künstlerin namens Carla Bruhns.«

Koschinskis verschlossener Gesichtsausdruck verwandelte sich in eine Maske höhnischen Hochmuts. »Oho! Sie sind an Romantik interessiert. Ganoven-Halbwelt und Künstlerboheme! Romeo und Julia unter Räubern und Einbrechern! Gewalt und Leidenschaft!« Er fing an zu lachen, hielt unvermittelt inne und griff nach seinem Bier.

»Die beiden kannten sich also?«, hakte Weber nach.

Koschinski stellte das leere Glas ab und schaute ihn ausdruckslos an. »Romanoff war ein Kunstfreund, ja, in der Tat. Das war sein Spleen. Er hat sich niemals an Kunstwerken vergriffen, wussten Sie das?«

»Ich weiß anscheinend gar nichts«, brummte Weber missgelaunt.

»Nur schnöder Mammon und Gold und Wertpapiere – niemals Kunst und Schmuck! Weil sie ihm heilig waren. So sagte er: Das ist mir heilig.« Er ahmte einen russischen Akzent nach und rollte das R: »Wir klauen auch keine Maria aus der Kirche!«

»Sie haben ihn ja gut gekannt.«

»Wir kennen uns alle, nicht? St. Pauli ist kleiner als ein Dorf.«

»Also hat er sich die Gemälde von Carla Bruhns ganz legal beschafft?«, fragte Weber.

»Er ist ja bei allen wichtigen Ausstellungen gewesen. Er hat sie für sich entdeckt.«

»Wann war das?«

Schulterzucken. »So kurz nach dem Krieg.«

»Und es kam zu einer Liaison.«

»Das sagten Sie bereits.«

»Und sie hörte auf zu malen.«

»Irgendwann ja.«

»Und tat was?«

Wieder Schulterzucken.

»Sie wird sich ja wohl kaum seiner Bande angeschlossen haben.«

Koschinskis Blick verdüsterte sich.

»Ich sagte ...«, begann Weber erneut.

»Jaja!« Abrupte, abweisende Geste.

»Oder doch?«, stocherte Weber weiter.

Koschinski schwieg mit grüblerischer Miene. In ihm schien es zu arbeiten. Weber wartete ab. Koschinski wiegte den Kopf. Weiß der Himmel, was der mir jetzt auftischen wird, dachte Weber.

»Es war der Tänzer!«, stieß der Ganove schließlich mit zusammengebissenen Zähnen hervor.

»Wie bitte?«

Wieder eine zögernde Antwort: »Der ... sich der Bande angeschlossen hatte. Dieser Tänzer, Wanja Schwarz. Der hat die beiden auch zusammengebracht. Oder wegen ihm kamen sie zusammen. Weil beide ... na ja. Sie hatten ein Faible für solche Figuren.« Koschinski runzelte die Stirn, als würde es ihm schwerfallen, sich zu erinnern, oder als wäre es ihm unangenehm.

»Ein Gigolo?«

»Nein, ein Solotänzer, Verkleidung, Doppeldeutigkeit, Sie wissen schon, rechts rum Mann, links rum Frau.«

»Kabarett also.«

»Ja, eigentlich ein Artist. Sehr behände, fast wie ein Schlangenmensch. Immer in Maskerade. Eine Kunstfigur. Undurchsichtig. Und auch doppelzüngig. Schwer einzuschätzen. Ein Rätsel. Wie das so ist bei Leuten aus dem Zirkus.«

»Zirkus?«

»Oder aus dem Kabarett, das ist doch eins. Das sind ... eigenartige Existenzen«, sagte Koschinski nachdenklich. »Die passen nirgendwo hin, nicht in die bürgerliche Welt, nicht in die Ganovenwelt, nur in die Welt des Kabaretts, weil da grundsätzlich alles falsch ist, weil alles billige Verkleidung ist.« Er deutete an sich herunter. »Sehen Sie hier, mein Anzug. Der entspricht meinem Charakter ...«

Weber nickte und dachte dabei: Elegant, großspurig, eine Spur zu dick aufgetragen.

»... und dann Ihr verbeulter, billiger Zwirn ... Wenn Sie entschuldigen.« Koschinski lächelte dünn. »Das passt. Das ist ehrlich. Aber im Zirkus, im Kabarett ist alles nur Maskerade. Und so war das bei Wanja Schwarz.«

»Sie geben mir ein Rätsel auf, Koschinski.«

»Dafür bitte ich um Entschuldigung, Herr Kommissar. Das ist das Bier, ich werde müde. Und dann die Erinnerung ... Es war ein großes Fest im *Ballhaus Trichter*. Ich weiß nicht, wer auf die Idee gekommen ist, die Halbwelt und die Künstlerwelt für einen großen Ball zusammenzubringen. Eine verrückte Idee, damals nach dem Krieg, nein, etwas später, es muss während der Inflation gewesen sein. Alles, was Rang und Namen hatte, war dabei, und natürlich Carla und Zeus. Und beide lagen sie irgendwann diesem Tänzer in den Armen.« Koschinski lachte abfällig. »Sie auf der weiblichen Seite und er auf der männlichen. Bis man sich entschloss zu tauschen. So kamen sie zusammen.«

»Sie haben die beiden ja sehr gut gekannt.«

»Romanoff zu kennen, war ein Privileg. Nicht umsonst nannte man ihn Zeus!«

»Welche Rolle haben Sie in seiner Bande gespielt?«, fragte Weber geradeheraus, weil der Zeitpunkt günstig schien.

Aber da tauchte Pawels schüchterne Gestalt hinter dem

Brettertor auf, in der Hand den überschäumenden Bierkrug. Er zögerte, wusste nicht, ob er näher treten durfte. Koschinski winkte ihn heran.

Damit war das Gespräch beendet. Weber stand auf. Er hatte genug Bier getrunken und genug neue Rätsel im Kopf.

Als er in seinen Wagen stieg, fragte Pawel: »Und das Klopfen?«

»War wohl nur ein Poltergeist«, sagte Weber und gab vorsichtig Gas. Der Wagen rollte an.

Wenig begeistert drehte Pawel sich um und ging zurück zu seinem Gast.

Es wurde immer verzwickter. Den ganzen nächsten Vormittag über saß Weber an seinem Pult und studierte alle auffindbaren Akten über die Romanoff-Bande. Immer wieder schickte er Kriminalanwärter Kruse los, um die durchgeackerten Kladden ins Archiv zurückzubringen und neue staubige Ordner heranzuschaffen. Es waren nicht wenige, da alle Bandenmitglieder einzeln geführt wurden und separat angeklagt worden waren – aber dies zumeist für kleinere Vergehen, die nichts mit Romanoff zu tun hatten: Diebstahl, minder schwerer Raub, Unterschlagung, Betrug, Hehlerei, kleinere Rauschgiftdelikte, Erpressung, Beleidigung, Zweikampf, Körperverletzung, ein paar Einbrüche waren auch verzeichnet. Alles Lappalien, gemessen an den Verbrechen, die die Romanoff-Bande gemeinsam verübt haben sollte.

Was die betraf, war die Aktenlage dünn: Bei den wirklich großen Einbrüchen – in die Villen wohlhabender Bürger, in die Kontorhäuser bedeutender Handelsfirmen, in Banken oder Industrieunternehmen, in die Büros wichtiger Reedereien – war die Romanoff-Bande zwar verdächtigt worden, aber man hatte keine Beweise finden können. Informationen über Romanoff selbst konnte Weber nur den zahlreichen Zeitungsartikeln entnehmen, die seine Kollegen aus der Kriminalinspektion A fleißig gesammelt hatten. Von der Beute tauchte auch nie etwas auf, bis auf eine riesige Menge Papiergeld, die die Bande 1923 in zahllosen Säcken aus dem Keller eines Privatbankhauses abtransportiert hatte und die später auf einem abgeernteten Kartoffelfeld in den Vierlanden halb verbrannt gefunden wurde.

Über Romanoffs extravaganten Lebensstil zwischen St.-Pauli-Halbwelt, Boheme-Milieu und liberalen Bürgerkreisen war in den Zeitungen mehr sensationslüstern als seriös berichtet worden, und verhaftet hatte man ihn nie. Eines Tages verschwand er, und wilde Spekulationen schossen ins Kraut: Er sei nach England gegangen, nach Amerika (Chikago!), würde sein Geld in Monte Carlo verjubeln, habe alles nach Sowjetrussland transportiert, weil er ein kommunistischer Agent sei oder, andersherum, ein antikommunistischer Spross der letzten Zarenfamilie, der mit seinem erworbenen Reichtum die Bolschewiki stürzen wolle, und so weiter.

»Alles unbrauchbar!«, schimpfte Weber und schnauzte den armen Kruse an: »Haben Sie nichts von Substanz?«

»Aber ich …«

»Schon gut, Sie können ja nichts dafür. Was ist mit dem Einbruch ins Bankhaus Raschmann? Wieso ist darüber nichts dabei?«

»Ich habe Ihnen alles gebracht, was aufzufinden war, Herr Kommissar.« Der junge Kriminalanwärter blickte ihn verzweifelt und tadelnd zugleich an. Offenbar fühlte er sich ungerecht behandelt. Er schwitzte, hatte Staub an den Händen und im Gesicht und schwarze Schlieren auf dem weißen Hemd.

»Schon gut, fragen Sie noch mal danach.«

»Habe ich doch bereits. Die Kollegen sagen, sie hätten alles herausgesucht, auch aus der Inspektion zwei.«

»Dann fragen Sie in den Inspektionen drei, vier und fünf auch noch mal nach – und sechs! Wirtschaftsverbrechen, vielleicht ist es bei denen ins Regal gerutscht.«

Kruse ging kopfschüttelnd davon.

Nach einer Dreiviertelstunde kam er zurück, ohne Erfolg gehabt zu haben. Weber, der noch immer nicht alle Kladden durchhatte, schrieb zwei Mitteilungszettel, einen an Recknagel und einen an Kunath. Damit schickte er Kruse los und rief ihm hinterher: »Anschließend machen Sie Pause, Kruse! Es ist Mittagszeit.«

Eine halbe Stunde später war Kruse zurück. Kunath hatte notiert: »Nicht bekannt«, Recknagel »Ist mir nicht untergekommen«. Was bedeutete, dass der Einbruch bei Raschmann nicht aktenkundig war. Entweder Koschinski hatte ihm einen Bären aufgebunden, oder …? Ja was? Hatte die Polizei doch ihre Hände im Spiel gehabt und die Beweise dafür getilgt? Das war unvorstellbar!

Weber schaute auf. »Hören Sie, Kruse, die Sachen hier können alle …« Aber Kruse war in die wohlverdiente Pause gegangen.

Durch das geöffnete Fenster wehte ein leichtes Lüftchen herein. Weber lockerte den Kragen, dachte an die Käsestulle, die er sich am Morgen gemacht hatte, zog die Schublade auf, roch den penetranten Geruch des Tilsiters, verzog das Gesicht und knallte die Schublade wieder zu. »Puh!«

Er griff zum Telefon und ließ sich mit dem Bankhaus Raschmann verbinden. Im Gespräch mit einem Angestellten brachte er den Namen von Polizeipräsident Campe ins Spiel, der ihn angeblich direkt mit dieser Sache beauftragt hätte.

Daraufhin wurde er tatsächlich zu Cornelius Raschmann durchgestellt, dem Inhaber, der sich wunderte, dass sein Freund Campe, den er doch gestern noch auf einer Parteisitzung der Deutschen Volkspartei gesprochen habe, ihm nun auf einmal einen Beamten schicken wolle. Aber selbstverständlich könne er Weber empfangen, wenn es dringend sei, auch gleich.

Weber sprang auf, schnappte sich das Jackett und eilte los. Er passierte drei Straßenecken und zwei Brücken, stieg eine breite, von rosafarbenen Säulen gesäumte schwarze Marmortreppe hinauf, lief einen Korridor mit Kristalllüstern entlang auf Glastüren mit goldenen Griffen zu, ging über knarrendes Parkett ... und schon fiel hinter ihm lautlos eine mit dunkelgrünem Leder gepolsterte Tür ins Schloss.

Er befand sich in einem großen, quadratischen, komplett mit Eichenholz vertäfelten Raum, in dessen Mitte ein antiker Schreibtisch mit geschwungenen Beinen und detailreichen Intarsien stand. Um sich herum sah er hinter Glastüren endlose Reihen von Akten, in denen offenbar seit Jahrhunderten die Geschäfte des Bankhauses Raschmann dokumentiert wurden: Jedenfalls fiel Weber die Jahreszahl 1743 ins Auge.

Am Schreibtisch saß ein kleiner, schmaler alter Mann mit weißen Haaren und zerfurchtem, hagerem Gesicht auf einem Ohrensessel aus grünem Leder, vor sich eine Glaslampe mit grünem Schirm, hinter sich ein hohes Fenster mit ebenso grünen Vorhängen, das zum Fleet hinausging. Er trug einen schiefergrauen Zweireiher mit gelber Krawatte, rotem Einstecktuch und Manschettenknöpfen, die mit geschliffenen Smaragden besetzt waren. Seine Augen schimmerten wasserblau. Weber fühlte sich in seinem zerbeulten Anzug wie eine graue Maus. Er riss sich zusammen, grüßte zurückhaltend und stellte sich vor.

»Mein Name ist Raschmann, wie Sie sich denken können, Herr Kommissar«, sagte der alte Bankier. »Bitte entschuldigen Sie, dass ich sitzen bleibe. Mein Kreuz macht mir zu schaffen.«

Für Weber gab es keine Sitzgelegenheit. Er hätte sich allenfalls einen der vier niedrigen grünen Ledersessel heranschieben können, die um einen niedrigen Rauchtisch standen, vor einem Schrank mit zahlreichen Zigarrenkisten. Raschmann schien es gewohnt zu sein, dass man vor ihm stand.

»Soso«, sagte er und wiegte den Kopf. »Wie ist Campe denn dahintergekommen?«

»Wie bitte?«

»Diese Sache damals. Der Angriff auf unser Heiligtum. Und dann auch noch unter Wasser. Wer denkt denn daran, dass Einbrecher nicht mal vor dem feuchten Element zurückschrecken? Die mussten tauchen! Man darf sich niemals in Sicherheit wiegen. Das habe ich aus der Geschichte gelernt.«

Weber nickte unschlüssig.

»Also?« Raschmanns hellblaue Augen leuchteten auf.

»Nun ja, neue Ermittlungen haben uns wieder auf die Spur der Romanoff-Bande gebracht. Diesmal in Zusammenhang mit einigen Mordfällen.«

»Mordfälle? Tja, das erklärt zumindest Campes Eifer in der Sache.«

Weber war jetzt doch mulmig zumute – diese ständige Erwähnung des Polizeipräsidenten. Das konnte nicht gutgehen!

»Aber sagen Sie nicht«, fuhr Raschmann nachdenklich fort, »dass das tragische Ende meines Freundes Brunswiek etwas damit zu tun hat.«

»Möglicherweise doch.«

»Um Himmels willen! Sie wollen mir doch nicht einreden, dass ich mich in Gefahr befinde? Das wäre abenteuerlich. Eigentlich grotesk, schließlich leben wir hier nicht in Russland.«

»Nein, es geht nur um die Abklärung eines Sachverhalts. Der damalige Polizeieinsatz …«

Raschmann ruckte nach vorn. »Jetzt erstaunen Sie mich aber, junger Mann! Welchen Polizeieinsatz meinen Sie?«

»Im Zusammenhang mit dem Einbruch hier im Hause. Das Eingreifen, der Schusswechsel … es gab einen Toten.«

Der Alte schlug mit der flachen Hand auf die Tischplatte. »Was? Was reden Sie denn da!«

»Es heißt, Romanoff sei dabei ums Leben gekommen.«

»Es heißt, es heißt!«, brauste Raschmann auf. »Was ist das für eine Ausdrucksweise? Was zum Donnerwetter führt Campe im Schilde?«

Gottverdammt, dachte Weber, ich reite mich immer mehr in den Schlamassel.

»Es gab einen Schusswechsel, bei dem Romanoff umgekommen sein soll. Ins Fleet gestürzt.«

Der alte Bankier schaute ihn verkniffen an und legte den Kopf schief, als würde er ihm kein Wort mehr glauben. »Sind Sie wirklich Polizist?«

Weber nickte, kramte in seiner Jackentasche und zeigte ihm die Marke. Raschmann hob beschwichtigend die Hand.

»Dann müssen Sie doch wissen …« Der Alte hielt inne und schüttelte den Kopf, lächelte dünn. »Nein, natürlich nicht, das folgt keiner Logik. Sie können natürlich nicht davon wissen, dass Sie nichts gewusst haben.«

»Sie haben uns nicht informiert?«

»Nein. Warum auch? Die Sache war nun mal geschehen. Wir mussten sie ungeschehen machen. Ein schwerer geschäftlicher Rückschlag. Aber der Vertrauensverlust bei den Kunden wäre noch schlimmer gewesen. Unser Tresor galt als nicht zu knacken. Die Überreste dieses durchlöcherten Monstrums diskret abzutransportieren war die größte Herausforderung. Den verlorenen Geldwert hatten wir durch kluge Manöver auf dem Finanzmarkt bald wieder ausgeglichen. Sie sehen, es ist nichts passiert. Das sollten Sie Campe genau so erklären. Ich will nichts mehr davon hören, auch nicht von seiner Seite.«

»Aber wie kam der Schusswechsel zustande?«, fragte Weber.

»Wieso Schusswechsel? Hat es denn einen gegeben? Es war keine Polizei da. Wer sollte also geschossen haben?«

»Wachleute? Ein Nachtwächter. Jemand aus der näheren Umgebung, der darauf aufmerksam wurde?«

»Nicht, dass ich wüsste. Sehen Sie, wir dachten ja, wir bräuchten keine Wachleute, weil unser Sicherungssystem oberirdisch sehr ausgeklügelt war – und noch ist. Unterirdisch vertrauten wir auf die Blockade durch das Wasser und das Mauerwerk. Das haben wir danach revidiert. Dieser Weg ist nun ebenfalls gesichert – mit Hochspannungselektrizität!«

»Hat denn jemand Schüsse gemeldet? Hat überhaupt einer etwas bemerkt?«

»Das müssen Sie besser wissen als ich. Sie sind die Polizei!«

»Sie haben recht. Es gab keine Meldung.«

»Na sehen Sie. Das beruhigt mich. Weiß noch jemand außer Ihnen und Campe von der Sache?«

»Äh, nein.«

»Dann bitte ich weiterhin um Diskretion. Sie sind ein braver Beamter, Campe auch. Sie dienen der Ordnung, den Bürgern und ihrem Besitz. Wir vertrauen Ihnen. So kommen Sie voran.«

»Jawohl.« Mistkerl, dachte Weber, so drohst du mir also.

Das Gesicht des alten Bankiers verzog sich zu einem breiten Grinsen, das man auch teuflisch hätte nennen können. »Immerhin«, sagte er genüsslich, »immerhin …«

»Bitte?«

»Immerhin sind wir von dem besten und kühnsten Einbrecher der Welt aufs Kreuz gelegt worden, nicht wahr?«

»Ja, so kann man es sehen.«

»Ich würde es keine Ehre nennen, aber zumindest eine Auszeichnung. Und er ist tot, sagen Sie?«

»Vermutlich.«

»Schade. Ich hätte den Mann gern mal kennengelernt.«

Raschmann stemmte sich aus seinem Sessel hoch und ging mit wackeligen Schritten auf seinen O-Beinen in die Raucherecke, zog eine Glastür auf und nahm sich eine Zigarre. Er nahm einen Cutter, schnitt die Spitze ab, griff nach einem Streichholz, strich es an und zündete die Zigarre an. Er löschte das Streichholz, ließ es in den Aschenbecher auf dem Tisch fallen, blies den Rauch aus und bewegte die Lippen wie jemand, der einen guten Schluck Wein genießt. Offenbar überrascht bemerkte er, dass Weber noch anwesend war, paffte eine weitere dichte Rauchwolke und deutete nachlässig mit der freien Hand zur Tür.

»Leben Sie wohl. Und grüßen Sie Campe von mir.«

Nacht.

Die Straßenbahn rast mit lautem Klingeln auf ihn zu. Weber springt beiseite und landet in einer tiefen Pfütze. Neben Weber hält ein Automobil, die Beifahrertür geht auf, und Koschinski hebt grüßend die Hand an den Hut, die nackten

Füße auf den Pedalen. Lautes, regelmäßiges Klopfen ertönt. Weber sieht eine Hand, die eine schwere Zange anhebt und mit voller Wucht auf die Motorhaube schlägt, dann das grinsende Gesicht von Pawel, der erklärt: »Das Klopfen verschwindet, wenn man lauter klopft!« Weber will protestieren, aber es kommt kein Laut über seine Lippen. Die Pfütze reicht ihm schon bis zur Brust, dann verschwindet er unter der Oberfläche, und Koschinski ruft ihm hinterher: »Vorsicht, es wird geschossen!« Weber steht auf einem schiefergrauen Metallkasten, der im hellblauen Wasser nach unten sinkt. Er umfasst einen Haltegriff, der auf der Oberseite des Tresors angebracht ist. Oder ist es die Tür? Er zieht daran, die Tür geht auf, und Auguste Engert zerrt ihn in den Eisenkasten. Die Tresortür fällt zu, und es ist jetzt Lore, die ihm heiser ins Ohr flüstert: »Wir haben uns im Keller festgefressen, man hat vergessen, die Zahnräder zu schmieren.« Die Antriebskette rasselt im Leerlauf. »Ich kann doch nicht schlafen, wenn es so laut ist«, murmelt Weber.

Er wachte auf. Das Telefon rasselte.

»Ach nee …« Er stolperte aus dem Bett, durch den Flur zum Apparat, der an der Wand hing, und griff so ungeschickt nach dem Hörer, dass der erst mal nach unten fiel. Er hob ihn hoch, legte das Ohr an die Hörmuschel und rief: »Hier Weber!«

Es war Kriminalanwärter Kruse. Um diese Zeit? Na, irgendeiner musste ja Frühdienst schieben.

Kruse nannte eine Adresse an der Elbchaussee, die Weber bekannt vorkam, und teilte ihm mit, dass er dort erwartet werde, Inspektor Recknagel habe sich soeben von zu Hause auf den Weg gemacht, mit einer Kraftdroschke. Höchste Eile sei geboten.

»Was ist denn so dringend?«, fragte Weber, während ihm noch die Bilder aus seinem Traum im Kopf herumspukten.

»Ein Todesfall, Herr Kommissar!«

»So? Ja, nun gut.«

Eine Leiche läuft doch nicht mehr davon, dachte Weber träge. Aber dann wiederholte Kruse die Adresse, und nun kam Weber auf Trab. Er dankte, hängte ein, zog sich an, griff nach Lederkappe und Schutzbrille und eilte zu seiner Garage in der Böhmkenstraße.

Kurz darauf raste er die Elbchaussee entlang.

Er war noch vor Recknagel da, schlitterte über die Kiesauffahrt auf die Villa zu, bremste knirschend und parkte seine Blechliesel vor dem barocken Portal neben zwei protzigen Limousinen, die eine weiß, die andere schwarz.

Der Hausdiener der Eichenbergers hatte ihn schon bemerkt und kam eilig die Treppe herunter. Er rang die Hände, war kreidebleich im Gesicht, und seine Weste war falsch zugeknöpft.

»Gott sei Dank, Herr Kommissar! Die gnädige Frau ... ich ... es ...«

»Was ist denn los?«

»Sie hat sich hingelegt!«

»Wie bitte?«

»Entschuldigen Sie ...«

»Drücken Sie sich klarer aus, Mann. Ich bekam Meldung von einem Todesfall.«

»Ja, genau, da.« Der Hausdiener hob vage die Hand. Es sah aus, als würde er in den Himmel deuten, der auch an diesem Morgen wieder strahlend blau leuchtete. Weber hörte, wie die Blätter der Bäume ringsum im Sommerwind rauschten und die Vögel zwitscherten.

Die Hand des Dieners bewegte sich weiter nach rechts, der

Finger deutete auf die Brüstung des Balkons über dem Portal. »Da liegt er.«

»Gehen wir«, sagte Weber und stieg die Treppe zur Haustür hinauf. Der Hausdiener blieb hinter ihm, als wollte er sich verstecken, aber Weber kannte ja den Weg.

Der Balkon im ersten Stock lag noch im Schatten. Hier war es kühl, und Weber lief ein kalter Schauer den Rücken hinunter.

Nicht weil Albert Eichenberger in der morgendlichen Frische einen dünnen Seidenpyjama trug, dessen obere Knöpfe abgerissen waren. Auch nicht wegen der deutlich sichtbaren Würgemale an Eichenbergers Hals oder weil sein Gesicht dunkel verfärbt war und die Zunge dick und bläulich zwischen seinen Lippen hervorschaute. Nein, wirklich erschütternd war, dass der Täter dem Opfer lange Nägel durch die wachsbleichen Handflächen und die stark behaarten Füße getrieben hatte, so dass der Tote auf den Holzplanken des Balkons festgenagelt war. Er lag mit ausgebreiteten Armen und Beinen auf dem Rücken. Seine Augen waren blutunterlaufen, und er glotzte starr nach oben in den wolkenlosen Himmel.

Weber hörte ein dumpfes Geräusch und drehte sich um. Da stand der Hausdiener, hielt sich die Hand vor den Mund und würgte.

»Gehen Sie doch«, sagte Weber.

Der Diener warf ihm einen dankbaren Blick zu und stürzte davon.

Weber kniete sich neben die Leiche. Auf den zweiten Blick war auch nicht mehr zu erkennen. Ein Toter, erwürgt, festgenagelt. Sonst nichts?

Doch.

Glassplitter. Bräunliche, kleine scharfe Glassplitter. Von

einem Trinkglas konnten die nicht stammen, eher von einer Bierflasche.

Da es ihm unwahrscheinlich vorkam, dass Eichenberger frühmorgens im Pyjama auf den Balkon getreten war, um Bier aus der Flasche zu trinken, suchte Weber die Holzplanken ab. Am Rand der barocken Balustrade fand er eine weitere braune Scherbe und sah, dass unter dem Holz noch mehr lagen. Die Holzplanken, die auf schmale Querbalken genagelt waren, waren hier beschnitten und kleiner, so dass Weber eine davon anheben konnte. Noch mehr Scherben und der Hals einer Apothekerflasche. Etwas Feuchtes schimmerte auf. Auf dem zerbrochenen Halsstück lag eine größere Scherbe und deckte es ab. Weber nahm die Teile vorsichtig hoch und schnupperte daran. Etwas Scharfes drang in seine Nase, es fühlte sich an, als träfe ihn ein Stich direkt ins Gehirn. Kurz wurde ihm schwarz vor Augen. Chloroform.

Als er sich wieder gefangen hatte und den Flaschenteil anschaute, war keine Flüssigkeit mehr da. Das Beweismittel hatte sich verflüchtigt.

Trotzdem war dies ein deutlicher Hinweis darauf, dass der Täter sein Opfer betäubt hatte, bevor er es erwürgt und am Boden festgenagelt hatte. Ein eigenartiger Aufwand, wirklich bemerkenswert.

Ein tuckernder Motor, knirschender Kies. Weber schaute über die Balustrade und sah, wie ein als Taxi gekennzeichneter Kraftwagen ohne Verdeck sich gemächlich näherte. Neben dem Fahrer saß Inspektor Recknagel in Anzug und Staubmantel, einen Hut auf dem Kopf.

Der Wagen hielt neben Webers Ford, Recknagel stieg aus und blieb unschlüssig stehen. Vielleicht überlegte er, was es kostete, wenn er den Taxifahrer bat, auf ihn zu warten. Das schien nicht in Frage zu kommen. Er bezahlte, das Taxi wendete und fuhr davon. Weber winkte seinem Vorgesetzten zu und ging ins Haus, um ihm den Weg zu zeigen.

Recknagel wunderte sich, dass Weber schon da war. Er verzog ungläubig das Gesicht, als er hörte, dass sein Untergebener im eigenen Wagen gefahren war.

Auf dem Balkon angekommen, erklärte Weber dem Inspektor die Sachlage und wies auch auf die Glassplitter der Chloroformflasche hin.

»Hm«, war alles, was dem Inspektor dazu einfiel.

Sie gingen ins Haus und suchten nach dem Diener. Sie mussten laut rufen, bis er endlich erschien. Dann fragten sie ihn, wer den Toten gefunden habe.

Die gnädige Frau.

Sie wünschten sie zu sprechen.

Das gehe nicht, denn sie habe ein starkes Schlafmittel genommen, weil sie die Situation nicht ertragen habe. Nein, sonst sei niemand im Haus, die Köchin komme erst noch, er sei »traditionell« allein für das Frühstück verantwortlich.

»Na großartig«, murmelte Recknagel. »Jetzt stehen wir hier nutzlos herum und warten, bis Hilbrecht kommt. Er muss ja fotografieren.«

Weber traute sich nicht vorzuschlagen, dass der Inspektor ja schon mal vorfahren könnte.

Sie gingen wieder auf den Balkon. Noch ein paar genauere Blicke auf die Leiche, dann sah Weber den Zeitpunkt gekommen. Er erläuterte seinem Vorgesetzten, dass die Todesfälle in der Familie Brunswiek-Eichenberger und die Morde auf St. Pauli seiner Ansicht nach miteinander in Verbindung stünden und womöglich derselbe Täter infrage komme. Das Verbindungsglied sei zweifellos Carla Bruhns alias Karlotta Brunswiek, die verschwundene Künstlerin, die vor einigen

Jahren mit dem ebenfalls verschwundenen Einbrecherkönig Zakhar Romanoff liiert gewesen sei.

»Zwei Phantome ziehen wahllos mordend durch die Stadt? Ist es das, was Sie mir sagen wollen, Weber?«

»Die beiden könnten untergetaucht sein.«

»Und das Motiv, Weber? Irrsinn, Wahnsinn, Hysterie – gleich bei zwei Personen?«

»Wo Geld ist, ist immer ein Motiv«, sagte Weber. »Die Familie Brunswiek-Eichenberger ist sehr reich.«

»Aber die Mordopfer auf St. Pauli doch nicht. Eduard Geyer, Therese Rasmus und Gustav Brinkmann – die waren doch alle arme Schlucker. Gewohnheitsverbrecher. Gescheiterte Existenzen.«

»Trotzdem. Das alles folgt einem Plan.«

»Das hätten Sie gerne so, Weber, deshalb glauben Sie daran.«

»Besser, ich habe eine Hypothese, die ich widerlegen kann, als gar nichts.«

Recknagel schaute ihn finster an. Weber schwieg jetzt lieber. Er war schon zu weit gegangen.

»Ich hatte nicht mal Zeit zum Frühstücken«, sagte Recknagel unvermittelt.

»Ich auch nicht.«

»Suchen Sie den Diener. Er soll uns was bringen!«, sagte Recknagel im Kommandoton.

»Hierher?«

»Sicher. Was dagegen? Wo haben Sie denn gefuttert, wenn Sie im Schützengraben lagen? Mitten unter Leichen, nicht? Und die waren nicht so wohlbehalten und so schön festgenagelt wie diese hier.«

Will er mich einschüchtern, fragte sich Weber, ging aber los und gab den Auftrag weiter.

Der Diener brachte einen Tisch und zwei Stühle und Tee und Brot und Eier mit Speck. Sie frühstückten am anderen Ende des Balkons.

Als sie fertig waren, sahen sie, wie sich ein Mann über die Zufahrt näherte. Er trug eine Mütze, den Schirm tief ins Gesicht gezogen, um nicht von der Sonne geblendet zu werden. Über die eine Schulter hatte er sein Jackett geworfen, auf der anderen lag das Stativ mit der aufmontierten Kamera. Seine übrigen Utensilien waren in der umgehängten Ledertasche verstaut. Es war Hilbrecht. Er pfiff ein Lied vor sich hin: »Das Wandern ist des Müllers Lust«.

Zehntes Kapitel:

FLUTEN DER LEIDENSCHAFT

»Vergiss deine Träume, Alfred, die Wirklichkeit ist viel interessanter«, brummte Weber und starrte sein Traumtagebuch an. An den Traum der letzten Nacht konnte er sich kaum mehr erinnern. Kein Wunder, nachdem er gerade den realen Alptraum eines weiteren Mordes erlebt hatte.

Inzwischen fragte er sich, ob Träume nicht gänzlich aus Zufall entstanden. Vielleicht war ein Traum nichts anderes als ein Mosaik aus zerbrochenen und willkürlich wieder zusammengefügten Erinnerungsbildern? Es mochte ja sein, dass manche Splitter aus den Tiefen der Seele stammten. Andere Teile aber waren bloß Bruchstücke von wahren Erlebnissen, die im Mosaik des Traums falsch kombiniert wurden. Manchmal passte überhaupt nichts mehr zusammen. Vielleicht gab es ja gar nichts zu entschlüsseln, vielleicht war Dr. Freud auf dem Holzweg?

Ein Mosaik aus Erinnerungsbildern zusammenzufügen, das war doch auch das Prinzip kriminalistischer Ermittlungsarbeit. Wenn die Polizei die Geschichte eines Verbrechens zu rekonstruieren versuchte, musste sie die Bruchstücke zusammensetzen, die sie in der Wirklichkeit fand, und so lange herumprobieren, bis sie ein vollständiges Bild ergaben. Dieses galt es dann zu entschlüsseln. Der Sinn verbarg sich in den Tatsachen. Andernfalls wäre alles nur Fantasterei.

Weber schüttelte den Kopf. Über diese Grübelei war es

spät geworden. Er starrte auf die aufgeklappte Kladde. Leere Seiten. Nichts.

Schwere Gedanken und kein Bier im Haus.

Es klingelte.

Jetzt noch? Weber hob den Kopf und horchte. Der erste Impuls war: Ich tue so, als wäre ich nicht da. Bloß nicht mit jemandem reden müssen! Der zweite Impuls: Wer weiß, wer da kommt …

Es klingelte wieder.

Er sprang auf und eilte zur Tür. Drehte den Schlüssel herum, drückte die Klinke herunter und war überrascht, eine so wunderschöne Frau vor sich zu sehen. Lange glatte schwarze Haare und Mandelaugen.

»Herr Kommissar!« Mehr gehaucht als gesprochen.

Einen irritierenden Moment lang fühlte Weber sich geschmeichelt. Einbildung und Wirklichkeit vermischten sich schon wieder, oder?

»Darf ich hereinkommen? Nur kurz?« Linda Lu trat schüchtern auf ihn zu.

»Sicher.« Weber machte ihr Platz.

Linda Lu schlüpfte in den Flur, und Weber schloss die Tür. Man wünschte sich gegenseitig einen guten Abend.

Linda Lu lachte leise und ein bisschen verschämt.

»Ich habe leider nichts zu trinken«, sagte Weber verfrüht.

»Oh, nein, bitte keine Umstände. Ich will nur kurz …«

»Kommen Sie.«

Er führte sie ins Wohnzimmer, das ihm auf einmal schrecklich bieder vorkam. Auf dem Tisch vor dem Sofa lag eine Spitzendecke.

»Bitte, setzen Sie sich.«

Es war eine Sache, einer solchen Frau auf St. Pauli in einer Spelunke zu begegnen, und eine andere, sie im eigenen

Wohnzimmer sitzen zu haben. Sie war zwar klein und zierlich, aber ihr Kleid betonte Rundungen, die durchaus vorhanden waren. Der Ausschnitt ließ tief blicken.

Alles Routine, beruhigte sich Weber und war dann doch ein wenig enttäuscht, als es tatsächlich darauf hinauslief.

Er schob ihr einen Stuhl hin, Linda Lu setzte sich an den Tisch. Mit gesenktem Kopf und leicht zusammengesunken, als wollte sie unbedingt vermeiden, verführerisch zu wirken. Was natürlich so erst recht nicht gelang.

»Was kann ich für Sie tun?«, fragte Weber.

»Es geht nicht um mich, es geht um ihn.«

»Wen denn?«

»Paul ... Paul Koschinski.«

»Was hat er getan?«, fragte Weber, strenger als beabsichtigt.

»Nein, nicht doch, Herr Kommissar. Er ist ein Gentleman.«

»Mag ja sein ...« Zumindest kleidet er sich so, dachte Weber.

»Doch, ich kenn ihn. Er ist ein Mann von Welt. Aber neuerdings, nun ja, er würde es nicht zugeben ...« Sie zögerte.

»Er hat Angst.«

Überraschter Augenaufschlag. »Ja.«

»Hätte ich auch an seiner Stelle. Dachte mir doch, dass es eigenartig war, ihn bei Pawel in der Werkstatt zu treffen. Er hat sich da versteckt.«

»Nicht vor Ihnen, Herr Kommissar.«

»Das denke ich auch.«

»Sie wissen also, dass er in Gefahr ist?«

»Es sind einige Personen in Gefahr. Nicht alle wissen es, fürchte ich.« Und er selbst wiederum wusste nicht, wer alles in Gefahr war. So viel zumindest war ihm bewusst.

»Er schämt sich dafür.«

»Und deshalb hat er Sie geschickt.«

»Oh nein, Paul hat mich nicht geschickt. Ich bin einfach gekommen. Weil ich mir Sorgen mache. Große Sorgen.« Sie lehnte sich zurück und schlug die Beine übereinander. Durch einen Schlitz im Kleid schimmerte helle Haut.

Weber bemühte sich, ihr ausschließlich ins Gesicht zu sehen, was ja schon aufregend genug war. Die Wölbung der Stirn, die runden Bögen der Brauen, die langen Wimpern, die gerade Nase, der geschwungene Mund, die Grübchen in den Wangen ... und wieder flackerte die Frage auf, was genau er da eigentlich aufregend fand.

Barscher als beabsichtigt sagte er: »Soweit ich weiß, ist er bewaffnet, er kann sich wehren. Ich denke, er weiß auch, wie.«

»Das bezweifle ich nicht, Herr Kommissar. Unter normalen Umständen weiß er sich zu verteidigen. Nur jetzt ... Er ist sogar umgezogen. In eine andere Wohnung, er hat ja verschiedene ...«

»Er hat einige Häuser erworben, ich weiß.«

»Zinshäuser, er ist jetzt seriös.«

»Mag sein.«

»Und eben das beunruhigt mich so: Er ist jetzt ein ernsthafter Geschäftsmann, und dennoch will ihm jemand ... an den Kragen.«

»Vielleicht ist noch eine Rechnung von früher offen.«

»Er sagt nein.«

»Wenn er sich der Polizei anvertrauen würde, könnten wir vielleicht helfen.«

»Genau das sagte ich ihm auch: Geh zu Kommissar Weber, hab ich gesagt, der ist ehrlich, der kann was tun. Aber er hat gesagt, in diesem Fall könne niemand etwas tun. Es sei wie ein Fluch. Er sagt ständig so etwas wie ›Dieser verdammte Fluch, der auf mir lastet‹. Nachts knirscht er mit den Zähnen und stöhnt und wacht schweißgebadet auf …«

»Na schön, aber das hilft mir gar nicht weiter.«

»Ja, warten Sie doch … Das alles liegt daran, dass dieser Schatten auftauchte. Zwei Mal, als ich dabei war. So bleich habe ich Paul noch nie gesehen. Vor allem beim zweiten Mal.«

»Was denn für ein Schatten?«

»Vor dem Fenster, dicht davor … und dann war er weg. Paul traute sich nicht nachzuschauen.«

»Schatten gibt es viele, auch vor Fenstern.«

»Aber nicht im vierten Stock, Herr Kommissar! Paul ist doch extra so weit nach oben gezogen, um sich in Sicherheit zu bringen.«

»Ein Schatten draußen vor dem Fenster im vierten Stock?«

»Vor dem Turmzimmer. Das mit dem Erker. Paul hat sofort seine Pistole gezogen, aber da war der Schatten auch schon verschwunden. Dann tauchte er kurz vor dem anderen Fenster auf. Es muss etwas Schlimmes bedeuten, denn Paul hat nie Angst.«

»Tja …«

»Ich bitte Sie, gehen Sie noch mal zu ihm. Fragen Sie ihn, was los ist. Er soll reden. Er muss reden. Um das Unheil zu verhindern. Ich will ihn nicht verlieren. Er ist gut zu mir. Und in ein paar Jahren, wer weiß …«

Glaube, Liebe, Hoffnung, dachte Weber, Schatten, Revolver, Unheil. Und was nun?

»Kann sein, dass er etwas Schlimmes auf dem Kerbholz hat, wenn er in dieser Situation nicht mit mir reden will«, sagte er.

»Ich würde auf ihn warten, wenn … es dauert.« Sie stockte und fügte leise hinzu: »Er ist doch mein großes Glück.«

»Ja, vielleicht würden Sie das wirklich ...« Und brav anschaffen gehen für das große Glück, dachte Weber und schämte sich sofort für diesen hässlichen Gedanken. Warum sollte es nicht so sein, Beruf war schließlich Beruf.

»Bestimmt. Ganz sicher!« Linda Lu nickte bekräftigend. Dann schaute sie ihn flehend an. »Herr Kommissar, bitte!«

»Ja doch, gut. Es ist schließlich in meinem Interesse, noch mal mit ihm zu sprechen. Wenn Sie ihm das nahelegen könnten ...«

»Danke.«

»Wo wohnt er denn jetzt?«

Sie nannte ihm die Adresse eines Hauses in der Taubenstraße mit Blick über den Spielbudenplatz.

»Wie gesagt, es wäre hilfreich, wenn er ...« Weber zuckte zusammen.

Es hatte geklingelt.

Er warf Linda Lu einen fragenden Blick zu, sie schüttelte den Kopf.

Noch ein Besucher? Um diese Zeit?

Jemand klopfte gegen die Haustür. Von draußen konnte man ja sehen, dass drinnen noch Licht brannte. Seufzend stand Weber auf und ging zur Tür.

»Ja bitte?«

»Alfred!«

Webers Hand hielt zögernd über dem Türgriff inne. Linda Lu war ihm in den Hausflur gefolgt.

»Mach auf, Alfred!«

»Oh«, sagte Linda Lu und verzog das Gesicht, als sie die Frauenstimme hörte. »Das tut mir leid.«

»Ach was«, sagte Weber und riss die Tür auf.

Lorenza drängte herein. Ihr erster Blick galt ihm und war von Sehnsucht erfüllt, vielleicht sogar von Verzweiflung. Ihr zweiter Blick fiel auf Linda Lu, die gerade dabei war, ihr knappes Kleid zurechtzuzupfen. Ein Reflex, wie Weber annahm, aber die Geste sandte das falsche Signal aus.

»Oh, guten Abend, Lore«, sagte Linda Lu.

Lorenza warf ihr einen giftigen Blick zu und wandte sich dann an Weber: »Na fein, brauchst wohl junges Blut, Alfred.«

»Nein. Es ist beruflich.«

»Professionelle Hilfe, was?« Sie lachte abfällig.

Linda Lu huschte an ihnen vorbei.

»Bleib doch, Schlitzauge«, sagte Lorenza böse.

»Lore, bitte!«

»Das war's dann also. Und du konntest es mir nicht ins Gesicht sagen!«

»Hör mal, sie suchte Hilfe.«

Lorenzas Gesichtsausdruck wechselte von Zorn zu Wehmut. »Ich auch, Alfred, ich auch. Aber du fühlst dich wohl nicht mehr zuständig. Du meidest mich.«

»So kannst du das nicht ...«

»Es ist also vorbei?«

Weber traute sich nicht, ja zu sagen.

»Wir sind geschiedene Leute?«

Er war wie vor den Kopf gestoßen. Fühlte sich wie ein dummer Junge, der ertappt worden war. Aber wobei denn? Wenn eine andere da gewesen wäre, eine ganz Bestimmte, aber die war ja außerhalb jeder Möglichkeit.

»Dass es so enden muss ... ich hätte es mir schöner gewünscht.«

»Lore ...«

»Bezahlst du sie, oder bist du ihr gefällig? Na, glaub bloß nicht, dass da was ist. So eine!«

»Nicht doch ...«

»Ist ja auch völlig egal«, sagte sie zu sich selbst, und dann: »Adieu!«

»Lore!«

»Leb wohl!«

Sie eilte die Treppenstufen hinab und lief durch die schmale Straße davon. Im Schein der Laterne an der Ecke zeichnete sich ihre Silhouette deutlich ab. Ihre typischen Bewegungen, die ihm so bekannt waren und die er seit langem einmal wieder bewusst wahrnahm, versetzten ihm einen Stich. Aber er schaffte es nicht, ihr hinterherzulaufen.

Morgen, dachte er, sie muss sich erst mal beruhigen. Morgen gehe ich in den *Goldenen Anker* und rücke alles wieder gerade.

Dem Impresario des Kabaretts *Hawaii* an der Großen Freiheit fehlten der oberste Knopf am Frack und einige Haare. Der Knopf schien ihm nicht so wichtig zu sein, denn er hatte den Daumen der rechten Hand durch das freigewordene Knopfloch gesteckt. Wichtiger waren ihm seine wenigen Haare, die er mit großem Aufwand von rechts nach links und von links nach rechts drapiert hatte, damit die Glatze in der Mitte gut bedeckt wurde. Seinen Schnauzbart schien er dagegen zu vernachlässigen, denn der sah aus, als hätte er sich eine zerschlissene Zahnbürste unter die Nase geklebt. Kaum hatte Weber in Gedanken diesen Vergleich gefunden, schämte er sich auch schon dafür. Wer weiß, wie es mir ginge, wenn meine Welt auseinandergenommen und abtransportiert würde.

Das Kabarett *Hawaii* war am Ende. Der Inhaber war geflüchtet, angeblich nach Holland – »wie Wilhelm Zwo, bloß ohne Pferdchen«, wie man auf St. Pauli lästerte. Der Impresario versuchte nun die Einrichtung zu verkaufen, um sich wenigstens einen Teil seines nicht ausgezahlten Lohns zu sichern. Er hatte alle Künstler und Tänzerinnen bezahlt – »zehn Prozent, mehr geht nicht, Kinder«. Auf der Großen Freiheit war er schon immer »Papa Schäfer« genannt worden, weil er seine Tanztruppe sehr fürsorglich geleitet hatte. Das Einzige, was er im Gegenzug verlangt hatte, war, dass seine Mädchen ihm reihum jeweils montags einen »Kuss« gaben, wie er es ausdrückte. Niemand hatte je etwas dagegen gesagt, denn montagmorgens saß der Impresario regelmäßig in der Badewanne, die sonst am späten Abend den Mädchen seiner Tanztruppe für den Programmpunkt »Schaumwunder« vorbehalten war. Bei »Schäfers Stündchen« handelte es sich also um eine saubere Angelegenheit.

Aber nun war alles vorbei. »Das Alkazar hat uns das Wasser abgegraben«, klagte der Impresario. »Die haben Geld wie Heu, die kaufen die besten Attraktionen im In- und Ausland ein. Die haben alle Viertelstunde ein neues Bühnenbild. Wie sollen wir hier bitte etwas Derartiges realisieren? Bei uns fällt nach jeder Szene der Vorhang, bei denen heißt es ›in der Pause keine Pause‹. Wir hätten reagieren müssen, vor zwei Jahren schon.« Er seufzte.

Ein Kabarett im alten Stil war das *Hawaii* gewesen, mit Szenenbildern wie »Südseezauber« und »Blumenträume« und entsprechender leichter Kostümierung, gefolgt von »Jagdszenen mit Satyr« oder der »Eroberung des Serails«. Eine Weile hatte der Betrieb floriert, als ein »Orlando Furioso« sich im Laufe seines Kreuzzugs in eine »Orlanda Furiosa« verwandelte und als farbenfrohe Inszenierungen wie »Die Löwenjägerin« und haarsträubende Gesellschaftsdramen wie »Verführung eines Gigolos« Fragen aufwarfen bezüglich der Eindeutigkeit von Geschlecht und Charakter. Das war die Zeit gewesen, als falsche Bürgertöchter kamen, um echte Bohemiens kennenzulernen, und umgekehrt.

»Und zu dieser Zeit«, sagte Papa Schäfer, »haben wir hier auch Wanja Schwarz beschäftigt.« Während er das sagte, schaute er wehmütig einem Kulissenelement hinterher, das gerade nach draußen getragen wurde und auf dem eine Wiese mit eigenartig lasziv wirkenden Blumen zu sehen war.

Webers Blick glitt über die Fotos an der Wand neben dem schon zur Seite gerückten Tresen. Darauf waren kaum bekleidete Tänzerinnen unter Palmen zu sehen, um die schwarz angemalte Männer mit Schmetterlingsnetzen herumschlichen. Überdimensionale Schmetterlinge saßen auf den Köpfen der Mädchen.

»Wanja Schwarz war eine Attraktion, und zwar seriös, ganz seriös.«

Weber schaute Papa Schäfer fragend an.

»Von großer künstlerischer Virtuosität. Manchmal haben wir uns selbst gefragt, wie sie das gemacht hat.«

»Sie?«, wunderte sich Weber.

Papa Schäfer lachte. »Oder er natürlich.«

Weber sprang zur Seite, als ein asiatischer Wandschirm umkippte. Auf dem mittlerweile zerrissenen Papier waren Szenen aus dem »Kamasutra« oder dem »Jin Ping Mei« oder einem ähnlichen Werk der Weltliteratur zu sehen.

»Der stand im Separee, im privaten Bereich, so etwas hätten wir natürlich nicht öffentlich ...«, versicherte Papa Schäfer routiniert.

Weber machte eine abwehrende Handbewegung. »Ich bin nicht von der Sitte.«

»Ja, und schließen kann man uns auch nicht mehr.« Papa Schäfer lachte abgehackt.

»Wanja ist doch ein russischer Männername«, sagte Weber.

»Russisch?« Papa Schäfer strich sich über den borstigen Schnauzer. »Kann sein, aber ein Frauenname!«

»›Onkel Wanja‹ – das ist ein Drama von Tschechow.«

Papa Schäfer schaute Weber mit großen Augen an, als könnte er nicht glauben, dass ein Polizist in Theaterdingen bewandert sein sollte. Er hob die Hand, um sich am Kopf zu kratzen, hörte aber sofort wieder auf, als er merkte, dass er dabei seine angeklebten Haare in Unordnung brachte. »Onkel oder Tante ... eher wohl Cousin oder Cousine. Unser Wanja hat sich übrigens verschieden geschrieben. Mit W und J oder mit V und Y.«

»Wie bitte?«

»Wanja oder Vanya. Je nachdem, das war ja der Witz.«

»Welcher Witz?«

»Cousin oder Cousine.«

Weber kapierte überhaupt nichts. »Was?«

»›Vetter oder Base, das ist nur eine Phrase‹, wenn ich mal einen Slogan unserer Konkurrenz zitieren darf. Das ist der Sinnspruch der Kellerbar *Tolerance* zwei Türen weiter.«

»Jetzt lenken Sie doch nicht ständig ab!«, sagte Weber verärgert. »Wir sprachen gerade über Wanja Schwarz. Ich will wissen, wer das ist, und am besten auch noch, wo ich diese Person finden kann.«

»Eine schwierige Frage. Wanja mit W oder Vanya mit V. Sehen Sie ...« Der Impresario streckte einen Arm aus und legte den anderen an die Hüfte, wiegte sich in einem imaginären Takt, steppte los, machte ein paar durchaus elegante Tanzschritte und drehte sich dann um, steppte mit anderen Schritten und weibischen Hüftbewegungen zu Weber zurück. Der Mann ging Weber inzwischen gehörig auf die Nerven.

»Solotanz für zwei«, sagte Papa Schäfer, als er wieder vor Weber stand. »Das war Wanja Schwarz. So ...« Er drehte sich zur Seite und blickte finster und entschlossen drein. »Und so ...« Er wirbelte mit einem lasziven Hüftschwung herum und klimperte mit den Augenlidern.

»Schon gut«, sagte Weber. »Ich hab's verstanden.«

»Zwei Geschlechter in einer Person, das war Wanja Schwarz.«

»Körperlich gibt es meines Wissens nur ein Geschlecht«, sagte Weber. »Die Natur entscheidet sich immer eindeutig.«

»Sind Sie sicher? Es gibt nicht wenige Beispiele im Tierreich, wo ein Wechsel stattfindet.«

»Nicht beim Menschen!«

»Haben Sie eine Ahnung.«

»Jetzt werden Sie nicht frech. Wo hat Schwarz sich umgekleidet, in der Damen- oder Herrengarderobe?«

»Einzeln. Für sich. Schwarz war doch eine Hauptattraktion. Nicht nur wegen des Tanzes. Die Artistik! Es war ungeheuerlich. Schwarz konnte Wände hochgehen. In der Luft schweben. Sogar im Liegen! Dinge und Personen verschwinden lassen und wieder hervorzaubern. Unter der Decke verkehrt herum stehen und Kapriolen schlagen. Ehrlich gesagt habe ich mich gefragt, warum diese Sache mit dem Wechsel des Geschlechts noch dazukommen musste. Die Artistik war doch das Ungeheuerliche!«

»Aber jemand muss doch gewusst haben, ob es ein Mann oder eine Frau war.«

Papa Schäfer schüttelte den Kopf. »Ich hätte es selbst gerne gewusst. Wissen Sie«, sagte er mit einer Ernsthaftigkeit, die Weber beinahe komisch fand. »Ich interessiere mich sehr für das Weibliche, es fasziniert mich in allen Details und Ausprägungen, das Fassbare wie das Nicht-Fassbare, wenn Sie verstehen. Deshalb habe ich Schwarz beobachtet. Bewegungen, Gesten, Handlungen. Auf Schritt und Tritt. Sprache, Tonfall, Ausdruck. Die Augen, den Mund, das Lächeln. Lachen oder

Missmut, auch Zorn – es ist mir nicht gelungen. Alles changierte bei dieser Person. Weshalb ich mich frage, ob es perfekt eingeübt war oder angeboren.«

»Gab es jemanden, der Schwarz nahestand?«

»Ja, doch, diese Künstlerin, die regelmäßig kam, zumindest eine Zeitlang. Einmal war ich so rasend deswegen, dass ich es ihr auf den Kopf zusagte, als Schwarz hinter der Bühne war. Ich fragte sie rundheraus, ob sie mit Schwarz liiert sei und um welche Art von Liaison es sich handle.« Papa Schäfer wischte sich den Schweiß von der Stirn. Das Reden hatte ihn erhitzt, vielleicht wegen des Themas.

»Und?«

»Sie hat mich ausgelacht. Diese Künstlerin …«

»War das Carla Bruhns?«

Papa Schäfer nickte. »Ja. Also sie sagte, es sei doch alles ganz einfach, nur eine Frage von rechts und links. Von welcher Seite man diese Person betrachte – genau wie auf der Bühne, mal Mann, mal Frau.«

Weber merkte, wie er selbst immer nervöser wurde. Diese irrsinnige Uneindeutigkeit machte ihn total kribbelig. »Das war alles?«, fragte er.

»Na ja.« Papa Schäfer strich sich erst mit der einen, dann mit der anderen Hand über den Mund, als müsste er etwas wegwischen. »Ich war an diesem Abend sehr unwirsch, muss ich sagen. Es hat mich fuchsteufelswild gemacht – dies nur zu meiner Entschuldigung. Ich fragte nämlich nach dem Oben und Unten, wenn Sie verstehen … Es hatte mich einfach gepackt. Ich wusste sofort, dass ich zu weit gegangen war. Folglich …«

»Keine Antwort.«

»Doch. Ich bekam zwei Ohrfeigen. Eine rechts, eine links.« Er rieb sich beide Wangen. Sein Gesicht verdüsterte sich.

»Dann kam die Kündigung. Und danach ging es mit uns bergab.«

»Von Schwarz? Nur wegen dieser einen obszönen Bemerkung?«

»Tja, jemand hatte bemerkt, dass ich genauer hinsah, und es weitergesagt.«

»Sie haben geluschert«, stellte Weber fest.

»Was?«

»Heimlich spioniert.«

Papa Schäfer blickte schuldbewusst drein und hob die Schultern. »Ich war einfach fasziniert.«

»Und Schwarz hat gekündigt.«

»Sozusagen. Kam einfach nicht mehr.«

»Hat das Engagement gewechselt? Ging woanders hin?«

»Nicht, dass ich wüsste. Verschwand einfach.«

»Und diese Künstlerin, haben Sie die noch mal gesehen?«

Papa Schäfer dachte kurz nach. »Ja, in der Tat. Eine gespenstische Begegnung. Verwundert war ich nicht, weil sie, wenn sie bei uns zu Gast war, mitunter recht exaltiert wirkte. Eines Morgens in der Schmuckstraße, ich war auf dem Nachhauseweg. Wir gingen zufällig aneinander vorbei. Ich erkannte sie und sie mich. Sie fauchte mich an und zeigte ihre Hände wie Krallen. Sie hat mich sehr erschreckt. Ich dachte, sie will mir an die Gurgel. Aber dann lachte sie nur und ging weiter.«

»Gab es jemanden von Ihrem Personal, der Schwarz näher kannte? Oder die Künstlerin?«

»Nein. Die waren sehr distanziert, es sei denn, es waren Freunde von ihnen da. Aber die kannten wir nicht. Das waren andere Kreise. Richtige Künstler eben. Solche, die darüber nachdenken, was sie tun, die es studiert haben. Wir hier sind ja eigentlich nur Schausteller, die sesshaft geworden sind.«

Zwei Männer trugen eine große Badewanne in Schwanenform an ihnen vorbei. Papa Schäfer schaute ihr wehmütig nach.

»Das war's«, sagte er. »Mehr gibt es nicht zu sagen.«

Weber bedankte sich und verließ das Kabarett *Hawaii*. Draußen wurde die alte Inneneinrichtung auf ein bereitstehendes Fuhrwerk verfrachtet. Daneben stand ein Lastkraftwagen, dessen Türen nun geöffnet wurden, um neue Dekorationen auszuladen. Nach einem kurzen Blick in den Lieferwagen wusste Weber, dass nun Schluss war mit der paradiesischen Südsee-Herrlichkeit: Blau-weiße Fähnchen, ein paar Jagdhörner und ein Gemälde von einem röhrenden Hirsch kündigten eine neue Lederhosenseligkeit an, die auf St. Pauli gerade schwer im Kommen war.

Vielleicht lag es ja an der Abendsonne, deren Licht von einem Schaufenster reflektiert wurde, so dass ein trapezförmiges helles Viereck direkt auf dem Portal der Polizeizentrale entstand. Jedenfalls schimmerte das blonde Haar von Auguste Engert erstaunlich hell, als sie auf den Bürgersteig hinaustrat. Wie gut, dass sie keinen Hut trug! Als das Licht sie blendete, blieb sie stehen und hob eine Hand, um ihre Augen zu schützen. Dann stellte sie die Aktentasche neben sich auf den Boden und zog ihre dunkelgraue Jacke aus. Darunter trug sie eine kurzärmelige Bluse. Sie legte sich die zusammengefaltete Jacke über den Arm, öffnete den obersten Knopf ihrer Bluse und bückte sich, um die Tasche wieder aufzuheben. Weber drückte auf die Hupe, und ein quäkender Laut ertönte. Er drückte noch zwei Mal, aber sie bemerkte ihn gar nicht. Da sie sich nach links wandte, um über den Neuen Wall Richtung Jungfernstieg zu gehen, kam sie direkt auf ihn zu. Ein wenig verträumt, wie ihm schien.

»Fräulein Engert!«, rief er, als sie neben seinem Wagen angekommen war.

Sie schaute auf, und ihr Blick verfinsterte sich.

Er hob eine Hand zum Gruß. »Guten Abend.«

»Haben Sie etwa eben gehupt?«, fragte sie stirnrunzelnd.

»Ja ...«

»Das ist ja eine Frechheit!« Sie ging weiter.

»Entschuldigen Sie, aber ...«

Sie ignorierte ihn und schritt aus. Er folgte ihr und fand dabei, dass das ganz falsch war. Aber da er nun einmal losgefahren war und hinter ihm eine Bierkutsche anrollte, wollte er nicht abbremsen. So fuhr er also neben ihr her.

Sie schaute kurz zu ihm herüber, ohne anzuhalten.

»Entschuldigen Sie ...« Weber wurde klar, dass er sich lächerlich machte. Was sollte das überhaupt? Man fuhr doch nicht neben einer Frau her und forderte sie auf, in den Wagen zu steigen. Noch dazu als Polizeibeamter.

Doch nun, gerade in dem Moment, als er Gas geben und davonfahren wollte, schaute sie zu ihm herüber, und ein amüsiertes Lächeln umspielte ihre Lippen. Das genügte, um ihn zu verwirren. Er betätigte gleichzeitig Gashebel und Fußbremse. Der Ford kam so abrupt zum Stillstand, dass Weber nach vorn geschleudert wurde und mit der Nase gegen das Lenkrad prallte. Er fluchte und hielt sich die Hand vors Gesicht. Etwas Warmes tropfte durch seine Finger. Er schaute die Hand an, sie war rot verschmiert. Auch das noch. Er hielt sich die Nase zu und suchte mit der linken Hand in den Taschen nach einem Schnäuztuch. Am Rand seines Gesichtsfelds flatterte etwas Weißes. Er schaute zur Seite und sah, dass Fräulein Engert sich über die Sitzbank hinweg zu ihm beugte. Sie wedelte mit einem weißen Taschentuch.

Er griff danach und bedankte sich nicht, zum einen, weil er Blut im Mund schmeckte, zum anderen, weil er wütend war.

Sie öffnete die Beifahrertür und stieg ein. »Tut mir leid, dass ich Sie abgelenkt habe«, sagte sie. »Aber es ist durchaus Ihre eigene Schuld.«

Von hinten näherte sich die Bierkutsche, die Hufe der Pferde klapperten rhythmisch auf dem Pflaster.

Fräulein Engert öffnete ihre Aktentasche, zog ein Messer heraus und hob es an. Weber zuckte zusammen.

»Nun haben Sie sich nicht so«, sagte sie und legte ihm die kalte Klinge in den Nacken.

Die Bierkutsche rumpelte lautstark vorbei.

Ein Schutzmann, der gerade mal wieder einen Falschparker weggescheucht hatte, überquerte die Straße und kam auf sie zu.

»Herr Kommissar?«

Weber nickte ihm zu. »Schon gut.«

»Die Dame hat ein Messer, Herr Kommissar.«

»Ich sagte, schon gut! Sie ist eine Kollegin.«

Der Uniformierte grinste. »Weibliche Polizei, was?« Sein Blick fiel auf das Messer, und sein Grinsen wurde noch breiter. »Bewaffnet mit einem Brotmesser, Donnerwetter!«

»Gehen Sie!«, fuhr Weber ihn an.

»Jawohl!« Der Schutzmann salutierte und ging lachend davon.

»Da sehen Sie es«, sagte Auguste Engert. »Man nimmt uns nicht ernst. Es ist eine Schande.«

»Wie bitte?«

»Ihre Kollegen, die machen sich über uns lustig. Ständig bekommen wir solche Kommentare zu hören.«

»Wegen des Messers?«

»Quatsch, das hab ich doch nur, um mir Stullen zu schmieren.« Sie nahm das Messer aus seinem Nacken und schob es zurück in ihre Aktentasche. »Aber es stimmt schon. Obwohl wir Polizisten sind, dürfen wir keine Waffen tragen. Das ist doch eine Schande! Frauen dürfen die Staatsgewalt nicht in Gänze repräsentieren – das hat der stellvertretende Polizeipräsident zu unserer Chefin gesagt. Sie hat sich die Haare gerauft vor Ärger. Ich finde auch, das ist ein starkes Stück. Wir sind doch jetzt gleichberechtigt. Wieso dürfen wir dann nicht alles, was auch Männer dürfen?«

Weber nahm das Taschentuch herunter. Seine Nase hatte aufgehört zu bluten.

»Eine Waffe nützt doch nichts, wenn man sie nicht zu benutzen weiß«, sagte er.

»Das kann ich doch«, sagte sie seelenruhig.

»Soso ...«

»Sie glauben mir nicht? Was denken Sie denn! Sie sind ja genauso verbohrt wie Ihre Kollegen. Aber ich kann sehr wohl schießen. Und nicht nur mit einer Flinte! Mein Vater ist Jäger, er hat mich auf die Pirsch mitgenommen. Einmal habe ich einen Hasen aus fünfunddreißig Meter ...«

»Ist ja schon gut.«

»Darf ich mein Taschentuch wiederhaben?«

»Ich kaufe Ihnen ein neues.«

»Sie sind ja ein Ehrenmann.« Sie lächelte ironisch.

Weber stopfte das Taschentuch in seine Hosentasche, obwohl er wusste, dass es abfärben würde.

»Weshalb wollten Sie mich denn sprechen?«, fragte sie.

Weber schaute sie ratlos an. Was sollte er jetzt sagen? *Weil das Sonnenlicht so schön auf Ihrem Haar geschimmert hat, Fräulein Engert?* Das wäre ja zum Schießen komisch.

Apropos schießen, dachte er und sagte, ohne weiter zu

überlegen: »Meine Tochter will auch Polizistin werden. Sie schießt mit einer Pistole und will ein Junge sein.«

»Oh, wie alt ist sie denn?«

»Sieben Jahre.«

»Dann haben Sie ihr hoffentlich nur eine Spielzeugpistole gegeben. Aber sie muss kein Junge werden. Wenn sie alt genug ist, werden Frauen in der Polizei das Gleiche tun wie Männer. Die Zukunft gehört den Frauen, Sie werden sehen.«

»Na, ich weiß nicht …«

»Doch, doch«, sagte Auguste Engert. »Die Polizei wird in Automobilen Streife fahren, und in jedem Wagen sitzen ein Mann und eine Frau, weil da draußen …« Sie machte eine weit ausholende Geste. »… in der Gesellschaft die Hälfte der Menschen weiblich sind. Also gehört die Hälfte von allem den Frauen, das ist doch klar.«

»Sagt das Ihre Chefin?«

»Nein, das sage ich!«

Zur Hälfte Mann, zur Hälfte Frau, dachte Weber, das ist doch eigenartig. Ihm kam da ein Gedanke.

»Übrigens werden dann bei der Schutzpolizei alle, Frauen und Männer, Uniform tragen. Man wird uns das nicht auf Dauer verbieten können.«

»So wie Sie reden …«, begann Weber.

»Finden Sie das abwegig?«

»Ja … nein … ja. Sie bringen mich ganz durcheinander.« Weber schaute durch die Windschutzscheibe nach vorn. Er musste den Blick von ihr abwenden, es war einfach zu viel. Diese leuchtenden Augen, der Anflug von Röte auf ihren Wangen, diese Geste, mit der sie sich die lockigen Haare hinter die Ohren strich. Was übrigens nicht so recht gelingen wollte, aber seinen Blick auf ihre wirklich überaus hübschen

Ohren lenkte. Dann der schlanke Hals und das, was sich unter der Bluse verbarg.

»Ja, das ist das Problem«, sagte Auguste Engert mit ernstem Blick. »Wenn wir Frauen euch Männern auf gleicher Ebene begegnen, dann bringt euch das durcheinander. Männer sind eben doch schwach, nicht?«

»Ich meine was anderes«, versuchte Weber es erneut. »Nehmen wir einmal an, es gäbe eine Person, die gleichermaßen Mann wie Frau ist, könnten Sie sich das vorstellen?«

»Was?«

»Dass es so etwas gibt.«

»Jetzt wollen Sie mich aufs Glatteis führen.«

»Nein, ich bin da bei meinen Ermittlungen auf eine Person gestoßen, die ... Ich weiß nicht, wie ich mich ausdrücken soll.«

»Sie wechselt das Geschlecht?«

»Na ja, wie könnte das gehen? Verkleidung genügt ja nicht. Man muss sich ja auch entsprechend verhalten.«

»Wer soll das denn sein?« Auguste Engert war mit einem Mal sehr interessiert.

Weber überlegte und schüttelte dann den Kopf. »Nein, das kann ich Ihnen jetzt nicht alles darlegen.«

»Warum nicht? Ist es etwa geheim? Geht eine Gefahr von einem Wesen aus, das gleichermaßen Mann wie Frau ist?«

»Sie machen sich schon wieder lustig.«

»Aber nein, ich bin ganz ernst.«

»Das führt zu weit«, sagte Weber, »ich müsste Ihnen den ganzen Fall schildern.«

»Tun Sie das doch. Vielleicht kann ich Ihnen dann assistieren. Dafür ist die Weibliche Kriminalpolizei doch gegründet worden.«

»Na ...«

»Und ich würde mich auch gerne mal in einem Automobil chauffieren lassen.«

»Wie bitte?«

»Bis nach Barmbek, wo ich wohne, ist es ein Stück. Sie bringen mich hin und erzählen mir unterwegs von Ihrem Fall. Vielleicht kann ich Ihnen helfen. Als Frau. Sie brauchen einen neuen Blickwinkel, deshalb haben Sie mich doch angesprochen, nicht?«

»Ja …«

Ich befinde mich in einem Traum, dachte Weber. Das Sonnenlicht, meine Nase, das Blut, ein Messer. Erörterungen abseitiger Themen mit einer jungen Frau. Wir sitzen in einem Automobil, um uns herum das Klappern von Absätzen, trappelnde Hufe, dahinten klingelt aufgeregt eine Trambahn, quäkendes Hupen. Eine junge Frau, die meine Tochter sein könnte, behauptet, sie könne schießen, und bezweifelt den Unterschied zwischen Mann und Frau. Das kommt doch alles nur von diesem Gespräch mit dem Impresario aus dem Kabarett *Hawaii*. Der war doch auch nicht ganz richtig im Kopf – fantasierte von einer Frau mit Krallen, der er mitten in der Nacht auf der Straße begegnet sei. Es könnte auch sein, dass ich einen Hitzschlag bekommen habe, weil ich den ganzen Tag schon mit offenem Verdeck herumgefahren bin.

Auguste Engert hob die Hand und deutete mit dem Zeigefinger nach vorn: »Da entlang. Ich weise Ihnen den Weg.«

»Na schön.« Weber wischte sich einen Schweißtropfen von der Stirn und startete den Motor.

Auf dem Weg nach Barmbek legte er ihr seinen verzwickten Fall in allen Einzelheiten dar.

»Das sind ja sogar zwei rätselhafte Personen«, rief Auguste Engert begeistert aus, nachdem er von Wanja Schwarz und Carla Bruhns alias Karlotta Brunswiek erzählt hatte. »Da vorn müssen Sie abbiegen, noch zwei Häuser … und stopp!«

Sie bogen in eine ruhige Seitenstraße ein und hielten vor einem Backsteinhaus im neugotischen Stil. Ein Schriftzug in Stein verkündete, dass es sich um ein »Wohnheim für ledige Frauen« handelte.

»Sie brauchen also eine weibliche Assistenz«, stellte Auguste Engert fest. »Deshalb haben Sie mich angesprochen.«

»Ja, vielleicht …«

»Der Zeitpunkt ist nicht ungünstig, wissen Sie. Ich stehe mich recht gut mit meiner Vorgesetzten. Ich werde nachfragen. Es wird ihr gefallen, dass ihre Abteilung in der Behörde eben doch ernst genommen wird.«

»Es muss ja nicht offiziell …« Die letzten beiden Worte verschluckte er.

»Vielen Dank fürs Chauffieren, Herr Kommissar. Wir melden uns dann bei Ihnen.« Sie stieg aus.

Weber gab Gas. Im Rückspiegel sah er, wie sie zur Haustür ging, sich umdrehte und ihm nachschaute. Er hob den Arm und winkte. Sie winkte zurück.

Als er um die Ecke bog, fielen die Strahlen der untergehenden Sonne auf die Motorhaube. Die Kühlerfigur schimmerte auf und sah aus, als hätte sie plötzlich Flügel bekommen.

Eine Turmwohnung mit Blick über die Reeperbahn und den Spielbudenplatz, dachte Weber, die hat doch sonst nur Hansen, der Revierchef der Davidwache. Na, vielleicht gibt es hier und da noch andere Privilegierte, die eine besondere Aussicht auf das rege nächtliche Treiben im Neondschungel haben, aber unsereins muss sich durchs Unterholz schlagen.

Oder die Treppe hinaufsteigen in den vierten Stock. Ein Aufzug war nicht vorhanden, trotz des fein gearbeiteten Terrazzobodens, der Marmorkacheln im Hausflur und des roten Teppichs auf den Stufen, damit man zu jeder Tages- und Nachtzeit hier herumschleichen konnte. Weber schaute hoch. Das mit üppigen Ornamenten verzierte Geländer wand sich bis hinauf zum Oberlicht. Ihm mit den Augen zu folgen verursachte Weber Schwindel.

Stell dir vor, jemand balanciert über den Handlauf aus Eichenholz und läuft wie ein Artist im Zirkus bis unters Dach. Nur dass dieser Artist kein silbrig schimmerndes, auffälliges Gewand trägt, sondern eine dunkle Silhouette ist, die sich als vager Schemen in den Schatten schmiegt. Weber hatte kurz das Gefühl, dem Rätsel der Mordfälle auf die Spur gekommen zu sein, aber dann, als er den vierten Stock erreicht hatte und nach unten schaute, fielen seine Mutmaßungen ins Leere.

Er drückte auf die Klingel. Ein Glockenspiel ertönte, das dem der St.-Joseph-Kirche in der Großen Freiheit nicht unähnlich war.

»Wer ist da?«, fragte eine schnarrende Stimme. Hinter dem Guckloch wurde es dunkel, dann wieder hell.

»Kommissar Weber, das sehen Sie doch.«

»Sind Sie allein?«

Weber schenkte sich die Antwort.

Hinter der Tür schabte ein Riegel, dann noch einer, zwei Schlösser wurden nacheinander aufgeschlossen, die Tür öffnete sich, im Spalt war eine Kette zu sehen.

»Herr Kommissar?«

»Guten Abend, Koschinski.«

Koschinski schloss die Tür, hängte die Kette aus, dann schwang die Tür ganz auf.

»Guten Abend.«

Koschinski trug eine graue Flanellhose, ein weißes Seidenhemd und darüber einen dezent gemusterten Hausmantel, außerdem Hausschuhe aus schwarzem Leder. Er rauchte eine Zigarette mit Mundstück und hätte eine Rasur nötig gehabt. Leicht ramponierte Eleganz mit Alkoholfahne, Spazierstock mit Elfenbeingriff. Im Hintergrund huschte ein weiblicher Körper in Spitzenunterwäsche durch eine Tür und verschwand.

»Kommen Sie rein, wenn Sie schon mal da sind«, sagte Koschinski mürrisch. Kaum war Weber eingetreten, schob er alle Riegel wieder vor. Anschließend folgte Weber seinem leicht hinkenden Gastgeber durch den Flur ins Wohnzimmer. Eine Tasche von Koschinskis Hausmantel war ausgebeult und hing schwer herunter.

Art déco, wohin man schaute: Chrom, Glas, Leder, glatte Flächen, klare Linien, exotische Holzmaserungen, geschwungene Ecken und Kanten, ausdrucksvolle Farben. Die Gemälde und Plakate an den Wänden mit den Jugendstilmotiven hingegen wirkten im Vergleich mit den Möbeln fast hausbacken.

Im Wohnzimmer ein riesiges, hellbraunes, glattes Ledersofa, ein Glastisch auf einem Metallgerüst aus dicken Rohren, kubische Sessel.

Dort setzten sie sich hin.

Webers Blick fiel auf eine Bar und ein großzügiges Bücherregal, auf dem vor allem fernöstliche Skulpturen und allerlei Krimskrams aus Porzellan standen. Hinter den feinen, langen Gardinen an den hohen Fenstern leuchteten die bunten Lichter der Reeperbahn. Es war stickig. Sämtliche Fenster waren geschlossen.

Der hätte sogar die Fensterläden zugemacht, wenn er welche hätte, dachte Weber.

Koschinski bot Zigaretten und etwas zu trinken an. Weber lehnte ab.

»Sie hätte nicht zu Ihnen nach Hause gehen dürfen«, sagte Koschinski.

»Es ist ja nichts passiert.«

»Ich bin nicht zu Scherzen aufgelegt, Herr Kommissar.«

»Ich weiß. Sie haben Angst.«

Koschinski lachte verschämt. »Wollen Sie mich beleidigen?«

Er mauert, es ist ihm peinlich, dachte Weber. Na schön, dann versuchen wir es eben anders.

»Wo kommen Sie eigentlich her?«, fragte er.

»Wie bitte?«

»Na, Koschinski ist doch kein deutscher Name.«

»Ich bin so deutsch wie Sie!«

»Das bezweifle ich gar nicht. Sind Ihre Eltern eingewandert?«

Koschinski zuckte mit den Schultern, dann nickte er. »Ruhrgebiet. Sie erhofften sich Wohlstand. Vater im Schacht. Kohle. Staublunge. Er starb noch vor dem Wohlstand. Mutter an Überarbeitung. Sie war Wäscherin. Sind zum Schuften hergekommen und dran verreckt. Das hatten wir von Deutschland. Und dann wollten sie meine Lunge mit Senfgas kaputtmachen. Im Krieg. Als ich mitkriegte, wie der Hase läuft, bin ich getürmt. Und kam hierher. St. Pauli ist prima zum Untertauchen. Und eine Revolution ist prima, um Deserteure weißzuwaschen.«

»Sie haben es zu Wohlstand gebracht.«

Koschinskis Gesicht verfinsterte sich. »Glauben Sie, meine Eltern wären stolz auf mich? Mein Vater war Sozialist, meine Mutter katholisch, und ich …«

»Sie hatten doch die Wahl.«

»Als junger Mensch wählt man das Risiko, auf die Gefahr hin, dass man untergeht. Ich wollte jedenfalls nicht so enden wie mein Vater. Ausgebeutet bis in den Tod.«

»Sie sind nicht untergegangen, sondern aufgestiegen.«

»In meinem Milieu. Der gemeine Bürger verachtet Leute wie mich.«

»Aus gutem Grund, denn Sie missachten sein Eigentum. Und das ist ihm heilig.«

»Sicher, mag sein. Aber ich habe mich immer als Handwerker gesehen. Ich habe Schlosser gelernt. Das ist harte Arbeit. Und hat sich mal mehr, mal weniger ausgezahlt.«

»Panzer-Paul, steht bei uns als Spitzname in den Akten. Sie waren ein Experte für Geldschränke.«

»Dazu möchte ich mich nicht äußern.«

»Hat Romanoff Ihnen das beigebracht?«

Koschinski kniff die Augen zusammen.

»Jetzt fangen Sie wieder mit Romanoff an.«

»Alle Wege führen zu Romanoff.«

»Sehr lustig.«

»Aber der ist ja verschwunden. Übrigens nehme ich Ihnen die Geschichte nicht ab, dass die Polizei ihn auf dem Gewissen hat.«

Koschinskis linker Mundwinkel zuckte kaum merklich. Er griff nach dem Kästchen mit den Zigaretten, klappte es auf und steckte sich eine neue auf die Spitze. Dann nahm er sich das vergoldete Feuerzeug und schnippte es an.

»Dass der Einbruch bei Raschmann stattgefunden hat, weiß ich jetzt, aber ansonsten ...«

»Ansonsten?«

»Ist Romanoff wie vom Erdboden verschwunden, genau wie seine Geliebte, die Künstlerin Carla Bruhns. Aber eine Person aus diesem Umfeld ist nicht verschwunden. Oder wieder zurückgekommen, wie auch immer.«

Koschinski schaute Weber mit geheuchelter Neugier an. »Ach ja?«

»Wanja Schwarz.«

Koschinski schnippte die Asche von seiner Zigarette. »Soso.«

»Wegen ihr oder ihm haben Sie doch solche Angst.«

»Linda hat Angst um mich …«

»Hat Linda die ganzen Riegel an Ihrer Wohnungstür angebracht?«

»Verdammt noch mal! Was wollen Sie denn eigentlich wissen?«

»Was hatte Wanja Schwarz mit Ihnen zu tun?«

»Nichts, zum Donnerwetter. Mit mir doch nicht!«

»Mit Romanoff und Carla Bruhns?«

»Darüber haben wir doch schon gesprochen.«

»Aber nicht darüber, welche Aufgabe Wanja Schwarz in der Romanoff-Bande erfüllte.«

»Ja und?«

»Welche Funktion hatte sie?«

»Woher soll ich das …!«

»Sie kann Wände hochklettern, richtig?«

Koschinski stand auf. »Sie gehen mir auf die Nerven.« Er ging zur Bar, nahm sich eine Karaffe mit einer klaren Flüssigkeit, schenkte sich ein Glas voll und trank es in einem Zug aus. Dann hustete er.

»Der schwarze Schatten, der flink die Häuserfassaden rauf und runter steigt. Der durch die Fenster in Wohnungen eindringt. Der wie ein Artist die schwierigsten Hindernisse überwindet, um ans Ziel zu gelangen. Der im Dunkeln an jeder Ecke lauern könnte. Der in einer Gasse plötzlich vor Ihnen steht und sich auf Sie stürzt. Kam er von oben, von der Seite, ist er aus einem Kanal geklettert? Könnte er sich nicht jeden Moment von hinten auf Sie werfen, die Hände um Ihren Hals legen und Sie erwürgen?«

»Halt! Hören Sie auf! Stopp!«

»Sie haben Angst vor Wanja Schwarz.«

»Einen Scheiß hab ich!«

»Eine Scheißangst, ja. Und ich weiß auch, warum.«

Koschinski, der gerade begonnen hatte, hin und her zu gehen, blieb stehen und starrte Weber entgeistert an. Er war bleich geworden.

»Alle Mitglieder der Romanoff-Bande werden umgebracht. Ein Rachefeldzug. Darum geht es. Und der Racheengel ist Wanja Schwarz.«

Koschinski entspannte sich. »Na ja ...« Er lächelte zurückhaltend. Nicht scheu, eher verschlagen.

»Aber aus welchem Grund?«

»Bitte?«

»Warum der Rachefeldzug? Geht es um Beute?«

Koschinski hob die Schultern. »Woher soll ich das wissen?«

Weber seufzte. »Ach, kommen Sie, Koschinski.«

»Jaja«, entgegnete der mürrisch. »Schwarz war schon immer extrem ... exaltiert, was weiß ich. Ist vielleicht einfach bloß durchgedreht. Ein Rachefeldzug, den kann doch nur ein Irrer veranstalten. Nach all den Jahren!«

»Nach wie vielen Jahren?«

»Sie wollen mich schon wieder aufs Glatteis führen.«

Weber deutete zu den Fenstern. »Schwarz ist also schon mal bis hier oben geklettert. Wie geht's dann weiter? Wie dringt er ein? Das schafft so jemand doch auch, wenn das Fenster geschlossen ist. Mir wurde gesagt, Schwarz könnte sogar unter der Decke entlanglaufen wie eine Fliege.«

»Ja, das war tatsächlich der Spitzname: die Fliege«, sagte Koschinski und nickte düster.

»War die Fliege beim Raschmann-Einbruch dabei?«

»Was spielt das für eine Rolle?«

»Vielleicht hat Schwarz ja Romanoff getötet? Vielleicht fing so alles an?«

»Woher soll ich das wissen?«, wiederholte Koschinski.

»Oder aber Romanoff kam beim Raschmann-Einbruch ums Leben, und Schwarz macht die Bande dafür verantwortlich und will Romanoff rächen. Sagten Sie nicht, es sei eine Ménage à trois gewesen mit Zeus, Carla und Wanja?«

»Ach hören Sie auf, das führt zu nichts«, sagte Koschinski unwirsch.

»Also wollen Sie mir nicht alles sagen?«

»Und wenn schon. Sie können mir ja doch nicht helfen.«

»Ich biete Polizeischutz, wenn Sie alles sagen.«

Koschinski schüttelte den Kopf.

»Dann lieber die Fliege vorm Fenster?«, fragte Weber.

»Ach, hauen Sie doch ab.«

»Na schön.« Weber erhob sich und ließ sich zur Tür bringen.

Während Koschinski die Riegel zurückschob, sagte Weber: »Meinen Sie, die Knarre da in Ihrer Tasche hilft? Mit Kanonen auf Spatzen, die vorm Fenster flattern …«

»Gehen Sie einfach«, sagte Koschinski müde.

Die Tür fiel hinter Weber ins Schloss, und die Riegel wurden erneut vorgeschoben.

Weber ging über den roten Teppich nach unten und überlegte: Koschinski hat etwas auf dem Kerbholz, etwas ziemlich Schlimmes, sonst hätte er es erzählt. Und die anderen Bandenmitglieder? Die, die schon tot sind? Was haben die getan, um Opfer eines Rachefeldzugs zu werden? Und was zum Teufel haben die Familien Brunswiek und Eichenberger mit der ganzen Sache zu tun? Da gibt es doch überhaupt keinen Zusammenhang.

Unten auf dem Spielbudenplatz blieb Weber stehen und schaute die Fassade hoch, aber eine Fliege klebte nirgendwo an der Wand.

Elftes Kapitel:

DER EWIGE TRAUM

Die Scheinwerfer des Fords warfen ein grelles Licht auf das löchrige Pflaster in der Kleinen Schmiedestraße. Die wenigen, in ungleichen Abständen stehenden Straßenlaternen warfen ihr unregelmäßiges Licht auf die porös wirkenden Fassaden und schief hängenden Giebel der altersschwachen Backsteinhäuser.

Der Motor von Webers Blechliesel verursachte einen gewaltigen Lärm, der von den Fassaden widerhallte. Es gab keine Bäume, die den Schall hätten dämpfen können. Einige Fenster standen offen, um nach der Hitze des Tages etwas kühle Luft in die Häuser zu lassen. Hier und da erschien der Kopf eines neugierigen Bewohners, der nach der Ursache des Krachs suchte. Ein motorisierter Polizist war ein lauter Polizist, das wurde Weber jetzt klar. Wer sich anschleichen wollte, tat es besser nicht auf Gummirädern, sondern auf Gummisohlen. Er hätte den Wagen an der Ecke parken sollen. Aber für diese Erkenntnis war es nun zu spät.

Von dem selbstgebauten Balkon neben dem Tor zu Pawels Werkstatthof ertönte ein »Was will denn der hier mitten in der Nacht? Hat man denn nie Ruhe?«, wahrscheinlich von dem dicken Kerl, der auch tagsüber dort saß. Weber lenkte sein Automobil an den Straßenrand, hielt an, zog die Handbremse fest und schaltete den Motor ab.

»Benzingestank ... auch das noch«, hörte er hinter sich,

aber es war mehr ein Murmeln. Niemand suchte Streit, es war noch immer zu heiß.

Die Bretter des Zauns, der den Hof umgab, ragten unterschiedlich hoch auf und waren oben angespitzt. Dünne Triebe einer Schlingpflanze rankten sich darum. Nein, Weber hatte sich getäuscht: Es war Stacheldraht, der da oben um die Bretter geschlungen war. Der war ihm bei seinen vorherigen Besuchen in Pawels Werkstatt gar nicht aufgefallen. Bis eben war es nur so eine Idee gewesen, den Automechaniker um diese Zeit zu besuchen, aber nun war Webers Neugier angefacht.

Das Tor war verschlossen und oben ebenfalls von Stacheldraht gekrönt. Weber rüttelte am Tor, es gab nicht nach. Er klopfte, schlug mit der Faust dagegen, hatte aber das Gefühl, dass Pawel ihm um diese Zeit bestimmt nicht öffnen würde. Weber ging ein paar Schritte weiter.

Links neben dem Zaun befand sich ein niedriges Fachwerkhaus, dann kam eine Mauer mit einer Holztür, dann das nächste Haus. Durch die Holztür kam man vermutlich in einen Durchgang, der hinter die Häuser führte, wo wahrscheinlich eine zweite Reihe von Gebäuden stand, oder es gab einen Hinterhof. Eine Klinke war nicht zu sehen, stattdessen war ein dicker Holzklotz draufgenagelt worden. Zum Aufschieben, aber das funktionierte nicht, weil drinnen offenbar jemand einen Riegel vorgeschoben hatte.

Weber schaute noch mal rechts und links die Straße entlang, fragte sich wieder, ob er den Stacheldraht das letzte Mal bloß übersehen hatte, kam dann zu einem anderen Schluss, hob den rechten Fuß und trat zu. Es krachte gar nicht mal laut. Es knirschte ein wenig, der Riegel brach ab, und die Tür schwang auf. Irgendetwas huschte hastig davon, eine Ratte wahrscheinlich.

Der Durchgang war ein dunkles Loch. Eine Taschenlampe müsste man haben, dachte Weber, so was gehört doch zum Handwerkszeug eines Einbrechers. Er trat in den Gang und tastete sich an der Wand entlang. Die Steine fühlten sich feucht an, Putz rieselte, wenn er in eine Fuge fasste. Dann stand er in einem engen Innenhof, vor sich ein einstöckiges Gebäude und rechts eine Mauer, die an einer Stelle eingefallen und mit Brettern ausgebessert worden war. Obendrauf wieder Stacheldraht. Aber als er gegen eins der Bretter trat, löste es sich. Noch zwei Tritte und drei Handgriffe, und er konnte durch die Lücke schlüpfen.

Jetzt stand er zwischen einem Leiterwagen und einem Unterstand, aus dem der Geruch nach Lumpen drang. Alles um ihn herum war nur schemenhaft zu erkennen. Er stolperte über eine Kiste und stieß einen Blecheimer an, der zum Glück nicht umfiel. Etwas schwappte über, und ein scharfer Geruch nach Ammoniak drang ihm in die Nase. Den Blick auf den Boden gerichtet, schlich er weiter. Die Umrisse des Schrotthaufens des Alteisenhändlers zeichneten sich vor ihm ab. Links kam jetzt die halb verfallene Fachwerkhütte ins Blickfeld, dahinter die Garage von Pawel. Um dort hinzugelangen, musste er unter dem Dach des Unterstands hindurch, weil ihm rechts ein zweiter Karren den Weg versperrte. Jetzt sah er auch den Diavolo-Motorwagen, an dem Pawel tagsüber herumbastelte. Dann hörte er über sich ein Knirschen, etwas rutschte vom Dach herunter, ein Stück Ziegel vielleicht, und landete auf seiner Schulter. Er wirbelte herum.

Ein großer, unförmiger Schatten sauste auf ihn zu, glitt aus und taumelte über das schräge Dach. Weitere Ziegelbrocken fielen über den Rand, ein paar kleinere landeten in Webers Gesicht mit einer Portion Mörtel. Er sah nichts mehr und spürte, wie ein Körper ihn zu Boden warf. Er prallte unsanft gegen einen Gerätestapel und brüllte laut, als sich etwas Hartes in seinen Rücken bohrte. Erschrocken riss er die Augen auf, sah einen erhobenen Arm und eine Hand, die einen eckigen Gegenstand umfasste, der gegen seine Schläfe schlug, nachdem er vergeblich versucht hatte ihm auszuweichen.

Das wenige Licht um ihn verlosch endgültig. Dann spürte er einen dumpfen Schmerz, und sein Schädel fing an zu brummen. Das Brummen wurde zu einem Pochen, zu einem Klopfen, wie bei einem defekten Motor.

Jemand stieß einen Schreckensschrei aus und fluchte: »Scheiße, gottverdammte! Der Udel!«

Weber versuchte, die Augen zu öffnen, aber es ging nicht. Von Aufstehen konnte gar keine Rede sein. Warum sollte er sich auch anstrengen? Jetzt packte ihn jemand unter den Achseln und zerrte ihn über den Boden, quer durch den Hinterhof zur Garage. Wirklich nett von diesem Menschen, dass er ihn genau dahin schleppte, wo er sowieso hinwollte.

Der Nebel in seinem Gehirn lichtete sich allmählich. Er fand sich auf einer Pritsche wieder und starrte im Schein einer matten Glühbirne in das zerfurchte Gesicht von Pawel dem Mechaniker. Der trug wieder seine Latzhose, darunter allerdings nur ein Unterhemd. Seine muskulösen Arme waren stark behaart. Er saß auf einer Holzkiste. Das Garagentor war geschlossen.

»Sie sind ein Vollidiot, Herr Kommissar.«

Aber das konnte dieser Ex-Ganove unmöglich zu ihm gesagt haben, oder?

»Guten Abend«, sagte Weber.

»Was soll denn das?«, fragte Pawel empört. »Warum brechen Sie bei mir ein?«

»Einbruch ist was anderes«, sagte Weber und merkte, dass

es ihm nicht leichtfiel, die Worte auszusprechen. Seine Zunge war lahm, seine Kehle trocken und kratzig.

»Sie haben die ganze Wand eingetreten«, sagte Pawel.

»Tut mir leid. Ich musste ja irgendwie reinkommen. Hätte auch über den Zaun steigen können. Aber der Stacheldraht …« Das alles brachte Weber mit gepresster Stimme und nur langsam heraus. Er tastete mit den Fingern zögernd seine Schläfe ab und spürte eine ziemlich dicke Beule. »Du hast mir beinahe den Schädel eingeschlagen.«

»Was tun Sie denn, wenn Sie einen Einbrecher auf frischer Tat ertappen?«

Die Antwort, die Weber dazu einfiel – »Ich rufe die Polizei« –, war eher unpassend, also wechselte er lieber das Thema: »Wieso der Stacheldraht?«

Pawel machte eine wegwerfende Handbewegung. »Alles für die Katz! Koschinski hat Schiss. Deshalb hat er sich hier einquartiert. Aber dann kriegt er wieder Schiss, weil es ihm hier zu unsicher ist. Geht nach Hause zurück. Dann kommt er wieder her. Weiß nicht, was er will, ist völlig durch'n Wind. Der Dummkopf.«

»Ist ja nett, dass du einem Freund hilfst, auch wenn er sich dumm benimmt.«

»Er ist nicht mein Freund. Er muss schon dafür zahlen.«

»Der arme Wicht …«

»Pah!«

»… hat Angst vor einer Fliege.« Weber versuchte zu lachen, aber es tat weh.

»Sie sind ja ein ganz Schlauer.«

»Ja, bin ich. Ich weiß zum Beispiel, dass Koschinski Schiss hat, Wanja Schwarz könnte zu ihm hochklettern in den vierten Stock und ihn abmurksen.«

»Für'n Udel reden Sie heute ziemlich komisch.«

»Ein Schlag auf den Kopf …«

»Klar hat der Angst, der Koschinski.«

»Nennen wir ihn Panzer-Paul«, schlug Weber vor.

»Nee, ich nicht. Sie wollen mich aufs Glatteis führen, aber da mach ich nicht mit, Herr Kommissar. Ich hab mal hier und da ein Auto repariert, bisschen auf Touren gebracht, Sie wissen ja … Aber mehr war da nicht. Ich bin nie Mitglied der Romanoff-Bande gewesen, bei meiner Ehre.« Pawel legte die rechte Hand aufs Herz.

»Aber Wanja Schwarz hast du schon gekannt, nicht?«

»Und wenn schon.«

»Genauso wie Carla Bruhns, die Künstlerin. Wie war das mit den dreien?«

»Ich sagte doch, ich hab nicht dazugehört.« Pawel blickte Weber forschend an, er schien leicht verunsichert zu sein.

»Man gehört auch dazu, wenn man Fluchtautos manipuliert. Man gehört auch dazu, wenn man gestohlene Autos manipuliert. Man gehört auch dazu, wenn man mit einer Bande zusammenarbeitet. Man gehört auch dazu, wenn man jemandem Unterschlupf gewährt. Wann warst du das letzte Mal im Knast?«

»Was?« Pawel wurde unruhig. Seine Hände zitterten leicht.

»War nicht schön, oder?«

»Ich geh da nicht mehr hin!«

»Muss ja auch nicht sein …«

»Das mit den Autos ist doch Jahre her, und selbst wenn ich mal eins gefahren habe …«

»Hätte.«

»Was?«

»Wenn du hättest, jaja, aber du hast. Und nicht nur einmal. Mag ja sein, dass du nicht direkt beim Einbrechen dabei warst, aber hinterher schon, stimmt's?«

»Wer hat das denn gesagt?«

»Die ganze Geschichte der Romanoff-Bande wird neu aufgerollt, Pawel! Alles wird unterm Teppich hervorgekehrt. Das liegt an den Morden. Hast du eigentlich keine Angst?«

»Was?«

»Mitglieder der Bande werden umgebracht. Hast du keine Angst, dass es dich erwischen könnte? Andere sind längst getürmt – Schlüssel-Ernst, Schnallen-Otto, Augen-Willi. Wie vom Erdboden verschluckt. Aber dir fehlen die Mittel dazu, hab ich recht? Du stehst dumm da. Deshalb nimmst du Geld von Koschinski, um doch noch türmen zu können. Es ist brenzlig geworden, auch für dich.«

»Ich hab doch nicht dazugehört. Nicht richtig.«

»Nimmt der Mörder das so genau?«

»Ich weiß nichts von diesem Mörder.«

»Du weißt doch, wer die Fliege ist. Wanja Schwarz. Und dieser Wanja ist der Mörder, wer sonst …?«

Pawels Augen leuchteten auf, und Weber brach irritiert ab.

»Sie wissen ja noch nicht mal, dass Wanja eine Frau ist«, sagte Pawel triumphierend.

»Angeblich ja wohl beides«, erwiderte Weber seelenruhig. »Weißt du es denn ganz genau? Hast du diese Person nackt vor dir gesehen?«

Pawel starrte ihn wie versteinert an.

»Siehst du! So einfach kannst du mich nicht aufs Glatteis führen.«

»Ich weiß wirklich nicht, was Sie eigentlich von mir wollen«, sagte Pawel verärgert.

Weber richtete sich auf, er war jetzt wieder hellwach. »Der letzte Coup der Romanoff-Bande war der letzte Coup von Zeus Romanoff überhaupt. Das war die Sache bei Raschmann. Die ist der Polizei nie gemeldet worden, weil die Bank nicht wollte, dass sie publik wird. Bei diesem Coup ist Romanoff ums Leben gekommen. Koschinski behauptet, er sei von der Polizei in einen Hinterhalt gelockt und erschossen worden. Davon wissen wir bei der Polizei aber gar nichts. Es war ein ziemlich ausgeklügelter Einbruch, mit Faltbooten vom Fleet aus durch einen unterirdischen Kanal. Es wurde ein Vermögen erbeutet, aber wo ist es geblieben?«

»Ich war nicht dabei, Herr Kommissar. Mit Booten hab ich nichts am Hut.« Pawel bemühte sich, ruhig zu bleiben, nur seine Augen huschten hin und her und verrieten, dass er nervös war.

Weber entschloss sich zu einem Schuss ins Blaue. »Koschinski war dabei, und er ist sehr nervös, wie wir wissen. Kein Wunder, denn Eduard Geyer war dabei, und der ist tot. Gustav Brinkmann war dabei, und der ist tot. Welche Rolle Therese Rasmus bei der Sache gespielt hat, weiß ich nicht, aber sie ist auch tot. Es ist doch offensichtlich, um was es hier geht: um die Beute. Geldgier, Habgier – nenn es, wie du willst – ist das allererste Motiv. Alles andere kommt danach. Und nun will ich dir mal sagen, warum du Schiss hast: Du steckst nämlich mit drin. Dein Name steht auch auf der Liste – die Fliege wird bald kommen und dich holen. Und selbst wenn du nicht direkt beteiligt warst, steckst du doch mit drin.«

Pawel schwieg und starrte zu Boden. Er atmete schwer, wälzte Gedanken, es arbeitete in ihm, er stöhnte, rang geistesabwesend die Hände.

»Wer kann dich retten?«, sagte Weber leise. »Wie kannst du davonkommen? Kann überhaupt jemand der Fliege entkommen? Die anderen sind untergetaucht, Koschinski verschanzt sich in seinem Turm. Sucht die Fliege sich dann erst mal ein leichteres Opfer, nimmt sich einen Namen vor, der weiter unten auf ihrer Liste steht? Wie weit unten steht dein Name?«

»Er steht doch gar nicht drauf!«, schrie Pawel. »Verdammt, er kann gar nicht draufstehen!«

»Nicht?«

»Nein, das ergibt keinen Sinn!«

»Ergeben diese Morde denn einen Sinn? Es ist doch nicht so, als würde nur getötet. Es wird demonstrativ gemordet. Es werden Zeichen gesetzt. Das ist nicht normal, das ist ...« Hysterisch? Weber hielt inne. Hatte er es mit einem Geisteskranken zu tun? »Es steckt eine böse, finstere Logik hinter diesen Bluttaten, Pawel. Und diese böse, finstere Logik wird auch dich treffen. Ich weiß nicht, welche Zeichen hier gesetzt werden, aber es trifft anscheinend jedes Opfer auf eine ganz bestimmte Art ...« Weber wunderte sich über seine Gedankengänge, aber diese abenteuerliche Theorie kam ihm plausibel vor. »Auf welche Art wird es dich treffen? Wie grausam wird dein Tod sein? Vielleicht hast du schon eine Idee.«

»Nein!«, schrie Pawel ihm ins Gesicht. »Ich war doch gar nicht dabei!«

»Warum hast du dann solche Angst?«, schrie Weber zurück.

»Weil ich das Versteck kenne!«, brüllte Pawel wie von Sinnen.

»Von der Beute?«

»Ja, nein. Nein! Hören Sie doch: Nein!«

»Du hast geholfen, die Beute wegzuschaffen. Nach der Raschmann-Sache. Dann kann ich dich als Mittäter verhaften. Vielleicht kannst du so überleben.«

»Nein, so war es nicht!« Pawel war so aufgebracht, dass er zu schluchzen anfing.

»Ich will nur hoffen, dass der Tod von Romanoff nicht auf deine Kappe geht. War es das, ein Hinterhalt von dir? Und wer war noch beteiligt?«

»Halt! Das stimmt doch alles nicht! Aufhören! So war es nicht. Ich hatte nichts damit zu tun. Das kam erst später ...«

»Was?«

Pawel schnappte nach Luft. »Der Transport ... die Beute musste ... weggeschafft werden.«

»Von wo?«

»Aus Romanoffs Keller in dem Gang zwischen der Erichstraße und der Friedrichstraße, da wo Therese später ihre Bude eingerichtet hat. Das war das Zwischenlager. Das andere kannte niemand. Bis auf Wanja. Aber die konnte nicht Auto fahren. Sie wusste, dass ich wegwollte, und versprach mir Geld. Also hab ich es getan.«

»Wohin?«

»In den Hafen. Romanoff hat seine Beute in den Hafen gebracht. Außer ihm kannte nur die Fliege das Versteck. Wenn er die Ware verkauft hatte, bezahlte er seine Leute in bar. Nur er wusste, an wen die Sachen weiterverkauft wurden.«

»Wo genau im Hafen?«

»Wenn ich's Ihnen sagen würde, könnten Sie's doch nicht finden, glauben Sie mir.«

»Dann musst du mich hinführen.«

»Das wird mein Todesurteil sein, Herr Kommissar. Und Ihres vielleicht auch. Die Fliege hat mir nämlich genauestens beschrieben, was sie mit mir machen wird, wenn ich das Versteck verrate.«

»Kommen wir mit dem Automobil dorthin? Gut, wenn es einen Weg gibt, dann los. Fahren wir!«

»Nein, nie und nimmer! Nicht jetzt! Nicht mitten in der Nacht. Keine zehn Pferde bringen mich jetzt dorthin.«

»Morgen früh«, schlug Weber vor.

»Wenn ich diese Nacht überlebe«, sagte Pawel niedergeschlagen.

»Ich könnte hier bleiben, und wenn es hell ist, fahren wir los«, schlug Weber vor.

»Wenn es hell wird, sind wir beide wahrscheinlich tot«, erklärte Pawel schicksalsergeben.

Weber griff unter sein Jackett, zog die Pistole aus dem Halfter und hielt sie demonstrativ ins Licht.

»Na fein«, sagte Pawel und grinste verkniffen. »Dann nehmen Sie die Pritsche und ich den Strohsack dahinten. So hab ich's auch mit Koschinski gehalten. Und wissen Sie, was ich ihm vor dem Einschlafen immer gesagt habe?«

»Was?«

»Wer morgen früh als Erster mit zerschnittener Kehle aufwacht, hat gewonnen. Das war, bevor Sie bei mir eingebrochen sind und mir die Hölle heißgemacht haben.«

»Tut mir leid«, sagte Weber und streckte sich auf der Pritsche aus.

»Tut es nicht«, erwiderte Pawel und schlurfte zu seinem Strohsack.

Weber schob die Pistole unter die zusammengefaltete Wolldecke, die ihm als Kopfkissen diente.

Sie konnten beide nicht schlafen. Pawel wälzte sich stöhnend hin und her. Weber hatte Angst, sein einziger Zeuge könnte ihm jetzt noch davonlaufen. Irgendwann fing Pawel an zu erzählen. Wie er versucht hatte, aus Hamburg fortzugehen, wie er mit ausreichend Kapital in Berlin angekommen war, wie er sich bemüht hatte, eine seriöse Autowerkstatt aufzubauen, und wie er gescheitert war. »Aus irgendeinem Grund können die es riechen, die Halbseidenen und die Ganoven. Einer kommt zufällig vorbei und merkt was, dann rücken die anderen an. Man erkundigt sich über dich. Und schon steckst du im Schlamassel. Einer weiß was von dir, sie quetschen dich aus. Dann soll man ihnen einen Gefallen tun. Und ob man's macht oder nicht, ist egal. Wenn sie erst mal um einen herumschwirren, ist die Polente nicht weit. Die kommen dann nachsehen, ziehen auch Erkundigungen ein und schwärzen einen an. Damit ist das seriöse Geschäft erledigt. Dann macht man wieder mit wie früher. Aber mit denen in Berlin war nicht gut Kirschen essen. Ich bin wieder zurück. Fast mein ganzes Geld ist draufgegangen für die Werkstatt und für das, was ich dem einen oder andern in die Brusttasche stecken durfte. In dieser Hinsicht sind sie nämlich alle gleich, ob Hüter des Gesetzes oder Gesetzesbrecher.«

»Nicht alle«, sagte Weber müde.

»Klar, Herr Kommissar, es gibt auch ehrliche Ganoven.«

Weber nickte ab und zu kurz ein und träumte von einer fetten Fliege, die unter der Decke klebend einen Goldregen fallen ließ.

Sein Schädel pochte, die Beule an der Schläfe schmerzte, er hatte einen mächtigen Durst und sehnte sich nach einem großen Bier. Hinter einem welligen Glas, von dem kalte Wassertropfen perlten, erschien ein bekanntes Gesicht mit blonden Haaren, die im Bier wogten wie Seegras.

Er schreckte auf, als Pawel in der Garage umherschlurfte. Er stieß die Tür auf, die Morgensonne strahlte herein. Weber fuhr hoch, weil er fürchtete, der Mechaniker könnte jetzt noch das Weite suchen, aber der stand nur da, starrte auf den tristen Hof und kratzte sich im Nacken.

Schon stand Weber neben ihm und sagte: »Fahren wir!«

Pawel zog ein Hemd an, warf sich eine Baumwolljacke über und folgte Weber über den Hof. Es dauerte einige Zeit, bis er Schloss, Kette und Riegel am Tor aufgemacht hatte.

Dann fuhren sie los.

»Petroleumhafen«, sagte Pawel.

»Wie bitte? Der liegt doch auf Waltershof. Das ist eine Insel. Wie sollen wir denn da hinkommen?«

»Mit der Eisenbahn, Herr Kommissar. Da fahren Tankzüge hin.«

»Du willst mich wohl verkohlen.«

»Tja, wenn's nicht geht ...« Pawels Hand bewegte sich zum Türgriff.

»Es muss doch eine Straße ...«, überlegte Weber. »Aber wie weit führt die überhaupt? Und über den Köhlbrand kommen wir mit dem Wagen nie und nimmer.«

Pawel schob die Tür auf und rutschte zur Seite. Weber packte ihn am Jackenkragen und hielt ihn fest. »Halt! So nicht!«

Pawel fluchte auf Polnisch vor sich hin.

»KK 6, Revier 8.«

»Was?«, fragte Pawel.

»Polizei Altona. Die haben eine Revierwache in Övelgönne. Die werden wissen, wie wir rüberkommen.«

»Ich geh doch nicht freiwillig in eine Polizeiwache rein!«

»Ich pass schon auf, dass du nicht verhaftet wirst.«

Pawels Widerstand erlahmte. Weber ließ ihn los, gab Gas, und der Wagen rollte an.

»Schließ die Tür!«, sagte Weber.

Pawel murmelte weitere polnische Flüche, während Weber den Wagen auf die Palmaille lenkte und Gas gab, um eine Tram zu überholen. Oberhalb des Schulbergs parkte er am Straßenrand, befahl Pawel auszusteigen und hielt sich immer dicht neben ihm.

Die Altonaer Kollegen von der Revierwache am Elbhang konnten weiterhelfen. Von der Landungsbrücke Neumühlen fuhr regelmäßig eine Hafenbarkasse rüber zum Athabaskakai und vorbei am Seemannshöft zu einem Anleger, von dem aus ein Fußweg zum Petroleumhafen führte. Ob sie da einfach so reinkämen, wussten sie nicht, sie rieten ihnen aber davon ab, über die Bahngleise zu steigen, denn dort herrsche reger Güterverkehr.

Weber bedankte sich und führte den zögerlichen Pawel am Arm den Elbhang hinunter und von dort über den Strand zur Övelgönner Landungsbrücke. Er war erleichtert, als sie auf dem Anleger angekommen waren, denn nun war es für Pawel nicht mehr so einfach, ihm zu entwischen. Dafür hätte er schon ins Wasser springen müssen.

Die Fähre war vor allem dazu da, Hafenarbeiter aus Altona ans andere Ufer zu transportieren und Ausflügler und Touristen nach Finkenwerder. Es war eine kleine, niedrige Dampfbarkasse mit schrägem Schornstein, die neben den großen Frachtern, die vor dem nagelneuen »Union«-Kühlhaus und den Kaispeichern festgemacht hatten, recht mickrig wirkte. Man saß seitlich am Bootsrand auf Bänken im Freien und wurde nassgespritzt, wenn die Wellen höher gingen, denn der überdachte Unterstand war dem Kapitän und seinem Heizer vorbehalten. Kaum hatten sie abgelegt, fing Pawel wieder an zu fluchen. Große Frachter waren auf der Elbe unterwegs. Das kleine Dampfboot hob und senkte sich in ihrem Kielwasser und kam gewaltig ins Schlingern.

»Seekrank?«, fragte Weber leutselig.

»Nur wenn ich kotze«, erwiderte Pawel verbissen.

Nachdem sie über einen unbefestigten Pfad durch ein Stück staubiges Brachland gegangen waren, standen sie vor Eisenbahngleisen, die von Süden her aus dem Hafengebiet kamen, einen Bogen beschrieben und auf eine Landzunge führten. Jenseits der Gleise waren einige größere, flache Lagerschuppen zu sehen sowie ein Backsteingebäude mit hohem Schornstein. Daneben erhob sich ein eigenartiges Gebilde aus riesigen, ineinander verschlungenen Rohren. Hinter den Gleisen und Schuppen erstreckte sich die sechs- bis siebenhundert Meter breite Landzunge etwa einen Kilometer nach Osten. Zur Elbe hin fiel eine schräge Geröllhalde ab. Vereinzelt waren Grundstücke umzäunt, auf denen große, runde, zylinderartige Tanks standen. Dazwischen Brachland und weitere fabrikartige Gebäude, von denen zwei noch im Bau waren.

»Wir können über die Gleise gehen oder da links einen Weg am Ufer entlang«, sagte Pawel.

»Über die Gleise?« Weber beobachtete skeptisch, wie einige scheinbar herrenlose Tankwaggons heranrollten und in die Kurve gingen. Von Süden her näherte sich ein kompletter Zug.

Pawel folgte seinem Blick. »Als ich das letzte Mal hier war, gab es zwar Gleise, aber noch nicht so viele Tanks, und es standen bloß ein paar Waggons herum mit Erde drauf.«

»Gehen wir lieber den Weg«, entschied Weber.

»Petroleum schmiert das Getriebe und treibt den Motor an«, sagte Pawel, als sie über den staubigen Feldweg an den hoch aufragenden Tanks vorbeigingen. Oben in der Luft zwitscherten Lerchen, man hörte Schiffe tuten, und über allem lag ein diffuser Maschinenlärm. Ein Arbeiter, der gerade die Leiter an einem Tank herunterstieg, warf den beiden Männern einen gleichgültigen Blick zu.

Nach ungefähr einer Viertelstunde erreichten sie eine Brache. Pawel deutete über die Fläche auf eine Mauer, die von Stacheldraht gekrönt wurde. Dahinter standen zwei Tanks, die nicht so hoch waren wie die anderen und schmutzig wirkten – bemoost oder verrostet oder einfach nur vom allgegenwärtigen Kohledunst verdreckt.

Eine Tür aus Metallgitter hing schief in den Angeln. Sie

war verschlossen, es gab keine Klinke. Weber suchte die poröse Mauer nach einer Stelle ab, wo sie hinüberklettern konnten.

»Na ja«, sagte Pawel, holte einen Draht aus der Tasche seines Overalls und bog ihn zurecht.

Die Gittertür ging quietschend auf. Dahinter eine Wiese mit hohem Gras und bunten Blumen.

»Der linke Tank«, sagte Pawel, »wenn ich mich recht erinnere.« Er machte keine Anstalten, das Gelände zu betreten.

»Na, dann los«, sagte Weber und schritt durch die Tür.

Pawel blickte skeptisch drein.

»Oder sind da Tretminen versteckt?«, fragte Weber ungläubig.

»Wer weiß«, murmelte Pawel sorgenvoll.

Der will mich nur ins Bockshorn jagen, damit wir die Sache abbrechen, dachte Weber.

»Ich gehe voran«, sagte er. »Wehe, du türmst.«

»Wohin denn?« Pawel schaute sich um.

Mit einem mulmigen Gefühl im Magen arbeitete Weber sich durch das hohe Gras zum linken Tank vor.

Dort angekommen, umkreiste er den riesigen Stahlzylinder, der einen Durchmesser von ungefähr zehn Metern haben musste. Pawel trottete hinter ihm her. Sie erreichten eine Leiter, die aufs Dach führte.

»Was ist drin in dem Ding?«

»Der Schatz«, sagte Pawel höhnisch grinsend.

»Und sonst?«

Schulterzucken.

»Also rauf da!«, kommandierte Weber. »Du zuerst.«

Die Leiter war stark verrostet und so rau, dass man sich beinahe die Hände aufschürfte. Oben, in circa vier Metern Höhe, stellten sie sich breitbeinig auf das Stahldach und schauten über die Elbe. Das helle Band des Strands am anderen Ufer war deutlich zu sehen. Barkassen, Ewer und kleinere Frachtschiffe sowie Fischkutter waren unterwegs. Blauer Himmel über dem gelblich grauen Dunst, den die zahllosen Schornsteine verursachten. Alles wie immer.

Pawel steckte sich mit zitternder Hand eine Zigarette in den Mund und tastete nach Streichhölzern oder einem Feuerzeug.

»Bist du lebensmüde, Mann!«, fuhr Weber ihn an. »Wir stehen auf einem Petroleumtank.«

Pawel steckte die Zigarette weg.

In der Mitte des Dachs gab es eine runde Luke mit einem Rad, das man drehen musste, um den Verschluss zu lösen. Es sah so aus, als wäre dies der Zugang.

Mit vereinten Kräften schafften sie es, das Rad zu drehen und die Luke aufzuklappen. Weber fand einen Stein und warf ihn in den Tank. Es gluckste.

»Was ist da drin?«, fragte er.

Pawel hob die Schultern.

Weber beugte sich über die Öffnung und schnupperte. Es roch modrig. Er griff hinein und spürte eine kalte Flüssigkeit, schöpfte eine Handvoll heraus, roch daran und probierte einen Schluck.

»Wasser«, stellte er fest. »Das ist bloß Wasser.«

»Es gibt eine Kammer«, murmelte Pawel.

»Tauchen?«, sagte Weber. »Und ohne Licht?«

Pawel schaute sich um. Dann griff er sich an den Kopf. »Ah! Wir kamen ja aus der anderen Richtung. Das Boot war dort festgemacht.« Er deutete nach Osten. »Also ist das dort der linke Tank. Tut mir leid, aber es war ja Nacht.«

Sie stapften zwanzig Meter durch die Wiese zu dem anderen Tank, der genauso aussah wie der erste. Auch hier eine

Leiter und oben eine Luke. Aber kein Wasser. Stattdessen eine Leiter, die hinunter in den Tank führte. In dem Licht, das durch die Luke nach unten drang, konnte Weber erkennen, dass der Innenraum offenbar leer war.

Sie kletterten hinab. Unten ein Boden aus gestampfter Erde und eine Falltür.

»Ah«, sagte Pawel. »So war's. Es ging da runter. Aber wir kamen durch eine Tür in der Seite.« Er schaute sich suchend um. »Die haben sie zugeschweißt. Und weiter als bis in diesen Raum hier bin ich nicht gekommen. Sollte hier alles abstellen.«

Die Falltür hatte ein Schloss. Pawel musste wieder mit dem Dietrich ran. Es war kein Problem. Er zog die Tür auf. Darunter war ein Schacht.

»Da gab's sogar Licht«, sagte er. Er war jetzt neugierig geworden.

»Aber keine Leiter.«

»Das ist nicht tief.« Pawel setzte sich auf den Rand des Schachts und ließ sich dann hinunter. Er verschwand, aber sein Kopf war im Halbdunkel noch zu sehen. Dann klickte es, und ein Lichtschein flammte auf. Pawel hockte auf allen vieren und schaute hoch: »Ein Gang!« Dann verschwand er.

Weber ließ sich hinab. Und fand sich in einem unterirdischen Gang wieder, der von Pfeilern gestützt und teilweise mit Brettern verschalt war. Einige Drähte liefen unter der Decke entlang, in regelmäßigen Abständen hingen leuchtende Glühbirnen daran. Die Drähte endeten in einem Metallkasten mit einem Schalter, den Pawel offenbar umgelegt hatte.

Weber fühlte sich unwohl. Dieser Gang erinnerte ihn an seine schlimmsten Erlebnisse an der Westfront im endlosen Stellungskrieg. Seine Brust verengte sich. Er rang nach Atem. Die Angst vor dem Gas. Die Angst, verschüttet zu werden. Die

Angst, im nächsten Moment mitsamt dem Dreck um einen herum in die Luft zu fliegen. Die Angst, auf abgerissene Gliedmaßen zu treten. Der Schweiß brach ihm aus. Genauso wie damals. Immer wieder, jeden Tag. Und jeder Tag war eine Unendlichkeit gewesen.

Aber Pawel war schon vorangekrochen.

»Kommen Sie!«, rief er.

»Ich kann nicht!«

»Na los doch, Herr Kommissar.«

Der Tunnel machte eine Biegung, und Pawel verschwand dahinter.

Weber zitterten die Glieder. Er hatte eine Höllenangst. Er würgte. Schnappte nach Luft. Er drehte sich um, schaute nach oben zur Decke des Tanks. Da oben, ganz weit oben, in unendlicher Ferne war eine hellblaue, runde Scheibe zu sehen. Der Himmel. Dort musste er hin, nach oben, so schnell wie möglich.

In der Wand waren kleine Vertiefungen. Er hangelte sich aus dem Schacht hoch, kroch auf allen vieren zur Leiter. Ihm war hundeelend.

Pawels Stimme hallte durch den Tunnel. »Ich hab ihn!«, rief er begeistert. »Der Tresor ist hier mitten im Tank! Ich klettere jetzt raus. Sie müssen kommen, Herr Kommissar!«

Etwas vibrierte in der Luft. Es rumpelte in der Ferne. Ein Summen ertönte. Ein Zischen war zu hören. Gas? Ein kurzer, dumpfer Schlag, metallisches Knarren.

Ein gedämpfter Schrei. Dann ein Rauschen. Anschwellendes Gurgeln. Was war da los? Schwer atmend kroch Weber zurück zum Schacht. Unten im Tunnel war es nass geworden. Wasser drang hinein. Immer mehr. Zuerst nur ein Rinnsal, dann ein Bach, dann war der Boden des Schachts gefüllt. Das Licht flackerte. Das Wasser stieg. Die Lampen gingen aus.

»Pawel!«

Ein Japsen und Jaulen wie von einem Hund, aber vielleicht war das auch nur Einbildung. Das Wasser im Schacht stieg schnell, erreichte den Rand und quoll heraus.

Weber sprang auf, rannte zur Leiter und kletterte nach oben. Auf dem Dach angekommen, warf er sich auf den Rücken, starrte in den blauen Himmel und atmete keuchend. Sein Puls raste.

Als er etwas ruhiger und die Angst beherrschbar war, stieg er erneut nach unten und stellte fest, dass der Boden des Tanks fast zwanzig Zentimeter tief unter Wasser stand.

Er stieg wieder hinauf, kletterte den Tank außen hinab und ging auf den anderen Stahlzylinder zu. Wieder nach oben zur Luke im Dach. Jetzt konnte er seine Hand nicht ins Wasser tauchen, denn da war kein Wasser mehr.

Nachdem es Weber gelungen war, aus dem Büro einer Ölhandelsfirma ein Telefonat mit dem zuständigen Revier der Hafenpolizei zu führen, kamen drei Kollegen mit einem offenen Wagen. Kurz darauf rückten zwei Einsatzfahrzeuge der Hafenfeuerwehr an, ein Leiterwagen und ein Gerätewagen.

Den Kollegen den Vorfall zu schildern, fiel Weber nicht leicht, er stand unter Schock und konnte nur bruchstückhaft darlegen, was passiert war. Die Begriffe »Diebesgut«, »Versteck« und »Falle« taten dann ihre Wirkung, und sie verstanden, worauf er hinauswollte. Schließlich erklärte er ihnen, dass der eine Tank voll Wasser gelaufen war, nachdem sein Begleiter durch einen unterirdischen Gang vom einen Tank in den anderen gelangt war. Sie schauten ihn zwar ungläubig an, ließen sich aber nach einer Inspektion des zweiten Tanks halbwegs überzeugen, dass Wasser abgepumpt werden musste.

Die Feuerwehrmänner bauten eine Pumpe auf und legten einen Schlauch in den Tank, um, wie sie annahmen, zwanzig Zentimeter hohes Wasser abzulassen. Die geöffnete Luke im Boden kam zum Vorschein, und es stellte sich heraus, dass da mehr Wasser herauszupumpen war als gedacht. Es dauerte ewig. Ein zweiter Schlauch mit einer zweiten Pumpe wurde installiert. Das Wasser lief hektoliterweise auf die Brachwiese und verwandelte einen Teil davon in ein Sumpfgebiet.

Schließlich floss kein Wasser mehr in den Schacht, und sie konnten nachschauen. Weber war dankbar, dass der Leutnant der Feuerwehr ihm verbot, die Lage zu prüfen. Dafür seien sie zuständig, erklärte er kategorisch.

Sie fanden Pawel in dem Gang zwischen den Tanks. Er war ertrunken. Die Leiche wurde nach draußen geschafft. Weber schaute weg, als sie ihn herausbrachten. Er konnte den Anblick nicht ertragen, fühlte sich schuldig. Ein Beamter ging los, um einen Sanitätswagen anzufordern.

In dem Tank, den Weber und Pawel zuerst bestiegen hatten, fanden sie im Licht ihrer Stablampen eine eigenartige Konstruktion vor. Der Innenraum war zur Hälfte – und zwar im oberen Bereich – mit einem Wassertank ausgestattet. Deshalb hatte Weber mit der Hand ins Wasser gefasst, nachdem er die Luke auf dem Dach geöffnet hatte. Die untere Hälfte des riesigen Metallzylinders war leer. Im Zwischenboden hatten sich mehrere große Klappen geöffnet, durch die das Wasser nach unten geströmt war. Es hatte Pawel erfasst und ihn in den Gang zurückgespült, aus dem er nicht mehr entkommen konnte. Die untere Hälfte des Tanks und der Gang waren voll Wasser gelaufen, dann war es den Schacht im zweiten Tank hochgestiegen und aus der Falltür im Boden gequollen, bis es im zweiten Tank zwanzig Zentimeter hoch stand.

Nun wurde auch deutlich, wie die Falle funktioniert hatte, in die Pawel getappt war: Gelangte ein Unbefugter durch den unterirdischen Gang in den Tank mit dem Tresor – offenbar der einzige Zugang –, setzte die Ausstiegklappe einen Mechanismus in Gang. Öffnete man sie, gingen die Schleusen im Boden des darüberliegenden Tanks auf, und das Wasser stürzte nach unten.

Das hätte ich wissen müssen, dachte Weber, es war doch klar, dass dieses Versteck gesichert ist. Andererseits: Wer rechnet denn mit einer so perfiden Konstruktion? Ein wahrer Höllenmechanismus.

Nach dem Abpumpen war nun aber noch etwas Erstaunliches zu sehen: eine schwere Stahltür, halb so groß wie eine Tresortür in einer Bank, mit drei Drehscheiben, die zu einem Kombinationsschloss gehörten. Nur dass sie nicht aufrecht stand, sondern in den Boden eingelassen war. Natürlich ging sie nicht auf.

»Da müssen wir ran«, sagte Weber mit leicht zitternder Stimme.

Die Feuerwehr baute einige batteriebetriebene Lampen auf, da in diesen Tank überhaupt kein Tageslicht fiel.

»Wir könnten den Boden aufgraben«, schlug ein Polizist vor.

»Das kann ja Tage dauern«, sagte ein zweiter. »Man bräuchte einen Bagger. Aber wie soll man den hier reinschaffen?«

»Einen Experten für Geldschränke bräuchte man«, sagte einer der Feuerwehrmänner. »Die kriegen solche Stahltüren mit dem Schneidbrenner auf.«

Ein anderer schnippte mit den Fingern. »Aufschweißen. Das ist es!«

Die Männer verließen den Tank durch den unterirdischen

Gang, kletterten über das Dach des anderen nach draußen und berieten sich.

Ein Schneidbrenner musste organisiert werden. Vielleicht war in der näheren Umgebung einer aufzutreiben?

Einige Beamte schwärmten aus. Der Polizeileutnant fragte Weber, wer der Tote denn eigentlich gewesen sei. »Ein ehrbarer Ganove«, sagte Weber. »Viel mehr weiß ich nicht von ihm.« Er war erleichtert, als der Sanitätswagen sich näherte. Die Polizeibeamten legten Pawel auf eine Bahre und erklärten, sie würden ihn ins Leichenschauhaus im Hafenkrankenhaus bringen. Dann schoben sie ihn in den Wagen. Weber fühlte sich hundeelend, als er dabei zusah. Der Feuerwehrleutnant bot ihm eine Zigarre an. »Um die Wartezeit zu verkürzen.« Warum nicht, dachte Weber.

Der Feuerwehrleutnant fragte, was denn wohl in dem Versteck sei. »Diebesgut, nehme ich an.«

Der Leutnant lachte. »Schneidbrenner, was? Und wir brechen bei den Einbrechern ein.«

Fündig wurden die Polizisten schließlich auf einer Baustelle von Arbeitern, die eine Brücke über das Köhlfleth ausbesserten. Das Gerät wurde kurzerhand konfisziert.

Weitere zweieinhalb Stunden dauerte es, bis das Schloss aus der Stahltür geschnitten war. Als es mit einem lauten Krachen nach unten fiel, schauten sich alle Anwesenden an. Die unausgesprochene Frage lautete: »Was passiert nun, wenn wir die Tür aufstemmen?«

»Von unten kann kein Wasser kommen«, meinte ein Polizist.

»Na ja«, sagte ein Feuerwehrmann.

»Jedenfalls nicht rasend schnell.«

Einer schaute nach oben, dann nach unten: »Vielleicht gibt der Boden nach.«

»Oder Gas«, sagte ein anderer. »Unterirdische Gänge und Gas – das kennen wir doch.«

»Hör bloß auf, mir wird schon schlecht.«

Die Männer schauten sich beklommen um.

»Wer weiß, wie schwer das Ding ist …«

»Ach was«, meldete sich der Feuerwehrleutnant zu Wort. »So schwer kann das gar nicht sein.« Er beugte sich vor, packte den Griff und zog die Stahltür hoch, klappte sie so weit auf, bis sie einrastete. Es ging ganz leicht und verursachte kaum ein Geräusch. Ein genialer Mechanismus, gut geölt.

Und schon standen die Männer um die quadratische Öffnung herum und starrten nach unten. Eine Leiter war zu sehen. Sie führte ins Dunkel. Noch ein unterirdischer Gang.

Zwei Männer leuchteten nach unten.

»Da ist ein Keller.«

Weber trat auf das Loch zu. »Dann muss ich wohl.«

Der Feuerwehrleutnant hob die Hand. »Halt! Das ist meine Aufgabe!« Er kletterte hinab.

Als er unten angekommen war, leuchtete er um sich herum. Die Männer oben sahen nur das Hin und Her des Lichtkegels.

»Ein einziger Raum«, sagte der Feuerwehrleutnant. »Kisten. Und Stapel mit großen Brettern oder so was. Abgedeckt. Eingepackt. Nichts Verdächtiges. Keine Gefahr. Sie können runterkommen, Herr Kommissar.«

Weber ließ sich eine Lampe geben und stieg die Leiter hinab. Er bildete sich ein, Senfgas zu riechen. Aber das war wohl nur eine Sinnestäuschung.

Unten leuchtete er gemeinsam mit dem Feuerwehrleutnant den Raum ab, der ungefähr fünf mal sechs Meter maß. In einer Ecke standen große Holzkisten nebeneinander, in einer anderen lagen sorgfältig auf Holzbohlen übereinandergestapelte, in wasserdichte Planen eingeschlagene, flache Pakete mit einer Seitenlänge zwischen einem halben und eineinhalb Metern.

Der Feuerwehrleutnant zog ein Messer aus dem Gürtel und schnitt eine Plane auf.

»Ein Gemälde«, sagte er und schnitt das nächste Paket auf, »Kunstwerke, lauter Kunstwerke! Haben Sie die gesucht, Herr Kommissar?«

Weber schaute sich verwirrt um. Was hatte er zu finden erwartet? Geld, Gold, Schmuck, Wertgegenstände? Vielleicht. Aber ganz sicher keine Gemälde.

»Sind die wertvoll?«, fragte der Feuerwehrleutnant begeistert.

»Keine Ahnung.«

»Aber … das ist doch Diebesgut?«

»Ja«, sagte Weber zögernd, »das wohl schon, aber andererseits auch wieder nicht.«

Der Feuerwehrleutnant kommandierte zwei Männer ab, die die Bilder aus dem Keller nach oben in den Raum unterhalb des geleerten Wassertanks schafften. Noch während sie die Bilder hochschleppten, begann Weber mit dem Auspacken. Er knüpfte die Schnüre auf und nahm die drei Verpackungsschichten ab, die aus wasserdichten Planen, Filzdecken und Packpapier bestanden. Der Leutnant kam ihm schließlich mit seinem Messer zu Hilfe.

Nachdem sie sie ausgepackt hatten, stellten sie die Bilder rundum an den Wänden auf. Weber achtete peinlich genau darauf, dass die Kunstwerke nicht in einer der zahlreichen Wasserpfützen landeten. Das zylindrische Gebäude aus Eisen und Stahl wurde zum Ausstellungsort. Es waren Ölgemälde, Kohlezeichnungen und Aquarelle, mehr als dreißig, größtenteils quadratisch oder im Querformat in den üblichen Maßen, teilweise gerahmt. Drei Ölbilder unterschieden sich nicht nur wegen ihres Hochformats von den übrigen. Sie maßen in der Höhe eineinhalb Meter und gehörten offenbar zusammen. Ein Triptychon. Zwei Teile waren sechzig Zentimeter breit, der dritte ungefähr neunzig Zentimeter. Im Gegensatz zu den anderen Ölgemälden, auf denen schrille, grelle und satte Farben dominierten, war das Triptychon dunkel gehalten. Man musste es direkt anleuchten und nah herangehen, um Details zu erkennen.

»Wieso packen wir die denn alle aus?«, fragte der Feuerwehrleutnant.

»Um uns ein Bild zu machen«, sagte Weber.

»Ha, Sie sind mir ein Scherzbold«, entgegnete der Leutnant, obwohl Weber es gar nicht ironisch gemeint hatte. »Wem gehören die denn?«

»Soweit ich weiß, wurden sie aus verschiedenen Häusern gestohlen.«

»Scheint ein und derselbe Künstler zu sein, oder?«

»Ja.«

»Da hat wohl jemand einen Narren an dem Mann gefressen.«

»Es sind die Bilder einer Frau«, sagte Weber. »Carla Bruhns.«

»Sieh mal an. Den Namen hab ich nie gehört, aber ich habe auch keine Ahnung von so was. Bei uns zu Hause hängt ein Bild vom Rhein mit der Loreley über'm Kanapee.«

Weber ging an den Bildern entlang. »Ja, dies hier ist was anderes.«

»Modern.«

»Eher expressionistisch.«

»Sie kennen sich anscheinend aus. Ich hab bloß mal gelesen, dass Expressionismus das Gegenteil von Impressionismus ist. Meine Frau sagt, sie hängt sich alles an die Wand, solange es Biedermeier ist. Jugendstil, sagt sie, ist nur was für junge Leute.«

»Hm-hm.« Weber schaute sich die Bilder nun genauer an. Eine Kohlezeichnung zeigte eine Kaianlage mit Stückgutfrachtern und einem perspektivisch verzerrten Gewirr aus Kränen und Gleisen. Auf einer zweiten waren Fischkutter zu sehen, deren Takelagen ein Muster bildeten, das sich auf den Hemden der Fischer wiederfand. Die Ölgemälde zeigten Großstadtszenen mit Straßen und Häuserreihen, Trambahnen, Automobilen und verwischten Passanten, die mal als wogende Masse, mal als zersplitterte, diffuse Einzelteile über Gehsteige an Schaufenstern vorbeihasteten.

Andere Bilder widmeten sich Motiven aus St. Pauli: Flackernde Leuchtreklamen an der Reeperbahn und in der Großen Freiheit. Grelle Lichter von Laternen, Scheinwerfern und Reklamewänden erzeugten ineinanderstürzende Lichtkaskaden. Szenen aus dem Kabarett mit Artisten, die waghalsige Kunststücke vollführten, vor einer Kulisse, deren Proportionen irrwitzig verzerrt waren. Schlaglichter aus dem Kneipenleben der Halb- und Unterwelt, Verbrecher und Ganoven, die mit ihren Liebchen, und Zuhälter, die mit ihren Huren obszön schäkerten. Waren da nicht bekannte Gesichter dabei? Weber glaubte, wohlvertraute Persönlichkeiten zu entdecken: Schrammel-Ede in jüngeren Jahren, Kekse-Gustav im braunen Zweireiher, Schlüssel-Ernst im karierten Hemd, einen Mann mit Spazierstock und langer Zigarettenspitze, der Paul Koschinski ähnelte. Aber vielleicht war das auch Einbildung.

Keine Einbildung war jedoch die Szene in einem Kabarett, bei dem es sich, der exotischen Dekoration nach zu urteilen, um das *Hawaii* handelte: Hier tanzte inmitten eines wilden Gewirrs aus gaffenden Betrachtern, lüsternen Bürgern und lasziven Freudenmädchen ein einzelner Tänzer auf der Bühne zwischen halbnackten Mädchen mit Blumenkränzen. Er war von vorn zu sehen und in zwei Personen geteilt: einen Mann in schwarzem Frack mit Zylinder und eine Frau in weißem Rüschenkleid mit ebenso weißem Federhut. In der ersten Reihe vor der Bühne saß eine ähnlich gespaltene Person mit sehnsüchtig ausgestreckten Armen und himmelte den Tänzer an.

»Ziemlich wirres Zeug«, sagte der Feuerwehrleutnant. »Sieht aus, als hätte jemand auf dem Hamburger Berg ordentlich auf den Putz gehauen. Nach meinem letzten Besuch im *Trichter*, wo diese französischen Tänzerinnen aufgetreten sind, sah für mich die Welt auch so aus. Aber das ist länger her. Da war ich noch nicht verheiratet.«

Weber wandte sich dem Triptychon zu. Es war schwer, darauf überhaupt etwas zu erkennen. Alles war dunkel gehalten, Umrisse schwarz in schwarz, die Farbtöne extrem düster und dumpf, nur hier und da blitzte etwas Grelles auf. Die drei Bilder teilten sich in wirre Szenen, die in sich und ineinander verschachtelt und verschlungen waren und scheinbar keine eindeutige Perspektive hatten, alle Proportionen waren verzerrt und verschoben. Ein alptraumhaftes Durcheinander.

»Na«, sagte der Feuerwehrleutnant, der nah herangetreten war, die Augen zusammenkniff und mit seiner Stablampe darauf leuchtete. »Das ist ziemlich klar, oder? Kennen Sie dieses mittelalterliche Zeug mit den ganzen Todsünden und dem Gemetzel und den bösen Geistern? Wie heißt noch der Maler? Sieht aus wie abgemalt und dann schwarz übertüncht.«

»Hieronymus Bosch?«, fragte Weber.

»Ja, genau, der mit dem technischen Namen. Bin eben nicht drauf gekommen.«

Weber trat neben den Leutnant und besah sich das größere der drei Bilder, das die Mitte des Triptychons darstellte. Er war schon versucht, dem Leutnant den Unterschied zwischen Mittelalter und Renaissance zu erklären, kam aber nicht mehr dazu, denn das Licht flackerte und ging aus. Nur die Stablampen leuchteten noch.

Eine Stimme von hinten meldete: »Batterie ist leer.«

»Verdammt«, fluchte Weber.

»Tja, was nun, Herr Kommissar?«, wollte der Leutnant wissen.

»Gute Frage.«

»Wir sind ja hier nun auch schon eine ganze Weile beschäftigt. Und ehrlich gesagt sind wir für anderes zuständig als für Kripo-Arbeit.«

»Ja, ich verstehe schon.«

»Soll das Zeug hier bleiben oder rausgeschafft werden?«

»Hier bleiben? Unbeaufsichtigt? Das sind Beweismittel!«

»Ich frag ja nur, Herr Kommissar. Aber wie soll der Transport vonstattengehen? Wir können Ihnen doch kein Einsatzfahrzeug überlassen.«

»Dann muss das bis morgen warten«, sagte Weber. »Aber dieses hier ...« Er richtete den Lichtkegel seiner Lampe auf das Triptychon. »... nehme ich mit. Und wenn ich's mir unter den Arm klemmen muss.«

»Unter drei Arme wohl eher«, witzelte der Leutnant. Aber dann gab er seinen Leuten den Befehl, die Gemälde hinauszuschaffen.

Sie wickelten die drei Bilder wieder sorgfältig ein, verschnürten sie und trugen sie durch den unterirdischen Gang in den zweiten Tank, schleppten sie die Leiter hoch und reichten sie durch die Luke und vom Tankdach weiter nach unten.

Dann brachten sie Weber und die drei Bilder zum Fähranleger.

Es war schon ziemlich dunkel, als er am anderen Elbufer ankam. Am Anleger in Övelgönne sprach er einen jungen Mann an, der gerade mit seiner Arbeit beim Bootsverleih fertig war, und bat ihn, ihm beim Tragen zu helfen.

Die Bilder hatten schwere Rahmen, doch das Gewicht allein war nicht der Grund für Webers Erschöpfung. Als sie den Schulberg hinaufgestiegen und oben an der Elbchaussee angekommen waren, wo der Ford parkte, fühlte er sich wie gerädert. Aber nicht nur das. Ihm wurde bewusst, dass dieser Tag trotz des Erfolgs eine schwere Niederlage mit sich gebracht hatte. Er sah das erstarrte, hagere Gesicht von Pawel vor sich, den toten, schlaffen Körper in den durchnässten Arbeitsklamotten, und dachte: Das geht auch auf dein Konto.

Weber gab seinem Helfer den verabredeten Lohn, nachdem der junge Mann die Bilder vor den Beifahrersitz gestellt hatte, stieg in den Ford und fuhr die Elbchaussee entlang Richtung Hamburg. Sollte er die Bilder jetzt noch ins Stadthaus bringen? Wohin sonst? Zu sich nach Hause! Dort könnte er sie noch einmal genauer in Augenschein nehmen. Aber wollte er diese grausigen Visionen überhaupt noch anschauen, nach dem realen Alptraum, den er gerade erlebt hatte?

Ab und zu hupte es hinter ihm, und ein anderes Fahrzeug setzte zum Überholen an. Weber fuhr langsam. Wenn der Tod neben einem saß, hatte man es nicht eilig.

Zwölftes Kapitel:

NARKOSE

Kurz nach Tagesanbruch saß er wieder an seinem Tisch, die Kladde vor sich, den Stift in der Hand, und schrieb auf, was ihn einen Großteil der Nacht gequält hatte: Bilder eines Grabens, der sich durch ein endloses, brachliegendes Feld zog. Er musste hindurchschwimmen und jene Stellen überwinden, an denen vom Boden Luftblasen aufstiegen, denn das war das tödliche Gas. An diesen Stellen durfte er sich auch nicht an die Oberfläche wagen, denn dort breitete sich das Gas über dem Wasser aus, nur dazwischen war Luftholen möglich. Der Graben verwandelte sich in einen Fluss, einen breiten Strom, in ein Meer, und er hatte kein Ziel mehr, wusste nicht mehr, wohin er schwimmen sollte. Auch andere hatten die Orientierung verloren, aber für sie war es nicht mehr schlimm, denn sie waren längst tot und trieben als Leichen mit Stahlhelmen auf den Wellen ...

Fast zehn Jahre war der Krieg nun vorbei, aber Weber hatte immer noch diese Alpträume, aus denen er schweißgebadet, manchmal auch fröstelnd, immer aber mit pochendem Herzen und nach Luft ringend aufschreckte. »Beschädigung durch den Krieg«, hatte sein Arzt es genannt, »da kann man nichts machen. Nehmen Sie ein Schlafmittel.« Vielleicht keine schlechte Idee, aber Weber hatte Angst, er würde dann überhaupt nicht mehr aus seinen Alpträumen aufwachen.

Er zuckte zusammen, als das Telefon rasselte. Ein so früher Anruf, das konnte nichts Gutes bedeuten. War es jetzt so weit? Würde man ihn degradieren, weil er mal wieder eigenmächtig gehandelt hatte? Statt sie abzugeben, damit sie im Asservatorium verwahrt wurden, hatte er die drei Teile des Triptychons kurzerhand mit nach Hause genommen. Dabei wäre es durchaus möglich gewesen, sie auch noch zu später Stunde ordnungsgemäß zu übergeben. Nun lehnten sie unausgepackt an der Wand seines Wohnzimmers.

Na egal, dachte Weber niedergeschlagen und schlurfte zum Apparat im Flur, du kannst immer noch den Dienst quittieren und bei einer Privatdetektei anheuern.

Aber es kam alles anders. Man brauchte ihn!

»Herr Kommissar Weber? Sie sollen unverzüglich zum Dom kommen.«

»Wie bitte?«

»Heiligengeistfeld. Eine Mordsache. Man erwartet Sie am Riesenrad.«

»Jawohl. Aber wer …?«

Die Fernsprechverbindung wurde unterbrochen.

Weber zog sich hastig an, verzichtete auf die Rasur und eilte aus dem Haus. Bis zum Heiligengeistfeld, wo am letzten Freitag der sommerliche Jahrmarktrummel begonnen hatte, war es nicht weit. Quer über den Zeughausmarkt und den Millerntordamm, dauerte es gerade mal eine Viertelstunde. Es war kurz nach sechs Uhr früh, mild und dunstig, kein Lüftchen regte sich. Es würde ein heißer Tag werden. Arbeiter strömten zum Hafen, teils zu Fuß, teils mit dem Fahrrad. Frauen mit Körben oder Karren waren auf dem Weg zum Markt.

Zum Rummelplatz zog es um diese Zeit niemanden, dort war ja auch alles still. Die Buden, Kabinette und Karussells waren verhängt, die Zelte verschlossen, die Wege dazwischen leer, die Lampen erloschen, und im fahlen Licht des Morgens wirkte alles farblos und grau.

Das Riesenrad stand still, seines bunten Zaubers beraubt. Es war am südlichen Ende des Heiligengeistfelds aufgebaut, ein rundes, technisches Monstrum aus Stahlstreben und Eisengittern. Einzig die schirmartigen Dächer der Gondeln wirkten fröhlich. Ganz und gar nicht fröhlich wirkte die Leiche, die oben, am höchsten Punkt des Rads, aufgeknüpft worden war und schlaff wie eine Strohpuppe zwischen einer roten und einer blauen Gondel herunterhing.

Der Anblick schnürte Weber die Kehle zu, seine Brust verengte sich. Gleichzeitig wurde er zornig. Er ballte die Fäuste und biss die Zähne zusammen.

Zwei Schutzmänner und zwei Zivilpersonen standen unten vor dem Rad, wechselten hin und wieder ein paar Worte, schauten mal hoch, mal zur Seite und schließlich erwartungsvoll auf Weber, als dieser sich näherte und seine Marke hochhielt.

Der eine Schutzmann kam ihm entgegen und salutierte. Sie stellten sich vor.

»Ein Toter hängt am Riesenrad«, sagte der Schutzmann sachlich.

»Ja.«

»Ein Passant hat die Leiche bemerkt und ist zur Wache gekommen. Ein Tagelöhner. Wollte nicht warten, müsse Geld verdienen, sagte er. Habe mir seine Personalien geben lassen.« Er hielt Weber einen Zettel hin, der ihn nahm und in die Hosentasche steckte.

»Anschließend haben wir gleich Meldung im Stadthaus gemacht.«

»Gut. Wer sind die beiden da?« Weber deutete auf die Personen, die neben dem zweiten Schutzmann standen.

Eine ältere, stämmige Frau mit grauem Pferdeschwanz und breitem Gesicht in grobem Kleid und ein ungefähr dreißigjähriger Mann, wettergegerbt, in Baumwollhose mit verwaschenem Hemd und einer Schirmmütze. Die Frau rauchte einen Stumpen.

»Die Schaustellerin und ihr Gehilfe. Anscheinend leben sie zusammen. Jedenfalls kamen beide aus dem Wohnwagen da.« Er deutete auf den großen Holzwagen mit bunten Türen und Fensterläden hinter dem Riesenrad. Auf dem Wagen, wie auch auf den Schildern rechts und links vom Kassenhäuschen, stand: »Kruschnik RIESENRAD – sensationell!«

»Die wollen den gern da runterholen. Es sei schlecht fürs Geschäft.«

»Wer ist es denn?«

»Das wissen wir nicht. Wir haben davon abgesehen, hochzuklettern. Der Gehilfe war oben, der ist durchs Gestänge rauf … Hat gesagt, der da oben sei blau im Gesicht, ihm hänge die Zunge raus, und er atme nicht mehr. Sollen wir auch noch mal …?« Der Schutzmann blickte skeptisch nach oben.

»Nein, lass man … Aber die beiden sind nicht mit dem bekannt, der da oben hängt?«

»Nee, offenbar nicht.«

Weber überlegte. Es wurde ja immer so viel Wert auf das Dokumentieren von Leichenfundorten gelegt. Aber wer weiß, wann Hilbrecht, der Fotograf, sich aus den Federn bequemte. Und der Polizeiarzt konnte die Todesursache auch noch im Leichenhaus feststellen.

Er ging auf das ungleiche Schaustellerpaar zu.

»Kriminalkommissar Weber. Guten Morgen.«

»Das meinen Sie ja wohl nicht ernst«, sagte die Frau und spuckte aus.

»Ich wollte nur höflich sein.«

»Sorgen Sie mal dafür, dass dieser Schandfleck da beseitigt wird. Der verdirbt uns das Geschäft. Der muss weg!« Sie fuchtelte mit der freien Hand in der Luft herum.

Ah, dachte Weber, so eine ist das, na schön.

»Warum hängt der da?«, fragte er.

»Soll das ein Scherz sein? Glauben Sie, wir haben den da aufgeknüpft?«

»Wer ist es denn?«

»Ein Unbekannter! Sind Sie schwer von Begriff? Den hat jemand da hingehängt.«

»Warum denn ausgerechnet an Ihr Riesenrad?«

»Na weil's hoch ist, warum wohl sonst!« Die Frau schaute Weber scheel an. »Oder was meinen Sie jetzt? Hören Sie bloß auf, wir haben nichts damit zu tun.«

Weber wandte sich an den Mann. »Sie auch nicht?«

»Ich hab die ganze Nacht geschlafen«, sagte er.

»Ich bezeuge das!«, rief die Frau.

»Bis der Schutzmann an die Tür geklopft hat.«

»Na schön«, sagte Weber, »dann fahren Sie den mal runter, wenn's geht.«

»Da müssen wir aber erst mal den Strom anschließen, die Sicherungen reindrehen und nachgucken, ob alles funktioniert. Wir dachten nämlich, es gibt ein Gewitter letzte Nacht.«

Es dauerte eine Weile. Der Gehilfe kroch unter die Plattform und musste anschließend eine Plane vom Motor abnehmen, um diverse Schalter und Knöpfe zu betätigen. Die Frau sah rauchend zu. Als er fertig war, schaute er sie fragend an, sie nickte, und er schaltete den Motor ein.

Das Riesenrad bewegte sich, und langsam kam die Leiche herunter.

»Stopp! Anhalten!«, rief Weber, weil er Angst hatte, der Tote könnte in der Lücke zwischen Plattform und Riesenrad verschwinden. Das Rad hielt an, die Gondeln schaukelten. Die Leiche nicht. Sie hing regungslos da, die Schuhe waren schon unter die Bretter der Plattform geraten. Die Leiche war mit Lederriemen, die unter den Achseln hindurchführten, am Eisengestänge festgebunden, also nicht am Hals aufgehängt worden.

Widerwillig ging Weber näher heran. Er hatte schon auf halbem Weg gesehen, um wen es sich handelte, und die Luft angehalten. Trotzdem vergewisserte er sich aus nächster Nähe, dass er richtig gesehen hatte.

Ja, hatte er. Verdammt. Dieser schlaffe Körper im schwarzen Dreiteiler mit Fliege war nun also Leiche Nummer vier. Der vierte Mord auf St. Pauli. Der vierte Tote im Zusammenhang mit der Romanoff-Bande, genau genommen der fünfte, wenn man Pawel mitzählte, aber der war ja durch einen Unfall ums Leben gekommen und nicht als Teil einer teuflischen Inszenierung.

Der Schutzmann, der Weber empfangen hatte, trat neben ihn und beugte sich vor. »Das ist ja Schnallen-Otto.«

»Sie kennen ihn also.«

»Ja, jetzt aus der Nähe betrachtet. Kein Zweifel. Otto Schlünder. Mit dem haben wir ja oft genug zu tun gehabt. Schnallen-Otto, und jetzt hat ihn jemand ans Riesenrad geschnallt. Rache ist Blutwurst.«

Der zweite Schutzmann tauchte auf, in der Hand einen schmutzigen, verbeulten Bowler-Hut. »Der lag unterm Rad. Ist offenbar runtergefallen.«

Weber nickte. »Ja, das ist sein Hut.«

»Was mache ich jetzt damit?«, fragte der Schutzmann unschlüssig.

»Geben Sie her.« Weber nahm ihm den Hut ab.

»Mit dem schwarzen Anzug, der Fliege und dem Hut sieht

er aus wie sein eigener Leichenbestatter«, witzelte der erste Schutzmann mit verkniffenem Gesicht.

»Ja«, sagte Weber, »er war tatsächlich Experte für Grabungen. Ein ehemaliger Bergarbeiter, später Fachmann für das Anlegen von Tunneln bei Einbrüchen.«

»Dann geht's bald zum letzten Mal in den Schacht«, sagte der zweite Schutzmann.

Weber schaute nach oben zum Scheitelpunkt des Riesenrads. Sie werden immer höher gehängt, dachte er. Was zum Teufel hat denn das nun wieder zu bedeuten?

»Schnallen Sie ihn mal ab«, sagte er barsch.

Nicht unbedingt in freudiger Erwartung, aber doch einigermaßen zuversichtlich, dass man ihn für seinen Fund im Petroleumhafen ein bisschen loben würde, klopfte Weber am späten Nachmittag an die Tür seines Vorgesetzten Kriminalinspektor Recknagel. Das schnarrende Kommando »Eintreten!« irritierte ihn nicht weiter. Recknagel hatte gelegentlich militaristische Anwandlungen. Beim Hereingehen bemerkte er Oberinspektor Kunath und war fast ein wenig geschmeichelt über die große Aufmerksamkeit, die man ihm zuteilwerden ließ.

Und warum auch nicht? Weber hatte viel geleistet. Er hatte die gestohlenen Kunstwerke von Carla Bruhns entdeckt und die Bilder mittlerweile auch abholen lassen. Sie befanden sich jetzt im Asservatorium und wurden katalogisiert. Bis auf das Triptychon, das behielt er noch bei sich zu Hause, um es einer genaueren Betrachtung zu unterziehen. Darüber hatte er den Archivar ordnungsgemäß unterrichtet, ihm die drei Bilder beschrieben und sich eine Quittung aushändigen lassen. Alles nach Vorschrift. Wie er die Bilder gefunden hatte, hatte er in einem Protokoll genauestens geschildert und es Kunath per Botendienst zukommen lassen. Ein gesonderter Bericht befasste sich mit dem Unfall, der zum Tode von Pawel Ruda geführt hatte. Ob es tatsächlich ein Unfall gewesen war oder doch Mord, würde ein Staatsanwalt entscheiden müssen – die Wasserfalle im Tank war jedenfalls eindeutig mit der Absicht gebaut worden, einen Eindringling zu töten. Aus diesem Grund hatte Weber viel Zeit auf die Details verwendet.

Was den Leichenfund auf dem Dom betraf, hatte Weber nur das schildern können, was er bei seiner Ankunft am Riesenrad vorgefunden hatte. Seine Ausführungen schlossen mit der Bemerkung, dass er glaube, dieser Mord müsse mit den anderen Morden auf St. Pauli in einem Zusammenhang gesehen werden. Als er mit den Berichten fertig gewesen war, hatte der Polizeiarzt angerufen und ihm seinen ersten Eindruck von den Todesumständen mitgeteilt. Demnach war Otto Schlünder mit einem etwa einen Zentimeter dicken Seil erdrosselt worden. Da es keine Anzeichen von Verletzungen gab, war es durchaus möglich, dass das Opfer vor der Mordtat betäubt worden war. Spuren eines Gifts hatte der Arzt allerdings nicht gefunden.

Weber grüßte die Anwesenden im Büro von Kriminalinspektor Recknagel höflich.

»Herrgott, Weber!«, rief Recknagel aus und schaute Kunath kopfschüttelnd an. Er war wie immer wie aus dem Ei gepellt, wirkte aber wegen seiner leicht geduckten Körperhaltung irgendwie hinterhältig.

Beide standen am Schreibtisch, auf dem alle möglichen Zeitungen lagen. Auch der stämmige Kunath war schlecht gelaunt. Er strich sich nervös über den Kinnbart und warf Weber einen Blick zu, der ihm deutlich machte, dass er bitte auf Distanz bleiben sollte. Weber blieb abrupt stehen.

Eine Schlagzeile fiel ihm ins Auge: »VERSTECK VON KUNSTRÄUBERN IM HAFEN ENTDECKT«. Da er nicht mit der Presse gesprochen hatte, musste wohl jemand von der Feuerwehr dafür verantwortlich sein. Doch eigentlich handelte es sich ja um einen Erfolg. Was also war falsch?

Recknagel leckte sich nervös die Lippen, griff nach einer anderen Zeitung – es war der »Hamburger Anzeiger« – und hielt sie hoch, damit Weber die Schlagzeile lesen konnte: »VERBRECHER KLAGEN POLIZEI AN«.

Dann die nächste, das »Mittagsblatt«: »ANGST HERRSCHT AUF ST. PAULI«. Im »Correspondenten« hieß es: »MORDSERIE GEHT WEITER!«, in der »Volkszeitung«: »POLIZEI VERSAGT AUF GANZER LINIE«, das »Fremdenblatt« schrieb: »UNTERWELT IN AUFRUHR«, und sogar das »Echo« fand kritische Worte: »GESETZLOSER ZUSTAND AUF ST. PAULI«.

»Eine grandiose Blamage, Weber«, sagte Recknagel. »Vier Mordfälle in Serie! Alle auf St. Pauli. Sogar die Halbwelt ist in Schrecken versetzt. Verbrecher besitzen die Frechheit, uns Untätigkeit vorzuwerfen. Das ist doch ungeheuerlich. In aller Öffentlichkeit werden Leichen aufgehängt. Weber! Hier tanzt uns ein Wahnsinniger auf der Nase herum, und wir stehen da wie die Ölgötzen. Sie, Weber, stehen da! Es ist ein völliges Versagen, es ist Ihr Versagen, Weber! Tagelang hören wir nichts von Ihnen, Sie sind praktisch abgetaucht, bleiben jede Rechenschaft schuldig. Und kaum sind Sie wieder da, haben wir einen Toten mehr! Doch Sie schreiben seelenruhig Ihren Bericht und warten auf die nächste Leiche! Was soll das werden, Weber? Ein blutrünstiger Sensationsroman aus der Feder eines Kriminalisten? Wollen Sie Dr. Mabuse übertrumpfen?«

»Entschuldigen Sie bitte, Herr Inspektor, aber ich bin doch nicht der Mörder!«

»Nein, Sie sind ein Versager! Darum geht es hier, Weber. Sie haben mein Vertrauen verspielt und das von Oberinspektor Kunath ebenfalls, wenn ich das hinzufügen darf.« Recknagel warf seinem Vorgesetzten einen unterwürfigen Blick zu.

»Wir sollten jetzt klare Entscheidungen treffen«, sagte Kunath. »Offensichtlich sind Sie in einer Sackgasse gelandet, Kommissar Weber. Deshalb haben wir entschieden, den Fall …«

»Aber nein!«, rief Weber. »Bitte entschuldigen Sie, Herr Oberinspektor, aber es fügt sich doch alles zusammen. Immer mehr Teile des Mosaiks finden ihren Platz! Die Entdeckung im Petroleumhafen … damit sind wir einen großen Schritt vorangekommen.«

»Was hat das denn mit den Mordfällen zu tun?«

»Nun, es ist doch längst klar, dass die Morde in der Familie Brunswiek-Eichenberger mit denen auf St. Pauli in Verbindung stehen. Der Täter ist diese Verbindung – wie könnte es anders sein! Und dabei handelt es sich um Karlotta Brunswiek, die seit langem als vermisst gilt. Sie hat sich von ihrer Familie losgesagt und sich unter dem Pseudonym Carla Bruhns als Künstlerin einen Namen gemacht. Sie ging eine Beziehung mit dem Einbrecher Zakhar Romanoff ein, der meines Erachtens das erste Mordopfer dieser Serie war. Diese Carla Bruhns scheint ins kriminelle Milieu abgeglitten zu sein … Jedenfalls gibt es Hinweise, dass sie mit einem Mitglied der Romanoff-Bande engen Kontakt pflegte, einem Tänzer namens Wanja Schwarz, der in der Bande ›die Fliege‹ genannt wurde und sich als Fassadenkletterer betätigt hat. Diese Tänzerin …« Weber verlor den Faden. »Lassen Sie es mich kurz machen. Ich habe es auch im Bericht erwähnt: Die Morde auf St. Pauli und die Todesfälle in der Familie

Brunswiek-Eichenberger ähneln sich – die Opfer wurden zuerst betäubt und dann erdrosselt. Es fehlen nur noch wenige Bausteine, und wir haben das gesamte Bild vor Augen.«

Kunath hatte ihn die ganze Zeit durch seine Nickelbrille hindurch mit bohrendem Blick angeschaut und sagte jetzt kopfschüttelnd: »Ich kann Ihnen nicht folgen, Kommissar Weber. Auch Ihren Berichten nicht. Sie sind ausführlich, ja, aber nicht … sachlich. Und sie widersprechen den Erkenntnissen des Inspektors.«

Weber wollte zu weiteren Erklärungen ansetzen, aber Recknagel hob die Hand und schnitt ihm das Wort ab. »Ich kann in Ihren Berichten keine Logik finden, Weber. Was ich da lese, klingt wie eine Räuberpistole sondergleichen. Worauf laufen Ihre Mutmaßungen denn hinaus? Dass Karlotta Brunswiek eine Verbrecherin ist? Aber wieso sollte diese Künstlerin die Romanoff-Bande wiederbelebt haben? Um ihre Familie zu bestehlen und ihre Angehörigen zu ermorden? Was für ein abseitiger Gedanke! Sie ist doch ein Familienmitglied, das Vermögen gehört ihr doch schon! Und was Ihre seltsamen Beschreibungen dieser so genannten ›Fliege‹ betrifft – in welchem wirren Geisteszustand befinden Sie sich eigentlich, Weber, dass Sie sich nicht entscheiden können, ob diese ominöse Person nun ein Mann oder eine Frau ist? Sie schreiben mal dies, mal jenes. Es gibt aber keine Zwitterwesen. Wir befinden uns hier nicht in einer Sagenwelt, sondern in der Wirklichkeit. Der einzige Effekt Ihrer Berichte ist die Verschleierung von Tatsachen. Und sollte es etwa in Ihrer Absicht liegen, meine Arbeit vorsätzlich zu …«

Kunath räusperte sich lautstark. »Herr Inspektor Recknagel, ich bitte Sie! Kommissar Weber hat zweifellos eine Menge Zeit und Arbeit in diesen Fall investiert und interessante Einzelheiten zutage gefördert. Dass seine Schlüsse nicht ganz ... logisch ... sind, macht seine Arbeit ja nicht wertlos. Und wenn die Berichte schwer zu verstehen sind, eine gewisse Unübersichtlichkeit sich eingeschlichen hat ...«

Recknagel streckte die Brust raus, strich sich mit beiden Händen über die glatten, zurückgekämmten Haare und stieß hervor: »Diese Unübersichtlichkeit torpediert meine Bemühungen!«

»Sie ist aber meines Erachtens der Überarbeitung des Kommissars zuzuschreiben«, wiegelte Kunath ab. »Der Personalmangel ... Gleichwohl dürfen wir unsere Kräfte nicht sinnlos verschleißen, da stimmen Sie mir sicherlich beide zu. Wann haben Sie das letzte Mal einen freien Tag gehabt, Kommissar Weber? Sehen Sie, Sie erinnern sich nicht. Überarbeitung führt zu Konfusion. Das muss ja nicht sein. Nehmen Sie sich eine Woche frei, Weber! Oder zwei. Wir stellen hier eine besondere Kommission zusammen, um den Fall so schnell wie möglich zu lösen. Die Öffentlichkeit muss beruhigt werden. Und wenn Sie zurück sind, melden Sie sich bei mir. Wir werden Sie dann erst mal im Bürodienst verwenden. So kommen Sie wieder zu Kräften.«

»Aber ... ich ...« Webers Gedanken überschlugen sich.

»Inspektor Recknagel, Sie teilen mir mit, wen Sie für die Kommission ausgesucht haben.«

»Jawohl.«

Kunath zog seine Taschenuhr hervor, klappte sie auf und warf einen bedeutungsvollen Blick darauf.

»Kommissar Weber, Sie dürfen jetzt Ihren wohlverdienten Feierabend genießen. Wie ich hörte, haben Sie sich ein Automobil zugelegt. Jetzt haben Sie Zeit, es ausgiebig zu nutzen. Fahren Sie ans Meer! Erholen Sie sich!«

Weber wandte sich grußlos ab und verließ das Büro. Ihm fehlte die Kraft, die Tür hinter sich zuzuschlagen. Sie blieb einen Spaltbreit offen stehen. Im Weggehen hörte er, wie Recknagel zischelte: »Da sehen Sie, was ich meine, er ist …«

Weber saß bei *Windhorst* im Souterrain, ließ sich von der kantigen Kellnerin mit dem Zopf ein Bier nach dem anderen bringen und überlegte, ob er sich nach St. Pauli aufmachen sollte. Ein paar Kollegen von der Schutzmannschaft, nach Feierabend in Zivil, droschen ihre Skatkarten fröhlich auf den speckig schimmernden Holztisch hinten in der Ecke. Unter den Balken über dem Tresen hingen Würste, aufgeschnittenes Brot lag in Körben auf der Theke, daneben standen große Gläser mit Soleiern und Salzgurken. Es war für alles gesorgt. Warum also nach St. Pauli gehen? Das war ihm doch ohnehin verboten.

Ich sollte für immer hier bleiben, dachte Weber, unter dieser rohen, unverputzten Decke wie eine Kellerassel unter einem Steinbrocken. Oder wie ein besonders privilegierter Gefangener, eingesperrt bei Bier und Brot. Gern hätte er seinem Freund Hilbrecht sein Leid geklagt, aber der saß jetzt bestimmt zu Hause bei seiner Familie und ließ sich von seiner Frau Bratkartoffeln servieren, während die Kinder um ihn herumtobten.

Die Kneipe füllte sich mit Arbeitern und Handwerkern aus der näheren Umgebung, die Feierabend hatten. Würste, Soleier und Gurken wurden dezimiert. Früher wäre er an solchen trüben Abenden zu Lorenza gegangen, ohne lange nachzudenken. Sie hätte seine Laune vielleicht nicht verstanden, aber toleriert und später versucht, ihn auf ihre herbe Art aufzuheitern. Nur war die Sache mit Lorenza jetzt vorbei. Oder nicht? Doch. Sicherlich. Warum eigentlich? Im Grunde war es ein Missverständnis gewesen. Wegen Linda Lu. So etwas ließ sich doch ausbügeln, oder? Andererseits … so richtig hätte ihn eher die Anwesenheit einer anderen Person getröstet. Jung, frisch, unbekümmert. Das genaue Gegenteil von ihm selbst.

Nicht alle, die jung sind, sind auch unbekümmert, stellte Weber nach einer Weile fest, als das Gedränge in der Kneipe wieder abnahm. Ein junger Kerl ein paar Tische weiter, in schwarzem, grobem Arbeitszeug, das ihm etwas zu groß war, stierte abwechselnd zum Tresen, zur Tür und zu ihm. Mit durchdringendem Blick, wie es Weber vorkam, den Kragen der Jacke hochgeschlagen, die Schlägermütze so tief ins Gesicht gezogen, dass es meist verborgen blieb. Es sei denn, er schaute kurz auf – und starrte klammheimlich herüber. Hohe Wangenknochen, geschwungener, voller Mund, erstaunlich große Augen und eine breite, flache Nase. Er wirkte irgendwie weibisch.

Ach nee, dachte Weber, als ihm etwas schwante, das muss ja nun wirklich nicht sein, der soll sich mal lieber einen anderen suchen. Er stand auf, merkte, dass er leicht schwankte, und stützte sich kurz am Tisch ab, bevor er zum Tresen stapfte, um bei der Wirtin mit dem strengen Zopf seine erstaunlich hohe Rechnung zu begleichen. Im Spiegel hinterm Tresen konnte er sich den jungen Mann anschauen, dessen Blick ihm gefolgt war. Weber hob die Hand und winkte ab: Nee, nee, Bürschchen, da bist du aber auf dem falschen Dampfer. Er steckte seine Geldbörse zurück in die Innentasche seines Jacketts, ermahnte sich, darauf zu achten, dass sie auch dort blieb, und verließ auf unsicheren Beinen das Lokal, ohne den Kerl noch eines Blickes zu würdigen.

Es gab Abende, da leuchteten die Laternen schwächer, führten die Gassen steiler bergab und lagen die Pflastersteine ungleichmäßiger. Die eigenen Schuhe, die man längst eingelaufen hatte, fühlten sich plötzlich an wie neu gekauft, die Absätze erschienen zu hoch, und man musste jeden Schritt mit Bedacht ausführen. Was bloß niemand merken sollte, sonst käme jemand noch auf die Idee, man wäre betrunken.

Zum Glück war es nicht weit nach Hause, ein paar Ecken hier rum und da rum und dann dort längs und im nächtlichen Schatten der Kirche in die enge Gasse mit den uralten, schmalen Gebäuden, wo sein Häuschen lag. Alles ruhig und verlassen wie immer. Blöd nur, dass die Laterne direkt an der Ecke neben seinem Haus ausgefallen war. Da würde er mal wieder besonders lange fürs Aufschließen brauchen, zumal in seinem Zustand ...

Hinter ihm knirschte es. Schnelle Schritte näherten sich.

Weber wunderte sich. Wer hatte es um diese Zeit denn noch eilig? Dann bemerkte er die Umrisse einer Person weiter vorne, direkt vor seiner Tür. Sie stieg jetzt die Treppe vor der Haustür hinab, hatte ihn offenbar bemerkt und hob die Hand. Ein Kollege? Jetzt bloß nicht zu einem Tatort gerufen werden. Eine Leiche pro Tag war mehr als genug! Außerdem war er beurlaubt und nicht mehr zuständig.

Die Schritte hinter ihm kamen ihm jetzt ganz nah. Er wollte sich umdrehen und nachsehen, aber das ging nicht mehr. Der Angreifer hatte ihm bereits eins über den Schädel gezogen. Weber taumelte und stürzte aufs Pflaster. Noch ein Schlag, diesmal härter, denn er wurde nicht mehr von seiner Mütze gedämpft.

»He!«, wollte Weber rufen. »Lassen Sie das! Aufhören! Polizei! Stopp!« Ihm wäre bestimmt noch mehr eingefallen, aber er brachte kein Wort heraus. Seine Kehle war zugeschnürt. Tatsächlich zugeschnürt. Eine Schlinge schnitt in seine Haut und quetschte ihm die Luftröhre zu. Gleichzeitig dröhnte es dumpf in seinem Schädel. Er versuchte, sich umzudrehen, einen Arm zu heben, zum Schlag auszuholen, blieb aber halb bewusstlos auf der Seite liegen und starrte in das Gesicht des Angreifers. Der junge Kerl mit den großen Augen und der breiten Nase war über ihm. Dieser Schweinehund war doch bloß ein gemeiner Straßenräuber!

Dann nimm dir halt die Geldbörse, du hast doch gesehen, wo ich sie hingesteckt habe, dachte Weber wutentbrannt. Aber der Kerl benahm sich völlig blödsinnig. Er quetschte ihm weiter die Luft ab. Hockte auf seiner Brust und ließ nicht los. Mensch! Raub ist eine Sache, aber Mord …

Die andere Person näherte sich. Die, die vor seiner Tür auf ihn gewartet hatte. Der Kerl rief ihr etwas zu. Es klang wie: »Weg da! Hau ab! Pack dich!« Der Kerl hatte eine melodiöse Altstimme. Aber der Schatten, der sich näherte, war nicht so leicht zu beeindrucken und rief mit heller Stimme: »Halt! Aufhören!« Und stürzte sich auf den Kerl, der es gerade noch schaffte, aufzuspringen.

Ein Schattenballett, begleitet von Schlaggeräuschen und lautem Stöhnen und Ächzen, spielte sich vor Webers Augen ab, während er mit halbtauben Fingern verzweifelt versuchte, die Schlinge an seinem Hals zu lockern, die ihn noch immer beim Luftholen behinderte. Es ging quälend langsam, und mehrmals war er kurz davor, bewusstlos zu werden.

Die irrsinnige Prügelei wollte nicht enden. Was haben die denn bloß, dachte Weber benommen. Dann flog der eine Schatten in hohem Bogen durch die Luft und blieb neben ihm liegen. Der andere stürzte sich auf den Liegenden und wurde abgeworfen. Der erste Schatten sprang auf, holte mit dem Fuß aus und trat Weber mit aller Kraft gegen die Stirn, so dass dessen Kopf nach hinten auf das Pflaster knallte.

Alle Lichter gingen aus.

Als er wieder zu sich kam, befand er sich in einem Traum,

der sein Lieblingstraum hätte werden können: Er lag auf dem Sofa. Die Stehlampe war eingeschaltet und warf ein mildes Licht auf den gegenüberstehenden Sessel. Dort saß Auguste Engert, halbnackt, und ihre blonden Haare schimmerten golden. Sie hatte sich ihrer Jacke und ihrer Bluse entledigt und strich sich über die Arme, hob das Hemdchen an und tastete ihren Oberkörper ab. Sie hatte den Rock hochgeschoben und trug keine Strümpfe. Irgendwie schien in diesem Traum die Perspektive verzerrt zu sein, denn ihre Arme sahen ungewöhnlich muskulös aus, ihre Schultern sehr breit. Da waren zwar auch runde Brüste, aber einiges an ihr wirkte weniger fraulich als erstaunlich kräftig, wie bei einer Athletin. Was würde Dr. Freud zu dieser Version von Auguste Engert sagen, die offenbar Webers Unbewusstem entsprungen war?

Wirklich? Oder nicht?

Er drehte sich zur Seite, um besser sehen zu können, und schaute an sich herunter. Auch er war halb ausgezogen, nur im Unterhemd, und seine Hose war aufgeknöpft.

Was haben wir gemacht? Was hat der Traum mit uns gemacht?

Weber stöhnte. Sein Kopf tat weh, seine Brust schmerzte, sein Hals kratzte, Luftholen war schmerzhaft, die Muskeln an Armen und Beinen zitterten, wenn er sie anspannte. Er konnte nicht anders, er musste liegen bleiben.

»Oh, da sind Sie ja wieder«, sagte seine halbnackte Kollegin und griff nach den Strümpfen, die sie über die Sessellehne gelegt hatte. »Wie geht es Ihnen?« Sie begann die Strümpfe anzuziehen. Ihre Brüste wurden im Ausschnitt ihres Hemdchens sichtbar, als sie sich vorbeugte.

»Was ... ist? Wieso ...? Haben wir ...?« Das alles kam ihm sehr undeutlich über die Lippen.

»Ja, es ist schon drei Uhr früh. Sie waren lange ohnmächtig. Ich wollte Sie nicht allein lassen.«

»Aber …«

»Ich hab Sie hereingetragen, weil Sie bewusstlos waren. Erinnern Sie sich? Der Überfall? Ich musste ganz schön hart rangehen. Es tut mir leid, dass es Sie trotzdem so schlimm erwischt hat. Brauchen Sie einen Arzt?«

»Nein …« Weber hustete. »Wer war …?«

»Der Straßenräuber? Ja, eigenartig … eine Frau! Das so etwas vorkommt. So bin ich gewissermaßen von Natur aus offiziell zuständig gewesen.« Sie befestigte die Strümpfe an den Strumpfbändern. Die weiße Haut ihrer Oberschenkel leuchtete auf.

»Aber … nein … ein Mann …« Weber schloss die Augen.

»Da haben Sie sich verguckt. Allerdings war das kein normaler Raubüberfall. Sie hatte eine Schlinge bei sich. Sie wollte Sie umbringen! Hören Sie mich, Herr Kommissar?«

»Ja …«

»Ich frage mich, ob wir nicht sofort Ihre Kollegen alarmieren sollten.«

Weber schüttelte den Kopf. Er räusperte sich länger, hustete und versuchte klarer zu sprechen.

»Sie haben mich hier reingetragen? Sie sind aber kräftig.«

»Mehr hereingeschleift. Ich fürchte, Ihre Hose ist dabei zerrissen. Ich habe mir auch einige Blessuren zugezogen. Da bleiben wohl ein paar blaue Flecken.«

»Und Sie haben diese … Mörderin in die Flucht geschlagen?«

»Ja, zum Glück kann ich Jiu-Jitsu.«

»Sie sind mein Schutzengel.«

»Polizisten sind das für jeden, nicht?«

»Mein rettender Engel …«

»Na ja.«

Weber war noch immer so benommen, dass seine Gefühle ihn übermannten. Er hob die Hand und deutete neben sich. »Fräulein Engert«, sagte er, »wollen Sie sich nicht neben mich legen und mich trösten?«

Sie lächelte freundlich. »Oh nein, Herr Kommissar, das werde ich nicht tun!«

Etwas Säuerliches stieg in seiner Kehle hoch. Er würgte, rollte sich zur Seite und wäre beinahe vom Sofa gefallen. Sie sprang zu ihm und hielt ihn fest. Half ihm auf und zur Toilette, wo er sich übergeben musste. Sie klopfte ihm mitfühlend auf den Rücken.

Als er sich aufrichtete und in ihre hellgrünen Augen sah, kam es ihm so vor, als wäre sie sogar ein kleines bisschen größer als er. Sie war jetzt wieder vollständig angekleidet.

Dieser Traum nahm einfach kein Ende.

Dreizehntes Kapitel:

DER MÜDE TOD

Kaffeeduft hing in der Luft. Weber schlug die Augen auf. Durch das kleine Fenster der Schlafkammer drangen helle Sonnenstrahlen, die von den Gardinen gefiltert wurden, so dass sie einen sanften Glanz verbreiteten. Ein Lufthauch bewegte die Vorhänge. Dem Stand der Sonne nach zu urteilen, musste es später Vormittag sein.

Weber lag im Bett, er trug seinen grün-blau-rot karierten Lieblingspyjama. Auf dem kleinen Tisch vor dem Fenster standen Teller, Tassen, Untertassen. Messer lagen da, Brotscheiben in einem Körbchen, Eierbecher mit Eiern, über die jemand Eierwärmer gestülpt hatte, Butter, Marmelade, Honig ... Was war hier los?

Auguste Engert eilte herein, stellte die Kaffeekanne auf den Tisch und schaute ihn gut gelaunt an: »Sie sind wach? Das trifft sich gut, dann kann der Tag ja beginnen.«

Sie trug ihr langes Kleid, das bis zu den Waden reichte. Dienstkleidung, wie Weber bedauernd feststellte, alle Knöpfe bis oben hin geschlossen. Trotzdem wirkte sie frisch, jugendlich, locker und fröhlich und bewegte sich bei ihm zu Hause mit einer erstaunlichen Selbstverständlichkeit.

Sie trat an sein Bett. »Guten Morgen, Herr Kommissar, glauben Sie, dass Sie aufstehen können?«

»Na, hören Sie mal, jetzt reicht es aber mit der Fürsorge«, wollte er sagen, aber es kam nur ein Krächzen heraus.

»Oh, entschuldigen Sie«, sagte Fräulein Engert, »ich habe nicht bedacht, dass Sie ja verletzt sind.« Sie deutete auf seinen Hals.

Er tastete ihn ab. Ja, er schmerzte durchaus. Weber räusperte sich vorsichtig. Es tat weh, wie bei einer Erkältung.

Wenn's weiter nichts war. Weber versuchte, sich aufzurichten. Die Bettdecke zur Seite zu werfen und schwungvoll aufzustehen, das war sein Gedanke gewesen, aber schon die erste Körperbewegung verursachte allerlei Schmerzen. In der Schulter, in der Brust, in der Seite, im Oberschenkel und im linken Arm.

»Ah!«, schrie er auf und sank wieder auf sein Kissen.

»Bleiben Sie im Bett, ich bringe Ihnen ein Tablett. Sie sind verletzt, schonen Sie sich!«

»Oh nein!« Das wäre ja noch schöner! Weber fühlte sich mit einem Mal derart erniedrigt, dass er alle Kraft zusammennahm und den Schmerz ignorierte. Er schob sich zum Bettrand und setzte sich langsam auf. Dabei stöhnte er. Trotzdem gelang es ihm schließlich, sich zu erheben. Auf wackeligen Beinen stand er neben dem Bett und kommandierte barsch: »Fräulein Engert! Meinen Morgenmantel, bitte!« Er deutete auf den Haken an der halb geöffneten Tür, wo der gestreifte Bademantel hing.

»Jawohl, Herr Kommissar«, sagte Engert beflissen, aber er bemerkte, dass sie klammheimlich lächelte.

Sein Hals kratzte wieder, er musste erneut husten.

Sie reichte ihm den Mantel, er zog ihn rasch über und setzte sich an den Tisch. Sie nahm ihm gegenüber Platz.

»Sie haben zwei Eier gekocht.«

»Drei Minuten«, sagte sie. »Für jeden eins.«

»Normalerweise pflege ich zwei ...«, sagte er und brach ab, als ihm bewusst wurde, dass er unhöflich war.

»Nehmen Sie meins auch. Ich habe mir das schon gedacht.« Sie schob es ihm hin.

»Danke.« Webers Blick fiel auf sein Traumtagebuch, das neben der Kaffeekanne lag. Engert bemerkte seinen Blick.

»Sie schreiben Ihre Träume auf, das ist interessant.«

»Haben Sie etwa darin gelesen?«

Sie hob abwehrend die Hände. »Aber nein, Ihre Schrift ist doch viel zu unleserlich.«

Weber merkte, wie ihm das Blut in den Kopf stieg. »Hören Sie, Sie treten mir zu nahe! Nehmen Sie sich in Acht!«

Sie kniff die Augen zusammen und warf ihm einen kurzen, kritischen Blick zu. »Ich habe mir nichts zuschulden kommen lassen, Herr Kommissar, wirklich nicht. Und Sie auch nicht, das darf ich wohl noch dazusagen.«

Er stutzte. Sein Schwächeanfall letzte Nacht fiel ihm ein. Was hatte er eigentlich zu ihr gesagt? Er tastete mit einer Hand seinen Hals ab. Es brannte leicht und schmerzte, wenn er Druck ausübte.

»Ja, natürlich. Ich danke Ihnen.«

Und jetzt erst wurde es ihm richtig bewusst, und er schaute sie erschrocken an. »Sie haben mir ja das Leben gerettet!«

Sie nickte nur und sagte schlicht: »Das ist doch selbstverständlich unter Kollegen.«

Unbeholfen wechselte er das Thema. »Sie sind eine gute Gastgeberin, Fräulein Engert.«

»Vielen Dank. Das liegt wohl daran, dass ich in einem Wirtshaus aufgewachsen bin.«

Er schaute sie fragend an.

»Meine Eltern haben ein Gasthaus.«

»Oh, ich dachte, Ihr Vater sei Jäger.«

»Ja, das auch, aber nur nebenbei, wissen Sie. Er kümmert sich um das Wild auf den Ländereien des Grafen.«

»Ach, so was gibt's bei Ihnen noch?«

»Ja, natürlich, so was gibt's bei uns noch. Großgrundbesitz. Der Verwalter ist eine Niete, wenn's ums Schießen geht. Darf ich Ihnen Kaffee einschenken?«

Weber nickte. »Vielen Dank.«

»Mein Bruder wird das Gasthaus übernehmen. Er hat schon geheiratet. Da bin ich außen vor oder das fünfte Rad am Wagen, wie man so sagt. Meine Eltern waren froh, als ich weggehen wollte. Nur dass ich allein gegangen bin und so weit weg, hat sie ein bisschen betrübt. Für sie ist die Großstadt ein Sündenbabel.«

»Womit sie recht haben«, sagte Weber.

»Meinen Sie, Herr Kommissar? Mir scheint, die Menschen hier sind genauso schlimm oder nicht schlimm wie bei uns zu Hause. Nur dass hier alles enger zusammenrückt. Das ist der einzige Unterschied zur Idylle auf dem Land.«

»Sie haben ja interessante Ansichten.« Weber köpfte das erste Frühstücksei.

»Auf dem Land kann eine Frau nicht frei leben, in der Großstadt schon. Mit meinen Ansichten hätte ich als alte Jungfer geendet.«

»Um Himmels willen.«

»Ja, eben. Wobei mein jetziger Beruf auch so einiges ausschließt. Heiraten werde ich wohl nicht. Aber das kann ich verschmerzen.«

»Wie sind Sie denn in Pommern zu solchen Ansichten gekommen?«

»Ich habe Bücher gelesen und nachgedacht. Kennen Sie Madame Bovary?«

»Nein, wer ist das?«

»Eine Romanfigur. Das Buch, das ihre Geschichte erzählt, habe ich immer wieder gelesen. Aber schon nach dem ersten

Mal stand für mich fest, dass ich das Landleben verlassen muss. Die ganze Provinz und das Alte. Zugunsten der modernen Welt und der Freiheit.«

»Sie suchen die Freiheit und sind Polizistin geworden?«

»Die Staatsmacht zu repräsentieren, im Namen des Gesetzes einzuschreiten und für Gerechtigkeit zu sorgen – das sind große Freiheiten für eine Frau.«

»Da können Sie nur hoffen, dass die Männer Ihnen und Ihresgleichen genügend Zugeständnisse machen.«

»Wenn man sich nicht nimmt, was man haben will, behalten es die anderen«, erklärte Engert kategorisch. »Und warum sind Sie Polizist geworden?«

Weber nahm sich das zweite Frühstücksei vor. »Das ist eine interessante Frage. Gut, dass Sie mich daran erinnern. Man vergisst ja schnell das Wesentliche in der Alltagsroutine. Tatsächlich wohl aus einem ähnlichen Grund wie Sie: um den Staat zu repräsentieren, im Namen des Gesetzes einzuschreiten und für Gerechtigkeit zu sorgen. Denn wenn wir das den Freikorpsleuten, Militaristen und Rückwärtsgewandten überlassen, geht irgendwann alles schief. Eine Gesellschaft kann nicht frei und gerecht sein, wenn ihre Institutionen nicht vom Geist der Freiheit und Gerechtigkeit durchdrungen sind. Wenn man die Macht nicht ergreift, behalten sie die anderen.« Er zwinkerte ihr zu.

»Machen Sie sich jetzt über mich lustig?«

»Nein, im Gegenteil. Ich bin froh, eine Verbündete getroffen zu haben. So viele sind wir nämlich nicht.«

»Wir werden mehr«, sagte Engert. »Und ist es nicht großartig, dass es jetzt sogar eine Frauenpolizei gibt?«

»Ja, das ist sicher auch notwendig.« Und verwirrend, musste Weber vor sich selbst zugeben.

»Und dass wir zusammenarbeiten.« Auguste Engert

schenkte Kaffee nach. »Kommen wir also zu unserem Fall. Hat der Überfall auf Sie etwas damit zu tun? Und wenn ja, wer war das, und was steckt dahinter?«

»Ich habe da so eine Ahnung«, sagte Weber. »Weil Sie sagten, es sei eine Frau gewesen ...«

»Aber ja doch! Ich bin mir sicher!«

»... und ich dachte, es sei ein Mann. Eine Frau, die ein Mann ist, ein Mann, der eine Frau ist ... das ist mir schon begegnet.«

Weber legte seiner Kollegin dar, was er von der Artistin Wanja Schwarz und ihrer Verbindung zu Carla Bruhns alias Karlotta Brunswiek und zur Romanoff-Bande wusste. Am Ende seiner Ausführungen berichtete er vom Fund der Bilder im Petroleumhafen.

»Und wieso haben Sie dieses Triptychon mit nach Hause genommen?«

»Um es zu studieren.«

»Und?«

»Ich kam bislang nicht dazu, weil ich gestern Abend ... keine Zeit mehr hatte.«

»Sie haben sich betrunken, Herr Kommissar, das ist mir nicht entgangen.«

»Jaja.«

»Wird es dann nicht Zeit, dass wir uns die Bilder anschauen?« Engert stand auf.

Weber zögerte.

»Was ist?«, fragte sie.

»Ich fürchte, wir werden da wahre Alpträume zu Gesicht bekommen. Ich weiß nicht ...«

»Haben Sie etwa Angst?«

»Unsinn! Ich dachte an Sie.«

Sie lachte. »Auf mich müssen Sie keine Rücksicht nehmen. Vor Träumen habe ich keine Angst!«

»Schon gut«, sagte Weber. »Sie müssen mir ja nicht gleich einen Strick daraus drehen. Aber ich darf mich doch vorher ankleiden, oder?«

»Selbstverständlich, Herr Kommissar. Wenn Sie erlauben, räume ich solange das Geschirr ab.«

Unter den Feuerwehrleuten, die die Bilder verpackt hatten, musste ein Seemann gewesen sein. Die Schnüre waren so sorgfältig und kunstvoll verknotet, dass Weber und Engert einige Zeit brauchten, bis sie endlich die Planen und Stofftücher von den drei Bildern mit den schweren, schwarz gestrichenen Holzrahmen abnehmen konnten.

Die Motive waren im Schatten kaum zu erkennen, so dunkel waren sie. Weber trug die Bilder auf die andere Seite des Wohnzimmers und baute sie vor der Kommode auf. Nun schien das helle Sonnenlicht in einem idealen Winkel darauf, um Einzelheiten sichtbar zu machen. Der größere, mittlere Teil des Triptychons war etwas heller gestaltet als die beiden Seitenteile, fiel Weber auf.

»Und was nun?«, fragte Engert.

Weber räumte die Porzellanfiguren, die Vase mit dem Strohblumenstrauß und den leeren Obstteller von der Kommode und stellte alles auf dem Esstisch ab. Das Licht oben auf dem Schrank war noch besser.

»Wir heben eins nach dem andern hier herauf und schauen sie uns genau an.«

»Und was suchen wir?«

»Spuren eines vergangenen Verbrechens.«

Engert schaute ihn skeptisch an. »Das klingt aber eigenartig. Ich habe ja gehört, dass es so etwas wie Traumdeutung gibt. Aber Kunstwerke deuten als Polizeiarbeit, wie soll das gehen? Sind Sie denn Kunstexperte?«

»Nein, bin ich nicht. Und ich weiß auch nicht, wie das gehen soll«, gab Weber zu. »Aber jetzt helfen Sie mir mal, eins von den Bildern hochzustellen.«

»Welches denn? Was kommt zuerst?«

Weber zögerte. Gab es eine Reihenfolge bei der Betrachtung eines Triptychons? Wahrscheinlich nicht. Er ging in die Hocke und nahm die drei Gemälde genauer in Augenschein.

Sein erster Gedanke war: Der Feuerwehrmann im Petroleumhafen hatte recht, diese Collage aus unförmigen menschlichen Leibern und eigenartigen, falsch proportionierten Gegenständen inmitten perspektivisch verzerrter Räume erinnerte wirklich an die seltsamen Bilder von Hieronymus Bosch. Nur dass diese Visionen (oder was es auch war) nicht im Mittelalter oder der Renaissance, sondern in der Jetztzeit angesiedelt waren.

Auf dem linken Bild waren Schiffe zu sehen, Segelschiffe und Dampfschiffe, ein Fluss, ein Ozean, eine von Mauern umgebene Stadt. Diese Stadt war offenbar im Meer versunken wie ein modernes Atlantis. Inmitten dieser Collage, deren Elemente sich teilweise überschnitten oder ineinander übergingen, lag die monströs wirkende, überdimensionale Figur eines Mannes, der sich in seinem maritimen Reich räkelte.

»Das nehmen wir uns zuerst vor«, entschied Weber.

Er hob das Bild hoch, Engert fasste mit an, und sie stellten es auf die Kommode.

»Da.« Weber deutete auf den unförmigen Mann, der eine eigenartige Mütze trug.

»Was soll das darstellen?«, fragte Engert. »Gulliver in einem Liliput, das aussieht wie Hamburg an der Elbe?«

»Oder ein Herrscher mit einer Schiffsflotte, eine Art Neptun«, mutmaßte Weber.

»Dieser Neptun mit seiner komischen Mütze und dem Uniformrock sieht mir aber verdächtig nach Wilhelm Zwo aus.«

»Der hier herrscht aber über ein anderes Reich. Ein Flottenadmiral.«

»Ein Gulliver ist es jedenfalls nicht, denn die Fäden, die er da in den Händen hält, sind ja nicht seine Fesseln, da hängen die Schiffe dran«, sagte Engert.

»Gut, sehr gut«, lobte Weber. »Was sehen Sie noch?«

»Äh, da sind noch mehr Figuren, kleinere, in verschiedenen Größen. Hier zum Beispiel ein alter Mann im Zweireiher mit Weste, der den Mund aufreißt, und da fallen Rosenblätter heraus.«

»Aus seinem Mund?«, rief Weber aufgeregt.

»Ja.«

»Wo?«

»Da!« Engert deutete auf die Stelle. »Der sieht aus wie ein hässlicher Zwerg, und er hält eine Peitsche in der Hand und schlägt eine halbnackte Frau, die wegläuft, man sieht sie nur von hinten. Aber da er ja an den Fäden des Admirals hängt, tut er das vielleicht in dessen Auftrag. Hier unten ist er noch mal, da tritt er die Frau auch. Sie ist nackt und wird mit dem Tritt und einem Peitschenhieb aus dem Haus geworfen. Da sieht man die Tür.«

»Die Frau taucht noch öfter auf, in vielen Teilen des Bildes«, stellte Weber fest.

»Sie ist die kleinste Figur, ist aber am häufigsten vorhanden. Hier zum Beispiel mit dem Admiral, da ist sie ein Kind. Der Admiral ist aber kleiner und sitzt auf ihrem Schoß, seltsam.«

»Er hat sie vergöttert und später aus dem Haus werfen lassen«, murmelte Weber. Und bemerkte ein anderes interessantes Motiv. »Da ist Karlotta wieder, umringt von mehreren jungen Männern ...«

»Karlotta?« Engert sah Weber fragend an.

»Carla Bruhns alias Karlotta Brunswiek. Die Künstlerin. Dies ist ihre Geschichte, oder vielleicht sind es auch nur ihre Träume ...«

»Oder es ist bloß ein Kunstwerk«, warf Engert ein.

»Bloß ein Kunstwerk gibt es nicht, genauso wenig wie es bloß einen Traum gibt. Alles hat seine tiefere Bedeutung und Ursache in der Wirklichkeit«, erklärte Weber und klang beinahe ehrfurchtsvoll dabei.

Engert schüttelte leicht den Kopf. »Das ... glaube ich Ihnen nicht.«

Weber war völlig gebannt von den vielen Details, er entdeckte mehr und mehr.

»Der junge Mann ist immer derselbe. Er umschwärmt Karlotta. Das kann nur Albert Eichenberger sein. Da tanzt er um sie herum bei einem Maskenball. Sie hat eine Löwenmaske und er als Maske das eigene Gesicht und dahinter wieder eine Maske mit dem eigenen Gesicht und so weiter.«

»Nicht sehr geheimnisvoll.«

»Aber hier! Das ist es!«, rief Weber aus. »Da unten, die Höllenqualen!«

Engert schaute ihn begriffsstutzig an.

»Sehen Sie doch!«

Sie beugte sich dicht ans Bild heran. »Da ist eine kränkliche, bleiche Frau mit Pusteln überall am Körper, eine Hexe ... oh Gott, ist das ekelhaft ...«

»Ja, genau!«, rief Weber begeistert. »Und diese kranke Gestalt weidet mit ihrem Schlachtermesser den Körper einer anderen Frau aus, die sie mit weit aufgerissenen Augen und zusammengepressten Lippen anstarrt.«

»Da gehen auch wieder Fäden von den Figuren aus nach oben wie bei Marionetten ... bis zu dem alten Admiral Neptun. Aber die von der toten Frau sind abgerissen.«

»Sie ist nicht tot«, widersprach Weber. »Das da war ja kein Mord. Aber sie ist aller Macht beraubt. Bis ins Innerste. Hier ... da geht sie mit leerem Körper als bloße Hülle mitten hinein in einen Sturm, während ihre Schwester dort auf der Kommandobrücke eines stolzen Windjammers über die Wellen segelt.«

»Kommandobrücke?«

»Na ja, jedenfalls trägt sie jetzt die Admiralsmütze.«

Engert trat zurück und schaute sich kopfschüttelnd das Bild aus der Distanz an. »Mal im Ernst, Herr Kommissar. Mit so einem irrsinnigen Alptraum-Durcheinander kann man doch kein Verbrechen beweisen.«

»Das gebe ich zu, es ist noch nicht so weit. Aber wer weiß, ob nicht eines Tages die Träume und das Unbewusste herangezogen werden, um Verbrecher zu überführen.«

»Aber was ist, wenn ich ein Verbrechen nur träume, es aber nicht begangen habe? Und außerdem: Sind die Gedanken denn nicht frei und damit auch die Träume?«

Weber schaute sie verwirrt an und merkte jetzt, dass die Begeisterung mit ihm durchgegangen war.

»Los, runter mit dem Bild!«, kommandierte er, um seine Verlegenheit zu überspielen. »Wir schauen uns das Mittelstück an.«

Sie stellten das erste Bild beiseite und hoben das breitere auf die Kommode.

Das Zwischenstück war nicht weniger eigenartig, auch wenn es kein so wildes Durcheinander zeigte wie das erste Bild. Ein viereckiger Kasten war zu sehen, der in einem fluoreszierenden Gewässer versank. Über dem Gewässer ragten

Häuserwände auf. Eine Fassade war zerborsten, und aus dem Loch in der Mauer war der Kasten in einen Kanal gefallen, wobei er ein Faltboot mit sich gerissen hatte. Der Kanal wurde seitlich von Wänden aus Stein begrenzt, in denen sich Fenster befanden, durch die schemenhafte Gestalten mit spitzen Nasen schauten, deren Gesichter aber diffus blieben.

In mehreren Etappen war zu sehen, wie der Kasten versank. Es war ein Banktresor mit einem großen Zahlenschloss. Die Stahltür war durchlöchert, und offenbar befand sich jemand in dem Tresor und streckte die Hand durch eins der Löcher heraus. Wahrscheinlich waren sie mit einem Schneidbrenner hineingebrannt worden – jedenfalls war das Webers Assoziation. Eine Meerjungfrau schwamm auf den Tresor zu und ergriff die ausgestreckte Hand. Sie zog die Tür auf, ohne zu merken, dass hinter ihr an einem Fenster ein Mann stand, der eine Harpune abgefeuert hatte.

Die Harpune steckte in der Brust eines Adlers, der aus dem Tresor stürzte und mit ausgebreiteten Flügeln auf den Grund sank. Dort unten sah man die Meerjungfrau, die den getöteten Adler beweinte. Neben ihr stand der Mann, der die Harpune abgeschossen hatte. Er trug einen eleganten Anzug und zweifarbige Schuhe. Mit einer Hand fasste er nach den langen Haaren der Meerjungfrau, die in seine Richtung trieben. Mit gierigem, lüsternem Grinsen betrachtete er die trauernde Nixe.

»Das ist der Beweis«, murmelte Weber. »Koschinski hat Zeus Romanoff auf dem Gewissen. Tatmotiv Eifersucht. Wahrscheinlich liegt die Leiche auf dem Grund des Fleets oder im Kanal zwischen Alsterfleet und Mönkedammfleet. Der angebliche Polizeihinterhalt beim Einbruch im Bankhaus Raschmann war inszeniert.«

Engert widersprach ihm nicht. Sie hockte auf den Knien

vor dem dritten Bild des Triptychons und starrte gebannt auf die Szene.

»Das ist bestialisch«, sagte sie tonlos. »Einfach nur grauenhaft.«

»Was ist da zu sehen?«, fragte Weber.

»Eine Orgie in einem Verbrecherkeller. Es ist sehr roh. Eine Horde geifernder und sabbernder Gnome fällt über eine Frau her, verhöhnt und misshandelt sie. Ein Mann in einem eleganten Anzug und mit zweifarbigen Schuhen führt die geile Horde an. Was er außerdem noch mit der Frau macht, möchte ich nicht aussprechen …«

Weber kniete sich neben sie und schaute das grausame, in tiefdunklen Farben gehaltene Bild an.

Die Frau, die von den verwachsenen Gnomen vergewaltigt wurde, war die Meerjungfrau. Einer der Zwerge hielt sie fest und drückte eine Zigarette auf ihrer Brust aus, ein anderer legte ihr Fesseln an, eine Frau schwang eine Peitsche und lachte dabei mit weit aufgerissenem Maul, ein dritter Mann war hingefallen, aus einer Wunde an seinem Oberschenkel tropfte Blut. »Bissspur, vermutlich menschlichen Ursprungs«, heißt es dazu im Polizeibericht, dachte Weber.

Über allem, viel größer und kräftiger und kein bisschen verwachsen oder verkrüppelt, stand der Mann im eleganten Anzug und schwang, das Gesicht zu einer hasserfüllten Fratze verzerrt, mit beiden Händen ein Henkerbeil, mit dem er den Fischschwanz der Meerjungfrau in zwei Teile trennte, aus denen das Blut spritzte.

Die Gesichter der Beteiligten waren trotz aller Verzerrungen deutlich zu erkennen. Es waren Eduard Geyer, genannt Schrammel-Ede, Therese Rasmus, genannt Peitschen-Resi, Gustav Brinkmann, genannt Kekse-Gustav, und Otto Schlünder, genannt Schnallen-Otto. Die hasserfüllte Fratze des Anführers gehörte Paul Koschinski, auch Panzer-Paul genannt, ehemals die rechte Hand von Zakhar Romanoff, dem Kopf der Einbrecherbande, dem der Beiname »Zeus« leider nicht zur Unsterblichkeit verholfen hatte.

»Die Folterknechte sind alle tot, bis auf Paul Koschinski«, stellte Weber fest. »Er ist der Letzte auf der Liste der Racheopfer.«

Engert schüttelte den Kopf. »Da wäre ich mir aber nicht so sicher, Herr Kommissar. Was ist mit der Hexe vom ersten Bild? Die mit dem Schlachtermesser?«

»Franziska Eichenberger? Aber das mit dem Messer ist doch symbolisch gemeint«, sagte Weber zerstreut. Er starrte noch immer gebannt auf die grausige Vergewaltigungsszene und die hässlichen Fratzen der Täter.

»Symbolisch?«, fragte Engert skeptisch. »Wenn mich eine Erniedrigung so sehr schmerzt, dass ich das Gefühl habe, jemand hätte mir die Eingeweide aus dem Leib gerissen, dann ist das eine tief empfundene Grausamkeit.«

Weber schaute sie erstaunt an. »Haben Sie etwa doch schon mal etwas von Dr. Freud gelesen, Fräulein Engert?«

Eine Weile noch studierten sie schweigend die Bilder des Triptychons. Weber war fest überzeugt, die Motive für die Morde an den Mitgliedern der Romanoff-Bande und der Familie Brunswiek-Eichenberger vor Augen zu haben. Aber wie sollte er das seinen Vorgesetzten erklären? Und inwieweit konnten solche Interpretationen eines Kunstwerks die Mörderin vor Gericht überführen? Wahrscheinlich war ein solches Vorgehen völlig ausgeschlossen – schließlich kam auch sonst nie jemand auf die Idee, nach dem Wirklichkeitsgehalt von Kunstwerken zu fragen, die grausame Szenen zeigten. Und was auf diesem Triptychon zu sehen war, ähnelte eher einem Alptraum als realen Situationen. »Kunst ist Ausdruck von Empfindungen«, hatte Weber mal irgendwo gelesen. Und Empfindungen ließen sich nicht bestrafen. Nur reale Taten zählten, nicht die Fantasien, die jemand hatte. Seine Kollegin hatte recht: Die Gedanken waren frei, und diese Gemälde bewiesen gar nichts, jedenfalls nicht im juristischen Sinn.

Weber schaute zu Auguste Engert, wollte sie um Rat fragen, was als Nächstes geschehen sollte. Sie hockte vor dem ersten Teil des Triptychons und studierte die Einzelheiten. Die Sonne spielte mit ihrem blonden Haar, ihr Profil wirkte auf ihn geradezu perfekt. Ihre Lippen waren leicht geöffnet, der Blick ernsthaft und nachdenklich, und nun strich sie sich eine ihrer goldenen Strähnen hinters Ohr, mit einer anmutigen, selbstvergessenen Bewegung ihrer schmalen Hand, die er jetzt gern ergriffen hätte.

Das schrille Scheppern des Telefonapparats unterbrach seine Vision einer Auguste, die ihn lachend umarmte. Es bimmelte so laut, dass sie beide erschrocken zusammenzuckten. Weber sprang auf, eilte in den Flur und griff nach dem Hörer.

»Hier Weber ... jawohl, Kommissar Weber ... ja, ich höre.«

Engert kam ebenfalls in den Flur und schaute zu, wie er telefonierte, was ihm unangenehm war. In den Apparat zu sprechen strengte ihn sowieso schon an. Und nun tat ihm auch noch der Hals weh, und seine Kehle fühlte sich rau und wund an, wenn er redete.

»Inspektor Recknagel«, sagte er heiser. »Ja natürlich, ich verstehe voll und ganz, dass er die Bilder benötigt ... Bitte? Nein, es handelt sich um das Gemälde, das ich ordnungsgemäß quittiert habe ... Ja und nein, es sind mehrere, die zusammengehören, es besteht aus drei Teilen, ein Triptychon ...

Selbstverständlich werde ich es komplett überstellen, das versteht sich doch von selbst ... Unverzüglich, aber ja, das ist kein Problem ... Was hat er gesagt? ... Nein, ich will bestimmt keine Kunsthandlung eröffnen ... Was soll das? Ich verbitte mir Scherze auf meine Kosten! ... Danke. Ich mache mich sofort auf den Weg ... Nein, das ist kein Problem, ich habe ja mein Automobil. Auf Wiederhören!«

Weber legte auf und merkte, dass ihm der Schweiß ausgebrochen war. Die suchen ja nur etwas, woraus sie mir einen Strick drehen können, dachte er unbehaglich.

»Was ist?«, fragte Engert.

»Die Bilder müssen ins Stadthaus«, sagte Weber und bemühte sich, ruhig zu bleiben. Doch dann stieß er unwirsch hervor: »Die machen blöde Witze und unterstellen mir, ich wollte dieses Triptychon verkaufen. Eine unglaubliche Frechheit!«

»Sie hätten es nicht mit nach Hause nehmen dürfen, oder?«

»Ach was, ich habe doch eine Quittung ausgestellt bekommen.«

»Dann tragen wir die Bilder gleich zum Auto?«

Weber hatte sich wieder gefangen und schüttelte den Kopf. »Immer mit der Ruhe. Zuerst schreiben wir auf, was wir gesehen haben.«

»Warum das denn?«

»Beweismittelsicherung. Ich will kein entscheidendes Detail vergessen haben, wenn es darauf ankommt.« Dass er eigentlich von diesem Fall abgezogen war, musste er ihr ja nicht auf die Nase binden.

Engert schaute ihn schief an. »Sie sind ein eigenartiger Polizist.«

»Finden Sie?« Weber ging ins Wohnzimmer zurück.

»Sie arbeiten nach Ihren eigenen Regeln. Wie meine Chefin übrigens auch.«

»Ja und?«

»Sie ist eine schwierige Person ...«

Weber ging ins Schlafzimmer und holte sein Traumtagebuch. Dann forderte er seine Kollegin auf, ihm die Gemälde systematisch von oben links bis unten rechts zu beschreiben. Die Einzelheiten notierte er in der Kladde.

Es dauerte eine knappe Stunde, bis sie fertig waren. Dann packten sie die drei Bilder wieder ein und verschnürten sie gut. Weber fuhr den Wagen vor, und sie luden ihre Fracht ein.

Der Weg zum Stadthaus war kurz, aber es gab noch etwas, das unbedingt angesprochen werden musste:

»Wie wollen Sie denn Ihrem Inspektor erklären, was es mit dem Triptychon auf sich hat?«, fragte Engert, während der Wagen über das Pflaster ruckelte.

»Gar nicht.«

»Aber hören Sie, Herr Kommissar! Wenn das stimmt, was wir glauben herausgefunden zu haben, dann sind doch Menschen in Lebensgefahr!«

»Darum müssen wir uns kümmern, ja.«

»Was wollen Sie tun?«

»Mit Franziska Brunswiek und Paul Koschinski reden.«

»Sie warnen?«

»Ja, sicher.«

»Es käme auch darauf an, Ihnen Schutz anzubieten, nicht wahr, Herr Kommissar?«

»Ja, ganz recht.«

»Dazu muss Ihr Inspektor doch seine Zustimmung geben. Also müssen Sie ihm erklären ...«

»Himmelherrgott! Nennen Sie Recknagel doch nicht ständig ›meinen Inspektor‹!«

»Entschuldigen Sie.« Engert schaute verlegen zur Seite. Ihre blonden Haare wehten im Fahrtwind.

Weber gab Gas, als sie in die Elbstraße einbogen, und murmelte: »Wahrscheinlich muss ich persönlich für den Schutz der betreffenden Personen sorgen.«

»Dann müssen Sie aber an zwei Orten zugleich sein«, gab Engert zu bedenken.

»Nein, muss ich nicht.« Weber bog nach rechts in den Steinweg. »Ich muss mich nur um Franziska Brunswiek kümmern. Koschinski ist ein Mörder, den verhaften wir. Im Untersuchungsgefängnis ist er in Sicherheit.«

»Aha, aber da käme wieder Ihr Inspektor ins Spiel ... oh, entschuldigen Sie bitte ...«

Weber biss die Zähne zusammen. »Das dürfte ja wohl meine Sorge sein!«

»Selbstverständlich. Sie geben die Befehle, und ich folge. Jawohl, Herr Kommissar.«

»Gut.« Am liebsten hätte Weber ihr jetzt befohlen, doch noch einmal eine Haarsträhne hinters Ohr zu streichen, mit dieser anmutigen Handbewegung. Auf der Wexstraße beschleunigte er noch etwas mehr. Vielleicht ergab sich das mit der Strähne ja ganz von selbst.

Aber Engert schmollte und ließ den Kopf hängen, bis sie das Stadthaus erreichten. Weber parkte an der Stelle, die er sich zum Stammplatz auserkoren hatte.

Sie trugen die Bilder bis vor den Paternoster. Aber wie sollte das jetzt funktionieren? Drei Bilder, zwei Personen und dieser widerspenstige Aufzugskasten, der sich einfach nach oben bewegte, ohne ihnen viel Zeit zu lassen, etwas hineinzuheben. Und die Aktenaufzüge waren eindeutig zu klein für diese Formate.

Es war gar nicht nötig, sich abzumühen, denn hinter

ihnen ertönte die schnarrende Stimme von Inspektor Recknagel.

»Kommissar Weber!«

Recknagel stand auf der untersten Stufe der breiten Marmortreppe und sah extrem unzufrieden aus. Er deutete auf die verpackten Gemälde. »Sie bringen die Bilder?«

»Jawohl, Herr Inspektor!«

»Na fein, dann sind ja wenigstens drei davon übriggeblieben.«

»Wie bitte?«, fragte Weber erstaunt.

»Einbrecher! Diebe in der Nacht! Über die Fassade hoch, direkt durchs Fenster ins Asservatorium. Alle konfiszierten Bilder sind weg!«

»Wie bitte«, rief Weber, »Einbruch in der Polizeizentrale?«

»Ach du liebe Güte«, flüsterte Engert.

»Keine Meldung nach draußen, verstanden!«, schnarrte Recknagel.

»Jawohl.«

»Und jetzt bringen Sie diese vermaledeiten Kunstwerke in mein Zimmer, vielleicht sind sie da ja sicher.« Recknagel zog den Schlüssel zu seinem Büro aus der Jackentasche.

»Es müsste noch jemand mit anfassen, es sind drei Teile«, sagte Weber.

»Zum Donnerwetter«, fluchte Recknagel. »Na, dann halt so.«

Alle drei bückten sich, um die Bilder hochzuheben und in den Paternoster zu schleppen ... aber dazu kamen sie nicht.

Eine schrille Stimme ertönte: »Inspektor!«

Sie schauten auf. Kriminalanwärter Kruse trampelte die Steinstufen herunter. »Herr Inspektor, Gott sei Dank! Hören Sie! Eine Nachricht aus Altona!«

»Was ist denn?«, fragte Recknagel unwirsch.

Der junge Kruse blieb atemlos vor ihm stehen und machte eine komische Handbewegung, als wollte er salutieren und hätte es sich auf halbem Weg anders überlegt.

»Ein Überfall! Frau Eichenberger von der Reederei! In ihrem eigenen Haus! Mordversuch, heißt es.« Kruse atmete erleichtert aus, nachdem er seine Botschaft übermittelt hatte.

Recknagel starrte ihn an. Das hatte ihm die Sprache verschlagen.

»Da müssen wir hin!«, sagte Weber zu Engert.

»Oh nein, halt!«, rief Recknagel. »Das ist zunächst einmal Sache der Polizei in Altona. Und außerdem ...«

»... bin ich ja außer Dienst gestellt ...«

»Ganz recht.«

»... und kann tun, was mir beliebt.« Letzteres zischte Weber leise seiner Kollegin zu. Er musste seinen Vorgesetzten ja nicht noch mehr auf die Palme bringen.

»Wir haben uns also verstanden?«, fragte Recknagel.

»Selbstverständlich, Herr Inspektor.« Weber wandte sich an Kruse, der seine junge Kollegin irritiert anschaute, da sie offenbar irgendwas mit den Herren zu tun hatte. »Kriminalanwärter, sorgen Sie doch bitte dafür, dass diese drei Bilder in das Büro von Inspektor Recknagel geschafft werden.«

»Jawohl, Herr Kommissar.«

»Ich bin dann außer Dienst«, sagte Weber, drehte sich um und ging.

Kaum saß er draußen in seinem Ford hinterm Steuer, stieg auch schon Auguste Engert ein.

»Nanu«, sagte Weber, »sind Sie etwa auch außer Dienst gestellt?«

Sie lächelte. »Nein, nur neugierig.«

»Haben Sie keine Angst vor Recknagel?«

»Warum sollte ich, der ist doch nicht *mein* Inspektor.« Ihre hellgrünen Augen leuchteten.

Weber gab Gas.

Ich bin wirklich nicht ganz bei Trost, dachte er, und wegen ihr verliere ich noch den Verstand.

»Nach einem schockierenden Erlebnis sind die Menschen oftmals bereit zu reden«, sagte Weber, als sie von der Elbchaussee in die Zufahrt der Villa von Franziska Eichenberger einbogen. »Dann sagen sie manchmal sogar die Wahrheit.«

Auguste Engert schaute mit großen Augen auf das von üppigen Rhododendronbüschen umgebene, protzige Bürgerschloss mit den verschnörkelten Rabatten und akkuraten Beeten.

»Ein Fürstenhaus?«, fragte sie.

»Geldadel«, sagte Weber.

Der Ford kam auf dem knirschenden Kies zum Stehen.

»Oh, sie wird bewacht«, stellte Engert fest.

Ein Wachtmeister hatte oben vor dem Portal Posten bezogen und blinzelte müde in die Sonne.

»Das dürfte kein Problem sein«, sagte Weber und stellte den Motor aus. »Schon eher, dass die Dame des Hauses nicht so gut auf mich zu sprechen ist. Vielleicht gelingt es Ihnen ja, ihr Vertrauen zu gewinnen.«

Der Wachtmeister musterte sie und griff vorsichtshalber nach seinem Schlagstock.

Sie stiegen die Steintreppe hinauf und grüßten.

»Kommissar Weber, Polizei Hamburg, Kriminalinspektion 1«, sagte Weber.

Der Wachtmeister salutierte.

»Das hier ist Kriminalanwärterin Engert von der Weiblichen Kriminalpolizei.«

Der Wachtmeister bedachte Engert mit einem skeptischen Blick.

»Wir sind mit den Ermittlungen wegen der Todesfälle in den Familien Brunswiek und Eichenberger betraut«, erklärte Weber. »Die WKP wurde hinzugezogen, weil es sich hier um einen Anschlag auf eine Frau handelt.«

Der Wachtmeister dachte kurz nach und nickte. »Jawohl, Herr Kommissar.«

»Die Kollegen aus Altona ...«, sagte Weber unbestimmt.

»Sind schon fort.«

»Nun, das ist schade«, log Weber. »Aber dann müssen wir eben ohne sie auskommen. Wer ist bei dem Opfer?«

»Ein Hausmädchen kümmert sich um die Dame.«

»Sonst ist niemand da?«

»Der Arzt ist bereits wieder gegangen.«

»Und der Hausdiener?«

»Hat heute seinen freien Tag.«

»Na schön, dann bringen Sie uns mal zu ihr.«

Der Wachtmeister warf noch einen scheelen Blick auf Auguste Engert, dann auf Weber, dessen Auftreten ihm offenbar genügend Vertrauen einflößte, denn er öffnete die Tür.

»Gehen Sie bitte voran«, forderte Weber ihn auf.

Sie stiegen hinauf zur Galerie im ersten Stock und trafen dort auf das Hausmädchen, eine kleine Person mit grauen Haaren, die zu einem Dutt frisiert waren. Sie trug Schürze und Haube und baute sich vor der Tür zum Zimmer von Franziska Eichenberger auf, als wollte sie ihre Dienstherrin bis zum letzten Blutstropfen verteidigen. Ihre Augen blitzten zornig, als der Wachtmeister ihr erklärte, ein Verhör sei angeordnet worden.

Sie schüttelte energisch den Kopf. »Das ist ganz unmöglich. Nach diesem Erlebnis!«

Weber wusste nicht, wie er sich verhalten sollte. Er war ja ohnehin schon viel zu weit gegangen. Wenn er sich jetzt auch noch zwangsweisen Zugang zum Schlafzimmer dieser einflussreichen Hanseatin verschaffte, konnte das sehr unangenehme Folgen haben.

Da schaltete sich Engert ein. Sie hielt dem Hausmädchen die Hand hin und sagte: »Ich bin Kriminalanwärterin Engert von der Weiblichen Kriminalpolizei. Wir unterstehen dem stellvertretenden Polizeipräsidenten Dr. Schlanbusch unter der Leitung von Kriminaloberinspektorin Josephine Erkens. Unsere Dienststelle wurde gegründet, um Frauen zu helfen, die Opfer eines Verbrechens geworden sind.«

Das Hausmädchen schaute sie stirnrunzelnd an. »So?«

»Und es ist sehr wichtig, mit den Opfern sofort nach der Tat zu sprechen, wenn die Eindrücke noch frisch sind. Das ist sogar von ganz entscheidender Bedeutung.«

»Nun ...«

»Darf ich um Ihren Namen bitten, Frau ...«

»Petermann.«

»Frau Petermann, darf ich Sie fragen, was Sie selbst beobachtet haben?«

Frau Petermann rang die Hände. Als Person direkt angesprochen zu werden, war ihr unangenehm. »Aber ich war doch gar nicht da, als es passiert ist. Die gnädige Frau war ganz allein.«

»Ich verstehe«, sagte Engert. »Dann bleibt uns nichts anderes übrig, als persönlich mit der gnädigen Frau zu sprechen.«

»Also gut ... wenn Sie kurz warten möchten ...«

»Selbstverständlich.«

Weber wandte sich an den Wachtmeister. »Sie können wieder Posten beziehen.«

Der Beamte nickte und ging.

Das Hausmädchen zog die Tür auf und flüsterte Engert zu: »Bitte sehr, Fräulein.«

Als Weber ebenfalls in das Schlafzimmer ging, verdüsterte sich ihr Blick.

Es war sehr warm. Die Fensterläden waren geschlossen, und durch die Schlitze fiel nur wenig Licht. Es genügte, um sich einigermaßen zurechtzufinden in diesem Zimmer, das einer Fürstin im 18. Jahrhundert wahrscheinlich auch ganz gut gefallen hätte.

Franziska Eichenberger lag in einem breiten Bett mit Baldachin, halb aufgerichtet und von zahlreichen dicken Kissen gestützt.

»Gehen Sie voran«, flüsterte Weber seiner Kollegin zu.

Hinter ihnen blieb Frau Petermann vorsichtshalber in der Tür stehen.

Sie grüßten zurückhaltend, entschuldigten sich für ihr Eindringen und stellten zwei Stühle neben das Bett. Weber setzte sich auf den, der etwas weiter von Frau Eichenberger entfernt stand. Franziska Eichenberger schien ihn nicht zur Kenntnis zu nehmen.

Auguste Engert stellte sich vor, erklärte ihre Aufgabe und fragte Frau Eichenberger behutsam, wie es ihr gehe. Die antwortete leise, fast flüsternd, sie schien sehr erschöpft zu sein. Nach einigem Hin und Her und aufmunternden Worten von Engert kam sie auf das Geschehene zu sprechen. Manche Einzelheiten wiederholte sie mehrmals, was so wirkte, als müsse sie sich selbst versichern, dass es wirklich passiert war.

Am frühen Morgen, es sei noch dunkel gewesen, sei sie aufgeschreckt. Sie sei sich zunächst nicht sicher gewesen, was sie geweckt habe. Dann habe sie bemerkt, dass ein Fenster weit offen stand. Im gleichen Moment habe ein Windstoß einen Fensterladen laut krachend zugeweht. Da sei ihr erst bewusst geworden, dass etwas nicht stimmte, denn sie habe ja die Fensterläden am Abend vorher geschlossen.

»Dann stand sie vor mir. Wie ein riesiger Schatten. Ganz in Schwarz. Sie beugte sich über mich. Es roch nach etwas ... Giftigem. Ein Gestank geradezu. Sie hielt etwas in der Hand ... in beiden Händen.« Franziska Eichenberger hob demonstrativ die linke Hand. »Hier ein Tuch. Das war das, was so schrecklich stank. In der anderen ...« Sie hob die rechte Hand und ballte sie zur Faust. »... ein Messer. Sie wollte mich schlachten!«

Sie rang nach Atem, musste husten.

»Ich warf mich zur Seite ... konnte das Licht anknipsen ... das war meine Rettung. Jetzt ... jetzt musste sie mich nämlich ansehen. Sie versuchte es noch mal mit dem Tuch, aber ich sagte ihren Namen ... da hat sie mich losgelassen. Kurz starrte sie mich an ... wie eine Todesbotin! Es waren ja nur ihre Augen zu sehen.«

»Und dennoch haben Sie sie erkannt?«, fragte Weber möglichst zurückhaltend.

»Nicht nur an den Augen ... ihr Körper, die Haltung, die Bewegungen ... Ich kenne doch meine Schwester!«

»Ihre Schwester?«, fragte Weber erstaunt.

»Es war Karlotta. Und sie wollte mich töten. Aber sie konnte es nicht.«

Weber war verblüfft. Er hatte mit einer Beschreibung der Person gerechnet, die ihn gestern Abend überfallen hatte.

Auguste Engert beugte sich vor und fragte mit sanfter Stimme: »Aber warum sollte sie das wollen?«

Schweigen.

»Warum sollte denn jemand die eigene Schwester töten wollen?«

»Glauben Sie mir etwa nicht?«

»Ich will es mir nur erklären.«

»Erklären!«, stieß Franziska Eichenberger abfällig hervor. »Was gibt's da schon zu erklären? Sie glaubt, ich hätte sie bestohlen. Um ihr Erbe geprellt, ihr die Herrschaft über ihr Reich genommen, ihr den Mann weggeschnappt. Aber den hätte sie doch haben können! Jahrelang ist er um sie herumscharwenzelt und hat ihr den Hof gemacht. Ist hinter ihr hergerannt, wo immer sie hinging. Hat sie so auffällig verehrt und vergöttert, dass es allen peinlich war. Und sie hat ihn mal wie einen Schoßhund gestreichelt, mal wie einen Straßenköter getreten. Nach Lust und Laune. Sie wollte sowieso immer nur das eigene Vergnügen. Ohne Grenzen. Gegen alle Regeln und den Anstand und die guten Sitten. Hat sich herumgetrieben. Bohème, Bohème! Ha! Dieser angebliche Hang zur Kunst war doch nur ein Vorwand, um sich gehen zu lassen. Ihr Künstlerleben war nichts weiter als ein Dreckspfuhl!«

Sie warf den Kopf hin und her, als würde sie sich ekeln. Engert legte ihr beschwichtigend eine Hand auf den Unterarm. Frau Eichenberger zog hastig den Arm zurück und schob ihn unter die Decke. Die andere Hand krallte sich in das Laken.

»Aber er hat das ja hingenommen und ist ihr trotzdem nachgestiegen. Und dabei hat er noch nicht mal bemerkt, dass er, wenn er sich erniedrigt, auch mich erniedrigt. Ich habe doppelt gelitten! Für mich und für ihn. Aber ich war ja krank. Ach, wenn diese Jahre nicht gewesen wären! Wenn ich damals so gekonnt hätte wie heute. Es ging nicht. Und erst, als sie ihn zerstört hatte, da hat man ihn mir überlassen. Hingeworfen geradezu.«

Franziska Eichenberger verzog das Gesicht, als hätte sie etwas Bitteres geschluckt.

»Aber ich war ja so dankbar«, fuhr sie fort. »Was kümmerte es mich schon, dass es nur ums Geschäft ging? Mir war egal, ob dieser Esel von Justiziar alles in Anteilsverträgen regelte. Ich hatte meinen Albert. Es war sogar besser so, denn er war durch diese Verträge doppelt an mich gefesselt … die Ehe war ihm doch ohnehin egal. Aber mir nicht!«

Sie ließ das Laken los, hob den Arm und ballte die Faust. »Aber mir doch nicht. Können Sie sich vorstellen, wie es sich anfühlt, wenn man plötzlich merkt, dass man die ganze Macht für sich haben kann? Welche ungeahnten Kräfte man entwickelt? Man muss nur stark genug sein … dann geht es. Es wäre alles in die Brüche gegangen, wenn ich es nicht getan hätte. Karlotta hätte alles zerstört. Es war reiner Selbstschutz der Familie … unserer Familien … für das Unternehmen. Das, was größer ist als jeder Einzelne von uns und schon länger existiert als wir.« Sie hielt inne und schaute Engert skeptisch an. »Verstehen Sie das?« Als wäre sie nicht sicher, ob ein Fremder diese Gedanken nachvollziehen konnte.

Auguste Engert nickte nur. »Doch, ja.«

»Aber ihr war das Unternehmen egal! Sie verschwand. Das war unerhört.« Frau Eichenberger schlug mit der flachen Hand auf die Bettdecke. »Für uns war sie gestorben. Tot, tot. Niemand sprach mehr von ihr.« Sie nickte, als wollte sie damit ausdrücken, dass es gar keine andere Möglichkeit gegeben hätte.

Sie hielt inne, und dann erschien ein ungläubiger Ausdruck auf ihrem Gesicht, als wäre etwas völlig Unsinniges geschehen. »Und dann kommt sie wieder. Nach so langer Zeit. Mit einem Messer! Mich hat sie sich bis zum Schluss aufbewahrt. Rache, Rache! Aber was soll das? *Ich* hätte ein Recht auf Rache! Sie doch nicht!«

Franziska Eichenberger ließ sich erschöpft zurückfallen und gab ein zorniges Stöhnen von sich. Dann fügte sie mit schwacher Stimme hinzu: »Sie wollte unbedingt mit vollen

Segeln durch den Orkan. Was kann ich dafür, wenn ihr dabei die Masten brechen?«

Sie schwieg und atmete schnaufend.

Engert schaute Weber an. Er versuchte noch ein paar Fragen zu stellen. Er war sich nicht sicher, ob das eben Gehörte im Sinne kriminalistischer Ermittlungen überhaupt von Nutzen war. Aber Franziska Eichenberger antwortete ihm nicht.

»Gehen Sie! Raus!«, war alles, was sie noch von sich gab.

Das war das Zeichen für das Hausmädchen, das händeringend auf sie einredete: »Bitte, bitte, gehen Sie doch. Bitte gehen Sie. Gehen Sie doch jetzt.«

Also gingen sie.

Als sie auf der Elbchaussee nach Hamburg zurückfuhren, bemerkte Weber dunkle Wolken am Himmel. Die Sonne stach heute mehr als sonst.

»Vielleicht gibt es bald ein Gewitter«, sagte er zu Engert.

»Was fangen wir denn nun mit dem an, was wir gerade gehört haben?«, fragte sie.

»Ich weiß nicht. Vielleicht schreibe ich es erst mal auf.«

»Etwa in Ihr Traumtagebuch?«

»Das wäre passend ... so ein Alptraum!«

»Ich schlage vor, Sie setzen mich am Stadthaus ab. Dann schreibe ich einen ganz sachlichen Bericht. Nur für den Fall, dass jemand fragt, wieso wir dort gewesen sind.«

»Sie sind aber dienstbeflissen.«

»Ich bin ja auch nicht beurlaubt.«

Als sie am Neuen Wall ankamen, hatte Auguste Engert es eilig, aus dem Wagen zu steigen. Sie verabschiedete sich knapp und lief auf den Eingang der Polizeizentrale zu.

Vom Kühler des Fords stiegen Dampfschwaden auf.

»Verflixt, ich habe vergessen, Wasser nachzufüllen«, stellte Weber fest.

Vierzehntes Kapitel:

DÄMON WEIB

Später saß er in seiner Schlafkammer und schrieb im Schein einer Tischlampe, während es draußen dunkel wurde. Er schrieb nicht in seine Kladde, sondern auf einige Bögen Briefpapier, denn es ging nicht um Träume, sondern um Fakten. Auch wenn Auguste Engert sicherlich einen guten Bericht schreiben würde, wollte er sich vergegenwärtigen, welche Einzelheiten er bislang über die Mordserie in Erfahrung gebracht hatte.

Aber je mehr er notierte, umso fragwürdiger kamen ihm die angenommenen Zusammenhänge vor. War das nicht Kunstbetrachtung, was er hier betrieb? Und darüber hinaus amateurhafte Psychoanalyse? Kurz gesagt: alles reine Spekulation? Er geriet ins Grübeln. War nicht das, was Dr. Freud in Wien als Wissenschaft ausgab, auch reine Spekulation? War dieser Mann vielleicht einfach nur ein guter Geschichtenerzähler, dem viele Menschen, darunter auch Kommissar Weber, auf den Leim gingen? Träume zu analysieren, klang das nicht nach dem grotesken Scherz eines cleveren Scharlatans? Was war, wenn Träume doch bloß Schäume waren?

Weber legte den Bleistift weg. Ich bin mit meinem Latein am Ende, dachte er. Und zwangsweise beurlaubt bin ich auch. Was nun? Er bekam Angst. Er spürte auf einmal eine wachsende Leere um sich herum. Ein Gefühl vollkommener Einsamkeit ergriff von ihm Besitz.

Das schrille Klingeln des Telefons rettete ihn.

Bestimmt war es Auguste! Wer weiß, vielleicht ...

Weber stürzte in den Flur und riss den Hörer vom Apparat herunter.

»Ja, hallo!« Er schrie es fast. Das Herz schlug ihm bis zum Hals.

Am anderen Ende war leises Schluchzen zu hören.

»Auguste? Um Himmels willen! Was ist passiert?«

»Herr Kommissar ...« Die Stimme wurde lauter und deutlicher.

»Ja, ich bin doch da. Was ist denn nur?«, fragte er ungeduldig und bemühte sich um einen fürsorglichen Ton.

»Es ist aus, Herr Kommissar, mit uns ist alles zu Ende ...« Lautes Schluchzen.

»Aber ...«

»So brutal ... wie ein Stück Vieh ...« Weber stutzte. Das war nicht Auguste. Die leicht verzerrte Stimme war ihm bekannt, nur war es nicht die seiner Kollegin. Das war Linda Lu.

Sie räusperte sich und sagte laut und deutlicher: »Sie müssen kommen. Ich muss Ihnen wichtige Dinge sagen. Er hat es mir aufgetragen.«

»Wer denn? Was ist denn los?«

»Wissen Sie es denn nicht?«, fragte die Stimme erstaunt. »Paul!«

»Was denn?«

»Im Krankenhaus ... Aber jetzt ...« Aufschluchzen. Vernehmliches Luftholen, ein unwirsches »Ja doch!«, dann: »Er hat mir aufgetragen, Ihnen etwas zu sagen.« Erneutes Aufschluchzen. »Seine letzten Worte! Bitte kommen Sie!«

»Wo sind Sie denn?«

»Wir treffen uns im *Lindengrün*.«

»Gut. Ich bin gleich da.«

Weber hängte auf und zog das Jackett an. Rasch überlegte er, wie es schneller ging, mit dem Wagen oder zu Fuß, entschied sich dann für den Wagen, falls er noch weiter musste.

Auf dem Weg zur Garage verfluchte er seine Beurlaubung. Dadurch war er von allen polizeilichen Informationen abgeschnitten.

Eine knappe halbe Stunde nach dem Telefonat parkte er seinen Wagen in der Erichstraße und betrat die schmale Gasse mit dem unebenen, bemoosten Pflaster. In dieser Nacht wirkte alles noch düsterer als sonst, denn die Straßenlaterne gegenüber der Kneipe *Lindengrün* war ausgefallen. Weber schaute in den Himmel. Keine Sterne. Nur ein bleicher Halbmond, um den sich dunkle Schwaden zusammenzogen.

Die Fenster der niedrigen, schiefen Häuser waren nicht erleuchtet, nur aus der Gaststätte drang ein schwacher gelblicher Schimmer.

Die dicke Wirtin warf ihm einen finsteren Blick zu, als er eintrat. Die Hälfte der Tische war besetzt von Huren und einigen Zuhältern. Man trank und rauchte und unterhielt sich leise. Die Stimmung war gedrückt. Einige warfen ihm ablehnende Blicke zun, sonst ignorierte man ihn.

»Sie wartet hinten«, sagte die Wirtin barsch. »Gehen Sie einfach rein.«

Weber schob sich an ihr vorbei und lief durch den kurzen Flur, der in ein Hinterzimmer führte.

»Warum auch immer«, hörte er die Wirtin hinter sich nörgeln. »Jetzt, wo es zu spät ist.«

Er klopfte an, bevor er die Tür aufschob und eintrat.

Linda Lu saß an einem langen Tisch, an dem zwölf Leute Platz gefunden hätten. In der Hand hielt sie ein zusammengeknülltes Taschentuch. Ihre Augen waren gerötet. Neben ihr saß ihre Freundin Marie, die Brünette mit den üppigen Formen.

An der Wand tickte eine Pendeluhr.

»Da sind Sie ja endlich«, sagte Marie vorwurfsvoll.

Eine Weile herrschte Schweigen. Linda Lu schaute zur Uhr. Es war kurz nach zehn.

Weber wartete ungeduldig.

»Geh, lass uns allein«, sagte Linda Lu schließlich. Marie verließ das Zimmer, nicht ohne ihm einen finsteren Blick zuzuwerfen.

Weber setzte sich Linda Lu gegenüber an den Tisch. »Was ist denn passiert?«

»Das wissen Sie doch!« Sie warf ihm aus ihren verheulten Augen einen trotzigen Blick zu.

»Nichts weiß ich!«

Das schien sie zu verwirren. »Aber Sie sind doch die Polizei.«

»Ich war unterwegs«, sagte er barsch.

Sie schluchzte leise. »Paul wurde ins Krankenhaus gebracht, aber es war zu spät.«

»Warum ...?«

»Weil er gestorben ist!«, schrie sie ihn an und warf das Taschentuch auf den Tisch.

»Ja ... reden Sie weiter.«

»Er hat noch drei Stunden gelebt. Ein Wunder, nach dem, was sie mit ihm gemacht haben.«

»Was denn? Erzählen Sie doch mal von Anfang an!«

Sie griff nach dem Taschentuch und schnäuzte sich.

»Der Polizeiarzt sagte, sie hätten ihn erst erstochen und dann da hinuntergeworfen. Und trotzdem hat er noch gelebt, als man ihn fand!«

»Wo denn hinuntergeworfen?«

»Vom Turm des Michel!«

»Was?«

»Und vorher Messerstiche ... sehr viele ... Und verstümmelt wurde er.« Sie hielt sich das Taschentuch vor den Mund.

»Sie haben Paul Koschinski ...?«

»Gefoltert! Gequält!« Linda Lu schaute zur tickenden Uhr, als würde sie deren Ticken als Qual empfinden. »Ihm alle Knochen gebrochen, als sie ihn vom Turm warfen. Und er lebte noch!«

Dieser alptraumhafte Fall war also noch immer nicht zu Ende.

»Wie haben sie ihn denn auf den Turm geschafft?«, wunderte sich Weber. Was für ein Aufwand, dachte er, aber das war ja das Prinzip dieser Morde, dass viel Aufwand betrieben wurde. Linda sprach die ganze Zeit davon, was »sie« getan hatten – wie gewiss war denn, dass es sich um zwei Täter beziehungsweise Täterinnen handelte?

»Ist ein schlimmes Verbrechen denn eine Rechtfertigung für solche Bestialität?«, fragte Linda Lu leise.

»Sie meinen sein Verbrechen?«

»Ja, er hat es mir erzählt. Und er wollte, dass ich es Ihnen erzähle. Ich weiß nicht, warum. Aber er sagte immer wieder: ›Weber muss es wissen! Weber muss es wissen!‹ Warum waren Sie ihm so wichtig?«

»Ich weiß nicht. Ich bin doch nur ein Polizist.«

»Er sagte, es sei das einzige Mal gewesen, dass er etwas wirklich Schlimmes getan habe. Das Einzige, was er später bereut habe. Es sei eine Zeit gewesen, wo er manchmal morgens aufgewacht sei und sich gefragt habe, welcher Tag und welcher Monat eigentlich gewesen sei. Er sagte, es seien so viele Tekse in Umlauf gewesen, dass fast alle ›eine weiße Nase‹ gehabt hätten.«

Sie hielt inne und schaute nachdenklich zur Wanduhr.

»Ich erinnere mich an diese Zeit«, sagte Weber. »Es war, als hätte alle ein Fieber gepackt. Das Kokain und der Alkohol hatten viele irre gemacht. Bei manchen steigerte es sich zu einem regelrechten Wahn. Ich wusste nicht, dass er …«

»Es hat deswegen Streit mit dem Chef der Bande gegeben.«

»Mit Romanoff.«

»Ja. Der wollte Disziplin. Aber die ›ging in die Binsen‹. So hat Paul es ausgedrückt. Deshalb wollte Romanoff die Bande auflösen. Er hatte schon genug Geld dafür beiseitegelegt. Er wollte Hamburg verlassen. Ein letzter großer Coup und fertig. Das war der Plan. Die anderen wollten das nicht. Sie hatten ihre Anteile längst durchgebracht, auch Paul. Wegen diesem weißen Pulver.« Sie knetete das Taschentuch und dachte nach.

»Ja, das kann ich mir vorstellen.«

»Alle brauchten Geld, nur Romanoff nicht. Und dann kam der letzte Einbruch …«

»Bei Raschmann, die Sache mit dem Kanal.«

Linda Lu nickte. »Paul hat einen Hinterhalt organisiert, um Romanoff auszuschalten. Gedungene Mörder als Polizisten verkleidet. Dann wollte er die Beute und die Bande übernehmen. Romanoff wurde erschossen oder ertrank oder beides … Beinahe wäre auch eine Frau ertrunken, die hat Paul gerettet …«

»Carla Bruhns, die Künstlerin. Sie war die Geliebte von Romanoff.«

»Ja.«

»Eigenartig, dass er sie gerettet hat. Sie war doch eine Zeugin.«

Linda Lu zögerte. Wieder ging ihr Blick zur Uhr. »Es gab wohl zwei Gründe.«

»Und zwar?«

»Einen guten und einen sehr schlechten, so hat Paul es gesagt. Zum einen war sie die Einzige, die Romanoffs Versteck kannte. Wo das ganze Geld lag.«

»Das war der gute Grund.«

»Ja. Der schlechte war Leidenschaft.«

»Er wollte nicht nur Romanoffs Geld, sondern auch seine Geliebte.«

»Ja.«

»Aber er hat sie nicht bekommen.«

»Nein.«

»Also hat er sie sich genommen.«

»Es war ein Unfall, sagte er.«

»Unfall?«

»Nachdem sie das Versteck mit dem Geld geplündert hatten.«

»Sie hat es preisgegeben?«

Linda Lu nickte. »Nachdem Schnallen-Otto sie sich vorgenommen hatte. Therese Rasmus hatte wohl auch einen gewissen Anteil daran.«

»Sie haben sie gefoltert?«

»Ich weiß nicht, was sie getan haben. Aber es kam ja noch schlimmer.« Linda Lu zögerte.

»Die Vergewaltigung«, sagte Weber.

»Sie wissen davon?«

»Ich vermute nur.«

»Es wurde gefeiert«, sagte Linda Lu. »Hier im *Lindengrün*. Und dann gingen sie rüber zu Therese, in ihr Kabinett. Dort hatten sie Carla Bruhns gelassen. Und da hat Paul dann allen gezeigt, dass sie jetzt ihm gehört. Und weil sie hinterher immer noch nicht gefügig war, sondern ihn beschimpfte, hat er sie an die Bandenmitglieder verschenkt. Sie hat sich gewehrt, gespuckt und gebissen, geschrien und geheult, aber es hat nichts genützt. Am Schluss war sie halb tot, weil Peitschen-Resi und Schnallen-Otto offenbar Gefallen an der Sache gefunden hatten. Und dann wussten sie nicht, wohin mit ihr, und haben Wanja gerufen. Die hat sie dann abgeholt.«

»Wanja Schwarz war nicht dabei gewesen?«

»Sie war bei dem Einbruch nicht dabei, denn sie kam nur dazu, wenn es ums Fassadenklettern ging. Und sie wusste nichts von Pauls Intrige. An diesem schlimmen Abend hatte sie einen Auftritt. Als sie fertig war, sagte man ihr, Carla hätte einen Unfall gehabt. Es hätte eine Wette gegeben, und sie wäre vom Kirchturm der St.-Pauli-Kirche gefallen. Auf den Kirchhof. Dort warfen Schrammel-Ede und Kekse-Gustav sie hin. Wanja fand die bewusstlose Carla und versteckte sich mit ihr, um sie gesundzupflegen. Alle dachten wohl, sie hätten die Stadt verlassen. Bis die Morde passierten.«

Wieder schaute Linda Lu zur Uhr.

»Was ist denn?«, fragte Weber.

»Nichts, die Zeit vergeht.«

»Und?«

Linda Lus Lippen fingen an zu zittern. »Sie dürfen mir nicht böse sein, Herr Kommissar. Ich habe doch solche Angst!«

»Was ist denn?«

»Mein Beschützer ist tot ...«

»Warum denn Angst?«

»Weil sie mich bedroht haben. Mindestens eine Stunde sollte ich Sie hier festhalten.«

»Und jetzt ist ...«

»... eine Dreiviertelstunde vorbei, aber ich kann nicht mehr.« Linda Lu fing an zu schluchzen. »Es ist alles eine Qual!«

»Aber wieso ... was haben sie denn vor?«

»Sie sprachen von einem Bild, das sie holen wollten und das Sie hätten.«

»Das Triptychon?«

»Ja, das Wort haben sie benutzt.«

»Verdammt!« Weber sprang auf.

»Herr Kommissar, wer kümmert sich denn jetzt um mich?«, jammerte Linda Lu.

Aber Weber stürmte schon aus dem Raum und durchquerte die Kneipe mit Riesenschritten. Zuhälter und Huren warfen ihm erstaunte Blicke zu.

Er riss die Tür mit solcher Gewalt auf, dass sie gegen die Wand knallte.

Es war wie verhext. Der Wagen sprang nicht an. Die Batterie war leer. Weber musste kurbeln, um den Motor anzuwerfen. Als er zündete, rutschte ihm das Eisending aus der Hand und drehte sich unkontrolliert weiter. Er war so überrascht, dass er die rechte Hand nicht rechtzeitig zurückzog. Der Kurbelgriff schlug mit voller Wucht auf seinen Handrücken. Der Schmerz, der ihn durchzuckte, konnte nur bedeuten, dass einer oder mehrere Knochen schwer geprellt oder gar gebrochen waren. Weber schrie auf und fluchte so unflätig, wie er es seit dem Granatenhagel im Schützengraben nicht mehr getan hatte.

Die Kurbel drehte sich weiter wie ein Propeller. Im schwachen Schein der zehn Meter entfernten Straßenlaterne konnte er kaum ausmachen, wo der Griff gerade war. Weber holte tief Luft und ließ die linke Hand vorschnellen, bekam den Griff zu fassen, und schon flog die Kurbel in hohem Bogen durch die Luft und landete laut scheppernd auf dem Pflaster. Weber eilte hin und hob sie auf. Mit der rechten Hand, die offenbar doch noch halbwegs funktionierte.

Er sprang in den Wagen und fuhr los.

Mit dem Automobil aus dem Gassengewirr herauszufinden war gar nicht so einfach. Weber gelangte von der Erichstraße zum Paulsplatz, überquerte ihn mit Mühe, weil ihm zwei Straßenbahnen und ein paar Betrunkene in die Quere kamen, bog in die Silbersackstraße und landete vor einer Baustellenabsperrung. Er setzte zurück, drehte wie wild am Lenkrad, als er um die Ecke in die Fischerstraße ruckelte, versetzte die Pferde eines Bierkutschers in Aufregung, der um diese Zeit noch auslieferte, und wurde von dem Mann mit wüsten Beschimpfungen bedacht. Mit Müh und Not nahm er die Abzweigung scharf rechts in die Lincolnstraße und erreichte endlich die Reeperbahn. Nun ging's zügig und mit überhöhtem Tempo zum Millerntordamm und dann über den Neuen Steinweg und den Großneumarkt zum Stadthaus am Neuen Wall.

Er parkte und ließ den Motor laufen. Das Hauptportal an der Ecke war geschlossen, er musste den Nachteingang benutzen. Also stieg er wieder in den Ford und lenkte ihn in den Innenhof.

Beim Verlassen des Wagens glaubte er, das Echo von Kanonenschüssen in der Ferne zu hören. Bevor er darüber nachdenken konnte, musste er sich dem diensthabenden Wachtmeister am Nachteingang zu erkennen geben. Der kannte seinen Namen und grüßte freundlich.

Ob ihm etwas Ungewöhnliches aufgefallen sei, fragte Weber.

Der Wachtmeister verneinte und schaute neugierig zu dem vor sich hin tuckernden Ford.

Weber kam sich lächerlich vor, als er aufgeregt fragte, ob denn auch jemand das Asservatorium bewache.

Der Wachtmeister nahm die Frage durchaus ernst und

wies darauf hin, dass man das Schloss an der Tür zum Lager mit den Beweismitteln ausgewechselt habe. Auch die Fenster habe man von innen extra verbarrikadiert. Außerdem gehe ein Kollege regelmäßig hin, um nach dem Rechten zu sehen.

Weber dankte und eilte an ihm vorbei, denn die behäbige Gewissheit des Wachtmeisters genügte ihm nicht. Vielleicht hing ja schon ein Einbrecher draußen an der Fassade oder versuchte durchs Dach einzudringen. Nach allem, was er inzwischen von der Romanoff-Bande, Wanja Schwarz und Carla Bruhns wusste, rechnete er mit einer verwegenen Einbruchsaktion.

Durch mehrere verwinkelte Flure hindurch erreichte er die Eingangshalle, nur um festzustellen, dass der Paternoster in der Nacht nicht lief. Natürlich nicht, das wusste er doch! Er fluchte und nahm die Treppe.

Als er im ersten Stock angekommen war – schon ziemlich aus der Puste – und sich nach rechts drehte, um weiterzurennen, hörte er, wie jemand nach ihm rief.

»Herr Kommissar! Herr Weber!« Es war Auguste Engert. Sie kam ihm von oben entgegen, in der einen Hand ihre Aktentasche, das Jackett in der anderen.

Weber blieb wie angewurzelt stehen. »Was machen Sie denn noch hier?«

»Ich habe meinen Bericht geschrieben. Es war sehr kompliziert ... diese ganzen Formulare. Und Sie? Sie sind ja völlig außer Atem. Was ist denn los?«

Weber stützte sich mit der linken Hand am Geländer ab und warf ihr die Stichworte im Telegrammstil an den Kopf.

»Schwarz und Bruhns? Die wollen das Triptychon? Ja, das kann ich mir vorstellen.«

»Noch ein Einbruch in der Polizeizentrale!«, stieß Weber

hervor. »Was für eine Blamage! Deshalb ... schnell ... Kommen Sie!«

Weber war schon auf dem Sprung in den Korridor und dachte gleichzeitig: Vielleicht sollte eine Wache auf dem Dach postiert werden. Da sagte sie: »Halt, warten Sie! Sie sind auf dem falschen Dampfer.«

»Was?«

»Die kommen nicht hierher.«

»Wieso?«

»Weil sie glauben, dass das Triptychon noch bei Ihnen im Haus ist.«

»Aber ...«

»Kann es nach außen durchgedrungen sein, dass es hergebracht wurde?«

»Nein.«

»Die beiden sind schon hier gewesen, haben alle Bilder gefunden, bis auf das Triptychon. Da ist doch klar, was sie denken. Und die eine ist schon mal in der Nähe Ihres Hauses gewesen.«

Webers Soldatenfluch war so obszön, dass sich Engerts schön geschwungene Augenbrauen hoben.

Er entschuldigte sich, drehte sich um und rannte die Treppe wieder hinunter.

Dem Wachhabenden schärfte er ein, sofort jemanden im Asservatorium zu postieren. Dann stieg er in den Wagen.

Seine rechte Hand stieß gegen das Lenkrad, und er schrie laut auf vor Schmerz. Der Handrücken war schon deutlich angeschwollen, und es fiel ihm schwer, die Finger zu bewegen.

Stöhnend legte er den Rückwärtsgang ein, wendete und wollte gerade Gas geben, da wurde die Beifahrertür aufgerissen. Auguste Engert warf Tasche und Jacke neben ihn und schwang sich auf den Sitz.

Ohne ein Wort zu verlieren, steuerte Weber den Wagen aus dem Innenhof.

Wieder Kanonendonner. Nein, es war natürlich ein Gewitter im Anmarsch! Ein kühler Wind war aufgekommen. Hin und wieder blitzte es in der Ferne.

Weber fiel es schwer, den Wagen gerade in der Spur zu halten, er fuhr zu schnell, und die Hand schmerzte bei jeder Bewegung. Zum Glück war es nicht weit. Der Wagen rumpelte über die Pulverturmsbrücke, über das unebene Pflaster im Teilfeld, und schon ging es mit quietschenden Reifen nach links.

»Was tun wir, wenn sie schon da sind?«, fragte Engert.

»Haben Sie eine Waffe?«

»Nein, natürlich nicht.«

»Dann warten Sie draußen.«

»Sie trauen mir wohl gar nichts zu.«

»Himmelherrgott, Sie schneiden ihnen den Fluchtweg ab!«

»Schon gut.«

»Mist!« Weber bremste vor seinem Haus ab. Die Tür hing schief in den Angeln. Die Fenster waren erleuchtet. Mit großer Mühe gelang es ihm, die Pistole aus dem Halfter unter dem Jackett zu ziehen.

Engert bemerkte, dass er sich eigenartig bewegte. »Was ist mit Ihrer Hand?«

»Nichts.« Weber biss die Zähne zusammen und stieg hastig und linkisch aus. Er war jetzt sehr wütend. Die ganze Sache war eine Blamage. Und vor allen Dingen war hier jemand in seinen Privatbereich eingedrungen! Das machte ihn fuchsteufelswild.

»Gibt es einen Hinterausgang?«

»Nein. Sie beziehen Posten an der Tür.« Weber ging mit

der gezogenen Pistole in der linken Hand auf die Treppenstufen zu.

»Zu Befehl«, murmelte Engert hinter ihm und stieg ebenfalls aus.

Weber schob die Haustür auf. Der Schlosskasten war verbogen, der Türrahmen offenbar mit einer Brechstange bearbeitet worden. Holzsplitter lagen auf dem Boden.

Er trat in den Flur. Alles wie immer. Der Regenmantel hing an der Garderobe, der Hut lag auf der Ablage und auf dem Schuhschrank ein Brief, den er noch nicht geöffnet hatte, der Telefonhörer hing in der Gabel. Nur das Licht war von fremder Hand eingeschaltet worden.

Die Küche lag im Dunkeln. Da war nichts. Die Tür zum Wohnzimmer stand halb offen. Dahinter ebenfalls Licht. Die Pistole im Anschlag, ging Weber auf die Tür zu. Er gab ihr einen Schubs. Im gleichen Moment ging hinter ihm die Toilettentür auf. Damit hatte er nicht gerechnet. Er wirbelte herum und sah einen Schatten. Dann hinter sich noch einen. Verdammte Zwickmühle! Zwei schwarz vermummte Gestalten.

Eine Faust landete in seinem Gesicht, ein zweiter Schlag erwischte fast zeitgleich seinen Hinterkopf. Wie sollte man in so einer Situation reagieren, noch dazu mit der Waffe in der falschen Hand? Weber riss abwehrend die Arme hoch, war aber schon auf dem Weg nach unten und landete unsanft auf der Türschwelle zum Wohnzimmer. Die Hand mit der Pistole wurde unter seinem eigenen Körper eingequetscht. Die verletzte Hand stieß gegen den Türrahmen. Er brüllte vor Schmerz.

Schon zerrten sie ihn ins Wohnzimmer. Die eine schwarze Gestalt beugte sich über ihn und blaffte ihn an: »Wo ist das Bild? Das Triptychon! Wo?«

Benommen, wie er war, konnte er gar nicht antworten.

Auch schaffte er es nicht, die Pistole hervorzuziehen. Ihm fiel ein, dass er sie nicht durchgeladen hatte. Wegen der kaputten Hand. Gottverdammte Scheiße! Aber vielleicht hätte er sich andernfalls gerade selbst erschossen.

Er bekam jede Menge Ohrfeigen verpasst.

»Wo! Ist! Das! Bild!«

»Nicht ... hier«, stöhnte er.

»Wo?« Noch eine Ohrfeige.

»Stadthaus ...«

»Herr Kommissar?«, ertönte eine Stimme im Hausflur.

Die Gestalt vor ihm sprang auf, rief »Verflucht!«, und es folgten die Geräusche eines Handgemenges. Etwas schepperte, etwas anderes fiel krachend um, jemand schrie auf, ein weiterer lauter Aufprall war zu hören. Weber gelang es endlich, die Pistole unter sich hervorzuzerren. Er drehte sich auf die Seite. Die Gestalt, die ihn geohrfeigt hatte, stand mit dem Rücken zu ihm, in einer Haltung, als setzte sie zum Sprung an.

Mühsam rappelte er sich auf, lehnte sich gegen den Türrahmen und rief: »Halt! Stehen bleiben! Polizei!«

Die Gestalt drehte sich um und verpasste ihm einen Tritt gegen die Schulter, gleichzeitig ging das Licht im Flur aus. Er landete auf dem Rücken.

Schreie, dumpfe Schläge. Jemand stöhnte. War das Auguste? Getrampel, jemand stürzte an ihm vorbei, nach hinten zum Schlafzimmer. Ein Fenster wurde zertrümmert, splitterndes Glas fiel zu Boden.

»Herr Kommissar! Sie flüchten!«

»Ja doch ...« Er stemmte sich hoch.

Die Silhouette von Auguste Engert huschte an ihm vorbei. Er taumelte hinterher. Als er vor dem zerborstenen Schlafzimmerfenster ankam, sah er nur noch ihre Beine, die nach oben verschwanden. Er beugte sich hinaus, spähte hinauf.

»Die gehen über die Dächer«, japste Engert und hangelte sich hoch. Knirschende Schritte auf Dachziegeln. Einige Ziegel lösten sich, fielen herab und zersprangen im Hinterhof.

Das schaffe ich nie, dachte Weber, nicht mit einer kaputten Hand.

Er musste außen herum, also machte er kehrt und rannte durch den Flur zur Tür, hastete die Treppe hinunter zum Auto und stellte dankbar fest, dass er den Motor nicht abgeschaltet hatte.

Hinter einigen Fenstern in der Nachbarschaft gingen Lichter an, Gesichter erschienen, einige Fensterflügel wurden aufgeschoben.

»Was ist denn da los!«

»Polizei!«, rief Weber. »Gehen Sie von den Fenstern weg!«

Schon saß er hinter dem Steuer, warf die Pistole auf den Beifahrersitz und fasste nach dem Gashebel.

Aber wohin jetzt? Er schaute nach oben und merkte, wie ihm ein paar Regentropfen ins Gesicht fielen. Auch das noch! Immerhin war die Straßenbeleuchtung in dieser Gegend wesentlich besser als auf St. Pauli. Straßenlaternen und Lampen an den Häusern warfen einen schwachen Lichtschein bis hoch auf die Dächer der niedrigen alten Häuser.

Und da oben waren Schatten zu sehen. Zwei gebückte Gestalten huschten über die Giebel Richtung Krayenkamp.

Ich muss einmal um die Häuserkette herum, um sie abzufangen, dachte Weber. Auch wenn ihm das illusorisch vorkam angesichts der vielen Winkel und Hinterhöfe, die zwischen den Straßen lagen und von außen nicht einsehbar waren.

Eine dritte Gestalt bewegte sich jetzt von einem Hausdach zum nächsten und verfolgte die beiden anderen.

Weber fuhr im Schritttempo mit und überlegte fieberhaft,

an welcher Stelle man vom Dach wieder herunterkam. Das Christinenpförtchen fiel ihm ein, ein schmaler Durchgang, der selbst bei Tageslicht kaum zu finden war. Wenn die beiden da vorn in den Innenhof heruntersteigen, haben sie keine andere Wahl, als durch das Christinenpförtchen ihren Ausweg zu suchen, dachte er.

Weber kurvte um die nächste Ecke. Er musste einen ziemlich großen Bogen über die Michaelisstraße fahren, einen Halbkreis, wodurch er wertvolle Zeit verlor.

Auf der anderen Seite vom Krayenkamp angekommen, sah er, wie ihm ein Automobil entgegenkam. Ein Fiat 509. Ein ziemlich schneller Wagen. Die beiden vermummten Gestalten saßen auf den vorderen Sitzen. Webers rechte Hand tastete nach der Pistole. Scheinwerfer flammten auf und blendeten ihn. Wo war die verdammte Pistole? Egal. Er warf das Lenkrad herum, um den Weg zu blockieren. Aber da schwenkte der entgegenkommende Wagen zur Seite ins Teilfeld ein. Weber hatte sein Automobil in die falsche Richtung gelenkt und musste abbremsen.

»Herr Kommissar!«

Auguste Engerts Gesicht tauchte neben ihm auf. Sie riss die Tür auf und gestikulierte aufgeregt. »Schnell! Sie sind da entlang!«

»Das weiß ich selbst«, brummte Weber und begann sein Wendemanöver.

Lichtkegel glitten über die Backsteinfassaden am Herrenfleet, Reifen quietschten, als Weber seinen Ford hinter dem anderen Wagen rechts um die scharfe Ecke vom Teilfeld in die Martin-Luther-Straße lenkte und gleichzeitig eine schwere Windböe im Gesicht spürte, die vom Hafen heranwehte. Engert schrie auf und klammerte sich an den Türrahmen. Dennoch rutschte sie über den Sitz gegen Weber, der sie am liebsten umarmt und an sich gerissen hätte. Eine sehr merkwürdige Regung in dieser Situation, wie ihm kurz bewusst wurde.

Der Ford schlingerte übers glitschige Pflaster. Es roch feucht. Ein erregender Duft nach der langen Trockenheit, die Regentropfen fielen nun immer dichter. Windböen schleuderten ihnen das kalte Nass ins Gesicht. Der Fiat vor ihnen fuhr jetzt ohne Licht. Die Straßenbeleuchtung war karg.

Weber kniff die Augen zusammen. Geradeaus zum Venusberg. Die werde ich kriegen, dachte er verbissen. Dafür ist dieser Ford doch gemacht, dass ich sie alle kriege! Pawel der Mechaniker hatte aus der Blechliesel einen Rennwagen gemacht – Pawel, den es nun nicht mehr gab.

Die Nicolaistraße rauf. Sie kamen näher ran, aber dann bogen die Verfolgten ohne abzubremsen in die Zeughausstraße ein. Weber war zu schnell, musste abbremsen und schlitterte mit blockierten Reifen ein Stück zu weit, verlor wertvolle Sekunden beim hektischen Kurbeln am Lenkrad. Er spürte den bohrenden Schmerz in seiner rechten Hand und biss die Zähne zusammen.

»Scheiße!« Kaum hatte er wieder Fahrt aufgenommen, sah er, wie der andere Wagen nach links in die Seewartenstraße einbog. Das Heck des Fords schwenkte träge herum wie der Schwanz einer Riesenechse, als Weber bremste, am Lenkrad drehte, wieder Gas gab und nun seinerseits gegen die Beifahrerin gedrückt wurde.

»Vorsicht, bitte, Vorsicht!«, stieß Engert mit gepresster Stimme hervor.

Die Verfolgten brausten davon, schnurstracks geradeaus, am Seemannshaus und dem Zirkusgebäude vorbei Richtung Pinnasberg. Webers rechte Hand krampfte sich um den Gashebel. Er stöhnte vor Schmerz. Der Regen schlug ihnen ins Gesicht. Wieso hatte er die Windschutzscheibe nicht aufgestellt? Sie näherten sich mit beängstigender Geschwindigkeit dem Fluchtwagen.

»Gleich haben wir sie!«, rief Engert.

Weber wollte ihr zurufen, sie solle nach der Pistole suchen, aber sie hielt sie schon in der Hand. Im Schein einer Straßenlaterne blitzte ihr Gesicht auf, als er ihr einen fragenden Blick zuwarf. Konzentrierter Ausdruck. Sie hielt die Waffe in der Hand wie eine geübte Schützin. Er hörte, wie das Schloss schnappte, als sie durchlud.

»Können Sie auf die Reifen zielen?«, rief Weber.

»Sie machen mir Spaß«, schrie sie zurück und hob die Pistole an.

»Besser nicht«, wollte Weber rufen, als er erkannte, dass sie hier ein gefährliches Spiel spielten. Vor allem für zufällige Passanten. Vielleicht hätte sie ja geschossen, aber gerade als sie die Hand ausstreckte, den Kolben mit beiden Händen umfasst, quietschten die Reifen des Fiat, der jetzt an der Ecke zur Davidstraße angekommen war, und er schlitterte scharf links um die Kurve. Eine Kehrtwende um hundertvierzig Grad. Weber stieg auf die Bremse. Der Ford schwenkte herum. Es stank nach verbranntem Gummi.

»Um Himmels willen!« Engert schnappte nach Luft.

Nun ging es steil hinab zur Hafenstraße. Weber spürte, wie dicke Regentropfen in seinen Nacken prasselten. Ein Blitz erleuchtete das hohe Elbufer, und ein gewaltiger Donnerschlag folgte. Im grellen Schein wirkte die Gischt auf den Wellen der Elbe wie eingefroren.

Die Flüchtenden hatten wertvolle Meter gewonnen. Weber gab Gas, und sie sausten die Rampenstraße hinab Richtung Landungsbrücken. Weber hörte das Tuten der Dampfschiffe, das klang, als wollten sie gegen den peitschenden Sturm protestieren.

Der Fiat erreichte das Ende der Rampe und hielt auf die Landungsbrücken zu. Weber gelang es mit knapper Not, den Ford auf die Hafenstraße zu lenken. Dabei kamen sie der Mauer, die auf der gegenüberliegenden Seite die Straße begrenzte, bedrohlich nahe.

Tempo! Gleich haben wir sie!

Doch nun passierte etwas Merkwürdiges. Das Pflaster auf der Straße und dem Platz vor dem Landungsbrückengebäude schien sich verflüssigt zu haben. Es schimmerte im Licht der Straßenlaternen wie ein See.

Als der Fiat die schwarz glänzende Fläche erreichte, spritzte es unter den Reifen auf. Flut! Der Wagen schlingerte und bremste ab. Zu allem Überfluss kam hier das Wasser nicht nur von oben, sondern war auch übers Elbufer getreten. Die Räder der Automobile versanken zur Hälfte.

Wieder Blitz und Donner, fast zeitgleich, direkt über ihnen. Und dann noch mal, in ohrenbetäubender Lautstärke. Das klobige Landungsbrückengebäude lag breit und träge da wie eine verendete Seeschlange aus grauer Vorzeit.

Und wenn das alles nur ein Traum ist, schoss es Weber durch den Kopf. Er beugte sich über die Fahrertür und schaute besorgt nach unten, wie hoch das Flutwasser schon stand.

»Die fahren durch!«, rief Engert. »Dann schaffen wir es auch.«

Weber warf ihr einen Blick zu. Ihr Kleid war völlig durchnässt, und der Stoff klebte an ihrem Körper. Sie hielt noch immer die Pistole in der Hand und schaute konzentriert nach vorn.

Der pochende Schmerz in seiner rechten Hand und die

Schwellung kamen ihm nicht so vor, als wären sie einem Traum entsprungen.

Sie fuhren durch das Wasser, als glitten sie wie in einem Motorboot hindurch. Links hingen die Fahnen über dem Fährhaus regenschwer im Sturmwind. Weber beschleunigte behutsam. Der manipulierte Motor des Ford hatte Kraft. Sie kamen dem Fiat wieder näher. Im Licht der Laternen sah er, dass die Flüchtenden ihre Masken abgenommen hatten. Wer war wer? Er konnte es nicht erkennen.

Sie erreichten die stählernen Gerüste der Hochbahnbrücke, unter der die Straße verlief. Das Flutwasser stand hier niedriger. Es ging wieder schneller. Beide Wagen beschleunigten.

»Jetzt kriegen wir sie!«, schrie Weber und bemerkte einen triumphierenden Unterton in seiner Stimme, den er gar nicht von sich kannte. Jagdfieber.

Engert hob die Pistole. »Fahren Sie ruhig!«, kommandierte sie.

Weber bemühte sich, gleichzeitig möglichst gerade und möglichst schnell zu fahren. Johannisbollwerk, sie kamen näher. Vorsetzen, der Abstand verringerte sich auf fünfzehn Meter. Engert hielt die Waffe mit beiden Händen umklammert und stützte die Handballen auf die umgeklappte Windschutzscheibe.

Sie erreichten den Baumwall. Hier war die Straße nicht mehr überschwemmt, nur nass vom Wolkenbruch. Die anderen beschleunigten. Weber auch.

Im vorderen Auto drehte sich die Beifahrerin um, richtete sich auf, hob eine Hand, stützte den Arm mit der anderen Hand ab und nahm Weber ins Visier.

Ein Schuss.

Ein zweiter Schuss.

Ein ohrenbetäubendes Knallen dicht neben Webers rechtem Ohr.

Lautes Zischen, heißes Wasser spritzte Weber ins Gesicht, Dampf sprühte ihm entgegen.

Engert schrie und feuerte noch mal.

Blitz und Donner.

Der Wagen vor ihnen geriet ins Schleudern. Reifen quietschten.

Die Schützin im vorderen Wagen verlor das Gleichgewicht und fiel aus dem Wagen, überschlug sich in der Luft und landete wie ein schlaffes Bündel auf dem Pflaster.

Gleichzeitig vollführte der vordere Wagen eine eigenartige Pirouette, drehte sich um die eigene Achse und prallte dann mit einem lauten Knall und metallischem Knirschen gegen einen Stahlpfeiler der Hochbahnbrücke. Die Motorhaube klappte hoch, Dampf stieg auf.

Weber betätigte Fuß- und Handbremse. Sein Wagen kam dicht vor dem anderen zum Stehen.

»Sie haben getroffen«, sagte er trocken, als er den platten Hinterreifen des anderen Wagens bemerkte.

»Ja, aber ...« Engert drehte sich um und stemmte sich hoch. »Wo ist ...?«

Weber schob die Tür auf, sprang aus dem Wagen. Das andere Auto war leer. Verblüfft schaute er sich um. Ein Schatten versetzte ihm einen Fausthieb und rannte davon. Weber taumelte nach hinten, konnte aber das Gleichgewicht halten.

»Engert! Vorsicht!«, schrie er.

Doch der Schatten rannte an seiner Kollegin vorbei, die gerade aus dem Wagen stieg, und warf sich über die am Boden liegende Gestalt. Und so blieben sie liegen.

Der Regen peitschte über das Straßenpflaster, Wasser schwappte oben über den Rand der Hochbahnbrücke.

Weber und Engert näherten sich vorsichtig den beiden Gestalten am Boden. Als sie bis auf fünf Meter herangekommen waren, knirschte es unter Webers Schuhen. Die obere Gestalt drehte sich blitzschnell herum und richtete eine Pistole auf sie.

»Weg mit der Waffe!«

Engert schaute Weber fragend an. Er nickte, und sie legte die Pistole vorsichtig ab.

»Pack!«, sagte die Gestalt abfällig. Es war nicht die Person mit dem kantigen Gesicht und der breiten Nase, deren Geschlecht Weber noch immer unklar war. Vor ihnen kauerte eine Frau mit kurz geschnittenen, lockigen schwarzen Haaren, dunklen Augen, einem schmalen Mund, spitzem Kinn und einer prominenten, aber wohlgeformten Nase – ein durchaus hübsches Gesicht, das jetzt allerdings zu einer wütenden Fratze verzerrt war. Das musste Karlotta Brunswiek sein, die sich Carla Bruhns nannte.

»Wehe!«, sagte sie.

Weber und Engert blieben stehen.

»Wehe euch!«

Carla Bruhns lehnte sich hinter dem leblosen Körper von Wanja gegen einen Stahlpfeiler und zielte abwechselnd auf Weber und seine Begleiterin.

»Sie hat mir immer geholfen gegen euch«, sagte sie. Und schrie: »Gegen euch alle! Wer ihr auch seid! Satansbrut!«

»Was nun?«, flüsterte Engert.

»Gehen Sie langsam weg. Holen Sie Hilfe. Suchen Sie ein Telefon! Ich halte sie in Schach«, sagte Weber.

Engert zögerte. Weber nickte ermunternd und ging dann in die Hocke.

»Zeus Romanoff«, sagte er zu Carla Bruhns. »Erzählen Sie mir von ihm.«

Engert bewegte sich langsam, Schritt für Schritt zur Seite, während Weber sich bemühte, die Aufmerksamkeit von Carla Bruhns auf sich zu ziehen.

Weber kam es vor, als würden Carla Bruhns' Augen kurz aufleuchten, als er Romanoffs Namen erwähnte.

Es blitzte und donnerte. Rechts und links der Hochbahnbrücke goss es wie aus Kübeln.

»Zeus ist wütend.« Carla Bruhns lachte vor sich hin.

»Wann haben Sie ihn zum ersten Mal getroffen?«, fragte Weber.

»Man denkt dann, man ist auch göttlich, wenn man neben einem Gott geht«, sagte sie, ohne ihren Gesprächspartner anzusehen. »Man denkt, man kann Blitz und Donner und Hagel und Sturm auf alle Widersacher niederkommen lassen. Aber dann ...«

»Was ist dann?«

»Wenn so einer dann weg ist, merkt man, wie klein man ist. Man stand ja nur unter einer schützenden Hand.«

»Sie sind nicht klein. Sie sind eine große Künstlerin.«

Sie lachte abfällig. »Ich liege im Dreck, das sieht man doch.«

»Aber Sie glauben doch an die Kunst. An Ihre Kunst.«

»Ach was! Das ist vorbei. Die Farben sind eingetrocknet, den Pinseln gehen die Haare aus, die Leinwand hat Löcher.« Sie lachte freudlos. »Wissen Sie, was das bedeutet? Löcher in der Leinwand! Stellen Sie sich das mal vor! Löcher!«

»Dann nehmen Sie eine andere Leinwand, die heil ist.«

»Die haben alle Löcher. Da sind Motten, und die machen die Löcher. Aber die Löcher in der Leinwand sind nicht so schlimm. Das ist ja vorbei. Und überhaupt: Guckst du keine Leinwand an, ist auch kein Loch da. Aber die Löcher in der

Wirklichkeit. Da und da und da!« Sie gestikulierte mit der freien Hand, als gäbe es um sie herum Löcher.

Das Regenwasser lief jetzt in breiten Bächen unter die Brücke. Um sie herum wurde es nass. Ein paar Löcher, durch die das Wasser hätte abfließen können, wären Weber nur recht gewesen. Es gab aber keine.

»Zeus hat mir die Wirklichkeit gegeben. Vorher habe ich nur Bilder abgemalt, die mein Verstand mir vorgegaukelt hat. Ein Maler malt die Fata Morganas, die er in seinem Kopf findet. Lächerlich, nicht? Zeus Romanoff hat sich die Wirklichkeit geholt. Er hat sie sich angeeignet. Seine dummen Gehilfen haben das nicht gewusst. Sie dachten, er stiehlt, um sich zu bereichern. Ganz falsch. Er hat sich die Wirklichkeit geholt und aus ihren Teilen sein eigenes Reich gebaut. Und ich hab das, was entstanden ist, gemalt. Aber wussten Sie, dass es gar nicht nötig ist, Dinge zu malen, weil sie ja schon da sind? Das war alles umsonst, aber das hab ich später erst gemerkt, als Zeus gegangen war.«

»Was ist mit ihm passiert?«

»Sie haben ihn vom Olymp geschubst, er ist in den Tod gestürzt. Ins Wasser, da ist er ertrunken, weil man ihm Blei in den Körper geschossen hatte. Und wer war schuld? Ein anderer, der gerne Gott sein und die Aphrodite besitzen wollte.«

»Meinen Sie Koschinski?«

»Den Namen hab ich nie gehört. Solche profanen Namen.«

»Panzer-Paul.«

Carla Bruhns hob den Kopf und riss die Augen auf, als wäre sie gerade erwacht. »Sie wollen mich reinlegen! Sie wollen, dass ich etwas gestehe, damit Sie Wanja die Schuld zuschieben können. Aber das lasse ich nicht zu. Sie muss bei mir bleiben, sonst kann ich nicht mehr sein! Sie hätten nicht auf sie schießen dürfen. So was tut man nicht.«

»Aber sie hat doch auch Gewalt angewendet. Und die vielen Getöteten.«

Sie schaute ihn listig an, wie ein Kind, das sich für besonders schlau hält. »Davon wissen wir nichts.«

»Nein? Aber ich weiß davon«, sagte Weber. Er bemerkte eine kleine dunkle Pfütze neben dem Körper von Wanja Schwarz.

»Niemand weiß was. Niemand kann etwas wissen. Keiner konnte uns sehen. Wir waren Geister. Unsichtbar.«

»Das stimmt nicht. Ich selbst habe Sie gesehen. Eine von Ihnen beiden. Es wird wohl Wanja gewesen sein. Zweimal.«

»Sie haben in ein Loch geguckt und sich was eingebildet«, sagte Carla Bruhns.

»Die Mordopfer sind keine Einbildung. Warum sollte ich mir fremde Menschen tot einbilden? Schrammel-Ede auf dem Kirchhof, Peitschen-Resi im *Panoptikum*, Kekse-Gustav an der Brücke, Schnallen-Otto auf dem Riesenrad. Die waren ganz real da, und sie waren tot. Jemand hat sie umgebracht. Es gab eine Tat. Und wenn es eine Tat gibt, gibt es auch eine Wirklichkeit. Und der Mörder kann sich nicht herausreden. Ich habe die Leichen gesehen!« Weber stellte verwundert fest, dass er sich in Rage redete.

Carla Bruhns sah ihn hochnäsig an. »Das haben Sie geträumt, Herr Kommissar.«

»Sie wissen ja sogar, dass ich von der Polizei bin. Sehen Sie! Das ist kein Traum.«

»Die Polizei gibt es auch in Träumen, Sie dummer Mensch. Und wenn eine Traumfigur nicht weiß, dass sie eine ist, dann ist das ihre Sache und mir egal. Sie schlafen und träumen. Die ganze Zeit. Sie wissen es nur nicht.«

»Gut, dann will ich Ihnen sagen, was ich geträumt habe: Ich habe geträumt, dass jemand einen Rachefeldzug durchgeführt hat. Jemand wurde gedemütigt und misshandelt und vielleicht sogar zerstört von einer Horde grobschlächtiger, betrunkener, machthungriger, gieriger, lüsterner Menschen, die sich über ihn hermachten. Aber es war eine andere Person, die Rache nahm, denn die misshandelte hatte keine Kraft mehr dazu. Und diese andere Person hat den Rachefeldzug sogar noch ausgeweitet. Warum hat sie das getan? Schwer zu sagen. Aus Hingabe? Weil sie sich mit der geliebten Person so sehr identifiziert hat, dass deren Leiden zu ihrem Leiden wurde? Vielleicht. Es könnte aber auch aus Herrschsucht geschehen sein, denn wenn man das Schicksal eines anderen in die Hand nimmt, bemächtigt man sich dieser Person. Es gibt nicht wenige Menschen, die einen solchen Drang verspüren. Manche finden Gefallen daran, über das Schicksal anderer zu bestimmen. So jemand tötet vielleicht in guter Absicht all jene, die den geliebten Menschen gequält haben, aber nur, um dessen Willen zu brechen und ihn gefügig zu machen, nicht um ihn zu befreien. So war das mit Wanja und Ihnen. Deshalb kam es zu den Mordanschlägen auf Maximilian Brunswiek, Dr. Gerber, Albert Eichenberger und Ihre Schwester Franziska Eichenberger. Je mehr Wanja mordete, umso mehr gehörten Sie ihr allein.«

Carla Bruhns schüttelte vergnügt den Kopf. »Falsch geraten!«, rief sie. »Das mit Franziska, das war nämlich ich!«

»Ich weiß.«

Jetzt runzelte sie die Stirn.

»Das meine ich ja. Es ist Ihnen nicht gelungen. Sie haben es nicht geschafft. Weil Sie keine Mörderin sind. Diejenige, die sich die Freiheit nahm, Sie zu rächen, hat Sie in Wahrheit in Gefangenschaft gehalten.«

»Was für ein Unsinn! Ich habe mich nie so frei gefühlt wie mit Wanja.«

»Gefühle sind genauso trügerisch wie Träume.«

»Sie sind ein böser Mensch, wissen Sie das? Sie wollen mich zerstören. Ich bin nicht so dumm! Ich merke das doch! Sie wollen meine Wahrheit zerstören. Leute wie Sie sind es nämlich, die ständig Löcher in die Leinwand machen. Wie Motten! Leinwandfresser! Bilderfresser! Sie wollen sogar meine Träume auffressen!«

Darauf fiel Weber nichts mehr ein. Er hatte das Gefühl, sich in einem eigenartigen Schwebezustand zwischen Realität und Wahn zu befinden.

Eine Windböe trug einen Schwall Regentropfen unter die Hochbahnbrücke. Weber fröstelte. Dass er nass geregnet war und erbärmlich fror, war jedenfalls keine Einbildung.

»Wissen Sie was, Herr Kommissar? Ich werde Sie jetzt erschießen. Weil es mir nämlich nicht gefällt, dass Sie hier in meinem Traum herumspuken.«

Im Schatten neben dem Pfeiler, an dem Carla Bruhns lehnte, tauchte ein erhobener Zeigefinger auf. Dass dahinter die schön geschwungenen Lippen von Auguste Engert zu sehen waren, ihr helles, ovales Gesicht und ihre großen, verheißungsvollen Augen, war sicherlich eine Kapriole seines Unbewussten. Aber immerhin ein hübsches, tröstliches Bild in diesem letzten Augenblick, ehe er abtreten musste.

Die Hand, zu der der Finger gehörte, packte Carla Bruhns' Arm und riss ihn zur Seite, eine zweite Hand entrang ihr die Pistole.

Weber sprang auf und eilte zu der Stelle, wo Engert seine Pistole abgelegt hatte.

Hinter sich hörte er die Geräusche eines Handgemenges, dann klickten Handschellen.

Als er herumwirbelte, war alles vorbei.

Engert schaute ihn ernst an. Ihre Lippen zitterten. Die

Sache hatte ihr genauso zugesetzt wie ihm. Sie brachte keinen Ton heraus und reichte ihm die Pistole, die sie Carla Bruhns abgenommen hatte. Dann kniete sie sich neben Wanja Schwarz, die im Handgemenge zur Seite gestoßen worden war, zerriss deren enges, schwarzes Oberteil der Länge nach und zog es mit der Kapuze vom Leib der leblos Daliegenden.

Wanja Schwarz hatte eine Platzwunde am Kopf, zahlreiche Schürfwunden und eine Schusswunde in der Brust, aus der das Blut lief.

Engert versuchte verzweifelt, aus dem Oberteil der Ohnmächtigen einen Verband anzufertigen. Es wollte ihr nicht gelingen.

Weber, der die nur an den Händen gefesselte Carla Bruhns im Auge behielt, sagte: »Lassen Sie es gut sein, Engert, da kommt der Krankenwagen.«

Wenige Minuten später war auch ein Trupp der Wachmannschaft da.

Fünfzehntes Kapitel:

DER LETZTE MANN

Natürlich kam es zu einem Disziplinarverfahren. Eine kleine Disziplinarkammer unter dem Vorsitz eines Richters wurde einberufen. Weber erschien mit dick bandagierter Hand. Paragrafen wurden zitiert und zahlreiche Dienstvorschriften referiert. Dabei war die Angelegenheit sogar für Weber eindeutig. Er wusste, dass er falsch gehandelt hatte. Ein Polizeibeamter, der beurlaubt worden war, durfte nicht einfach weiterermitteln. Er durfte auch keine anderen Beamten hinzuziehen und keine Amtshandlungen durchführen, sondern musste zu Hause bleiben.

Das war auch die Position des Zeugen Oberinspektor Kunath, der sich allerdings komplizierter ausdrückte. Der Zeuge Inspektor Recknagel pflichtete ihm beflissen bei. So verkniffen, wie er dabei dreinblickte, fürchtete er wohl, man könnte ihn für Webers Fehltritte mitverantwortlich machen. Vielleicht fügte er deshalb unvorsichtigerweise hinzu, es gebe nur die allgemeine Ausnahme, wenn Gefahr im Verzug sei, dann sei jeder Polizist aufgerufen zu handeln.

»Ja, eben«, sagte Webers Freund Hilbrecht, der neben einem Verwaltungsinspektor und einem Beamten der Staatsanwaltschaft überraschend in die »Kleine Disziplinarkammer« berufen worden war: »Kriminalkommissar Weber konnte verhindern, dass eine fanatische Verbrecherin weiter mordete.«

Recknagel, der den finsteren Blick von Kunath offenbar bemerkt hatte, wollte das nicht zugeben. Seiner hastig geäußerten Ansicht nach hätte Weber zuerst mal Berichte schreiben und weiterreichen müssen, damit andere sich der Sache hätten annehmen können. Aber Berichte hätte er ja nicht geschrieben und mit Mitteilungen an ihn, seinen direkten Vorgesetzten, sehr gegeizt.

Der Verwaltungsbeamte schloss sich an. Dienstwege müssten eingehalten werden, sonst würden chaotische Zustände in die Behörde einziehen.

Weber verteidigte sich, indem er anführte, er habe nach dem Mordversuch an Franziska Eichenberger die Kriminalanwärterin Engert beauftragt, einen Bericht zu verfassen, was diese tatsächlich getan habe.

»Na sehen Sie«, sagte Hilbrecht, »nicht im Dienst, aber er denkt nur an die Pflichterfüllung.«

Daraufhin meldete sich Kriminaloberinspektorin Josephine Erkens von der Weiblichen Kriminalpolizei zu Wort und legte ausführlich ihre Sicht der Dinge dar. Sie kritisierte, dass ihre Dienststelle nicht vollständig über die Mordserie informiert worden sei, und sah darin wiederum ein Dienstvergehen von Kunath, denn bei Fällen, wo weibliche Täter oder Opfer in besonderer Weise agierten beziehungsweise betroffen seien, müsse die WKP einbezogen werden.

Kunath interpretierte die Vorschriften ganz anders, nämlich in dem Sinne, dass die WKP sich ihre Fälle schon selber suchen müsse. Daraufhin kam es zu einer zähen Auseinandersetzung über die Rolle der WKP und die Kommunikation zwischen den verschiedenen Dienststellen. Frau Oberinspektorin Erkens verteidigte ihren Standpunkt so verbissen, dass Kunath bald die Argumente ausgingen. Der Vorsitzende bat, derartige Diskussionen doch bitte an geeigneter Stelle fortzusetzen. Die Klärung von Zuständigkeiten sei der Polizeiführung vorbehalten.

Dann wurde die Kriminalanwärterin Auguste Engert befragt. Sie blieb sachlich und stellte Weber sehr positiv dar. Für sie sei er der Inbegriff eines kompetenten und umsichtig handelnden Polizisten, der auch in kritischen Momenten niemals die Beherrschung verliere. Ihm sei es gelungen, unter Einsatz seines Lebens eine gefährliche Mörderin zu überwältigen.

Hilbrecht hakte ein und stellte gegenüber Kunath fest, dass die WKP durch die Person Engerts ja an diesem Fall beteiligt gewesen sei. Das verleitete Kunath zu der Äußerung »Na, sehen Sie« in Richtung Frau Erkens. Diese versuchte nun durch taktisches Befragen ihrer Untergebenen, den Erfolg von Webers Ermittlungen ihrer eigenen Abteilung zuzuschreiben.

Das ging Kunath gegen den Strich, der Recknagel aufforderte, Webers Rolle bei der Aufklärung der Mordserie noch einmal genauer zu schildern. Recknagel beeilte sich, Weber in günstigerem Licht darzustellen.

»Immerhin muss man festhalten, dass durch Kommissar Webers Eingreifen die Ehre der Polizei nach blamablen Presseberichten wiederhergestellt wurde«, erklärte der Verwaltungsinspektor zustimmend.

Woraufhin Frau Erkens betonte, ein Teil dieser Leistung müsse ja wohl ihrer Abteilung und den dort arbeitenden »hervorragend geeigneten Polizistinnen« gutgeschrieben werden.

Daraufhin protestierte Kunath, und so ging es noch eine Weile hin und her. Weber, der froh war, schweigen zu dürfen, warf Auguste Engert einen kurzen Blick zu. Sie lächelte ihm aufmunternd zu, und wegen dieses Lächelns hatte es sich für ihn schon gelohnt, das anstrengende und erniedrigende Disziplinarverfahren durchzustehen.

In der Pause, die der Vorsitzende nach einer Weile mit gereizter Stimme anordnete, um sich mit der Kommission zu beraten, zischte Hilbrecht seinem Freund Weber augenzwinkernd zu: »Wir werden das Kind schon schaukeln, Alfred.«

Und tatsächlich kam Weber glimpflich davon. Von einer Degradierung wurde abgesehen. Er bekam eine dienstliche Rüge, weil er sich über einige Vorschriften hinweggesetzt hatte, und wurde für zwei weitere Wochen beurlaubt. Danach, so teilte ihm Oberinspektor Kunath im Namen des stellvertretenden Polizeipräsidenten mit, werde er in eine andere Abteilung versetzt.

Der letzte Punkt machte Weber so große Sorgen, dass er zwei Wochen lang schlecht schlief und sehr viele neue Alpträume in seiner Kladde notieren musste. Darin tauchten auch Recknagel, Kunath, der Richter und der Staatsanwalt der Disziplinarkammer, der stellvertretende Polizeipräsident sowie sein Freund Hilbrecht auf. Sie alle hatten finstere Gesichter und machten ihm schwere Vorwürfe.

Nur eine Person kam in seinen Träumen nie vor, und das war Auguste Engert. Das war schon eigenartig, denn immerhin träumte er ja auch von seinem letzten Fall und musste im unruhigen Schlaf schaurige Bilder von den Ermordeten und beängstigende Auftritte einer schwarz gekleideten Gestalt ertragen. Immer wenn ihm dieses Phantom erschien, hatte er das Gefühl, es wollte sich seiner bemächtigen, woraufhin er im Schlaf hastig atmete, weil er keine Luft mehr bekam – bis er schnaufend und in Todesangst erwachte.

Am Ende seiner Zwangsbeurlaubung bekam Weber per Brief die Aufforderung, bei Inspektor Recknagel vorstellig zu werden. Auf dem Weg zum Stadthaus gingen ihm die schlimmsten Befürchtungen durch den Kopf: Vielleicht versetzten sie ihn in die Abteilung D, die für Schiffs-, Bahnhofs- und Gaststättenüberwachung zuständig war, oder in die Abteilung C, zur Sitte? Womöglich in die Abteilung für Wirtschaftsverbrechen? Am schlimmsten wäre es, im Verwaltungsdienst zu enden. In diesem Fall, nahm er sich vor, würde er seine Versetzung zur Ordnungspolizei beantragen und wieder die Uniform anziehen. Mit schlimmen Vorahnungen machte er sich auf den Weg zur Polizeizentrale.

Als er vor der Tür von Recknagels Dienstzimmer ankam, schlug sein Herz so heftig, dass er schon dachte, er könne sich das Anklopfen sparen.

Der Inspektor saß hinter seinem Schreibtisch und sah aus wie aus dem Ei gepellt: grauer Anzug aus feinem Zwirn, die Haare straff zurückgekämmt, die fleischigen Lippen leicht geschürzt, was wohl Konzentration signalisieren sollte.

Er tat unaufgeregt. Weber fragte sich dennoch, ob Recknagel es bedauerte, ihn zu verlieren, oder ob es ihn freute. Recknagel ließ sich nichts anmerken. Er grüßte knapp und reichte Weber das Papier, auf dem die Überstellung in eine andere Abteilung angeordnet wurde, unterschrieben von Polizeipräsident Dr. Campe.

Weber las die Anordnung durch und rief: »Was? Wie bitte? Das kann doch gar nicht sein.«

Recknagel blickte seelenruhig auf und sagte: »Wieso nicht? Ich denke, Sie haben es gut getroffen. Wo Sie doch schon einschlägige Erfahrungen gesammelt haben mit den Damen.«

»Aber ... in die WKP? Soll das ein Scherz sein?« Weber war ehrlich empört.

»Reden Sie keinen Unsinn, Weber. Bei der WKP arbeiten auch männliche Beamte, die den Damen zur Seite springen, wenn es um handfestere Angelegenheiten geht.«

Handfestere Angelegenheiten? Weber musste an Auguste Engert denken.

»Können die sich nicht selbst helfen?«, murmelte er.

»Ich denke, Sie haben es gut getroffen, Kommissar Weber«, wiederholte Recknagel. »Die Abteilung wird ausgebaut. Nur Ihre Dienstwaffe müssen Sie abgeben.«

»Die habe ich zu Hause …«

»Nun, ich denke, das hat Zeit. Man erhofft sich von Ihnen vor allem einen erfolgreichen Einsatz in der Ausbildung neuer … Kräfte.«

»Wenn das so ist …«

»Kriminaloberinspektorin Erkens ist bereits unterrichtet. Sie sollen sich in ihrem Büro melden.«

»Jawohl, Herr Inspektor«, sagte Weber niedergeschlagen.

Recknagel stand auf. »Tragen Sie es mit Fassung, Mann«, sagte er und reichte Weber die Hand. Seine Unterlippe zuckte. Machte der Kerl sich klammheimlich über ihn lustig?

Weber verabschiedete sich knapp.

Um nach unten zu gelangen, nahm Weber die Treppe. Er musste sich erst mal beruhigen.

Vor dem Büro der Leiterin der Weiblichen Kriminalpolizei angekommen, fragte er sich, wie es wohl war, wenn man eine Frau zur Vorgesetzten hatte.

Wahrscheinlich nicht viel anders, vermutete er, als er die schnarrende Stimme von Kriminaloberinspektorin Josephine Erkens vernahm.

»Herein!«

Sie stand auf und kam ihm entgegen. Zwar war sie kleiner als er, aber von kräftiger Gestalt. In ihrem langen Kleid und mit dem Dutt wirkte sie ziemlich altmodisch, aber ihr energisches Gesicht mit dem bohrenden Blick strahlte zweifellos Autorität aus.

Das Formelle klärten sie kurz und knapp. Dann sagte Frau Erkens mit dem Anflug eines Lächelns: »Sie sind jetzt Teil eines Zukunftsprojekts, Herr Kommissar. Wir verändern die Welt.«

»Jawohl, Frau ... Oberinspektorin.« Es kam ihm nicht leicht über die Lippen.

»Mir ist ja bekannt, dass Sie keine Vorurteile hegen. Fräulein Engert hat mir nur Positives über Sie berichtet, so dass ich den Umständen, unter denen Sie in meine Abteilung abgeordnet wurden, keine weitere Beachtung schenken möchte.«

»Jawohl. Ich danke Ihnen für Ihr Vertrauen, Frau Oberinspektorin. Und an dieser Stelle möchte ich fragen, ob es vielleicht möglich wäre, weiterhin mit der Kollegin Engert zusammenzuarbeiten. Die gemeinsame Erfahrung hat uns ...«

Frau Erkens hob die Hand. »Warten Sie. Wir haben hier eine etwas andere Diensteinteilung, als Sie das kennen. Studieren Sie den Plan, der im Dienstzimmer aushängt, Herr Kommissar. Sie fangen morgen früh an. Und was Fräulein Engert betrifft ...«

»Ja?«

»Nun ... sie hat sich versetzen lassen.«

»Oh.«

»Nach Berlin.«

»Ach ...«

»Ich denke, dort wird man sie mit Kusshand nehmen. Wirklich eine bemerkenswerte Person, diese Engert.«

»Ja, in der Tat«, murmelte Weber.

»Sonst noch etwas?«

Weber hatte das Gefühl, in seiner Brust wäre etwas zerrissen. Wie ein Blatt Papier.

Ratsch.

»Nein, ich danke«, sagte er und verließ das Zimmer.

Eilig lief er den Flur entlang. Bloß raus hier, dachte er, den Dienstplan kann ich auch morgen noch studieren, wenn ich wieder klarer sehe.

Sechzehntes Kapitel:

GEHEIMNISSE EINER SEELE

Kriminalkommissar Alfred Weber saß an dem kleinen Tisch in seinem Schlafzimmer und schrieb. Das Notieren seiner Träume hatte er inzwischen aufgegeben. Anstatt ihm mehr Klarheit über sich selbst zu verschaffen, hatte die Beschäftigung mit dem Unbewussten ihn nur in wachsende Verwirrung und Unruhe gestürzt. Er war sich nicht mehr sicher, ob es einen Sinn hatte, Träume zu entschlüsseln, manchmal machte es ihm sogar Angst.

Nein, heute, an seinem freien Tag, hatte er sich einen Bogen Briefpapier bereitgelegt, eine neue Feder auf den Federhalter gesetzt und ein frisches Tintenfass aufgeschraubt. Er schrieb einen Brief nach Berlin.

Hamburg, den 7. April 1928

Sehr geehrtes Fräulein Engert,

herzlichen Dank für Ihre Karte aus der Reichshauptstadt. Es freut mich, dass Sie sich dort und in Ihrer Dienststelle gut eingelebt haben. Ihre Beförderung zur Kriminalsekretärin haben Sie sicherlich mehr als verdient. Wenn Sie sagen, dass Sie während der kurzen Zusammenarbeit mit mir viel gelernt haben, schmeichelt mir das natürlich. Mir kam es eher so vor, als wären wir wie blind durch einen grausigen Alptraum gestolpert.

Über die Arbeit der Weiblichen Polizei in Berlin und die dortige Leiterin Kriminalrätin Wieking hört man auch hier viel Gutes. Zu

Ihrem Entschluss, nach Preußen zu gehen, kann ich Sie nur beglückwünschen.

Meine Hand ist wieder geheilt, danke der Nachfrage. Ansonsten haben sich hier in Hamburg die Dinge nicht so günstig entwickelt. Zwar wird die Dienststelle stetig erweitert, aber es gibt auch viele Spannungen zwischen Oberinspektorin Erkens und dem stellvertretenden Polizeipräsidenten Dr. Schlanbusch. Man ist sich nicht grün, wenn ich das mal so ausdrücken darf – tatsächlich spielen wohl auch verschiedene politische Einstellungen eine Rolle. Frau Erkens ist bekanntlich Sozialdemokratin, Dr. Schlanbusch hingegen von der alten Garde. Es scheint aber auch so, dass Frau Erkens sich nicht mit der Tatsache abfinden kann, dass ihre Abteilung den Weisungen eines übergeordneten Mannes folgen muss.

Hinzu kommt, dass es innerhalb der Dienststelle inzwischen zwei Gruppen gibt. Anhänger von Erkens und solche von Schlanbusch intrigieren gegeneinander. Ich frage mich, wo das noch hinführen soll.

Aber ich will Sie nicht mit banalen Klatschgeschichten langweilen. Sie fragten nach dem juristischen Ausgang unseres Falls, und da kann ich Ihnen tatsächlich ein paar Neuigkeiten mitteilen. Die kriminalpolizeilichen und staatsanwaltlichen Ermittlungen haben ergeben, dass die schreckliche Mordserie tatsächlich allein von Wanja Schwarz begangen wurde.

Über die Motive dieser eigenartigen Frau, die oftmals auch als Mann auftritt, kann man nur spekulieren, denn nachdem sie sich von ihrer Schussverletzung erholt hatte, hat sie nur noch geschwiegen. Befragungen ihres persönlichen Umfelds und einiger Familienangehöriger ergaben, dass sie schon seit ihrer Jugend dazu neigt, »andere für sich einzuspannen« (wie es eine Cousine ausdrückte) beziehungsweise »sich anderer Menschen zu bemächtigen« (wie es eine Tänzerin aus dem Kabarett erklärte, in dem Schwarz auftrat). Dieses »Bemächtigen« bezog sich anscheinend auf Frauen, die sie dazu brachte, sich in eine Art Zwillingsschwester zu verwandeln. Dieser Schwester gegenüber spielte sie dann den Mann. Die Tänzerin sagte dazu: »Zuerst dachte ich, es sei nur ein Spiel, aber dann wurde es ernst, und Wanja bestand herrisch und gewaltsam auf dem Rollenspiel, dass sie allein bestimmte.« Sie musste regelrecht vor ihr flüchten und sich verbergen, um freizukommen.

Carla Bruhns geriet in Wanjas Fänge, nachdem sie durch den Verlust ihres Geliebten, des Bandenführers Romanoff, in eine tiefe Krise gestürzt war. Wanja, die der Bande als Fassadenkletterer zu Diensten stand, näherte sich ihr und wurde zu ihrer einzigen Vertrauten, als die Bande sich gegen sie wandte.

Nach der schrecklichen Vergewaltigung steigerte sich die gegenseitige Abhängigkeit ins Groteske: Wanja wollte einerseits ihre Geliebte rächen und sich andererseits deren Ergebenheit erkaufen, indem sie in Carlas Namen einen Rachefeldzug durchführte, der alle auslöschen sollte, die Carla erniedrigt und gequält hatten. Diese Besessenheit kann man wohl nur als wahnhaft begreifen. Die einzige Gewalttat, die Carla Bruhns selbst versuchte, war der Anschlag auf ihre Schwester Franziska. Dieser scheiterte, weil Carla einfach nicht in der Lage war, gegen ihre Schwester Gewalt anzuwenden.

Als Carla Bruhns alias Karlotta Brunswiek vor Gericht gegen Wanja Schwarz aussagen sollte, hatte sie einen der angesehensten Rechtsanwälte und einen berühmten Nervenarzt an ihrer Seite. Nachdem sie einige Fragen zu ihrem Verhältnis zu Schwarz beantwortet hatte, brach sie zusammen und musste in ein Sanatorium gebracht werden, wo sie sich immer noch befindet. Die Kosten zahlt ihre Schwester, die ihr anscheinend verziehen hat oder vielleicht einfach nur einen weiteren Skandal vermeiden möchte.

Wanja Schwarz, die Karlotta im Gerichtssaal »anfunkelte wie eine wahre Teufelin« (wie der »Hamburger Anzeiger« schreibt), wurde ein Verteidiger gestellt. Aber weder mit ihm noch mit sonst jemandem sprach sie ein Wort. Dennoch konnte aufgrund zahlreicher Zeugenaussagen aus dem persönlichen Umfeld der Angeklagten, aus dem Kabarett- und Vergnügungsmilieu sowie aus der Halbwelt von St. Pauli ein

Bild der Taten und der Täterin erstellt werden, aufgrund dessen der Richter zu einem Urteil kam. Es lautet: Schuldig des vorsätzlich ausgeführten Mordes in acht Fällen sowie der Anstiftung zum Mord in einem Fall, verurteilt zum Tod durch das Fallbeil.

Da die Verurteilte keine Berufung einlegte, wurde das Urteil vier Wochen später vollstreckt, und Wanja Schwarz' Leben endete am 17. März im Morgengrauen im Hof der Untersuchungshaftanstalt am Dammtor unter der berüchtigten Hamburger Guillotine.

Ob die Welt durch diese »hoffentlich gerechte Urteilssprechung«, wie Sie es ausdrücken, in irgendeiner Weise wieder ins Gleichgewicht gebracht worden ist, wage ich nicht zu beurteilen. Kann ein Menschenleben andere Menschenleben aufwiegen? Was ist ein Menschenleben überhaupt wert?

Aber das sind müßige Fragen, mit denen sich die Philosophen und Rechtsgelehrten herumschlagen sollen. Wir Polizisten sind nur Ausführende der Ordnungsmacht des Staates, wir sollen darauf achten, dass in der Gesellschaft die Regeln beachtet werden, die sich die Bürger selbst auferlegt haben. Inwieweit wir mitwirken, dass »diese Gesellschaft sich zum Besseren« entwickelt, wie Sie schreiben, ist eine interessante Frage. Aber wahrscheinlich haben Sie recht, wenn Sie sagen, dass eine Polizei, »deren Beamte vom Fortschrittsgeist beseelt sind« (wieder Ihre Worte), möglicherweise einen positiven Einfluss auf die Gesellschaft hat. Seien Sie also weiter guten Willens, vielleicht zahlt es sich ja aus.

Was mich betrifft, so will ich mich in den nächsten Tagen um eine Versetzung bemühen, denn mein guter Wille hat wegen des Hickhacks in und um die »Frauenpolizei« nachgelassen. Falls alles nichts hilft, lasse ich mich zur Politischen Polizei versetzen. Unser sozialdemokratischer Polizeisenator scheint noch nicht bemerkt zu haben, dass sich gerade dort inzwischen einige Personen eingenistet haben, deren Vorstellungen von Politik das genaue Gegenteil von dem darstellen, was unsere demokratische Verfassung verlangt. Man sollte darauf achten, ein Gegengewicht zu bilden, meine ich.

Sie sehen, auch ich bin trotz allem wieder voller Tatendrang. Ob ich allerdings in absehbarer Zeit nach Berlin reisen und Sie in Ihrer Dienststelle besuchen kann, weiß ich noch nicht. Wir werden sehen, was die Zukunft bringt.

Einstweilen wünsche ich Ihnen alles erdenklich Gute und weiterhin viel Glück und Kraft bei Ihrer Arbeit!

Mit herzlichem Gruß,

Ihr

Kriminalkommissar Alfred Weber

Er legte den Federhalter beiseite und starrte auf die Worte »Mit herzlichem Gruß«. War das nicht eine Spur zu deutlich, zu persönlich? Wäre »hochachtungsvoll« nicht angemessener? Schließlich handelte es sich um einen Brief unter Kollegen, in dem nichts weiter als Dienstliches behandelt wurde.

Ach Quatsch, mach dir doch nichts vor, das ist ein sehr persönlicher Brief, mit all den schwierigen Gedanken. Zu schwierig vielleicht und arg philosophisch. Schreibt man überhaupt derartige Gedanken in einem Brief? Aber was sollte er denn sonst schreiben? Und schließlich ergaben sich diese schwierigen Gedanken doch aus den bloßen Tatsachen. Irgendwas musste er ja auf die Fragen von Fräulein Engert antworten.

Oder wäre es besser, den Brief gar nicht abzuschicken?

Nein, entschied Weber nach einigem Hin- und Herüberlegen, nur weil es sich bei der Empfängerin um eine junge Frau handelt, muss ich mir doch kein Schweigegelübde auferlegen.

Weber wartete, bis die Tinte getrocknet war, faltete die Seiten sorgfältig zusammen und schob sie in den bereitgelegten, schon adressierten Umschlag.

Wenn er den Brief jetzt gleich zum Postamt am Hauptbahnhof brachte, würde er womöglich morgen schon mit der Nachmittagspost in der Hauptstadt ausgeliefert.

Vielleicht freute sie sich ja.